Undine

Das Buch

Ein freier Tag für Kommissar Frank Rothe wird zu einem Alptraum. Eigentlich sollte es nur ein Freundschaftsbesuch bei seinem Kollegen Sven Krämer in Erfurt werden, als ihn ein Anruf zurück ins Eichsfeld zu einem Mordfall holt.

Das tote Mädchen im Dün zeigt auffallende Ähnlichkeiten mit einer anderen Toten. Die Spuren führen nach Erfurt ins Rotlichtmilieu. Frank Rothe kommt in schwere Konflikte, als er feststellen muss, dass seine Tochter Jessica in den Fall verwickelt ist. Sie zu schützen bedeutet, die Ermittlungen zu behindern, denn Jessica weiß etwas, das der Polizei von Nutzen sein könnte. Wie wird Frank Rothe reagieren: als Vater oder als Ermittler?

Die Autorin

Astrid Seehaus, Diplom-Biologin, Schriftstellerin, Inhaberin des Undine Verlags. Nach der Auszeichnung mit dem 1. Thüringer Krimipreis für *Tod im Eichsfeld* legt sie mit *Loverboy* ihren zweiten Kriminalroman mit Kommissar Frank Rothe und seiner Tochter Jessica vor. Astrid Seehaus lebt mit ihrer Familie im Eichsfeld.

Bisher aus der Rothe-Reihe erschienen

Tod im Eichsfeld - Rothes 1. Fall

Loverboy - Rothes 2. Fall

Echo zu *Tod im Eichsfeld - Thüringer Krimipreis*

„Ein sehr interessanter und fesselnder Plot, mit Charakteren, die nach einer Fortsetzung schreien. Daumen hoch für den Gewinner des Thüringer Krimipreises 2012“ *leser-welt.de*

„Überraschung gelungen! Pflichtkrimi! Ein Kriminalroman mit gewaltigem Nachhall!“ *querblatt.com*

Astrid Seehaus

Loverboy

Kriminalroman

Undine

Die Geschichte ist fiktiv. Namen und Charaktere sind frei erfunden. Ähnlichkeiten mit lebenden und verstorbenen Personen sind unbeabsichtigt und rein zufällig.

Astrid Seehaus
Loverboy
ISBN 978-3-940002-11-2
Covergestaltung: RoSe@Design
Lektorat: Melanie Müller-Scheitza, Axel Köbele

Unser Internet-Auftritt: www.undine-verlag.de
Unsere E-Mail-Adresse: info@undine-verlag.de
Unsere Telefonnummer: 036071 - 9 15 66

Undine Verlag Eichsfeld

Das wahre und interessante Leben eines menschlichen Wesens spielt sich im Verborgenen wie unter dem Schleier der Nacht ab ... Jede persönliche Existenz ist ein Geheimnis.

Anton Pawlowitsch Tschechow, 1860-1904

Prolog

Die Panikattacke kam ohne Vorwarnung. Als ob zwei Hände ihren Hals umklammern und kräftig zudrücken würden. Ihr Herz schlug hart gegen die Brust, es raste, stolperte und raste weiter. Sie versuchte, flach und regelmäßig zu atmen. Doch sie bekam kaum Luft. Ihre Finger krallten sich in die Bettdecke. Ohne die Umgebung wahrzunehmen, starrte sie in das Dunkel des Zimmers und hoffte, dass der Druck auf ihre Kehle nachließe. Es machte ihr Angst, wieder in diesen Strudel unbekannter Tiefen hinabgezogen zu werden, aus dem es kein Entrinnen gab.

Sie unterdrückte ein Stöhnen.

Mit dem letzten Quäntchen Willen, das ihr geblieben war, bäumte sie sich auf, um wieder Kontrolle über ihren Körper zu erlangen, aber es fehlte ihr jegliche Kraft. Ihr schien, jemand drücke sie mit aller Gewalt auf die Matratze. Es blieb ihr nichts anderes übrig, als auszuhalten. So musste es sich anfühlen zu sterben.

Nach einer Weile versuchte sie erneut, ihrer Atmung einen gleichmäßigen Rhythmus aufzuzwingen, sie konzentrierte sich nur auf das Einsaugen und Ausstoßen der Luft. Atmete, kämpfte gegen das Ersticken an, atmete, fühlte, dass der Druck in der Brust nachließ, atmete tiefer, langsamer. Atem war Leben. Und sie lebte, weil sie atmete, weil genügend Sauerstoff ihre Lunge erreichte.

Ihr Körper zitterte, als ob er schwere Arbeit geleistet hätte, und sie horchte in sich hinein. Das Wummern in der Brust hatte nachgelassen, aber sie konzentrierte sich weiter auf das Strömen des Atems, bis es ganz gleichmäßig wurde.

Erst dann wagte sie es, die Beine unter der Bettdecke frei zu strampeln, sich aufzusetzen und mit ihren Füßen die kalten Holzdielen nach den Hausschuhen abzusuchen, die sie vor dem Schlafengehen achtlos abgestreift hatte. In der Dunkelheit konnte sie kaum die Zeiger des Weckers auf ihrem Nachttisch erkennen. Es musste fast drei Uhr morgens sein. In drei Stunden würde es dämmern. Sie würde wieder zu wenig geschlafen haben und sich zusammenreißen müssen, damit niemand ihren erbärmlichen Zustand bemerkte. Sie musste stark bleiben. Hastig wischte sie die Tränen aus den Augenwinkeln und stand auf.

Ohne das Licht anzuschalten, tastete sie sich zur Küche. Erst dort betätigte sie den Lichtschalter. Die plötzliche Helligkeit blendete sie, sodass sie die Augen zukniff und sich leicht schwankend am Türrahmen festklammerte. Wann hatten diese Panikattacken eigentlich angefangen? Zeitgleich mit ihrem Verschwinden oder schon vorher?

Auf wackeligen Beinen erreichte sie die Küchenzeile, holte eine Packung Milch aus dem Kühlschrank und griff, ohne hinzusehen, nach dem Honigglas, das in einem Regal daneben stand. Sie wusste, dass warme Milch mit Honig ihr nicht helfen würde, wieder einzuschlafen, aber es war besser, etwas zu tun, als sich untätig der Angst auszuliefern. Sie setzte den Topf mit Milch auf den Herd und achtete darauf, keine unnötigen Geräusche zu verursachen. Gedankenverloren lutschte sie den Honig vom Löffel ab und verschluckte sich. Sie rang nach Luft und sah erschrocken zur Tür. Hatte man sie gehört? Sie hoffte nicht. Sie wollte keine Erklärungen abgeben und sich dabei wieder verstellen müssen. Das war nicht ihre Art.

Aber niemand im Haus rührte sich. Heute Nacht blieb sie allein. Mit sich. Mit ihren Gedanken. Und mit ihren Sorgen.

Sie zog den Topf vom Herd, bevor die Milch aufschäumte, und goss den Inhalt in eine Tasse. Den Löffel versenkte sie in der weißen Flüssigkeit und vergaß zu trinken.

Ihre Gedanken drifteten ab in eine Zeit, in der sie jung gewesen war. Nicht naiv, wie man in dem Alter vermuten könnte, sondern mit einem starken Willen, die Zukunft selbst zu gestalten und nicht andere über das eigene Leben bestimmen zu lassen. Hätte sie damals vorhersehen müssen, dass ihre Entscheidung Jahre später solche Folgen zeitigen würde? Hätte sie anders gehandelt, wenn sie gewusst hätte, was passieren würde?

Unwillkürlich schüttelte sie den Kopf. Nein. Es gab Entscheidungen, bei denen einem von Anfang an bewusst war, dass sie zu nichts Gutem führen würden, und trotzdem ließen sie sich nicht abwenden. Vermutlich war es eine Frage der Persönlichkeit, ob man jahrelang grollte oder nicht. Er jedenfalls schien nicht vergeben zu wollen. Sein Gedächtnis war das eines Elefanten. Niemals vergessend, ewig nachtragend. Dabei ging es ihm nur um sein kleinliches Rachebedürfnis, sie dagegen hatte damals ihre Unabhängigkeit bewahren wollen. Das war etwas völlig anderes.

Ohne einen Schluck getrunken zu haben, stellte sie die Tasse beiseite und wusste, was sie zu tun hatte. Auch dieses Mal würde sie sich nicht beirren lassen.

Erfurt - Sonntag - früher Abend

Als Carel die *Pacat* Bar betrat, geschah etwas, woran er sich im Laufe der letzten beiden Wochen erst hatte gewöhnen müssen: Er wurde aufmerksam von einem hübschen Mädchen gemustert. Das war neu für ihn und immer noch ungewohnt. Denn normalerweise pflegte ihn das weibliche Geschlecht zu übersehen. Nicht weil er hässlich war, sondern weil ihn seine Schüchternheit und sein Job gelehrt hatten, sich unsichtbar zu machen. Er lächelte dem Mädchen zu, wenn auch nur scheu. Da er der Laufbursche von Zascha war, wäre es aufgefallen, hätte er sich zu sehr um Unauffälligkeit bemüht.

Carel begrüßte den Barkeeper.

„Hi, Stan, ich hab was für dich." Er reichte dem schweren Mann einen geschlossenen Umschlag.

Mit einem Nicken nahm Stan die Ware entgegen und verschwand im Hinterzimmer. Carel atmete auf, als er das brisante Zeug los war, und sah sich um.

Das *Pacat* war nahezu leer. Er lümmelte sich auf einen Barhocker. Während er auf Stan wartete, der das Crystal prüfte, verfolgte er die Vorführung einer Poledancerin, die ihren Hintern lustlos hin und her schwenkte, beobachtete Elena in ihrem schwarzen Netzfummel, wie sie sich lustlos dem einzigen Kunden, Marke Bürohengst, näherte, der sich – wahrscheinlich lustlos – von ihr vögeln lassen würde. Eine ebensolche Lustlosigkeit schien sich auch seiner zu bemächtigen. Carel fragte sich angeödet, was er hier eigentlich tat.

Das Etablissement war Swingerclub und Puff zugleich. Die einst schwülstige Bordellatmosphäre mit dunklem Holz und roten Samtvorhängen war durch einen kühlen Marmor-Glas-Schick ersetzt worden. Carel kannte das *Pacat* noch nicht lange genug, um sich eine Meinung über die Änderungen in der Einrichtung oder der Kundschaft zu bilden, aber Elena hatte ihm gesagt, dass neuerdings eine andere Klientel komme. Mehr Rechtsanwälte, Versicherungsfritzen und Schickimickis als früher.

„Was macht ein attraktiver junger Mann so allein hier?"

Das Mädchen, das ihn angesprochen hatte, musste neu sein und besaß einen rumänischen Akzent. Carel bezweifelte, dass sie schon achtzehn war. Alles an ihr, der schlanke Körper und die großen, runden Augen, erinnerte ihn an ein Rehkitz.

„Möchtest du Gesellschaft?" Die Sätze klangen einstudiert. Wahrscheinlich waren das die einzigen Brocken Deutsch, die sie beherrschte.

„Nein, danke. Ich bin geschäftlich hier", antwortete Carel, und der Barkeeper gab dem Mädchen mit einer Kopfbewegung zu verstehen, dass es verschwinden solle.

Stan schob ihm einen zugeklebten Umschlag zu.

„Wo dieses Mal?", murmelte Carel, woraufhin Stan wortlos einen Zettel auf den Tresen legte, als hätte er vergessen, wie man die Stimmbänder benutzte. Dann vertiefte er sich wieder ins Gläserpolieren, ohne seinem Gegenüber weiter Beachtung zu schenken.

Carel las die Adresse. Es war keiner der Plätze, an denen er sich für gewöhnlich mit Zascha traf. Er war schon viel mit seinem Boss herumgefahren, aber er kannte noch nicht jede Ecke von Erfurt, und diese sagte ihm gar nichts. Er zog sein Smartphone aus der Hosentasche, gab den Straßennamen ein und studierte den Weg dorthin. Von Anfang an war Carel Zaschas Hang zur Vorsicht und Geheimniskrämerei aufgefallen. Vielleicht hatte er Glück und würde heute endlich erfahren, wo Zascha wohnte.

Zascha. Für alle einfach nur Zascha. Auch für ihn. Ohne Nachnamen. Kurz und bösartig.

Der Barkeeper ließ das Papier verschwinden, kaum hatte Carel es aus den Händen gelegt. Zum Abschied nickte Carel ihm stumm zu, doch der andere reagierte nicht.

Neben dem Ausgang fiel Carel eine Werbetafel ins Auge. Die Sex-Flatrate war diese Woche schon für hundert Euro pro Nacht zu haben. Die Mädchen bekamen davon zehn Prozent und die Freier durften sie so lange in Anspruch nehmen, wie sie wollten (oder konnten, dachte er süffisant). Letzte Woche hatte der Preis noch hundertfünfzig betragen, und Elena hatte sich schon darüber ziemlich aufgeregt. Hatte sie es gewagt, sich wieder zu beschweren? Sie war die Älteste im *Pacat* und hatte eine Tochter, die sie aus dem Milieu raushielt. Das hatte sie ihm erzählt, obwohl sie sonst eher schweigsam war. Ihr war dabei deutlich anzumerken gewesen, dass sie diesen Job hasste. Und dabei ging es ihr noch gut, sinnierte Carel. Sie hatte weniger Grund, sich zu beschweren als die Mädchen in den *Fickzellen*, wie Zascha die Wohnungen nannte, in denen die Kleinen für ihn anschaffen mussten.

Carel schüttelte den Gedanken an seinen Boss ab und stieg in den gestohlenen Mercedes, den er im Hinterhof des *Pacat* geparkt hatte. Er folgte den Ansagen der Navigations-App seines Handys. Sie lotsten ihn zu einem Mietshaus, einem heruntergekommenen Altbau. Das schlichte Gebäude passte zwar nicht zu Zaschas theatralischem Wesen, doch zu der Vorsicht, die er stets walten ließ. Endlich seine Adresse zu kennen, war ein enormer Fortschritt. Carel triumphierte, Zascha begann, ihm zu vertrauen. Plötzlich wurde die Beifahrertür aufgerissen, und Zascha schwang sich auf den Sitz. Das ging so schnell, dass Carel ihn erst einmal verblüfft anstarrte. Zascha musste im Hauseingang auf ihn gewartet haben. Sein Vertrauen war also doch nicht so groß.

Ungeduldig fuhr Zascha Carel an: „Hast du das Geld?"

Wortlos zog Carel den Umschlag aus der Innentasche seiner Jacke und reichte ihn seinem Boss. Der befingerte den Inhalt und steckte ihn schließlich zufrieden ein.

„Gut gemacht", lobte Zascha und zog ein pinkfarbenes Smartphone aus der Hosentasche. „Ich denke, dafür hast du dir eine kleine Anerkennung verdient." Er tippte auf dem Handydisplay herum, bis sich eine Videodatei öffnete.

„Seit wann stehst du auf Rosa?", versuchte Carel zu scherzen, der sich in Zaschas Gegenwart immer unwohl fühlte.

„Hat mir 'ne Tusse gegeben", antwortete Zascha und konzentrierte sich auf den Film, der vor ihm ablief.

Sein wölfisches Grinsen gefiel Carel nicht sonderlich. Er warf einen flüchtigen Blick auf das Display, sah die dunklen Haare, die helle Haut, die aufgerissenen Augen und befahl: „Stell das ab!"

„Warum denn? Du hast es doch noch gar nicht gesehen."

„Stell das ab!", wiederholte Carel schärfer.

Die Bilder tauchten von alleine auf, dazu brauchte Carel keinen Film: wie Zascha das Mädchen in die Wohnung gedrängt und mit der Waffe an ihrer Stirn gezwungen hatte, ihm gefällig zu sein. Es war eine ordentliche, wenn auch kärgliche Wohnung in einem Mietshaus gewesen, in dem es abgestanden gerochen hatte, in dem der eine Nachbar nichts mit dem anderen zu tun haben wollte, wenn die Wohnungen nicht sowieso gerade leer standen. Zascha war auf Droge gewesen und in diesem Zustand zu allem fähig. Womöglich hätte er das Mädchen erschossen, hätte Carel sich ihm in den Weg gestellt. Er war gegangen, besser gesagt, geflohen, und hatte im Auto auf seinen Boss gewartet. Nachher hatte Zascha behauptet, er hätte die Kleine doch nur für ihn zurechtgefickt. Carel hatte ihn ignoriert und war losgefahren. Und das würde er auch dieses Mal tun.

„Ist das alles, was du mir zeigen wolltest?“, fragte Carel kurz angebunden.

„Sei doch nicht so ein Spielverderber“, entgegnete Zascha beleidigt und stieg grußlos aus.

Carel unterdrückte einen derben Fluch, ließ den Wagen stehen und folgte Zascha, um die miese Stimmung zu kitten.

Heiligenstadt - Montagvormittag

Frank Rothe überflog zähneknirschend die Fußballergebnisse vom Wochenende. Rot-Weiß kam wirklich nicht aus dem Knick. Er mochte zwar neuerdings im Eichsfeld leben, aber fußballtechnisch schlug sein Herz weiterhin für Erfurt.

Frustriert faltete er die Zeitung zusammen. Er konnte nicht umhin, die Fußgängerzone abzuscannen, als wäre er im Einsatz. Berufskrankheit. Zudem bereitete ihm Untätigkeit, auch wenn es nur für eine halbe Stunde war, ein unangenehmes Gefühl. Diese Unruhe übertrug sich auf sein rechtes Bein, das übergeschlagen unter dem Cafétisch wippte.

Er fragte sich, was seine Tochter so plötzlich von ihm wollte. Jessi hatte gesimst, dass sie ihn „ganz schnell“ sehen müsse. Typisch für einen Teenager in ihrem Alter: Ein Gedanke, der auftauchte, musste sofort in die Tat umgesetzt werden. Und er hatte natürlich nichts Dringenderes zu tun, als zum vereinbarten Treffpunkt zu eilen. Würde er jemals damit aufhören, sich Sorgen um sie zu machen? Seit dem Attentat vor knapp zehn Jahren bezweifelte er das. Und Jessis Selbstmordversuch vor wenigen Monaten bestätigte ihn darin. Doch nicht jede SMS, nicht jeder Anruf war Bote für eine neue Katastrophe.

Über Rothes Gesicht huschte ein Lächeln, die Ungeduld hatte sie von ihm. Nun gut, er war da. Wer nicht da war, war sie. Hatte sie nun doch keine Freistunde? Während er sich um Ruhe bemühte und sich auferlegte, den Moment zu genießen, die Morgensonne wie den Cappuccino, beobachtete er die Vorübergehenden. Eine Mutter schob gerade ihr plapperndes Kleinkind im Buggy vorbei, und ein älterer Herr trat mit einer Zeitung unter dem Arm aus dem Buchladen.

Im Vergleich zu Erfurt erschien das Leben in der Kreisstadt weniger hektisch, auch wenn sich die Geschäftstüchtigkeit mit der in Erfurt nichts nahm. Es war allein die Größe, die den Unterschied machte. Rothe konnte sich nicht daran erinnern, sich jemals in Erfurt Zeit für einen gepflegten Kaffee genommen zu haben. Vielleicht hatte er es getan, aber das war dann lange her. Seit Manuelas Tod galt für ihn nur eines: Jessica Freude am Leben zu vermitteln. Er verdrängte den Gedanken, wie wenig geeignet er dafür war.

Ihm kamen die unterschiedlichen Formen von Liebe in

den Sinn. Die Vaterliebe, von der sein Freund Sven behauptete, er würde es damit übertreiben. Die Liebe zu den Eltern und Geschwistern. Die Liebe zu den schönen Dingen des Lebens, für die er seit Jahren keinen Blick mehr hatte. Und die Liebe zu einer Frau. Zur Liebe gehörte die Treue und diese war für ihn keine leere Worthülse, auch wenn sich Sven immer wieder darüber lustig machte. Bis vor Kurzem noch war die Liebe für ihn etwas gewesen, das ihn mit Manuelas Tod für immer verlassen zu haben schien. Als zweiundvierzigjähriger, alleinerziehender Kriminalbeamter mit Überstunden und einem Rucksack voller Probleme hatte er geglaubt, von einer romantischen Beziehung so weit entfernt zu sein wie Rot-Weiß von einem Aufstieg in die Bundesliga. Und dann war es passiert. So unerwartet und in diesem Moment, wo er hier saß und darüber nachdachte, ebenso unwirklich. Es war nur eine Nacht gewesen, die sie miteinander verbracht hatten. Eine fantastische Nacht, erfüllt von einer Lebendigkeit, die er schon seit Jahren nicht mehr gespürt hatte. Sie hatten geredet, gelacht und sich geliebt, und wenige Wochen später war es wieder vorbei gewesen. Als ob sich alles nur in seiner Fantasie abgespielt hätte. Wie elektrisches Licht hatte sie das, was in diesen leuchtenden Momenten zwischen ihnen entstanden war, wieder ausgeknipst. Ohne eine Erklärung. Nach ein paar Tagen Auszeit, die sie sich spontan genommen hatte, verhielt sie sich ihm gegenüber, als ob nie etwas zwischen ihnen vorgefallen wäre. Natürlich war er enttäuscht, aber schlimmer war, dass ihn diese Ungewissheit schier wahnsinnig machte. Behandelte sie ihn so, weil sie Kollegen waren? Trauerte sie noch seinem Vorgänger hinterher? Sie war nicht zu durchschauen. Hauptmeister

Simone Nolte, schon vom ersten Augenblick an hatte sie ihn fasziniert.

Er starrte die Wilhelmstraße hinauf. Hinter dem Theodor-Storm-Museum, einem prächtigen Fachwerkhaus, konnte man auf dem Hügel die gotische Sankt Martin Kirche und die Schule sehen – eine der schönsten Stellen in Heiligenstadt. Jessi sollte bald aus dieser Richtung kommen. Wiederholt sah er auf die Uhr. Er musste zurück aufs Revier. Wenn sie nicht gleich erschien, würde er gehen, ob es nun wichtig war oder nicht.

Eine Bewegung, die er aus den Augenwinkeln wahrnahm, riss ihn aus den Gedanken. Reflexartig sprang er auf, als der Ball angeflogen kam und die Tasse vor ihm zu zerschmettern drohte. Geschickt nahm er ihn mit dem rechten Oberschenkel an, ließ ihn abtropfen und lupfte ihn mit dem linken Fuß nach oben, Vierteldrehung, Hacke, Rückdrehung, Spann, Knie. Für einen kurzen Moment hatte er vergessen, dass er nicht mehr zwölf war. Er fühlte eine unbändige Freude, bis ein anerkennender Pfiff der Sache ein Ende setzte. Verlegen passte er den Ball dem Jungen auf der anderen Straßenseite zu. Der Junge mochte vierzehn sein und war, wie es aussah, auf dem Weg zur Schule. Er sagte nichts, als er den Ball geschickt mit dem Fuß stoppte und in die Hand nahm. Aber sein Grinsen drückte pure Bewunderung aus. Frank Rothe musste ebenfalls grinsen. Er war längst noch nicht tot, auch wenn er sich bisweilen so fühlte.

Als er sich wieder setzte, kam ihm auf einmal alles freundlicher vor. Die Bedienung flirtete mit ihm. Sonnenstrahlen flirrten durch die Äste der Linde vor dem Café und zeichneten Muster auf das Pflaster. Die bunten Fassaden der Häuser verströmten eine leuchtende Fröhlichkeit. Er beobachtete einen Zulieferer, wie er seinen Wagen parkte und Ware auslud. Eine Angestellte des Buchladens stellte einen Tisch mit Büchern aus der Region vor die Tür. Rothe trank den kalten Rest vom Cappuccino. Selbst der schmeckte noch besser als die Plörre, die es früher gegeben hatte. Die Erinnerung an eine Familienfeier und das angewiderte Gesicht seiner Mutter über *Erichs Krönung* reizte ihn zum Lachen. Er überlegte, sich einen zweiten Cappuccino zu bestellen, verwarf den Gedanken aber gleich wieder.

Ein Mann setzte sich an den Nebentisch, ein paar Jugendliche eilten zur Schule. Jessi ließ weiterhin auf sich warten.

Beim Aufschauen fiel sein Blick auf zwei junge Frauen. Auf Stilettos stakten sie ungelenk an den Geschäften vorbei. Sie trugen auffällig ähnliche Kleider, die nichts verbargen. Die Röcke waren kurz, die Oberteile im Nacken geschlossen. Die Frauen hätten auch ein Schild mit dem Aufdruck „Käuflicher Sex" um den Hals tragen können. Es war offensichtlich, dass sie Prostituierte waren und der Kerl, der ihnen in einem Abstand von ein paar Metern folgte, ihr Zuhälter.

Aus den Augenwinkeln beobachtete Rothe den Mann am Nebentisch, wie er seine halb gerauchte Zigarette ausdrückte und den Espresso, der gerade gebracht wurde, in einem Zug hinunterstürzte. Er starrte den Mädchen nach, und Rothe war gespannt, ob er dem provokativen Werben erliegen würde. Die Straßenprostitution war landesweit verboten.

Erfurt - zur selben Zeit

Kevin Stolze, Rechtsanwalt und Partner in einer aufstrebenden Immobilienfirma, wollte sich gerade auf den Weg ins Büro machen. Das Frühstück hatte er hinuntergeschlungen, und das war ihm nicht bekommen. Seine nicht gerade glänzende Laune verschlechterte sich noch, als Katrin ihn vor der Tür abfing und mit ihm sprach, als ob er seinen Grips im Eierbecher gelassen hätte. Sein Ego war seit einigen Wochen angeschlagen wegen Geschäften, die geplatzt waren. Sein Bonus am Jahresende würden schmaler ausfallen. Seine Sekretärin stellte neuerdings Forderungen, was ihm zunehmend missfiel. Und nun fing auch noch seine Ehefrau an, ihm reinzureden.

„Katrin, zum wiederholten Mal, nein, ich werde mich nicht darauf einlassen. Ich verkaufe ihm kein Haus im Sperrbezirk. Auch kein Grundstück. Ich habe nicht das geringste Interesse daran, ihm etwas zu vermitteln. Soll er sich an den Bebauungsplan der Stadt halten. Der regelt die Ansiedlung dieses Gewerbes. Das ist mein letztes Wort“, herrschte er sie an und fügte dann doch noch hinzu: „Mir ist schleierhaft, warum dich das überhaupt interessiert.“

Katrin Stolze versuchte nicht, ihren Mann zu beruhigen. Er würde sich schon wieder abregen, und dann würde sie ihm erklären, wie wichtig es war, dass er alle Aspekte des Angebots von B., wie Kevin ihn nannte, beleuchtete. Katrin war nicht auf den Kopf gefallen. Sie wusste, warum er ihr den vollen Namen des Interessenten verheimlichte: damit sie sich nicht einmischte. Er vertraute ihr nicht und das beruhte in letzter Zeit auf Gegenseitigkeit.

Vor ihr stand der Mann, den sie als Neunzehnjährige aus Liebe geheiratet hatte. Aus Liebe! Dass sie nicht lachte. Wo war sie nur in der Zwischenzeit hin, ihre Liebe? Sie war nun sechsunddreißig und viel zu alt, weiterhin ihre rosarote Jungmädchenbrille zu tragen. Kevin war fünfzehn Jahre älter als sie. Damals hatte er ihr imponiert, und jetzt stand er vor ihr, sehr groß, immer noch schlank und starr aufrecht, als ob er trotzig gegen den Umstand ankämpfte, dass das Leben wie ein Mühlstein an seinem Hals hing. Hatte es den Mühlstein auch schon früher gegeben? Dieses Beharren auf eigene Positionen? Wenn ja, hatte sie es damals anscheinend als Attribut eines erfolgreichen Mannes gesehen und sich nicht daran gestoßen. Das hatte sich über die Jahre geändert. Er war immer noch ein attraktiver Mann, mit in der Zwischenzeit ergrauten Schläfen und einem scharfen Blick, der Angst einjagen konnte, wenn er den anderen ungeduldig erforschte. Und er war unduldsam – schnell in seinen Entscheidungen, brüsk in seinen Urteilen und geradezu vernagelt, wenn es um seinen Ruf als Geschäftsmann ging.

Sie lotste ihn von der Tür weg ins Wohnzimmer. Wenige Minuten und ein Whiskyglas später hatte sie ihn so weit, dass er ihr wenigstens zuhörte.

Er war sichtlich angespannt.

„Kevin, bitte, du musst an Alina denken. Sie ist unsere einzige Tochter. Wir sind uns immer einig gewesen, dass sie alles erhält, was wir ihr bieten können. Was ist schon dabei, wenn du an diesen B. verkaufst? Deinem Partner kann das doch egal sein, Hauptsache der Preis stimmt. Und für uns springt etwas extra heraus. Und das steuerfrei."

Stolze stöhnte auf.

„Das Leben ist teuer“, betonte Katrin und machte einen Schritt auf ihn zu.

Sie wollte ihm beruhigend über die Schulter streichen, unterdrückte aber den Impuls. Er war noch zu aufgebracht, um sich von ihr berühren zu lassen.

„Lass mich damit in Ruhe“, blaffte er. „Mich interessieren solche Geschäfte nicht. Sollen die anderen sich ihr Stück vom Kuchen abschneiden.“

Immer wieder die gleiche Leier, dachte Katrin. Warum war es in letzter Zeit so schwierig, an ihn heranzukommen? Manchmal hatte sie das Gefühl, ihre Worte prallten an ihm ab. Wann waren ihr die Fäden aus den Händen geglitten? Sie war immer eine gute Menschenkennerin gewesen. In der Schule hatte sie sich sogar anhören müssen, sie würde Menschen manipulieren.

„Und was ist mit meinen Wünschen? Weißt du überhaupt, was ich will?“

Als er nicht reagierte, fuhr sie fort: „Denkst du etwa, ich will ewig in dieser Tretmühle bleiben? Meinst du nicht auch, ich könnte mir etwas Schöneres vorstellen, als tagein, tagaus Nachtschichten zu schieben? Mich vom Chefarzt abkanzeln zu lassen? Zweiundsiebzig Stunden Bereitschaft, lediglich unterbrochen von einem unruhigen Schlaf auf einer Untersuchungsliege? Glaubst du nicht auch, ich möchte *das hier* ein wenig mehr genießen?“ Und dabei machte sie eine weit ausholende Armbewegung, mit der sie die schicke Einrichtung ihres modernen Eigenheims umschloss.

„Ich lebe ja schon mehr im Krankenhaus als hier. Wann bin ich denn mal zu Hause? Nur Arbeit kann es doch nicht sein.“ Ehe sie ihm sagen konnte, dass sie sich das Leben mit ihm luxuriöser vorgestellt hatte, mit mehr Zeit, größeren Reisen und regelmäßigen Konzertbesuchen, unterbrach er sie auch schon.

„Du bist eine Ärztin mit hohem Ansehen, und die Leute vertrauen dir. Würdest du dieses Vertrauen aufs Spiel setzen?"

Sie schwieg.

„Ich entnehme deiner Reaktion, dass du es nicht tun würdest", sagte er mit einem spitzen Lächeln auf den Lippen.

Jetzt ließ er wieder mal den Oberlehrer raushängen, als wüsste er, was gut und böse war. Wie Katrin das langweilte. Dabei machte er die Regeln, wie es ihm gerade in den Kram passte.

„Es ist nichts dabei, einem Geschäftsmann etwas zu vermitteln. Das macht ihr tagtäglich", fuhr sie hartnäckig fort.

„Aber nicht an diesen Geschäftsmann."

„Du kennst ihn doch gar nicht."

„Eben."

„Irgendwer wird dieses Haus kaufen. Wenn er es nicht tut, dann ein anderer."

„Dann eben ein anderer."

„Ach, Kevin, so kommen wir nicht weiter", seufzte Katrin hilflos. Dann fiel ihr ein, was ihr Mann vor einiger Zeit über B. erzählt hatte.

„B. – war das nicht der, der angeboten hat, das Stadiondach mitzufinanzieren?"

„Du meinst das *Public Privat Partnership*?"

Katrin lächelte maliziös. Vielleicht war das eine Möglichkeit, ihrem Mann diesen geheimnisvollen B. doch noch irgendwie schmackhaft zu machen. Schien er nicht ein Wohltäter zu sein? Kevin hatte ihr von ihm erzählt, als er schweißgebadet und befriedigt neben ihr gelegen hatte. Entweder war es Glück oder ihren Verführungskünsten zu verdanken gewesen, dass er an dem Abend wie ein Wasserfall geredet hatte. Kevin erzählte ihr schon lange nichts mehr, was die Firma oder seine Arbeit anging. Anfänglich hatte sie ihm an dem Abend nur mit halbem Ohr zugehört, weil sie gedanklich verschiedene Variationen einer lukrativen Trennung durchgespielt hatte. Das Leben an seiner Seite machte keinen Spaß mehr, aber sie wollte ungern auf die Annehmlichkeiten verzichten, die er ihr bisher geboten hatte. Ihr Verhältnis war in den letzten Jahren jedoch derart eisig geworden, dass es womöglich nur noch eine Frage der Zeit war, bis er den Geldhahn zudrehen würde. Sie war hellhörig geworden, als in seinen Ausführungen eine sechsstellige Zahl gefallen war. Ihr vager Traum, nach Genf zurückzukehren, hatte sich auf einmal zu einem realen Ziel verfestigt. Sie musste dieser Ehe entfliehen, wenn sie nicht so werden wollte wie er: starr wie eine gefriergetrocknete Hähnchenkeule. Dabei gab es leider ein Problem: Alina. Sie war Papas Liebling, und er würde bestimmt alles tun, sie ihr abspenstig zu machen.

Ärgerlich stellte sie fest, dass sie sich von ihren Gedanken hatte mitreißen lassen. Was hatte Kevin gesagt? Ihre Unachtsamkeit konnte sie in dieser Auseinandersetzung die Oberhand kosten.

Sie riss sich zusammen und konzentrierte sich wieder auf das, was Kevin ihr zu erklären versuchte.

„Zuerst hört sich das nach einem attraktiven Angebot an, und später übertreffen die Rückzahlungen in Form von Miete oder Pacht bei Weitem die Investitionen, die man aufgewandt hätte, hätte man das Ding ohne Privatinvestor gebaut", belehrte er.

„Wir brauchen das Geld, Kevin!", beharrte Katrin. „Und weißt du immer, was dein Geschäftspartner macht? Vielleicht bescheißt er dich ja und verhandelt gerade selbst mit B."

„Uli?", fragte Kevin konsterniert. „Er ist der Kopf von *Barkel & Stolze Real Estate*. Er hat die Firma gegründet. Sie ist sein Baby. Mich hat er später ins Boot geholt. Warum sollte er jetzt alles, wofür er gearbeitet hat, für ein paar Mäuse mehr wegwerfen?"

„Ach, das weiß ich doch nicht", entgegnete sie genervt.

Manchmal hatte sie das Gefühl, Kevin wäre mit seinem Partner verheiratet. Uli war das Maß aller Dinge, Kevin folgte ihm wie ein Schatten. Das war schon seit Schulzeiten so.

„Ich weiß nur, dass es niemandem schaden kann, wenn du das Haus verkaufst und wir dafür extra kassieren. Und wenn schon?! Interessiert es jemanden?"

„Ja, das Finanzamt zum Beispiel. Und nein, ich werde nicht an einen Geschäftsmann verkaufen, von dem ich nicht einmal weiß, welche dubiosen Geschäfte er macht, und der einem Schwarzgeld anbietet."

In diesem Fall sagte er nicht ganz die Wahrheit. Er hatte zumindest eine Ahnung, womit B. sein Geld verdiente. Deshalb graute ihm auch davor, dass er mit diesem „sauberen" Geschäftsmann in Verbindung gebracht werden könnte. Und sowieso musste seine Frau nicht alles wissen.

Er täuschte sich. Sie wusste bereits eine Menge: Kevin betrog sie mit seiner Sekretärin. Und was er sonst noch anstellte, wollte sie gar nicht wissen. Ihre Ehe war in den letzten Jahren zu einer Farce geworden, und sie war es leid, alles hinzunehmen. Sie wollte einfach mal nur an sich denken. Sie wollte reisen, Ausstellungen besuchen, Neues erkunden, sich ausprobieren. Ganz einfach: Sie wollte das Leben, das er ihr versprochen hatte. War das so schwer zu verstehen? Als Ärztin mit vielen Überstunden würde sie sich ihre Träume niemals erfüllen können. Zu allem Überfluss hatte sie diesen Beruf auf sein Drängen hin ergriffen. Ein Rechtsanwalt und eine Ärztin, das sei die Eintrittskarte zur High Society, so hatte er ihr damals den Studiengang schmackhaft gemacht. Dass sie nicht lachte.

Sie hatte angefangen, ihn im Bett maßlos zu verwöhnen. Was hatte sie sich von dieser Elena für Tipps geben lassen. Tipps, die ihr, wenn sie nur daran dachte, die Schamesröte ins Gesicht trieben. Nachdem sie Elena kennengelernt hatte, war ihr bewusst geworden, dass sie einiges dafür tun würde, um an sein Geld zu kommen, denn Geld war der entscheidende Faktor für Freiheit. *Ihre* Freiheit, erkauft mit *seinem* Geld. Viel Geld.

Elena war so alt wie sie, verdiente ihr Geld als Prostituierte in einer Bar in Erfurt und war eines Tages zu ihr ins Krankenhaus gekommen, um sich untersuchen zu lassen. Dass sie dafür extra nach Weimar gefahren war, hatte sie damit begründet, dass ihr Chef nicht alles wissen müsse. In ihrem Job könne man sich nie sicher sein, ob man sich nicht etwas eingefangen habe. Aber Elena hatte nichts, sie war gesund.

Obwohl Katrin nicht gerade prüde war, war sie doch ziemlich verlegen gewesen, als sich Elena ihr im Untersuchungszimmer in der Erotik-Wäsche präsentiert hatte. Und dann hatte sich die rumänische Hexe auch noch über sie lustig gemacht. Das sei es, was man brauche, um einen Mann scharf zu machen, hatte Elena erklärt.

Nun waren Spitzendessous nichts, was Katrin ablehnte, aber bei dem Schnitt dieser speziellen Reizwäsche war ihr nur eines in den Sinn gekommen: dass es sie viel Überwindung kosten würde, sich vor Kevin derart darzubieten. Im Gegensatz zur großen und schlanken Elena war sie klein und mollig.

Kevin waren fast die Augen aus den Höhlen gesprungen, als sie am gleichen Abend mit geschlitztem Lack-Slip und nippelfreiem BH aus dem Badezimmer gekommen war. Reizwäsche, so subtil wie ein Holzhammer. Sie war sich sicher gewesen, dass er sie auslachen und Klein Kevin vor Unlust in der Hose bleiben würde. Doch das Glühen in seinen Augen hatte sie weitermachen lassen. Und als sie in Ermangelung einer Dominapeitsche Alinas Reitgerte hervorgezogen und ihm den Hintern versohlt hatte, war sie schockiert über seine Reaktion gewesen. Er hatte sich doch tatsächlich eine Wiederholung gewünscht.

In der Zwischenzeit erkannte Katrin, dass ihre Worte nichts bei Kevin ausrichten konnten. Den verbalen Schlagabtausch hatte sie verloren, aber sie nahm sich vor, im Bett weiterhin die Oberhand zu behalten.

Als Alina früher als sonst von der Schule nach Hause kam, war von der Auseinandersetzung zwischen ihren Eltern nichts mehr zu spüren. Befriedigt von dem, was seine Frau mit ihm angestellt hatte, hatte es sich Stolze anders überlegt und erledigte seine Arbeit, statt im Büro, zu Hause. Ihre Mutter Katrin lag in der Badewanne und machte Zukunftspläne. Das alles interessierte Alina nicht. Ihr wäre nicht einmal aufgefallen, wenn ihre Eltern sich im Wohnzimmer geprügelt hätten. Sie war in ihren Gedanken mit ihrem Traummann beschäftigt. Er würde sie im Filmgeschäft ganz groß rausbringen. Er liebte sie. Sie war sein sexy Partygirl.

Im Zimmer warf sie sich aufs Bett und wählte Lydias Nummer. Sie hatten sich gerade erst voneinander getrennt, aber Alina spürte schon wieder dieses Bedürfnis, mit ihr zu reden. Ihr alles von Zascha zu erzählen. Alina konnte sich endlos über ihn auslassen, und Lydia hörte immer zu, ohne sie jemals zu unterbrechen. Sie mochte Lydia wirklich gern, obwohl sie anders war. Oder vielleicht sogar, *weil* sie anders war. Ruhig und besonnen, fast schon schüchtern, nicht so impulsiv wie sie, die einfach im Mittelpunkt stehen musste. Lydia war die ideale Freundin.

Alina trat vor den großen Wandspiegel und arbeitete an einem verführerischen Lächeln und einem kessen Augenaufschlag. Sie war die geborene Schauspielerin. Und Zascha würde dafür sorgen, dass es bald die ganze Welt erführe.

„Ich liebe dich, Zascha", murmelte sie.

Sie lauschte ihren Worten nach und lachte zufrieden auf, als sich Lydia in der Leitung meldete, der sie sogleich die Ohren vollquatschte.

Erfurt - zwölf Stunden früher - nachts

Das Arschloch war ihm doch tatsächlich entwischt. Carel konnte nicht fassen, dass ihm das passiert war. So ein Fehler! Seit dem ersten Kontakt mit Zascha versuchte er, an ihm dranzubleiben. Er begleitete ihn zum Abkassieren in die Zimmerbordelle, lungerte mit ihm in diversen Cafés und Bars herum, besuchte Vorstellungen von irgendwelchen Schauspielgruppen, ließ sich sogar zu Schulveranstaltungen mitschleppen, bis er an akutem Schlafmangel litt. Und dennoch schaffte es Zascha immer wieder zu entwischen, und niemand wusste, wo er sich aufhielt.

Auch wenn Zascha die Veranstaltungen nutzte, um Mädchen kennenzulernen – je jünger, desto besser –, nahm Carel ihm das Interesse am Theater ab. Irgendwie blieb Zascha undurchschaubar. Auf der einen Seite teilte er die Mädchen in „verführbar“ und „nicht verführbar“ ein. Er bewertete sie als „gute“ und „schlechte“ Ware, und bewies damit seine abgrundtiefe Bösartigkeit. Auf der anderen Seite hatte er einen Sinn für Kultur, kannte die aufgeführten Stücke, die sie sich gemeinsam ansahen, bis ins kleinste Detail. Anspruchsvolle Bühnenfassungen. Theaterstücke, von denen Carel noch nie gehört hatte. Seitdem Carel im Anschluss an das Desaster mit dem Vergewaltigungsvideo Zascha bis zu dessen Wohnung gefolgt war, um sich zähneknirschend zu entschuldigen, hatte sich sein Boss wieder zutraulich gezeigt und redete mit ihm. Nach der Aussöhnung unter Männern, besiegelt mit einem Bier, waren sie stundenlang herumgefahren. In Gotha hatte Zascha sich ziemlich schnell zu langweilen begonnen, und so waren sie nach Weimar gebrettert. Dort kannte Zascha eine Studentengruppe, die Theater spielte. Sie hatten sich deren neuestes Stück angesehen, das Carel nicht verstanden, Zascha aber zu Begeisterungsstürmen hingerissen hatte. Auf der Rückfahrt hatte Carel Zaschas Ausführungen, wie man das Stück noch hätte spielen oder interpretieren können, stumm über sich ergehen lassen. Er hatte kein Wort davon kapiert. Er hatte doch noch nicht einmal das Stück verstanden, wie hätte er da fähig sein sollen, Zaschas wirre Variationen nachzuvollziehen? Als sie schließlich zurück in Erfurt gewesen waren, hatte ihm Zascha einen Botengang aufgedrückt. Carel hatte alles versucht, diesen Auftrag abzulehnen. Er war sogar so weit gegangen, Zascha in ein Gespräch über Schauspielerei zu verwickeln. Dabei hatte ihm die Angst im Nacken gesessen, dass er sich mit seinem übertriebenen Eifer verraten könnte. Doch Zascha hatte seine Einwände vom Tisch gewischt und die Crystallieferung telefonisch angekündigt. Ihm war nichts anderes übrig geblieben, als ihn allein zu lassen, um zu liefern.

Und jetzt war der Vogel ausgeflogen.

Carel stand im Schatten eines Hauseingangs und beobachtete die gegenüberliegenden Fenster, hinter denen er Zaschas Wohnung vermutete. Er tätigte mehrere Anrufe, die ergebnislos blieben. Niemand aus der Szene konnte oder wollte ihm sagen, wo Zascha steckte. Es half nichts, er musste über die aktuelle Situation Meldung machen. Einen Moment lang starrte er auf das Smartphone in seiner Hand und verfluchte sich. Er wollte nicht anrufen und tat es doch. Auf keinen Fall würde er zugeben, dass er einen Fehler gemacht hatte.

Während es auf der anderen Seite klingelte, rang er mit sich, spielte Möglichkeiten durch, überlegte, ob er auflegen sollte. Das Gespräch nicht zu führen bedeutete, nicht zugeben zu müssen, dass ihm Zascha entwischt war. Am liebsten hätte er die Augen davor verschlossen und so getan, als ob nichts passiert wäre. Aber es ließ sich nicht leugnen. Zascha musste ihm auf die Schliche gekommen sein.

Auf der anderen Seite meldete sich eine Stimme. Ungeduldig und kurz angebunden. Carel hasste es, wenn sie kurz angebunden klang. Diese Situation zementierte geradezu sein Gefühl der Unzulänglichkeit.

„Ich habe ihn verloren", hörte er sich verzweifelt flüstern. Zu verzweifelt, wie er fand, sodass der anschließende Satz auf seinen Lippen erstarb und er es vorzog, schweigend zuzuhören. Das Gespräch endete mit einem knappen Befehl.

Genervt kehrte Carel zum Auto zurück, einer älteren Studentenkarre mit diversen Aufklebern: „Sponsored By Papa". Dass er nicht lachte. Den Mercedes hatte er kurzfristig gegen diese „Leihgabe" eingetauscht.

„Bleib dran! Bleib dran!", wiederholte er die letzten Worte des Telefonats. Wussten sie überhaupt, dass er seit Tagen nicht mehr richtig geschlafen hatte.

Carel stieg ein und deckte sich mit seiner Jacke zu. Zaschas Haus im Blick. Den Abstecher zu seiner Unterkunft – ein armseliges Zimmer, das ihm Zascha besorgt hatte, nicht ohne Miete für dieses Loch zu kassieren – konnte er vergessen. Dort hätte er zwar mal wieder richtig ausschlafen können, aber der Befehl lautete: auf Zascha zu warten und dann an ihm dran zu bleiben.

Er legte sein Telefon in greifbare Nähe – vielleicht würde dieser elende Mistkerl von unterwegs aus anrufen – und ging verschiedene Möglichkeiten durch: Was hatte Zascha vor? Wo könnte er sein? Hatte er etwas eingeworfen?

Überwältigt von schier unglaublicher Müdigkeit schlief Carel ein, noch ehe er über eine Antwort auf diese Fragen auch nur nachdenken konnte.

„Ach du Scheiße!"

Er war doch tatsächlich eingenickt. Verdammt!

Fluchend starrte Carel auf die Uhr am Armaturenbrett und versuchte abzuschätzen, wie lange er geschlafen hatte.

Sein Blick streifte den Eingang des Hauses, das er eigentlich hätte beobachten müssen. Er reckte den Hals, um zu überprüfen, ob irgendwo auf einer Etage Licht brannte, und rieb sich mit den Händen hart über die Wangen. Hinter den Fenstern war es dunkel. War Zascha in der Zwischenzeit überhaupt zurückgekommen? Und wenn ja, sollte er das überprüfen, indem er die Wohnungen durchklingelte? Würde Zascha ihm überhaupt öffnen oder es vorziehen, die Klingel zu ignorieren?

Carel verwarf seine Idee gleich wieder und überlegte, was zu tun übrig blieb. Wenn nirgendwo Licht brannte, war Zascha vielleicht noch nicht zurückgekommen. Oder er war da gewesen und schon wieder weg? Oh Mann! Das ließe sich dann wirklich nicht mehr erklären, wenn ihm der Kerl in derselben Nacht ein zweites Mal entwischt wäre.

Er kurbelte das Fenster herunter. Die nächtliche Kälte vertrieb die letzten Reste von Müdigkeit. Als er aussteigen wollte, um sich die eingeschlafenen Beine zu vertreten, sah er Zaschas Subaru am Ende der Straße einbiegen. Er konnte sein Glück kaum fassen. Regungslos blieb Carel im Auto und beobachtete, wie Zascha ausstieg und das Haus betrat. Befriedigt sah er, wie im dritten Stock rechts das Licht anging. Es dauerte keine Minute, bis Zascha mit einem Stück weißem Stoff in der Hand zurückkehrte und in den Subaru sprang. Ganz eindeutig hatte er etwas vor.

Mit Aufheulen wurde der Motor gestartet und Zascha

brauste davon. Mit wohldosiertem Abstand, so dass Zascha ihn nicht bemerkte, er ihn aber umgekehrt nicht aus den Augen verlor, folgte Carel ihm in die Krämpfervorstadt. Vor einem leer stehenden Mietshaus, nicht weit vom Güterbahnhof, hielt der Subaru, und das gleiche Spielchen begann von vorn: Carel wartete von Neuem, während Zascha in einem dunklen Hauseingang verschwand. Dieses Mal kehrte er mit einer jungen Frau zurück, die wie eine Puppe in seinen Armen lag. Das dunkle Haar hob sich von ihrem weißen Kleid ab und fiel in glänzenden Kaskaden herab. Carel konnte aus dieser Entfernung nicht einschätzen, ob das Mädchen schlief oder womöglich bewusstlos war. Um das herauszufinden, verließ er den Wagen und schlich zwischen den parkenden Autos näher heran. Dabei hoffte er, dass Zascha ihn nicht entdecken würde. Doch der war mit dem Mädchen beschäftigt, das er umständlich auf den Beifahrersitz setzte.

Ehe Carel jedoch irgendetwas ausmachen konnte, saß Zascha schon wieder hinter dem Lenkrad und rauschte davon.

„So eine Scheißnacht", presste Carel durch die Zähne hervor und hieb wütend auf das Dach des Fahrzeugs ein, hinter dem er sich vor Zascha versteckt hatte. „Was hat dieses Arschloch denn jetzt schon wieder angestellt?"

Carel stürzte zurück zu seinem Wagen und folgte Zascha. Zwei Querstraßen weiter hatte er ihn eingeholt und fingerte nach seinem Smartphone. Blind tippte er auf dem Display herum und wartete, bis sich am anderen Ende jemand meldete.

„Ich bin dran. Er nimmt die Schnellstraße Richtung Norden. Will vermutlich auf die Autobahn … Mit einem Mädchen … Nein", stieß Carel atemlos hervor. Er lauschte, wiederholte, gab eine Adresse durch und sagte: „Wenn ich das wüsste. Ich kann jetzt nicht, das musst du tun."

Er beendete das Gespräch und trat das Gaspedal durch. Der Subaru drehte auf und erst kurz vor dem Abzweig auf die A 71 war er wieder näher an ihm dran. Zascha fuhr, als ob der Teufel hinter ihm her wäre, und wieder hegte Carel die Befürchtung, dass dieser Mistbock etwas ahnte.

Als Carel auf die Ausfahrt Mittenhausen zusteuerte, sah er links die Lichter der Stadt. Er verließ die Autobahn und glaubte, es ginge zurück zur Innenstadt, er wäre wieder einer von Zaschas Launen ausgesetzt, stundenlang herumzufahren, auf der Suche nach dem nächsten Kick. Aber dieses Mal wohl kaum mit einem Mädchen, das bewusstlos war.

Carel vergrößerte den Abstand, um zu vermeiden, erkannt zu werden. Und verlor den Subaru prompt aus den Augen.

„Nicht schon wieder!", brüllte er völlig genervt.

Die durchgemachten Nächte forderten ihren Tribut, er konnte nicht mehr klar denken. Ihm entglitt die Kontrolle. Mit einem Ruck brachte er den Wagen zum Stehen, riss die Tür auf und sprang raus. Er sah sich um.

Wo verdammt war er nur hin?

Die von der Autobahn zerschnittenen Äcker verloren sich im Dunkel. Die quaderförmigen Gebäude der Gewerbegebiete, angestrahlt durch die Straßenbeleuchtung, hoben sich vom Nachthimmel ab. Was wollte Zascha hier?

Er musste sich zusammenreißen. Er musste *nachdenken*. Man verließ sich auf ihn. Zascha war seine Aufgabe, und nun war ihm ein weiterer Fehler unterlaufen. Carel presste seine Fingerkuppen gegen die Schläfen, dass es schon schmerzte.

„Was geht in Zascha vor? Versuch es, du Idiot! Was geht in diesem Verrückten vor? Was? Denk nach, Carolus! Denk nach!"

Die Erkenntnis kam so schlagartig, dass er sich vor Übelkeit krümmte.

Das Mädchen hatte nicht geschlafen. Sie war auch nicht bewusstlos. Sie war tot. Und nun würde Zascha versuchen, die Leiche zu beseitigen. Natürlich würde er das. Es war Zascha, um den es ging, und der war zu allem fähig. Der würde die Leiche *beseitigen*.

Carel stürzte zurück zum Auto. Er war sich sicher. Zascha würde nicht in die Stadt fahren. Nicht mit einem Mädchen, das tot war. Noch nicht einmal Zascha war so irre und fern der Realität. Aber was hatte er mit ihr gemacht? Was hatte das Schwein angestellt?

Irgendwo in dieser Umgebung musste Zascha eine Stelle kennen, wo er eine Leiche entsorgen konnte, ohne entdeckt zu werden. Irgendwo hier am nördlichen Stadtrand. Carel zermarterte sich das Hirn, was Zascha ihm einmal in zugekokstem Zustand, nicht mehr ganz Herr seiner Zunge, zugeraunt hatte. Der beste Platz, um eine Leiche loszuwerden, sei eine Stelle im Norden. Dort kenne er einen Ort, wo sich nur noch herrenlose Hunde verkröchen – und *Ratten*. Da gebe es nichts, außer Dreck. „Dreck gehört zu Dreck", hatte Zascha gelallt, und Carel hatte nur gedacht: Was für ein affiges Gequatsche! Doch Zascha hatte nicht aufgehört mit dem Gebrabbel. Der Müll stapele sich bis zur Dachrinne und niemals seien dort Menschen anzutreffen, außer deren Geister. Dabei hatte Zascha gelacht, und Carel hatte es als Fantasie eines durchgeknallten Junkies abgetan.

Jetzt fragte er sich, ob Zascha einen Friedhof gemeint haben könnte, verwarf den Gedanken jedoch. Die Erwähnung von Geistern war wieder mal nur Zaschas Hang zur Theatralik zu verdanken gewesen und der Müll passte nicht ins Bild. Es musste sich um einen anderen Platz handeln.

Carel kannte den Norden Erfurts nicht. Hierher war Zascha nie mit ihm gefahren. Warum auch? Hier gab es nichts außer Feldern und Gewerbe. Intuitiv nahm er die Straße Richtung Westen. Die Gegend wirkte ruhig, fast wie ausgestorben. Auch eine pulsierende Stadt hatte ihre stillen Momente. Wenn er an den Seitenstraßen vorbeirollte, sah er nach links und rechts, in der Hoffnung, den schwarzen Subaru zu entdecken. In der Ferne hörte er die Autobahn. Ein aufgemotzter Trabi zog qualmend an ihm vorbei.

Als er sich den Bahngleisen näherte, war die Schranke unten. Vor ihm knatterte der Trabi, auf der anderen Seite der Gleise sah er weitere Fahrzeuge geduldig warten. Er stellte sich die Frage, ob Zascha darunter wäre. Bei dem grellen Scheinwerferlicht konnte er nichts erkennen, und so bog er spontan rechts in einen schmalen Weg ein. Das Abblendlicht schaltete er aus und rollte langsam vorwärts. Es war nur eine kurze Sackgasse, wie er bald erkannte, und die einzige Beleuchtung, die es gab, hatte er nach wenigen Metern passiert. Nur mit Mühe gelang es ihm, die Schlaglöcher zu umfahren, zumal Wasser sie in Pfützen unabsehbarer Tiefe verwandelt hatte. Die schwachen Lichtreflexe auf dem Wasser halfen kaum, um etwas zu erkennen. Er parkte schließlich hinter dornigem Gestrüpp.

Von Zaschas Auto fehlte jede Spur, und trotzdem war Carel sich sicher, dass er in der Nähe war. Sein Gehirn war auf Zascha-Modus eingestellt. Er fühlte sich in das unrhythmische Ticken eines Junkies ein. Die Augen zu schmalen Schlitzen verengt, checkte er die Umgebung. Er nahm alles in sich auf: den Wind, die Nachtgeräusche, das leichte Nieseln, das sein Gesicht kitzelte und ihm eine Gänsehaut verursachte. Die Anspannung ließ ihn schaudern. Vielleicht war es aber auch Angst, belebt durch die zahllosen Horrorfilme, denen er sich als Jugendlicher ausgesetzt hatte.

Vor ihm zeichneten sich im schwachen Licht der nahen Gleisfeldleuchten die Umrisse mehrerer Baracken ab. Wenn Zascha eine Leiche loswerden wollte, dann war das der ideale Platz. Aber es würde für ihn schwer werden, Zascha und das tote Mädchen zu finden. Dieses Gelände sah aus wie die Hölle, wie ein Schlachtfeld, auf dem Giganten einen Kampf auf Leben und Tod ausgefochten hatten. So würde es Zascha ausdrücken. Carel sah es nüchterner: Die Gebäude waren Ruinen. Die Dächer waren eingestürzt, die Wände eingefallen, überall lag Bauschutt vermischt mit dem Unrat vieler Jahre. Vom Sperrmüll bis zu unzähligen Müllsäcken, aufgerissen und zerfetzt, der Inhalt vom Wind verteilt – hier war alles abgeladen worden, was man nicht mehr brauchte. Ein ideales Versteck für Dinge oder Menschen, die verschwinden sollten. Bis jemand sich ein Herz fassen, das Grundstück übernehmen und aufräumen würde. Nur wann würde das sein? Niemand schien Interesse an diesem heruntergekommenen Gelände zu haben.

Nur mit Mühe erkannte Carel Umrisse von Maschinen und Containern, die Regen und Wind ausgesetzt waren und vermutlich schon seit Jahren vor sich hin rosteten. Maschinen, die einst einen Wert besessen hatten. Fässer waren offensichtlich für einen Abtransport zusammengestellt und dann doch nicht abgeholt worden. Der Wind fuhr unter eine Kunststofffolie, und das plötzliche Knattern ließ Carel zusammenfahren.

Hatte er sich vielleicht doch geirrt? War es nicht Zaschas krankes Hirn, das ihn aufrieb, sondern sein eigenes? Warum war er sich so sicher, dass das Mädchen tot war? Vielleicht hatte sie wirklich geschlafen. Doch was, wenn sie bewusstlos war? Was würde Zascha dann mit ihr tun?

Carel rieb sich die Augen. Diese Müdigkeit nervte ihn. Sie machte ihn unkonzentriert. Ratlos lauschte er in die Nacht hinein. Der Wind hatte zugenommen, und es war schwer, etwas in diesem böigen Rauschen auszumachen. Weit entfernt hörte er das zornige Hupen eines Lastwagens, etwas flatterte neben ihm auf. Erschrocken fuhr er herum und versuchte seine Atmung wieder unter Kontrolle zu bringen, als er einen Nachtvogel davonfliegen sah. Das nahe Aufheulen eines Motors ließ ihn auf einmal hoffen. Er stolperte um ein Häuschen herum, in dem vielleicht einst das Büro untergebracht gewesen war, und erspähte einen rollenden Schatten, der sich vom Gelände entfernte.

Noch einmal war der Zufall in dieser Nacht Carels bester Freund. Das Mädchen war in seiner Nähe. Er spürte es. Er spürte es so sehr, als ob jemand ihn an die Hand nähme und zu ihm führte. Als Carel sich langsam vortastete, fiel er über eine räudige Katze, die ihm aufkreischend die Krallen in den Knöchel hieb. Fluchend rieb er sich die schmerzende Stelle, und dann sah er sie. Vielmehr zuerst das Kleid. Zascha hatte sich nicht die Mühe gemacht, das Mädchen zu verstecken. In dem weißen Kleid wirkte es auf den schwarzen Müllsäcken wie die umgefallene Marzipanfigur einer Hochzeitstorte. Er musste sich sehr sicher gewesen sein, dass niemand diese Hölle betreten würde. Wer kam auch schon freiwillig hierher?

Nun, Zascha hatte sich getäuscht, Carel war hier, und das wiederum bedeutete, dass Zascha keine Ahnung hatte, dass er verfolgt worden war.

Carel suchte mit zittrigen Fingern den Puls des Mädchens. Seine Haut war weich und samten. Aber es war kein Leben auszumachen. Er war zu spät gekommen. Zu spät. Wie profan das doch klang. Man kam zu spät zu einer Verabredung. Zu spät zum Unterricht. Man verpasste den Bus, weil man zu spät war. Aber zu spät zu sein, um das Leben eines Menschen zu retten? Das war so … unglaublich banal. Er ballte die Fäuste und wusste eines: Dieses Schwein würde ihm nicht so einfach davonkommen!

Heiligenstadt - Montagvormittag

Rothe schnaubte leise, als der Mann am Nebentisch wie von Fäden gezogen aufstand, nachdem ihm die beiden Prostituierten aufreizende Blicke zugeworfen hatten. Der Zuhälter wirkte angespannt, drängte sie weiterzugehen, scheuchte sie wie Schafe vor sich her. Immer wieder ging er sich mit fahrigen Händen durchs Haar, nestelte an seiner Jacke und sah sich um. Die Mädchen setzten eine unbeteiligte Miene auf, wenn er mit ihnen sprach, und lächelten, wenn sie meinten, einen potenziellen Freier im Blick zu haben. Seinen Nachbarn schien das alles nicht zu bekümmern. Er legte ein paar

Münzen auf den Tisch und folgte dem Dreiergespann. Die Kontaktaufnahme fand im Gehen statt, bis man sich über den Preis einig wurde. Mit einem kurzen Nicken gab der Zuhälter einer der jungen Frauen zu verstehen, in den Wagen des Freiers zu steigen. Der schwarze BMW hatte ein Erfurter Kennzeichen, und Rothe merkte sich reflexartig die Nummer. Was hatte dieser Lude mit seinen Mädchen im beschaulichen Heiligenstadt zu suchen? Und wo blieb Jessi?

Langsam riss ihm der Geduldsfaden, was sein Bemühen, den Morgen zu genießen, ins Gegenteil verkehrte. Seit Simone nicht mehr mit ihm sprach, war er ein unzufriedener und ungeduldiger Kerl. Einer dieser unsympathischen Typen, die er selbst nicht ausstehen konnte. Er wusste es, nur konnte er nichts daran ändern. Dazu müsste Simone ihm wieder gut sein.

Er hörte die Kirchenglocken elfmal schlagen. Und endlich sah er Jessi, wie sie sich in dem Rollstuhl über das Pflaster kämpfte. Ihre neuerdings dunkelroten Locken wippten in der Morgensonne, und das gepunktete Kleid umspielte ihre Knie. Trotz des Rollstuhls sah sie aus wie ein normales Mädchen, besser gesagt, wie ein normales *verliebtes* Mädchen, denn seitdem Jessica mit Matthias zusammen war, war sie ein fröhlicher Teenager. Matthias war es letztendlich auch gewesen, der den Ausschlag dafür gegeben hatte, dass sie wieder auf ihr Äußeres achtete. Frank Rothe sah seine Tochter selten in einem Kleid. Aber die regelmäßige Physiotherapie hatte ihren Beinen wieder Form gegeben, und nun zeigte sie sie gerne. Für ihn als Vater ging es bei diesem Anblick um mehr als die modische Erscheinung seiner Tochter; es war eine Bürde, die ihm genommen worden war, als er festgestellt hatte, dass Jessica wieder Interesse am Leben hatte.

Plötzlich stieß der BMW für ein Wendemanöver zurück, und Rothe riss es vom Stuhl. Es war nur Jessicas schneller Reaktion zu verdanken, dass der Wagen sie nicht streifte. Während Rothe mit langen Schritten auf sie zulief, kam sie ihm atemlos entgegen.

„Dieser verdammte Idiot!“, fluchte Rothe.

Der Fahrer fuhr davon, ohne auch nur ein winziges Zögern erkennen zu lassen; wahrscheinlich hatte er Jessica nicht bemerkt. Obwohl nichts passiert war, klappte Rothe sein Notizbuch auf und notierte sich Uhrzeit und Kennzeichen.

„Dich kriege ich noch, du Arsch!“, rutschte es ihm heraus.

Als Jessi ihn mit einem Kuss begrüßte, hatte er seinen Ärger bereits wieder beiseite geschoben und lächelte.

„Hast du das gesehen?“, fragte sie atemlos.

„Ja, habe ich. Und du wirst immer besser, bist ihm ja schnell ausgewichen. Vielleicht solltest du doch mal überlegen, ob du nicht wieder Sport machen willst.“

Jessi lachte. „Tue ich doch schon. Matthias bringt mir Handball bei. Spendierst du mir auf den Schrecken ein Eis?“

Kaum hatte Rothe wieder Platz genommen und Jessi ihr Eis in der Hand, tauschten sie sich über das Neueste in der Schule aus. Doch Rothe kannte seine Tochter. Da war noch mehr. Das Thema, um das es ihr ging, hatte sie noch nicht einmal angedeutet.

„Jessi, du machst mich zu einem grauhaarigen Mann, wenn du mich noch länger hinhältst. Was ist so dringend, dass du mich sofort sprechen musstest? Wäre das nicht auch am Telefon gegangen?“

„Papa, mach dir keine Gedanken, von grauen Haaren bei

dir keine Spur. Und wenn schon, die Frauen fliegen auf grau meliert. Das hat Charme."

„Ach ja", sagte Rothe nur und wartete ab.

Jessi verdrehte die Augen. „Echt! Warum kannst du dich nicht einfach wie andere Väter um den Finger wickeln lassen? Immer willst du alles ganz genau wissen."

„Jess! Bitte! In diesem Fall weiß ich noch nicht einmal ansatzweise, worauf du hinauswillst. Und da denke ich immer, ich bin ein guter Menschenkenner, aber du stellst sämtliche Theorien, wie Sechzehnjährige ticken, auf den Kopf."

Sie gluckste, und sein Herz schmolz wie Jessis Eis. Kein Wunder, dass Matthias in sie verknallt war. Wer würde sich nicht in sie verlieben? Aber wo war Matthias eigentlich? Sie klebten doch neuerdings aneinander wie zwei Kaugummis.

„Und wo steckt dein Matthias?"

„Ich soll erst einmal die Lage sondieren. Er kommt, wenn ich ihm ein Zeichen gebe."

„Das hört sich geheimnisvoll an."

„Ist es nicht", druckste sie auf einmal herum.

„Mach mich nicht nervös. Sag endlich, was los ist."

Rothe wusste nicht genau, was ihn erwartete, und so bereitete er sich auf das Schlimmste vor, das er sich momentan vorstellen konnte: Sie wollte bei Matthias übernachten oder Matthias bei ihr, was qua väterlicher Verordnung nicht erlaubt war. Jessi war dafür zu jung. Das war seine Meinung, und dabei blieb er, mochte sie ihn deswegen auch noch so sehr für von vorgestern halten. Sie konnten sich gern treffen, ohne dass er Anstandswauwau spielte, von ihm aus auch küssen, aber mehr war nicht drin. (Er befürchtete, dass seine verstorbene Frau Manuela ihm da nicht zustimmen würde. Sie war immer schon entspannter gewesen als er. Aber konnte man es ihm verdenken, dass er seine Tochter beschützen wollte?) Er nahm sich vor, locker zu reagieren. Ganz gleichgültig, welches Ansinnen Jessi an ihn stellte.

„Können wir dein Auto haben?“, fragte sie.

„*Was*?“, stieß Rothe aus. „Was wollt ihr mit meinem Auto?“

„Also wirklich, Papa, jetzt überreagierst du aber. Wir haben ja nicht vor, das Auto zu Schrott zu fahren. Wir wollen doch nur nach Erfurt.“

„Wann?“

„Morgen.“

„Hast du morgen keine Schule? Und wieso Erfurt?“

„Wir haben dienstags sowieso nur vier Stunden, und die fallen wegen der Matheolympiade flach, und ich will den Tag nutzen, um mir ein paar schicke Schuhe zu kaufen.“

„Jessi, willst du mich veräppeln? Das ist ja das reinste Klischee“, stöhnte Rothe auf. „Ein Mädchen, das nicht rechnen kann und auf Schuhe abfährt.“ Er starrte auf ihre Ballerinas. „In meinen Augen sehen die da völlig in Ordnung aus. Und wieso mit meinem Auto und …?“

„Papa, jetzt beruhig dich wieder! Wie kommst du darauf, dass ich nicht rechnen kann, nur weil ich Schuhe mag? Das ist eine Schlussfolgerung, die ein Mann zieht, um eine Frau zu diskriminieren.“

Rothe verstummte.

„Dürfen wir nun dein Auto haben oder nicht?“

Er runzelte die Stirn, und Jessica legte unerschrocken nach: „Matthias ist wirklich ein sehr guter Fahrer, und er wird dein Auto behandeln wie mich: zartfühlend und verständnisvoll, mit dem vollsten Respekt dem Vehikel und seinem Besitzer gegenüber. Mach dir deswegen keine Gedanken." Ihr ironisches Lächeln entging ihm nicht.

„Und warum fahrt ihr nicht mit seinem Auto?", gab sich Rothe noch nicht geschlagen.

„Weil es für diese weite Strecke zu unbequem für mich ist. Du kennst doch seinen Wagen. Deiner ist viel schneller und komfortabler und …"

„Das ‚schneller' irritiert mich ein wenig, mein Schatz."

„Du wirst doch nicht von uns erwarten, dass wir nach Erfurt schleichen. Natürlich wird Matthias die ‚Schallmauer' von hundert Stundenkilometern überschreiten."

Rothe sah seine Tochter an, als ob sie ihm gerade erklärt hätte, dass sie den letzten noch verfügbaren Platz im Raumschiff zum Mars gekauft habe.

„Das ist doch kein Problem für dich, wo du doch der obercoolste Papa vom ganzen Eichsfeld bist, oder?", säuselte sie.

Er war viel zu verblüfft, um darauf zu antworten. Doch dann erschien ihm ihre Idee wie ein Geschenk des Himmels. Erfurt! Großstadtluft. Die Kollegen wiedersehen. Er konnte sich einen Tag Urlaub nehmen. Bei den Überstunden, die er bereits angesammelt hatte, sollte das kein Problem sein. Als ob sich eine Fessel von seinem Herzen gelöst hätte, spürte er auf einmal so etwas wie Vorfreude.

Begeistert sagte er: „Ich komme mit."

„Echt?" Jessi klang nicht gerade, als wäre sie Feuer und Flamme. „Aber du machst uns keine Vorschriften, oder?"

„Welche zum Beispiel?", antwortete Rothe mit einer Gegenfrage und grinste dabei.

„Na, du weißt schon."

„Nö", sagte er fröhlich.

Jessis Wangen liefen rot an. „Papa! Wenn du mir vorschreiben willst, wann und wie oft ich Matthias küsse …" Sie verstummte, da sie merkte, dass sie laut geworden war, senkte ihre Stimme und funkelte ihn an. „Keine Vorschriften! Gar nicht! Nicht eine einzige! Oder wir fahren mit der Bahn."

„Okay, okay, ich hab's ja verstanden. Vielleicht aber doch noch eine winzig kleine Bitte vom obercoolen Papa: *Ich* fahre", sagte Rothe, und Jessi kicherte wieder.

„Du bist lustig, du würdest wirklich alles tun, nur um dein Auto nicht zu verleihen."

Erfurt - Dienstagvormittag

In der Erfurter Altstadt herrschte reger Betrieb. Die Sonne stellte noch einmal ihre Strahlkraft unter Beweis, und jeder, der es sich leisten konnte, nahm sich eine Auszeit, um die letzten warmen Stunden des Herbstes zu genießen, sei es auf den Bänken in den Parks oder in den Cafés der Innenstadt, bevor Wind und Wetter die Blätter von den Bäumen rissen und alles Leben in winterliche Erstarrung fiel. Nach dem heißen Sommer wallte in allen noch einmal die Lebensfreude auf. Jessi empfand das Pulsieren ihrer Stadt als wohltuend, auch wenn Matthias Schwierigkeiten hatte, ihren Rollstuhl über die Krämerbrücke zu bugsieren, und sie nichts weiter sah als Bäuche. Einmal sprang ein Hund an ihr hoch, und sie verfiel in albernes Kichern. Sie war glücklich. So glücklich wie lange nicht mehr in ihrem Leben. Matthias war der Mittelpunkt ihrer Welt, und sie wünschte sich, dass dieser Tag in all seiner Schönheit niemals verginge.

Am Ende der Krämerbrücke gelangten sie auf den Wenigemarkt, einen dreieckigen Platz, bestückt mit Tischen und Stühlen der Cafés und Restaurants, an denen Touristen und Einheimische ihren Einkaufsbummel unterbrachen, um sich die Anstrengungen des Shoppens mit Kaffee und Kuchen zu versüßen. Plappern lag in der Luft. Wortfetzen flogen hin und her wie Tauben, die aufflatterten und sich wieder niederließen. Ein Lachen perlte auf. Jessi beobachtete einen Kuss, den ein verliebtes Pärchen austauschte. Sie sah, sie fühlte, sie roch – sie lebte. Es war wie ein Rausch. Und ihr Herz liebte so sehr, dass allein schon die Vorstellung schmerzte, Matthias könnte eines Tages nicht mehr Teil ihrer Welt sein. Sie verdrängte jeden Gedanken an die Zukunft und verweigerte sich dem Bild, das vor ihrem inneren Auge auftauchte. Ein Bild – so grau und trüb, so ohne Kontur, dass es ihr Angst machte. Sie wollte nicht daran denken, was sein würde, wenn er tatsächlich ins Ausland ginge. Das war ein Wunsch, den er schon seit Jahren hegte. Und so weit kannte sie ihn: Er würde seinen Plan auch nicht wegen ihr ändern. Aber wohin genau er wollte, das wusste er noch nicht, denn es gab eine unendliche Anzahl von Zielen, die ihn reizten. Dass es weit weg sein würde, unerreichbar für sie, das ahnte sie jetzt schon. Seine Pläne hörten sich definitiv nach Verlust an.

Von Matthias aus den Gedanken gerissen, protestierte sie lauthals, als er sie in ihrem Rollstuhl herumwirbelte. „Hör auf! Mir wird schlecht!"

Und als er sie weiter im Kreis herumfuhr, schrie sie schon fast. „Mir wird echt schlecht. Ich fühle mich wie auf einem Schiff. Stopp!"

Es war offensichtlich, dass er seinen Spaß hatte, aber dann hörte er auf herumzualbern und sah sie an. Die plötzliche Ernsthaftigkeit in seinem Ausdruck veranlasste auch sie, ernst zu werden. Seine Lippen bewegten sich. Er sagte etwas, das sie nicht verstand, weil ein Bus hupte.

„Was hast du?", fragte sie verunsichert.

War es jetzt so weit? War das der Moment, wo er ihr gestand, dass er sie nur aus Mitleid geküsst hatte, dass er nur aus diesem Grund mit ihr zusammen war? Oder interpretierte sie zu viel in seine Miene hinein?

Sie musste an ihren Vater denken, wie er vor ein paar Wochen vor dem Badezimmerspiegel gestanden hatte, die Hände auf das Waschbecken gestützt, den Kopf gesenkt, und wie es in seinem Gesicht gearbeitet hatte, als ob er sich zusammennehmen müsste, um nicht zu weinen. Ihr Vater weinte nicht. Sie hatte ihn niemals weinen sehen, aber das konnte auch damit zu tun haben, dass sie damals, nach dem Tod ihrer Mutter, vor Tränen blind, nichts in ihrer Umgebung wahrgenommen hatte.

Auf einmal sah Jessi ihre Mutter vor sich, wie sie lächelte. Warum erinnerte sie sich ausgerechnet jetzt an sie? Vielleicht weil sie das Glück symbolisierte, das man nicht festhalten konnte. Das genau dann so leicht zerbrach, wenn man sich sicher fühlte.

„Ich habe dich nicht verstanden. Kannst du es noch einmal sagen?", bat Jessi und war sich unsicher, ob sie wirklich hören wollte, was Matthias unbedingt jetzt loswerden wollte.

Er verzog keine Miene. Sein Gesichtsausdruck war fast schon feierlich, und er wiederholte ohne Umschweife: „Ich liebe dich, Jessi. Irgendwann werde ich dich heiraten. Und ich möchte, dass wir genauso glücklich werden, wie deine Eltern es waren.“

Jessi schlug die Hände vors Gesicht, um nicht vor Erleichterung loszuweinen. Ein Stein polterte lautlos zu Boden. Sie nahm die Hände wieder herunter, und ihr Flüstern vermischte sich mit ihrem Lachen und dem Lärm der Großstadt. Er hätte schon ein echter Könner im Lippenlesen sein müssen, um sie verstanden zu haben.

Die Stimmung in der Erfurter Dienststelle hüllte Rothe ein, kaum dass er die Tür geöffnet hatte. Im ersten Moment klang das Stimmengewirr in seinen Ohren, als hätte er einen Bienenstock betreten. Er extrahierte den angenehmen Bass seines Freunds Sven Krämer, der schon allein durch seine Größe ins Auge stach und aus dem Pulk seiner Kollegen wie ein Wikinger herausragte. Im gleichen Augenblick wurde ihm bewusst, wie sehr er seinen alten Arbeitsplatz vermisste. Alles, was damit zusammenhing, fehlte ihm. Die Atmosphäre, die Kollegen, sein Freund. Mehr als er es sich bisher eingestanden hatte. Seine Entscheidung, mit einem Neuanfang im Eichsfeld den traurigen Erinnerungen zu entfliehen, hatte den Preis, Menschen zurückzulassen, die ihm etwas bedeuteten. Für den Bruchteil einer Sekunde fragte er sich, ob es falsch gewesen war, aus Erfurt weggegangen zu sein. Doch wollte er sich nicht den Tag verderben und ließ diesen Gedanken schnell wieder fallen.

Als Sven von einem Kollegen auf Rothe aufmerksam gemacht wurde, fing er an zu glucksen und brach in ein wieherndes Lachen aus. Rothe konnte nicht anders, als in Svens Lachen einzufallen. Jetzt wäre der ideale Moment für ihr Ritual. Auch das hatte er vermisst, obwohl er wusste, dass sie nicht mehr zwanzig waren und ihre Ausbildungszeit, in der es entstanden war, eine gefühlte Ewigkeit zurücklag. Sie hatten sich diese Spielerei auch nach der Ausbildung nicht abgewöhnen können, aber durch seinen Weggang hatte das Ritual wohl einen stillen Tod gefunden.

Frank Rothe wollte etwas sagen, doch Sven stoppte ihn mit einer knappen Geste und bückte sich. Er öffnete die unterste Schublade seines Schreibtischs und holte einen Ball hervor. Einige der Kollegen kannten das schon, diejenigen, die neu dazugekommen waren, schauten verblüfft auf die Männer und warteten gespannt auf das, was kommen würde. Doch ehe Krämer den Ball geschickt seinem Freund zupassen konnte, wurden sie von Kriminaloberrat Kessler unterbrochen.

„Was geht denn hier vor?"

Kessler stand im Türrahmen und zog ein säuerliches Gesicht, als er den Ball sah. Und als er seines ehemaligen Untergebenen gewahr wurde, stöhnte er auf. „Kommissar Rothe! Sie haben keinen blassen Schimmer, dass ich immer noch daran sitze, den Schaden, den Sie mit diesem … Ball", der Kriminaloberrat spuckte das Wort aus, als handelte es sich um eine Tatwaffe, „verursacht haben, irgendwo im Haushalt unterzubringen."

Mit Kesslers Erscheinen war es im Büro schlagartig still geworden, jeder war in seiner Bewegung erstarrt. Polizeimeisteranwärter Jens Steiner, der erst seit Kurzem zu Krämers Team gehörte, konnte jedoch seine Neugier nicht zügeln und beugte sich zu seiner Kollegin. Unhörbar für die anderen wollte er wissen, was denn damals vorgefallen sei.

„Glasbruch. Die Tür vom Chef und, was noch schlimmer war, die getöpferte Tasse seiner Enkelin."

Ohne sich vom Schweigen der Untergebenen irritieren zu lassen, bog und streckte Kessler seinen rechten Zeigefinger und machte mit dieser Geste deutlich, dass er den Ball wollte. Fast wäre Krämer versucht gewesen, das Corpus Delicti hinter seinem Rücken zu verstecken, doch dann hielt er das gute Stück einfach weiter fest. Rothes Kiefermuskulatur arbeitete hart daran, das Lachen zu unterdrücken, denn Sven sah aus wie ein gescholtener Schüler. Und das bei einem Kerl von über eins neunzig, der mindestens einhundert Kilo auf die Waage brachte.

Rothe verlor die Kontrolle über seine Gesichtsmuskeln und prustete los.

Kessler drehte sich zu ihm um. Es zuckte verdächtig in seinen Mundwinkeln. „Wie schön, dass ich zu Ihrer Erheiterung beitrage, Kollege Rothe."

Das hatte nicht unfreundlich geklungen, auch wenn Kessler und Rothe nicht immer einer Meinung gewesen waren, solange er Kessler unterstanden hatte. Rothe wurde mit Handschlag begrüßt, man wechselte ein paar freundliche Worte, und der Ball fand einen neuen Besitzer. Als Kessler in sein Büro zurückkehrte, gingen die Kollegen wieder zur Tagesordnung über. Rothe und Krämer zogen sich mit Kaffee in den Besprechungsraum zurück und tauschten Neuigkeiten aus.

Äußerlich betrachtet waren Frank Rothe und Sven Krämer so unterschiedlich wie Apfel und Ananas. Während Rothe mit seinen schwarzen Haaren, den wasserblauen Augen und einer schlanken, sportlich-gestählten Figur eher die smartere

Ausgabe eines Manns darstellte, war Krämer ein bulliger Hüne: rotblond, bärtig und ein kräftiger Kerl.

Krämer schätzte Rothes Wendigkeit, die nicht nur körperlicher Natur war, sondern auch geistiger, und Rothe hatte mit Krämer von Beginn an das Gefühl gehabt, Hägar an seiner Seite zu haben. Krämer war nicht der Feinfühligste, wenn es um seine Mitmenschen ging, er war nun mal laut, fordernd, ließ sich zu schnell provozieren und provozierte auch selber gerne; aber er war ein echter Freund für Rothe. Und die Frauen flogen auf ihn. Während Rothe immer schon in festen Händen gewesen war, spielte Krämer ganz schön herum. Er vernaschte Frauen wie andere Schokoladenpralinen.

Rothe musste an Simone denken, aber er wollte jetzt nicht über sie sprechen. Er war nach Erfurt gekommen, um sich vor allen Dingen über die neuesten Fälle zu informieren. Wenn er ehrlich war, herrschte im Eichsfeld momentan nicht nur im Bett, sondern auch auf seinem Schreibtisch tote Hose (bezüglich Leidenschaft und Spannung, nicht hinsichtlich Arbeit und Routinekram).

Nachdem sie sich über den Besuch des Papstes ausgetauscht hatten, fragte Rothe: „Woran arbeitest du gerade?"

Sven bedeutete ihm, einen Augenblick zu warten, und kam dann mit einer Mappe zurück. Alles Verspielte und Jungenhafte war plötzlich aus seinem Gesicht gewichen, mit konzentrierter Ernsthaftigkeit zeigte er Rothe Fotos von einer Mädchenleiche. In einem weißen Kleid lag sie halb begraben unter Abfallsäcken. Das pausbackige Gesicht wirkte, als ob es in einem Schlaf von Alpträumen gequält würde. Dennoch war es ein hübsches Gesicht. Das konnte man trotz der Totenflecke sehen. Wenn Rothe richtig schätzte, war das Mädchen auf dem Foto keine achtzehn, vielleicht noch nicht einmal sechzehn. Er betrachtete auch die anderen Fotos, die Sven gerade auf dem Tisch ausbreitete, und versuchte, herauszufinden, um welchen Fundort in Erfurt es sich handelte.

„Ein aufgegebenes Fabrikgelände, vermute ich", sagte Rothe. „Und wo soll das sein? Etwa im Norden?"

„Die Leiche wurde nicht bei uns gefunden, sondern in der Nähe von Sibiu in Siebenbürgen. Transilvanien. Bram Stoker lässt grüßen, du weißt schon *Dracula* und so. Früher hieß Sibiu Hermannstadt. Es soll eine schöne Altstadt haben."

Rothe zog eine Braue hoch. „Woher plötzlich das kulturelle Interesse? Was haben wir denn mit den Rumänen zu tun?"

Krämer grinste breit. „Hast du gerade ‚wir' gesagt?"

„Hab ich das?", ließ Rothe Svens Frage unbeantwortet.

Sven wiegte den Kopf, sah auf die Fotos, berührte eines, schob es ein wenig zur Seite, nahm ein anderes in die Hand und seufzte. „Es ist ein Fall, mit dem wir nichts zu tun hätten, wenn nicht neuerdings eine Kollegin aus Sibiu hier wäre, um zu ermitteln."

„Aha, eine Kollegin aus Sibiu. Und? Ist sie hübsch?"

„Sie heißt Comisar Beata Matei", wich sein Freund aus.

Svens plötzliche Unsicherheit war Rothe nicht entgangen. Er wusste, dass er ihn nur lang genug fragend ansehen musste, dann würde der schon mit der Sprache herausrücken. Das hatte er immer getan, und so war es auch diesmal.

Krämer räusperte sich und erklärte: „Vor zwei Wochen bekam Kessler einen Anruf aus Rumänien, dass wir eine Kollegin unterstützen sollen, die an dem Fall *Alba ca Zapada* arbeitet. Auf Deutsch: *Schneewittchen*. Du hast das Mädchen auf dem Foto gesehen, sie ist jung, hat schwarze Haare und trägt ein weißes Kleid. Ein sehr knappes weißes Kleid, das viel Haut zeigt und dessen Oberteil im Nacken geschlossen wird. Ein Kleid, von dem Beata behauptet, dass es ein junges Mädchen bei ihr zu Hause niemals tragen würde, außer sie prostituiert sich. Sie nimmt an, dass das Opfer einem Mädchenhändlerring in die Fänge geraten ist. Dafür spricht auch das Tattoo."

„Welches Tattoo?"

„Beata sagt, manche Mädchen werden wie Besitz gekennzeichnet. Schau es dir selbst an!"

Sven schob seinem Kollegen ein Foto zu, das eine Vergrößerung einer schlecht gestochenen Tätowierung zeigte. Für Rothe sah das Tattoo wie ein misslungenes Dreieck aus.

„Und warum ist sie umgebracht worden?", fragte er.

„Das gilt es herauszufinden. Wir sind noch in der Spekulationsphase. Wir wissen noch nicht einmal, wer die Tote ist. Beata vermutet jedoch den oder die Täter hier in Erfurt, und das ist auch der Grund, weswegen sie hier ist."

Rothe zögerte, bevor er seine nächste Frage stellte. Er war sich nicht sicher, ob er sich täuschte, aber das Gefühl sagte ihm, dass zwischen Beata und Sven etwas war, das über eine kollegiale Zusammenarbeit hinausging.

„Und wie ist die Zusammenarbeit mit ihr?"

Krämer zuckte mit den Achseln und brummte irgendetwas Unverständliches.

Rothe wartete.

Krämer brummte.

Rothe ließ die Spannung auf Sven wirken.

Bis dieser schließlich nachgab und einräumte: „Sie ist eine echte Sklaventreiberin. Wir waren schneller in der Kiste, als ich meine Waffe durchladen kann." Etwas gewollt setzte er hinzu: „Wenn sie beim Fall genauso motiviert ist wie im Bett, soll es mir recht sein."

Weil Rothe nichts sagte – er kannte den Frauenverschleiß seines Freunds –, stänkerte Krämer los: „Es können nicht alle so sein wie du, Frank Moralapostel. Ist mir klar, dass du etwas anderes hören wolltest. Kann ich was dafür, wenn die Frauen auf mich fliegen? Na gut, ich sehe es schon deinem Gesicht an, lassen wir das Thema fallen. Ihr Großvater war bei der Polizei, ihr Vater war es, ihr Bruder, es scheint mir, die ganze Familie. Was weiß ich. Ist das wichtig?"

„Keine Ahnung. Wenn's für dich nicht wichtig ist." Das Schweigen, das sich anschließend zwischen ihnen ausbreitete, war nicht unangenehm.

Krämer unterbrach die Stille als Erster. „Okay, zurück zum Fall. Die Rumänen gehen von einer Vergewaltigung aus. Auf den Oberarmen sind blaue Flecke. Gestorben ist sie durch Ersticken mit einem weichen Gegenstand, ein Kissen oder Schal. Es sind Flusen in Mund und Rachen gefunden worden. Man hat jedoch weder ein Tuch noch ein Kissen sicherstellen können, auch keinen Schal oder Ähnliches. Die Zeugenbefragungen haben nichts ergeben. Die Arbeiter auf dem Gelände, wo die Leiche entdeckt wurde, haben nichts gesehen. Da sich dort kaum jemand aufhält, ist das nicht erstaunlich. Die Gebäude werden genutzt, aber anscheinend eher sporadisch. Im Kleid, ein Billigmodell, fehlten die Etiketten, Schuhe trug sie keine. Beata ist unterwegs und befragt rumänische Prostituierte, ob ihnen das Mädchen oder das Kleid bekannt vorkommen. Ich halte es für ziemlich abwegig, dass sie damit Ergebnisse erzielt, aber irgendwo muss sie anfangen. Da man die Tote bisher nicht identifizieren konnte, konnte auch die Familie nicht ermittelt werden. Beata steht im Kontakt mit ihren Kollegen in Sibiu, während sie hier ist. Aufgrund des Fundorts geht sie davon aus, dass das Mädchen eine Rumänin ist, sie könnte aber auch aus Moldawien oder der Ukraine stammen. Das ist schwer festzustellen, denn viele Mädchen hoffen auf ihr Glück, wenn sie von zu Hause weggehen. Und wenn sie dann keinen Kontakt zur Familie halten, wie will man da wissen, was aus ihnen geworden ist."

„Und wie kommt sie darauf, dass die Mädchenhändler in Erfurt zu suchen sind?"

„Die in Sibiu haben einen Hinweis erhalten. Das ist die ganze Geschichte."

Rothe lächelte ihn an.

„Was?", fragte Krämer.

„Nichts", sagte Rothe leicht dahin.

„Ich kenn dich, mein Freund, du machst dich über mich lustig, weil Beata und ich – Und du? Treu bis in den Tod. Aber du willst mir doch nicht erzählen, dass du überhaupt keine Bedürfnisse mehr hast. Während ich lebe, bist du – Mensch, Frank, Manuela ist seit über neun Jahren tot, und du hast bis heute keine andere Frau angesehen, als ob – "

Krämer hielt verblüfft inne, als er Rothes Gesichtsausdruck sah. Er fand zu seinem frechen Grinsen zurück. „Da ist doch was im Busch. Ich sehe es dir an! Da ist eine Neue im Spiel. Erzähl!"

„Du bist schlimmer als Jessica. Was machen wir hier eigentlich? Wir sollten uns über Fälle unterhalten und nicht über mein Privatleben", mauerte Rothe und Svens Grinsen wurde breiter.

Er gluckste. „Du hast recht, so angestaubt, wie dein Privatleben ist, bietet es wirklich keine Highlights."

„Und dein Privatleben hast du durch ein paar neue Erfahrungen bereichert", stellte Rothe fest und klopfte seinem Freund kameradschaftlich auf die Schulter. „Ich habe Jessi, und die füllt mein Leben vollkommen aus."

Krämer ließ sich auf den Themenwechsel ein und fragte nach Rothes Tochter. Nachdem dieser erzählt hatte, Jessi habe einen Freund, und Krämer sich mehrmals darüber geäußert hatte, wie sehr ihn das freue, kehrten sie zurück zum Fall *Schneewittchen Siebenbürgen.*

In Momenten wie diesen, wenn Rothe einen neuen Fall durchging und darüber fachsimpelte, empfand er oft Zweifel, eine Art von Besorgnis, ob er wach genug sein würde nachzuvollziehen, was sich hinter dem Offensichtlichen verbarg. Den vorliegenden Fall betreffend, empfand er schon fast ein Gefühl der Schwäche. Gut möglich, dass es mit dem Alter des Opfers zu tun hatte und er als Vater eines Teenagers zu empfindlich war. Aber sogar Sven schien dieser Fall nahezugehen. Auch wenn er seine Gefühle wie gewöhnlich hinter groben Scherzen und einer polterigen Art versteckte, die typisch für ihn war. Rothe kannte ihn lang genug, um hinter diese Maske blicken zu können. Ein Mädchen wie seine Tochter, mit ähnlichen Wünschen und Träumen, lag ermordet und als Mensch entwürdigt zwischen Abfallsäcken. Das machte Rothe auch noch nach über zwanzig Jahren Polizeiarbeit zu schaffen.

Er tippte auf eines der Fotos und sagte: „Das Kleid hat dem Mädchen nicht gepasst. Es wird an ihm geschlackert haben. Schau dir mal das Oberteil an. Es ist zu groß."

„Das könnte an der Position des Körpers liegen" sagte Svens nachdenklich.

Rothe betrachtete den Mädchenkörper, der grotesk verdreht auf einem Berg von Abfall lag, die Beine nach links ausgerichtet, der Oberkörper nach rechts, der linke Arm ausgestreckt, der andere Arm seitlich am Körper angewinkelt. Das Oberteil hing wie ein loser Stofflappen an dem Körper herunter. Es sah aus, als ob man einen ehemals atmenden und fühlenden Menschen wie einen Müllsack weggeworfen hätte.

„Schau genau hin! So ein Kleid sollte sich an den Körper anschmiegen und das, was das Mädchen zu bieten hat, hervorheben." Rothe fielen die Mädchen vom Vortag ein, und er berichtete kurz, wie sie in der Wilhelmstraße mit ähnlichen Kleidern auf Kundenfang gegangen waren.

„Und was schließen wir daraus?", fragte Krämer.

„Ihr geht davon aus, dass sich das Mädchen prostituiert hat. Wenn dem so wäre, hätte sie doch ein Kleid getragen, das ihre Figur betont."

„Vielleicht sollte der Anschein erweckt werden, dass es sich beinahe noch um ein Kind handelt. Das würde durch ein zu großes Kleid noch verstärkt werden."

„Möglich", erwiderte Rothe. „Es kann alles möglich sein. Aber in diesem Fall tippe ich darauf, dass ihr das Kleid nachträglich angezogen wurde. Schau dir mal die Fotos an, auf denen du den Nackenverschluss siehst. Er ist nicht geschlossen. Da hat jemand einer Toten das Kleid übergestreift. Sie sieht aus, als ob sie das schlafende Schneewittchen wäre. Die Kollegen in Sibiu müssen das Gleiche gedacht haben, sonst hätten sie den Fall wohl nicht so benannt."

„Im Märchen erscheint der Prinz und küsst es wach. Glaubst du wirklich, da geht jemand beim Morden noch mit dramaturgischen Feinheiten ans Werk?" Krämer schüttelte den Kopf. „Wieder einer mit Dachschaden."

„Haben den nicht mehr oder minder alle Mörder?" Rothe wiederholte seinen Gedanken. „Wenn jemand den Prinzen gespielt haben sollte, hat er aber seine Rolle nicht zu Ende gedacht. Abgesehen davon ist es wohl Dornröschen, das wach geküsst wird, Schneewittchen wacht auf, weil ihr gläserner Sarg fallen gelassen wird, und sie den vergifteten Apfel ausspuckt."

„Du kennst dich aber aus."

„Jahrelange Vorleseerfahrung. Könnte dir auch nicht schaden." Rothe dachte dabei an Familie.

Krämer dachte an etwas anderes. „Ha-ha-ha, dann aber nur, wenn es um etwas Heißeres als Zwerge geht."

„Ich kenne deine Allergie gegen alles, was klein ist", konterte Rothe und betrachtete gedankenverloren die Fotos. „Die Tote vermittelt nicht im Mindesten den Eindruck, als ob sie schläft oder schlafen sollte, sondern wirkt wie etwas, was jemand schnell loswerden wollte. Es passt nicht zusammen, ein totes Mädchen wie Schneewittchen einzukleiden und sie dann wie Abfall zu entsorgen. Von hier aus ist sowieso alles graue Theorie. Die Informationen reichen nicht aus, um mehr daraus zu folgern."

„Ja, du hast sicher recht und trotzdem finde ich den Gedanken, dass jemand nach einem Muster mordet, nicht so abwegig, als dass man ihn nicht mal durchspielen sollte. Ein Mörder mit einem Tick kann schneller gefunden werden als einer, der wahllos tötet. Vielleicht wurde er im vorliegenden Fall gestört und musste die Inszenierung abbrechen."

„Das ist nicht von der Hand zu weisen, bedeutet aber auch, dass es mehr Tote geben muss, um ein Muster zu erkennen. Das Kleid und die angebliche Inszenierung können aber auch gar nichts mit irgendeinem Märchen zu tun haben. Vielleicht ist es Zufall und wir interpretieren zu viel hinein. Vielleicht gehörte das Kleid ihr. Oder das Kleid wurde bewusst gewählt, weil es das Mädchen im Nachhinein zu einer Braut macht."

„Ich verstehe. Du willst damit ausdrücken, dass Weiß für die Unschuld steht."

„Ja, genau. Aber mit einem Aspekt, den ihr momentan nicht kennt. Der Mörder, der die Unschuld tötet und sie wie Dreck behandelt, aus eigener Geringwertigkeit heraus. Weil die Unschuld etwas Teuflisches ist, was getötet werden muss, oder etwas ist, was man verloren hat. Und der Mörder steht unter dem Zwang, den Verlust der Unschuld permanent zu inszenieren. Aber das ist lediglich eine Theorie von vielen. Sie kann nur überprüft werden, wenn weitere Mädchen unter den gleichen Umständen gefunden werden, was ich nicht hoffe."

„Mein Gott, ist das kompliziert", stöhnte Krämer. „Man sollte wirklich nie mit einem Kollegen fachsimpeln, der ein Psychologiestudium absolviert hat. Du machst die Sache komplexer als sie womöglich ist. Wahrscheinlich wurde das Mädchen missbraucht, dabei ist sie gestorben und dann hat man sich seiner Leiche entledigt."

„*Du* wolltest darüber diskutieren. Ich zeichne dir nur Möglichkeiten auf."

Als eine Frauenstimme vom Flur zu ihnen herüberdrang, verstummte Krämer. Für einen Moment waren seine Bewegungen wie eingefroren. Im Türrahmen erschien die Person, zu der die Stimme gehörte, sagte: „Bin gleich so weit", und verschwand wieder von der Bildfläche.

Sven kümmerte sich plötzlich auffallend um die Fotos, sammelte sie ein und heftete sie an die Pinnwand. Die Protokolle schob er in eine mit gestochener Schrift versehene Mappe. Es war nicht seine Handschrift, die kannte Rothe, sondern sie musste die der neuen Kollegin sein. Eine Schrift, die so exakt war, dass man sie mit einem Lineal hätte nachmessen können, ohne eine Unregelmäßigkeit zu finden. Die Schrift ähnelte nicht im Mindesten einer typisch weiblichen Handschrift.

„Ich habe noch etwas vor. Wir haben eine Zeugin aus dem Milieu, die aussagen will. Wir nehmen sie ins Zeugenschutzprogramm. Sie will sich noch heute mit uns treffen", sagte Krämer.

„Hat sie was mit dem Fall zu tun?" Rothe nickte in Richtung Mappe, auf der „Alba ca Zapada Sibiu" stand.

„Wissen wir nicht. Vielleicht gibt es Verbindungen, gut möglich. Du kennst das doch, manchmal hat man Glück, wenn man jemanden findet, der bereit ist auszusagen. Die Nutten binden dir ja nicht auf die Nase, dass sie unter Druck stehen. Und wenn sie nächste Woche weg sind, weiß keiner, ob sie in München anschaffen oder tot sind."

Rothe musste an ihre Bemühungen denken, wie sie noch im letzten Jahr Visitenkarten verteilt hatten, um den Frauen eine Anlaufstelle zu bieten, falls sie gegen ihren Willen festgehalten wurden oder nach Erfurt verschleppt worden waren. Das war natürlich ein Widerspruch in sich. Eine Frau, die unfreiwillig in Deutschland und in einer Wohnung eingesperrt war, überwacht von Kameras, hatte kaum die Möglichkeit, sich ungesehen zu bewegen oder sich überhaupt aus der Wohnung zu entfernen. Und wenn sie begleitet wurde, war eine Kontaktaufnahme mit der Polizei nicht möglich.

„Das *Lila Lilo* gibt es nicht mehr. Ein Rumäne hat die Geschäfte übernommen. Gegen ihn läuft was, aber das machen die Kollegen. Wir hatten bisher nichts in der Hand, um gegen ihn vorzugehen. Durch Elena könnte sich das ändern. Sie ist nur sehr vorsichtig, und es hat gedauert, ehe ich sie überhaupt so weit gekriegt habe, dass sie mit uns zusammenarbeiten will", sagte Krämer.

„Und dann wartet ihr noch? Ihr hättet sie längst rausholen müssen. Warum zögerst du?"

Krämer druckste herum, also hakte Rothe misstrauisch nach: „Ich sehe es dir an, da ist noch mehr, nicht wahr?"

Krämer räusperte sich, und Rothe vermutete, dass sein Freund mit etwas hinter dem Berg hielt, das äußerst unangenehm sein musste. Es brauchte ein weiteres Räuspern und ein Augenbrauenrunzeln von Rothe, bis Sven endlich mit der Sprache herausrückte.

„Wenn ich behaupte, ich hätte Bockmist gebaut, wirst du mir sicher zustimmen. Es wird dir nicht gefallen, was ich dir jetzt erzähle. Um es kurz zu machen: Ich habe aktiv in den Prozess eingegriffen", erklärte Sven brüsk.

„Du hast was?", fragte Rothe. Heute schien ein Tag der

Überraschungen zu sein. Er konnte sich seine Verblüffung nicht verbeißen. „Sag das bitte noch einmal! *Aktiv eingegriffen?* Willst du mich verarschen? Ist das jetzt deine neueste Formulierung, wenn du jemanden flach gelegt hast?"

Krämer wurde verlegen, was bei ihm eher selten vorkam, aber sich an diesem Morgen wirklich auffallend häufte. „Da habe ich mich wohl etwas zu weit aus dem Fenster gelehnt. Ich wollte sie als Zeugin, habe mit ihr geschlafen, sie dafür bezahlt und ihr vom Zeugenschutzprogramm erzählt."

„Du weißt aber schon, dass man den persönlichen Einsatz im Rahmen der Ermittlungen auch übertreiben kann, oder?"

Krämer ignorierte den ironischen Einwurf. „Elena ist sechsunddreißig, aus Bukarest, wird voraussichtlich in ein paar Wochen ausgewechselt, und ich habe meine Chance genutzt und Kontakt aufgenommen. Es wäre unklug gewesen, sie außerhalb des Bordells als Polizist anzusprechen."

„Warte! Willst du mir damit sagen, dass du in deiner Funktion als Ermittler ins Bordell gegangen bist und dich wie ein Freier hast bedienen lassen? Hast du sie noch alle?"

Rothe war sauer auf seinen Freund, unterließ jedoch jede weitere Bemerkung, während er sich fragte, ob Svens Vorgesetzter, Kessler, wohl irgendwann von der Sache Wind bekäme. Es würde Svens Kopf kosten. Aber das war ja nichts Neues, dass Sven gerade diesen auffallend gerne in eine Schlinge steckte. Meistens stellte er sich jedoch geschickter an und war sich über die Konsequenzen seines Handelns bewusst.

„Nein, bin ich nicht", wischte Sven Rothes Einwurf vom Tisch. „Ich bin als Privatmann zu ihr in die *Pacat* Bar."

„Als Privatmann kannst du niemandem in ein Zeugenschutzprogramm helfen", entgegnete Rothe und starrte ihn ausdruckslos an.

„Ich weiß. Ich bin auch nicht stolz darauf, wie ich es geschafft habe, dass sie aussagen will. Aber ich habe erreicht, dass sie es tut. Zählt nicht das Ergebnis?"

Rothe schwieg.

„Ich warte auf ihren Anruf, wann und wo ich sie treffen kann."

„Ich dachte, du weißt schon, wann und wo du sie triffst."

„Nein, leider nicht. Ich habe dir doch gerade erzählt: Elena ist äußerst vorsichtig. Sie traut niemandem."

„Wie hast du sie kennengelernt?", fragte Rothe.

„Sie tauchte eines Tages hier auf, suchte einen Beamten, bei dem sie eine Anzeige machen konnte. Wir haben ein paar Minuten miteinander geredet und dabei habe ich sie zum Essen eingeladen. Die Einladung hat sie ausgeschlagen. Ich bin ihr bis zur *Pacat* Bar nachgegangen. Den Rest kennst du."

„Und hat sie die Anzeige gemacht?"

„Nein, hat sie nicht. Sie fragte mich, ob ein deutscher Polizist überhaupt einer Prostituierten glauben würde, wenn sie eine Vergewaltigung anzeigen würde."

Als Rothe nichts darauf sagte, sondern seinen Freund nur stumm anstarrte, blaffte Krämer verärgert: „Was?"

„Wie was? Ich will wissen, was du darauf geantwortet hast."

„Ich habe gesagt: ‚Kommt darauf an.'"

„Ach ja, und da hat sie sich bestimmt unheimlich verstanden gefühlt", kommentierte Rothe bissig.

Er war sich nicht sicher, was er Sven noch so alles gesagt

hätte, wäre Comisar Beata Matei nicht plötzlich eingetreten. Als er sie sah, war er von ihrer herben Schönheit angetan. Sie war einiges über vierzig, vielleicht sogar schon den fünfzig näher, als es im ersten Moment den Anschein hatte. Ihr langes Haar glänzte wie poliertes Mahagoniholz und bestimmte ihre gesamte Erscheinung. Es fiel in dichten, dicken Wellen herab, und er konnte nicht umhin, sich vorzustellen, wie es sich anfühlen würde, in dieses gesunde Haar hineinzugreifen, zu spüren, wie kräftig es war. Während Rothe sie noch beobachtete, zog sie ein Haargummi vom Handgelenk und zwängte die Haarpracht in einen Nackenknoten, was ihr eine gewisse Strenge verlieh. Die scharfen Falten in den Mundwinkeln unterstrichen diese Wirkung noch.

Das Lächeln, das sie Rothe schenkte, als Sven sie bekannt machte, war höflich. Eine distanzierte Höflichkeit, wie Menschen sie ausstrahlten, die ihre Position noch nicht gefunden hatten und unsicher waren oder es aufgrund ihrer Position nicht mehr nötig hatten, freundlicher zu sein. Sie wirkte präsent und zupackend, was sie auch mit einem kurzen und kräftigen Händedruck untermauerte. Das Wenige, das sie sagte, klang ruhig und angenehm, mit einem deutlichen Akzent. Sven erklärte ihr den Grund seines Besuchs, und sie lächelte sparsam. Rothe, der sich für einen guten Beobachter hielt, bemerkte, dass sie ihn musterte, und war sich sicher, dass sie versuchte, ihn im Vergleich mit Sven einzuschätzen. Das war also die Frau, die Sven das Wasser reichen konnte. Das konnte man nicht von allen Kolleginnen sagen. Sie war schon ziemlich beeindruckend.

Als Zascha die Wohnungstür öffnete, schob Carel ihn ungeduldig beiseite und verschaffte sich Einlass. Wenn Zascha über die Dreistigkeit ungehalten war, zeigte er es nicht. Stattdessen schlenderte er zurück in die Küche und ließ sich auf einen Stuhl fallen. Vor sich hatte er eine Tasse Kaffee, halb ausgetrunken, daneben eine Pistole. Sein rosa Handy klingelte auf dem mit Abfall übersäten Küchentisch. Er ließ es klingeln. Eine Tüte Crystal war angebrochen.

Carel durchsuchte die Räume, schaute hinter jede Tür, in jeden Winkel und ging dazu über, die Kleiderschränke zu öffnen. Das Klappen der Türen hallte durch die spärlich möblierte Wohnung. Zascha hatte sich, abgesehen von den Schränken, nur ein Bett geleistet, das nicht weniger als der Küchentisch von zusammengeknüllten Zigarettenschachteln und anderem Müll strotzte. Als Carel die letzte Schranktür öffnete, wunderte er sich nicht wirklich, als er die Kleider fand. Jedes Kleid hing akkurat auf einem Bügel. Sie sahen alle gleich aus: weiß, ihre Röcke kurz, leicht ausgestellt, die Oberteile rückenfrei, mit simplen Nackenverschlüssen. Vier Bügel waren leer. *Vier!* Eins der Kleider hatte die Tote getragen und zwei weitere Zaschas Nutten am Vortag, aber wem hatte Zascha das vierte Kleid gegeben?

Carel starrte einen Moment lang die leeren Bügel an, schloss die Schranktür wieder und ging in die Küche. Dort erwartete ihn Zascha mit einer Tokarev, die er auf ihn gerichtet hielt, und sah dabei so gelassen aus, als ob er auf einen Luftballon zielen würde.

„Wo warst du gestern?“, fragte Zascha und erhob sich langsam vom Stuhl. Das fortwährende Klingeln des Handys ignorierte er.

Die Fahrt von Heiligenstadt zurück nach Erfurt war zu einem wahren Verfolgungsrennen ausgeartet. Zascha war wieder einmal gerast wie der letzte Henker und das mit den beiden Mädchen an Bord. Carel hatte zusehen müssen, dass ihm nicht während der Fahrt die Augen zufielen. Er hatte sich verschätzt – mit seinen Fähigkeiten ebenso wie mit Zaschas Kaltschnäuzigkeit. Wenigstens war er die Leiche wieder losgeworden. Eine Leiche im Kofferraum eines gestohlenen Wagens, „Sponsored By Papa", mit ihm am Steuer. Nicht auszudenken, wenn die Polizei ihn erwischt hätte. Na prost Mahlzeit, das hätte für Ärger gesorgt. Wie hätte er, Laufbursche eines Junkies und Zuhälters, erklären sollen, dass er nichts mit dem Tod des Mädchens zu tun hatte?

Dass sein Plan, Zascha die Leiche unterzuschieben, gescheitert war, war allein dem Umstand zu verdanken, dass Zascha wieder einmal nicht hatte schlafen können und mit zwei Miezen die Nacht durchgemacht hatte. Die *ganze* Nacht!

Und nun stand Carel, hundemüde und zittrig vom starken Kaffee, den er sich eine halbe Stunde zuvor genehmigt hatte, in der Küche eines unberechenbaren Irren, der ihm eine Pistole an den Kopf hielt. Carel wettete, dass sie geladen war. Zascha würde schießen. Wenn er in der richtigen Stimmung wäre, würde er es tun. Unter dem Einfluss von Crystal verwischten die Grenzen zwischen dem, was möglich war, und dem, was unmöglich war, zu *alles war möglich*.

„Ich hatte zu tun", antwortete Carel, die Waffe nicht aus den Augen lassend.

Zascha lachte bösartig auf. „Kann mir schon denken was. Tja, ich hatte auch zu tun und nun muss ich los. Wir treffen uns in einer Stunde im *Pacat.*"

Carel unterdrückte seine Angst und sagte leichthin: „Ich komme mit."

Zascha musterte ihn argwöhnisch. „Das ist geschäftlich und geht dich nichts an."

„Ich komme trotzdem mit", beharrte Carel und starrte auf die Waffe, mit der Zascha nach wie vor mit verbiestertem Ausdruck auf ihn zielte.

Zäh verrannen die Sekunden und Carel kam es wie eine Ewigkeit vor, bis Zascha schließlich die Tokarev sinken ließ. „Von mir aus, aber mach keine Scherereien."

„Wenn du wieder Scheiße baust –", begann Carel und biss sich auf die Zunge.

Falsch! Ganz falsch. Diesem Idioten durfte man keine Vorhaltungen machen.

„Halt die Klappe!", schrie Zascha. Wie erwartet riss er die Tokarev erneut hoch. Eiskalt presste er sie Carel an die Stirn und Carel sah in seinen Augen konzentriertes Nachdenken über die Frage: Sollte er schießen, oder nicht?

Carel versteifte sich. Schweiß brach aus seinen Poren. Ein Tropfen löste sich und lief an seiner Schläfe herunter. Zaschas Lippen verzogen sich zu einem gemeinen Grinsen. Er genoss seine Macht.

„Peng!", wisperte er.

Carel versuchte, sich nicht anmerken zu lassen, dass ihm der Arsch auf Grundeis ging.

„Da hat der kleine Carel aber Schiss. Das ist auch gut so, denn vor Zascha sollte man Angst haben", säuselte der Junkie ohne Freundlichkeit.

Aus dem hinteren Hosenbund zog er eine weitere Pistole und fuchtelte damit herum. Als das Handy erneut zu klingeln begann, ließ Zascha die zweite Waffe mit einem dunklen Poltern auf den Tisch fallen und nahm das Gespräch an. Mit der Tokarev in seiner rechten Hand zielte er auch weiterhin auf Carel. Die Gefahr war noch lange nicht gebannt, aber Zascha war durch das Gespräch abgelenkt und Carel atmete erst einmal durch.

„Ja. Ja, ich weiß. Ja, weiß ich doch! Jetzt lass mal, ich bin doch kein Anfänger!“ Ungeduldig kappte Zascha die Verbindung und wandte sich wieder Carel zu: „Meine Kleine. Kann's nicht abwarten, mich endlich zu sehen.“

Carel glaubte ihm nicht. Er starrte seinen Boss nach wie vor nur schweigend an. Zaschas Wangen waren eingefallen. Die Augen lagen in dunklen Höhlen. In den letzten zwei Wochen waren erschreckende Veränderungen mit ihm vorgegangen. Zascha musste weiter abgenommen haben. Er war blass.

Das plötzliche Zittern der Hand versuchte Zascha zu verbergen, indem er sehr geschäftig tat. Er steckte das Handy ein, nahm seine Jacke vom Küchenstuhl und bedeutete Carel, dass sie gehen würden. Vielleicht richtete er sich ja selbst zugrunde, dachte Carel. Aber wie lange würde das dauern? Wenn überhaupt. Wahrscheinlich würde er sich wieder erholen und weitermachen. Immer weitermachen. Und weitermachen. Bis ihn jemand stoppen würde.

„Was hast du vor?“, fragte Carel.

„Wirst schon sehen“, antwortete Zascha und bleckte die Zähne, die auch nicht mehr so weiß waren wie noch vor zwei Wochen.

„Meinst du, ich schaffe das?“, fragte Alina ihre Freundin.

„Ganz bestimmt, du kannst alles“, erwiderte Lydia.

Sie waren auf dem Weg zu einer Improvisation, in der Alina die Hauptrolle spielen sollte. Sie hatte keinen Text bekommen, sondern musste aus dem Bauch heraus agieren. Was ihr am Anfang noch einfach und spielerisch erschienen und laut Zascha mit einem hohen Spaßfaktor verbunden war, entwickelte sich für sie mehr und mehr zu einem Alptraum. Ob die Filmaufnahmen, die dabei gemacht werden sollten, auch gut genug sein würden, um sich einer Produktionsfirma vorzustellen? Zascha hatte gesagt, sie sei ein geborenes Talent. So eine wie sie gebe es nur einmal unter Hunderttausend. Er hatte es gesagt. Sie hatte ihm auch geglaubt, nur zu gerne sogar, aber stimmte es auch?

„Aber wenn ich das Falsche mache?“, jammerte sie.

„Du kannst nichts falsch machen. Es ist eine Improvisation. Jeder reagiert auf das, was der andere tut. Glaub mir. Du machst das bestimmt ganz toll.“

„Aber wenn ich nicht richtig reagiere? Wenn ich meinen Einsatz verpasse?“

„Du wirst wissen, wann du dran bist. Das hast du im Gefühl, da bin ich mir ganz sicher.“ Aufmunternd drückte Lydia Alinas Hand und rang sich ein Lächeln ab.

„Ich glaube, ich schaffe das nicht.“ Alinas Magen krampfte sich zusammen. Ihr war komplett übel. Nun hatte sie alles ihrer Freundin erzählt, und die Angst hatte sie immer noch im Griff.

„Das ist Lampenfieber, nicht wahr?“, stieß sie aus. Und als Lydia stumm nickte, musste sie ihrem Unmut Luft machen. „Das ist grässlich und noch schlimmer, als die Englischvokabeln nicht gelernt zu haben und plötzlich an die Tafel zu müssen."

„Hier gibt es keine Vokabeln, und du musst auch nicht Englisch sprechen."

Lydia spürte, wie das Handy in ihrer Handtasche vibrierte. Sie kramte es heraus und stellte fest, dass ihre Mutter eine Mitteilung hinterlassen hatte. Sie überflog die SMS und konzentrierte sich wieder ganz auf ihre Freundin.

Alina war in allem furchtbar ehrgeizig und schwierig. Ehe sie sich ganz verrückt machte und womöglich noch die Vorstellung absagte, redete Lydia auf sie ein.

„Weißt du was? Wenn wir das hinter uns haben, gönnen wir uns ein Eis. Was meinst du? Oder sollte ich doch lieber nicht mitkommen? Ich will dich nicht ablenken."

„Du *musst* mitkommen. Ohne dich bekomme ich kein Wort raus", bettelte Alina.

„Aber du hast doch Zascha."

Alina verdrehte die Augen und stöhne: „Du kennst ihn nicht. Er ist so anspruchsvoll. Ich *muss* einfach alles richtig machen. Das ist meine einzige Chance, zum Film zu kommen. Und dabei bist du mir die allergrößte Hilfe. Ohne dich kriege ich keinen einzigen vernünftigen Satz hin."

„Und ob du das tust. Bevor wir uns angefreundet haben, hast du doch auch gesprochen. Oder bist du stammelnd und grunzend herumgelaufen?"

Alina lachte übertrieben auf. „Ist das nicht verrückt? Ich lerne diesen Wahnsinnstypen kennen und dann werden wir Freundinnen. Ich hätte nie gedacht, dass wir uns so gut verstehen würden. Wenn du nicht nach den Hausaufgaben gefragt hättest –"

„Und du mich nicht hättest abschreiben lassen“, sagte Lydia und grinste.

„Und ich dich nicht hätte abschreiben lassen“, zwitscherte Alina. „Kommst du nun mit oder nicht? Hiermit lade ich dich zu der besten Vorstellung meines Lebens ein.“

„Okay, ich komme mit“, gab sich Lydia geschlagen und bemühte sich, Spaß an der Sache zu zeigen.

Alina stupste sie an. „Nun tu nicht so! So schlecht bin ich nun auch wieder nicht.“ Mit lautem Gekicher hakte sie sich bei ihrer Freundin ein.

Jessica und Matthias hatten sich vom Touristenstrom abgesetzt und schlenderten die Gera entlang, bogen in eine Nebenstraße ein und in eine weitere und in eine weitere. Matthias wollte Jessica gegenüber nicht zugeben, dass er keinen Plan hatte, wo sie sich befanden. Sie waren durch so viele Geschäfte gebummelt, dass er meinte, er kenne jetzt wirklich jede Auslage auswendig. Sollte es mit dem Studium nicht klappen, konnte er sich als Schuhverkäufer verdingen. Warum flogen Frauen bloß so sehr auf Schuhe? Jessica bildete da keine Ausnahme. Er war fix und fertig und seine Denkleistung auf dem Niveau eines Regenwurms. Er tat sein Bestes, ihr nicht zu zeigen, wie verwirrt er war, bis Jessi anfing, ihn aufzuziehen.

„Kann es sein, dass mein neunmalkluger Freund, der, der behauptet, sich in jeder Stadt bestens auszukennen, die Orientierung verloren hat?“

„Nö“, entgegnete Matthias verlegen. „Ich weiß genau, wo wir sind. Wir dürften nicht weit vom Domplatz sein.“

„Reines Wunschdenken. Wir sind so dicht am Domplatz

wie ein Spatz daran, den *Echo* für seine Gesangsleistung zu bekommen."

Matthias drehte den Rollstuhl zu sich herum und schaute Jessica tief in die Augen. „Und du, meine weise Königin, sagst mir jetzt bestimmt, wo es langgeht. Du hast recht, ich habe keinen blassen Schimmer, wo wir sind, ich bin nahezu am Verdursten und mir tun die Füße weh …"

„Was mir nicht passieren kann", witzelte Jessi.

„Und … äh, du bringst mich mit deiner Schönheit und deinen klugen Worten aus dem Konzept."

Jessica seufzte theatralisch, rollte mit den Augen und sagte: „Das ist meine absolute Lieblingsstelle. Bitte noch einmal!"

Und da Matthias sie nicht zu verstehen schien, fuhr sie fort: „Ich souffliere dir kurz: Schönheit und kluge Worte. Und du bist das erste Mal aus dem Konzept."

Er entgegnete: „Das erste Mal aus dem Konzept war ich schon, als dein Vater dich zur Schule gebracht hat und wir uns kennengelernt haben. Aus dem Konzept, aus dem Gleichgewicht, völlig von den Socken. Und das bin ich immer noch."

Er beugte sich über sie und küsste sie. Einmal. Zweimal. Noch einmal, bis sie ihn von sich schob.

„Wenn du so weitermachst, hast du nicht nur wehe Füße, sondern auch noch einen Hexenschuss", alberte Jessi. Sie sah an ihm vorbei auf ein Schild. „Sieh mal! Wir könnten hier im Fitnessstudio eine Pause einlegen. Die haben doch auch eine Bar oder so was wie eine Cafeteria. Komm, wir schauen uns da drin mal um."

Matthias öffnete die Glastür und schob sie zum Fahrstuhl, der sie in den ersten Stock zum Studio brachte.

„Entschuldigung“, sagte eine junge Frau, die aus einem Nebenraum trat und Jessica sah. Ohne Umschweife kam sie ihr entgegen. „Ihr könnt hier nicht bleiben.“

Jessica drehte sich zu Matthias um, der ganz vertieft an einem Gerät übte. Neben dem Laufband das einzige, das hier stand. Nachdem sie angekommen waren und eine Weile gewartet hatten, dass jemand sie bediente, was gefühlte Ewigkeiten dauerte, hatte Matthias die Geduld verloren und sich selbst geholfen. Niemand schien etwas dagegen zu haben.

„Das wollen wir auch nicht, nur ein bisschen ausruhen. Wenn Sie Wasser für uns hätten, wäre das nett“, sagte Jessi.

Die Frau musterte sie, ihr Blick sprang kurz zu dem jungen Mann am Gerät, schließlich nickte sie und ging zurück an ihren Arbeitsplatz, ein Tresen aus weiß lackiertem Holz mit einer schwarzen, glänzenden Arbeitsfläche.

Das Studio roch nach Farbe. Die Einrichtung war ziemlich schick in schwarz-weiß und anthrazit gehalten. Jedoch wirkten die Wände noch kahl, es fehlten Spiegel. Eine Sitzecke mit bunten Stühlen setzte einen farbigen Akzent, aber auch hier mangelte es noch an Gemütlichkeit in Form von Sitzkissen. Die Regale hinter dem Tresen waren leer. Bodentiefe Scheiben, so sauber, dass Matthias sich darin spiegelte, bildeten die Fensterfront und nahmen die gesamte Wand zur Straßenseite ein. Die Aussicht war weniger berühmt. Man schaute auf ein Parkhaus.

Der Trainer nahm weder von Matthias noch von Jessi Notiz, er starrte einfach nur aus dem Fenster. Das Studio war ansonsten leer.

Die Bedienung trat wieder an Jessica heran und flüsterte: „Euer Wasser steht da hinten auf dem Tisch, aber dann müsst ihr gehen." Die junge Frau entfernte sich so geräuschlos, wie sie gekommen war.

Jessi rollte in die Sitzecke, die sehr gemütlich werden würde, wenn sie denn mal vollständig eingerichtet war. Sie nahm eines der beiden Gläser, die die Bedienung auf einem improvisierten Tablett, offenbar ein Regalbrett, gebracht hatte, und trank ein paar Schlucke. Da Matthias immer noch beschäftigt war, simste sie ihrem Vater, um ihn zu fragen, wo sie sich zum Essen treffen wollten. Sie verfolgte aus den Augenwinkeln, wie die junge Frau in den Nebenraum ging, leere Farbeimer und eine Leiter beiseite schob und das Fenster zum Innenhof öffnete, was von einer verschreckten Amsel mit Gezeter quittiert wurde. Sie beobachtete Matthias, der sein Glas in einem Zug geleert hatte, wie er sich weiterhin abmühte, um ihr zu imponieren. Sie wunderte sich über den Trainer, der ihn unbeachtet machen ließ. Nach dem anstrengenden Stadtbummel genoss sie die Ruhe, die mit dem Eintreten von zwei Mädchen in ihrem Alter abrupt ein Ende fand. Die eine war blond, die andere dunkelhaarig.

Für Jessica war es ein Schock, die Blonde zu sehen.

Alina?

Alina war wirklich die Letzte, der sie gerne begegnet wäre. Seitdem Jessi mit ihrem Vater nach Heiligenstadt gezogen war, hatte sie Erfurt gemieden. Das hatte viele Gründe und einer von ihnen war Alina. Und gleich bei ihrem ersten Besuch in ihrer alten Heimat musste sie sie treffen. Was für ein Pech! Das würde ihr den ganzen Tag verderben.

Sie rollte sich noch weiter in die Sitzecke hinein und verschanzte sich hinter einer üppigen Grünpflanze, in der Hoffnung, dass Alina sie nicht entdecken würde. So unauffällig wie möglich winkte sie Matthias zu. Doch ehe er reagieren konnte, kam Alina schon mit überrascht aufgerissenen Augen auf sie zu. Im selben Augenblick betraten zwei junge Männer den Raum. Wie auf Knopfdruck wechselte Alinas Gesichtsausdruck von Überraschung zu zuckersüßer Freude. Laut quietschend stürzte sie sich auf den gut aussehenden Typen in der Lederjacke. Ihr Kuss war demonstrativ. Jessi hatte den Eindruck, dass die Begrüßungsdemonstration vor allem ihr galt.

Als Matthias endlich kam, wies sie mit dem Kopf auf das knutschende Pärchen und flüsterte: „Ich möchte so schnell wie möglich hier weg."

Wortlos umklammerte Matthias die Griffe des Rollstuhls, um Jessi aus dem Studio zu bringen, als der Lederjackentyp plötzlich den Schlüssel der Eingangstür umdrehte, ihn abzog und einsteckte. Niemand von den anderen sagte etwas dazu.

Jessi und Matthias sahen sich alarmiert an.

Kevin Stolze starrte auf den Telefonhörer. Die Stimme seiner Frau klang noch weich und flirtend in seinem Ohr nach. Katrin hatte ihm das Treffen regelrecht abgegaunert. Dieses Biest, sie wusste, wie man ihn scharf machte. Warum sie ihn im Parkhaus treffen wollte, war ihm zwar schleierhaft, aber sie hatte vorgeschlagen, dass sie dort ihren Wagen abstellen würde, um mit ihm in der Mittagspause ein schnuckeliges Hotel aufzusuchen, wo sie ihm seine kleinen Extrawünsche erfüllen wollte. Das Wort „Extrawünsche" erinnerte ihn an „Extrawürste", und seine Begeisterung hielt sich ab dem Moment, als das Wort zwischen ihnen gefallen war, in Grenzen. Heute hätte er auch Sex mit seiner Sekretärin haben können. Was für eine Verschwendung. Hätte sich Katrin nicht einen anderen Tag aussuchen können?

Missgelaunt sah er auf die Uhr und stellte fest, dass er sich vom Schreibtisch loseisen musste, wenn er seine Frau nicht verpassen wollte. Nun, wenn sie schon so freigebig war, wollte er sie auch nicht bremsen, nur sollte sie sich darauf einstellen, dass er sich mit Sex nicht bestechen ließe. Das spontan vorgeschlagene Treffen war nur eine von ihren Maschen, ihn dazu zu drängen, das Angebot von B. anzunehmen. Sie war leicht zu durchschauen. Doch wenn sie glaubte, ihn mit ein paar SM-Spielchen umstimmen zu können, dann kannte sie ihn nicht gut genug. Er würde Nein sagen. Nein zu einem Verkauf. Nein zu einer Zusammenarbeit. Nein zu allem, was B. ihm anböte. Aber sicherlich nicht Nein zu der Offerte, ihn heiß zu machen. Auf Sex würde er heute auf keinen Fall verzichten. Er brauchte seine tägliche Entspannung. Und was das Konto für die Extraausgaben anging (für ihre Extrawünsche und Extrawürste): Solange sie ihn befriedigte, würde er ihr den Willen lassen.

Die Vorstellung, dass sie sich für ihn derart abmühte, erheiterte ihn. Soll sie sich ruhig abrackern, dachte er boshaft.

Er entdeckte ihren Golf auf dem Stellplatz direkt an der Auffahrt, als er das erste Parkdeck erreichte. Eine Stelle, von der er ihr immer abgeraten hatte. Es gab Idioten, denen fehlte jegliches räumliche Gespür, und sie rammten vorzugsweise genau die in dieser Parklücke abgestellten Fahrzeuge. Das machte ihn wütend. Konnte diese Frau denn überhaupt nicht zuhören? Wie sie ihm in letzter Zeit auf die Nerven ging. Sie wollte dies, sie wollte das, ihre Forderungen rissen überhaupt nicht mehr ab, und immer ging es dabei um

Geld. Hatte er ihr nicht bereits das Studium finanziert? Wie viel wollte sie denn noch? Sie hatte ihr Geld, er seins, mehr gab es nicht für sie. Schluss. Aus. Punkt.

Er fuhr an ihr vorbei und parkte am anderen Ende der Reihe, wo er sicher sein konnte, dass niemand sein Audi Coupé beschädigen würde. Das Parkhaus war aufgrund der Lage für Besucher, die Erfurt nicht kannten, schwierig zu finden. Man musste es über eine schmale Seitenstraße anfahren. Das war ein Manko, doch die Nähe zu seinem Büro machte es für ihn interessant. Vielleicht war Katrins Anruf doch nicht so schlecht gewesen, denn er brachte ihn auf die Idee, seinen Wagen in Zukunft hier abzustellen. Gesas jüngster Anfall von Eifersucht, dass sie sein Kommen und Gehen kontrollierte und ihn sogar zur Rede stellte, wenn er später kam, schrie nach einer Abstell-Alternative. Er hasste jede Art von Kontrolle. Katrin sprach von den männlichen Wechseljahren, er dagegen nur davon, selbstbestimmt zu sein und das zu tun, wonach ihm der Sinn stand. Und jetzt stand ihm der Sinn nach SM-Sex.

Mit einer Lässigkeit, die er sich über Jahre antrainiert hatte, stieg er aus. Er wusste, dass seine Erscheinung von eins achtundachtzig Aufmerksamkeit hervorrief. Dass er dazu noch über eine schlanke, nicht unsportliche Figur verfügte, trainiert durch regelmäßiges Schwimmen und unzählige Aufenthalte im Fitnessstudio, war von Vorteil. Andere Männer bewunderten ihn, und Frauen beteten ihn an. Dass es ihm gefiel, verstand sich von selbst.

Katrin war darin versunken, sich für ihren Mann zurechtzumachen. Sie prüfte ihr Aussehen im Rückspiegel, klopfte sich Farbe in die Wangen und zog die Lippen nach. Anschließend stieg sie aus, schob den Saum des roten Rocks höher und nestelte am spitzenbesetzten Bündchen eines schwarzen Seidenstrumpfs.

Stolze beobachtete sie und spürte, wie es in seiner Hose eng wurde. Warum Geld für ein Hotelzimmer ausgeben, wenn er sie im Auto nehmen konnte? Eine Männerstimme ließ ihn herumfahren.

„Herr Stolze, was für ein Zufall, Sie hier zu treffen."

Stolzes Augen wurden schmal, als Zachary Boloniut auf ihn zukam.

„Ich glaube nicht an Zufälle. Verfolgen Sie mich, oder warum sind Sie hier?", zischte er unfreundlich.

Boloniut lachte dröhnend auf, und Stolze sah sich veranlasst, zwischen die parkenden Wagen zurückzuweichen, wenn er von Katrin nicht gesehen werden wollte. Sie würde es fertig bringen, ihn vor Boloniut bloßzustellen. Dumm war sie nicht. Sie brauchte nur eins und eins zusammenzuzählen, und ihr würde schnell klar werden, dass B. und Zachary Boloniut ein und dieselbe Person waren. Nicht auszudenken, wenn sie ein Verkaufsgespräch erzwingen würde. In letzter Zeit schien ihm Katrin unberechenbar. Ihr beruflicher Frust trieb seltsame Blüten, ihre Gier nach seinem Geld ebenso.

Der andere fasste Kevin Stolze am Ellenbogen und lenkte ihn zur Brüstung. „Sie möchten nicht gesehen werden, Herr Stolze?"

„Wie kommen Sie darauf?", entrüstete sich Stolze und riss seinen Arm los.

„Ich habe die Frau dahinten in dem roten Wagen beobachtet. Sie ist sehr attraktiv, aber nicht käuflich, wie ich schätze."

Stolze zog die Augenbrauen zusammen und taxierte den Mann. Was für ein arroganter Arsch! Er fragte sich, welcher Herkunft Boloniut war. Sein Deutsch war perfekt, sein Auftreten schon fast militärisch korrekt. Kurzer Haarschnitt, dunkelblauer Anzug, auf Hochglanz polierte Schuhe. Äußerlich betrachtet gab es nichts gegen Boloniut zu sagen, außer, dass er Geschäfte machte, die Stolze nicht zusagten.

„Was kann ich noch für Sie tun, Herr Boloniut?"

Stolze machte einen Schritt zurück, brachte Abstand zwischen sich und sein Gegenüber und wartete ab. Boloniut würde es hoffentlich kurz machen.

Boloniut antwortete: „Nichts."

Trotz dessen täuschend echter Gleichgültigkeit, wusste Stolze, dass der andere log. Der war doch nicht zufällig hier. Er konnte sich des Eindrucks nicht erwehren, dass ihm wie einem Fisch ein Köder vorgehalten wurde. Nur konnte er die Art des Köders nicht erkennen.

Es schienen Minuten zu vergehen, in denen Stolze zusah, wie Boloniut sich imaginäre Flusen vom Jackenärmel zupfte.

„Dann ist es ja gut", sagte Stolze schließlich und wollte sich verabschieden, doch Boloniut ließ sich davon nicht beirren.

„Ich sehe ein, Herr Stolze, dass wir wegen des Grundstücks nicht ins Geschäft kommen, was ich zutiefst bedauere."

Stolze dachte an den jüngst herausgekommenen Bebauungsplan HOS 527 und verkniff sich, seine Befriedigung darüber zu zeigen, dass sich auch ein Boloniut, mochte er finanziell noch so potent sein, daran halten musste. Der Plan gab vor, wo in Zukunft Erfurts Erotikgewerbe angesiedelt werden sollte, und das würde nicht in Innenstadtnähe sein, sondern an Erfurts nördlicher Stadtgrenze. Die Innenstadt war Sperrbezirk. Aber wozu sich die Mühe machen, es ihm noch einmal zu erklären.

„Es ist ein sehr schönes Haus und hat genau die richtige Lage für die Projekte, die ich plane."

Stolzes Gesicht verfinsterte sich schlagartig.

Boloniut zeigte auf das gegenüberliegende Geschäfts- und Wohnhaus, das frisch saniert war.

Stolze fixierte die Fensterfront, hinter der sich undeutlich ein paar Leute tummelten.

„Sehen Sie das Gebäude dort drüben? Mit dem Sportstudio? Das ist ein Objekt, das mir zusagt, und ich möchte es erwerben", sagte Boloniut.

Stolze schnaubte aufgebracht: „Sie können es nicht erwerben. Es steht nicht zum Verkauf. Das habe ich doch bereits deutlich genug gemacht."

„Aber es gehört Ihnen", unterbrach ihn Boloniut.

„Herr Boloniut. Hören Sie! Es steht nicht zum Verkauf."

„Das ist schade", sagte Boloniut freundlich.

Krampfhaft versuchte Stolze, sich den Fertigstellungstermin ins Gedächtnis zu rufen, Gesa hatte doch heute Morgen noch mit ihm darüber gesprochen. Verdammt, er hätte besser zuhören sollen.

„Ein sehr schönes Haus. Innenstadtlage. Saniert und mit einem Fitnessstudio. Genau das Richtige für das, was ich vorhabe."

„Was haben Sie denn vor?", fragte Stolze desinteressiert. Seine Aufmerksamkeit war ganz auf das gerichtet, was im Studio vor sich ging. War das etwa Alina, die er an den Geräten sah? Und wer waren die anderen? Abgesehen von den

Malern hätte das Studio leer sein müssen. Was hatte Alina dort überhaupt zu suchen? Boloniuts Ausführungen drangen kaum zu ihm durch.

„Aktives Entertainment ist das Zauberwort der Zukunft. Die Menschen möchten unterhalten werden und selbst unterhalten. Hier könnte ein Kulturkomplex aus Bar, Fitnessstudio und Zimmertheater entstehen. Kennen Sie Slam-Poetry? Das ist auch so eine moderne Sache. Kunst von jedermann für jedermann."

„Äh, ja, genau. Hört sich gut an", murmelte Stolze, der seinen Blick nicht von den Studiofenstern reißen konnte.

Es war tatsächlich seine Tochter, die dort am Butterflygerät stand. Sie hätte in der Schule sein müssen. Wann hätte sie heute Unterrichtsschluss gehabt? Er nahm sich vor, sie später zur Rede zu stellen. Jetzt galt es erst einmal, diesen Boloniut loszuwerden. Er wandte sich ihm wieder zu.

Boloniut steckte gerade mit einer um Verzeihung heischenden Geste sein Handy in die Tasche. „Sorry. Geschäfte! Ich bin ganz Ohr für das, was Sie mir sagen wollen. Wir könnten gute Geschäfte machen, wenn wir zusammenarbeiten würden, Herr Stolze."

„Ich muss Sie enttäuschen. Wir werden ganz bestimmt keine Geschäfte miteinander machen. Und jetzt entschuldigen Sie mich, ich habe noch etwas vor", würgte Stolze ihn ungeduldig ab.

Was bildete sich dieser Kerl ein!? Er sollte sich endlich loseisen, um mit Katrin das zu tun, was sie ihm versprochen hatte, als Boloniuts eigenartiger Gesichtsausdruck ihn davon abhielt.

Boloniut, ansonsten ein Mann von kühler Gelassenheit,

starrte auf das gegenüberliegende Gebäude. Sein Gesicht war angespannt. Er schien völlig gefangen von dem, was sich auf der anderen Seite abspielte. Stolze lenkte seine Aufmerksamkeit wieder dem Studio zu.

Und dann fiel der Schuss. – Ein dumpfer Knall, der hundertfach in Stolzes Kopf nachhallte. Es hätte auch die Fehlzündung eines Motorrads oder Autos gewesen sein können. Zuerst wollte Stolze die Sache als Einbildung abtun, doch als er seine Frau erregt auf sich zustolpern sah, wusste er, dass ihn seine Ohren nicht getäuscht hatten.

Ihm schwante, dass der Fisch an der Angel hing.

Kevin Stolze fühlte sich gar nicht wohl. War es auf dem Parkdeck plötzlich heißer geworden? Mit zittrigen Fingern lockerte er die Krawatte. „Du sagst, es wurde jemand erschossen?"

Aufgeregt wiederholte Katrin: „Ich habe es genau gesehen. Kevin, ich kann es nicht fassen. Ich glaube … ich glaube … Was sollen wir denn jetzt nur tun?"

Stolzes erzwungene Gelassenheit war in Auflösung begriffen. „In meinem Haus? Ein Schuss? Du meinst, es ist jemand umgebracht worden? Das ist nicht möglich!"

„Du musst etwas tun, Kevin!"

Ihre Stimme schrillte in seinen Ohren. Genervt fuhr er sie an: „Jetzt halt doch mal den Mund! Bei deinem Geschrei kann man doch nicht nachdenken."

Boloniut packte die hysterische Frau am Arm und zog sie mit sich in das dunkle Innere des Parkhauses. „Beruhigen Sie sich, Frau Stolze. Die Angelegenheit kann diskret erledigt werden."

Katrin Stolze hatte die Augen weit aufgerissen, stammelte zusammenhanglose Worte und zerfloss vor Dankbarkeit. „Wirklich? Sie können uns helfen? Kevin, hast du gehört? Er kann uns helfen."

Als sie jedoch mitbekam, dass er sein Handy hervorholte, kreischte sie auf: „Kevin, du willst doch nicht die Polizei anrufen?"

„Natürlich nicht", knurrte Stolze.

Er sollte erst einmal persönlich die Lage überprüfen. Katrin konnte sich durchaus getäuscht haben. Vielleicht war das alles nur ein großes Missverständnis. Ein Irrtum. Irgendetwas, das sich leicht erklären ließ. Als sich Alina meldete, hatte er seine Stimme wieder unter Kontrolle und setzte seinen geschäftsmäßigen Ton auf. Ihre Antwort ließ ihn zusammenfahren. Entsetzt sah er seine Frau an, die noch blasser wurde. Ohne noch ein Wort zu sagen, legte er auf.

Katrin wartete und Boloniut rauchte eine Zigarette. Stolzes Gedanken kreisten. Er konnte keine negative Publicity gebrauchen. Nicht zu diesem Zeitpunkt, an dem das Haus zum Verkauf stand. Ein Haus, in dem etwas Unangenehmes geschehen war, bekam auf dem Immobilienmarkt keinen guten Preis.

Als Mann schneller Entschlüsse wandte er sich schließlich Boloniut zu. „In Ordnung. Sie sagten diskret? Ich verlasse mich darauf."

„Ganz der Geschäftsmann", entgegnete Boloniut süffisant, warf die Zigarette auf den Boden und trat sie mit einem zufriedenen Gesichtsausdruck aus.

Erfurt - Dienstagmittag

„Wir haben einen Notruf", sagte Comisar Beata Matei, als sie an Krämers Schreibtisch trat.

Krämer sah gequält auf. „Hat sich Elena gemeldet?"

„Nein, hat sie nicht. Jetzt komm schon!" Sie griff nach ihrer Jacke. „Es geht um eine Schießerei in der Nähe vom Parkhaus Regierungsstraße. Der Anruf kam von einem Handy, es soll einen Verletzten geben. Der Notarzt ist unterwegs. Wir sollten uns auch auf den Weg machen."

Krämer raufte sich die Haare. Elena hatte das Treffen platzen lassen. Wie blöd war er eigentlich? Hätte er sich doch nur nicht darauf verlassen, dass sie anruft, um ihm Treffpunkt und Zeitpunkt durchzugeben. So hatte er nichts. Scheiße, er Idiot hatte sich von seinem Schwanz leiten lassen. Er steckte seine Dienstwaffe in das Holster.

„Kommst du mit?", fragte er Beata gedankenverloren.

„Was ist denn das für eine Frage? Schalt mal deinen Verstand wieder ein!", antwortete sie ihm. „Wo ist eigentlich dein Freund?"

„Dringender Anruf. Musste weg."

Eichsfeld - Dienstagnachmittag

Frank Rothe fluchte vor sich hin. So etwas Blödes musste natürlich genau heute passieren, an seinem einzigen freien Tag seit Wochen. Und nun eine Leiche. Hätten Hund und Herrchen die Leiche nicht einen Tag später finden können? Sie waren unterbesetzt. Hauptmeister Sture Bäcker ging ihm mit seinem sauertöpfischen Gesichtsausdruck allmählich auf die Nerven, und Obermeister Martin Neureiter war überfordert. Er war ja nicht dumm, der Junge, aber jung. Zu jung, um sich gegen einen Bäcker durchzusetzen, der nun mal wie eine Dampfwalze agierte.

Als er telefonieren wollte, um Neureiter noch einmal zu sprechen, sah er plötzlich das Polizeiauto im Rückspiegel. Er konnte es nun überhaupt nicht gebrauchen, angehalten zu werden und riss das Handy vom Ohr. Es flutschte ihm durch die Finger, fiel in den Fußraum und verschwand irgendwo unter seinem Sitz. Er versuchte sich an einem unschuldigen Lächeln, als er von den Kollegen überholt wurde, ließ ihnen einen Vorsprung und trat aufs Gaspedal, als sie die Ausfahrt nach Bad Langensalza nahmen und ihm aus den Augen entschwanden.

Martin Neureiter hatte am Telefon noch einmal bestätigt, was Rothe schon wusste. Auf dem Revier war die Hölle los, nicht nur weil sie unterbesetzt waren, sondern einfach weil schlechte Stimmung herrschte. Und Sture Bäcker tat sein Übriges, damit sie nicht besser wurde. Er habe sich, so Neureiter, beim Fußball den Knöchel verstaucht. Wie es aussah, würde Bäcker ausfallen, was vielleicht gar nicht so schlecht wäre. Bäckers Verbalattacken wären Grund genug, ihn versetzen zu lassen, ganz zu schweigen von seiner mangelnden Bereitschaft, mit ihm als Neuem zusammenzuarbeiten. Wie hatten seine Eltern nur schon bei der Namensgebung wissen können, dass ihr Sohn ein besonders sturer Eichsfelder werden würde? Phänomenal. Wäre etwas anderes aus ihm geworden, hätten sie ihn Frohmut getauft? Ob Namen auf Charaktere abfärbten?

Gleich nachdem Neureiter ihm mitgeteilt hatte, dass die Hütte brannte, hatte Rothe Jessi eine SMS geschickt und ihr vorgeschlagen, den Zug zu nehmen. Mit Matthias an ihrer Seite sah er keine Probleme. Notfalls würde sie es auch allein schaffen, sie war sein tapferes Mädchen.

Soweit Rothe Neureiter verstanden hatte, war die Tote von einem Spaziergänger gefunden worden, genauer gesagt von seinem Hund. Im Dün, zwischen Heiligenstadt und Leinefelde, unterhalb der Burg Scharfenstein, zwischen jungem Aufwuchs, nur notdürftig mit Laub und Zweigen bedeckt. Neureiter hatte sich endlos über das Gekläff des verrückten Dackels ergangen. Als er dann noch über Tinnitus schwadroniert hatte, hatte Rothe kurzerhand eine Funkstörung vorgetäuscht. Mit Neureiter konnte man einen Tinnitus bekommen. Was war gegen den schon ein Dackel?

Die Erwähnung eines weißen Kleids bereitete Rothe Kopfschmerzen.

Als er Mühlhausen endlich hinter sich gelassen hatte, was aufgrund der Baustellen zeitaufwändig gewesen war, rauschte er durch Ammern. Hier standen öfter die Kollegen der Verkehrspolizei und er hoffte, sie würden heute ihre Mittagspause überziehen. Er fuhr zu schnell. Die *Schwarze Hose*, eine steile Senke, warnte ihn gerade noch rechtzeitig vor der Wolkramshäuser Mühle. Er musste an diesem Unfallschwerpunkt nicht das nächste Opfer werden. In Leinefelde blieb er an zwei roten Ampeln hängen. Manchmal glaubte er, die Verkehrsplaner stellten aus purer Bosheit nacheinander Ampeln ohne grüne Welle auf. Die Mühlhäuser Straße war so ein Beispiel. An der Kreuzung nach Heiligenstadt stand er dann zum dritten Mal. Die Rot-Phase dauerte, und er studierte nervös die Umgebung, links das alte Dorf, rechts an der Ecke ein Bekleidungsgeschäft. Hier könnte er auch mal mit Jessi bummeln gehen. Die Ampel sprang auf Grün, und er fuhr mit quietschenden Reifen an. Vor dem Ortsausgangsschild drehte er noch einmal so richtig auf, zog bis zur Bahnbrücke durch und rollte nach Beuren rein. Hinter der Baustelle rechts, wo eine moderne Turnhalle errichtet wurde, wies ihn die Beschilderung zur Burg Scharfenstein.

Die Burg sah er schon von Weitem. Man hatte sie eigens für den Papstbesuch saniert, doch aus Sicherheitsgründen war dann der zehn Kilometer entfernten Wallfahrtskapelle Etzelsbach die Ehre zuteilgeworden. Inzwischen hatte Burg Scharfenstein durch den Ankauf einer Blide, einer riesigen mittelalterlichen Wurfmaschine, seitens der Stadt Leinefelde wieder für Schlagzeilen gesorgt.

Die Burg war eine der Eichsfelder Sehenswürdigkeiten, mit einem Blick über das Land, in dessen Genuss Rothe bisher noch nicht gekommen war. Aber Neureiters Tante schwärmte von dem Kaffee dort oben und der herrlichen Aussicht, die man gratis dazu bekomme. Wie ihm schien, war Neureiters Tante eine sprudelnde Quelle solch berückender Erfahrungen, und Neureiter gab sie nur zu gerne an ihn weiter.

Auf dem Schotterweg im Wald sah Rothe mehrere Wagen aus Nordhausen, die entgegen der Fahrtrichtung geparkt waren. Automatisch fragte er sich, ob sie einen anderen Weg genommen hatten. Zwischen den Kriminaltechnikern leuchtete ungesund rot der Kopf des humpelnden Bäckers auf, der wie ein Bierkutscher vor sich hin fluchte und Anweisungen blaffte. Bäcker war ein ungenießbarer Geselle, wenn er hungrig war. Und ungenießbar, wenn es nicht nach seinen Vorstellungen ging. Aber seit den umfangreichen Vorbereitungen für den Papstbesuch war er unverdaulich wie Schuhsohle. Die Kollegen vom LKA und die vatikanischen Personenschützer hatte er alle in einen Topf geworfen und als „eingebildete Fatzkes aus Erfurt" bezeichnet, die offenbar eigens zu dem Zweck geschickt worden waren, anständige Eichsfelder Polizisten zu schikanieren. Es verstand sich für Bäcker von selbst, Rothe automatisch zu den Fatzkes zu zählen. Hatte Rothe etwas anderes erwartet? Ihm graute davor, den Kollegen zu treffen.

Kaum war er aus seinem Wagen ausgestiegen, kam Neureiter auf ihn zugestürmt. „Chef, Bäcker ist heute *ungenießbar*! Er ist stinkig wie ein Topf Vergorenes. Seine Tochter hat sich in Madrid beim Weltjugendtag in einen Spanier verliebt, und plötzlich steht dieser Spanier bei ihm vor der Tür."

Er senkte die Stimme, sodass nur Rothe ihn hören konnte. „Ein Spanier. Ich sage Ihnen, das ist für Bäcker weitaus schlimmer als ein Erfurter, auch wenn die Spanier katholisch sind."

„Wo kommt denn die Spurensicherung her?", unterbrach Rothe den Wortschwall.

„Aus Nordhausen. Wieso?" Neureiter blickte zu den geparkten Autos hinüber. „Sind Sie etwa über Beuren gefahren? Das hätten Sie doch gar nicht tun brauchen. Über Gut Beinrode ist es kürzer, dann wären Ihnen auch die Ampeln erspart geblieben."

Rothe unterdrückte eine Grimasse und fragte nach dem Leichenfund.

„Die Tote liegt da vorne. Es ist gut, dass Sie da sind. Ich glaube, unser Kollege ist ein wenig überfordert."

Auch hier hatte Neureiter wieder geflüstert, damit nur Rothe ihn verstehen konnte, doch da besagter Kollege, Sture Bäcker, gerade damit beschäftigt war, zwei Reporter anzuschnauzen, hätte er Neureiter sowieso nicht hören können, auch wenn Martin Neureiter gebrüllt hätte.

„Was machen Sie hier? Wie kommen Sie überhaupt hierher? Was soll das? Was fällt Ihnen ein! Verschwinden Sie!", trompetete Bäcker.

Der angeschnauzte Journalist verdrückte sich. Sein Kollege hob beschwichtigend die Hände.

Rothe raunte Neureiter zu: „Sehen Sie zu, dass es kein Gemetzel gibt, und erkundigen Sie sich, von welcher Zeitung sie sind und …"

„Brauche ich nicht. Der Ältere ist nicht von hier, wahrscheinlich von der Boulevardpresse. Die sind ja ruchlos. Der andere ist Frederic Rabe. Der kennt das Pressegesetz: keine Aufnahmen von Leichen. Arbeitet stundenweise für die Lokalzeitung. Studiert Literatur und Germanistik. Hat eine Freundin und will bald heiraten."

Rothe starrte seinen jüngeren Kollegen an, und dieser grinste Beifall heischend.

Rothe räusperte sich. „Neureiter! Konzentrieren wir uns auf das Wesentliche! Ja?"

„Ja, Chef."

„Ich will keine unautorisierten Fotos in der Presse, und sagen Sie ihm, dass ich später mit ihm rede. Er bekommt exklusiv eine Auskunft von mir, dafür kriegen wir Fotos, falls wir welche brauchen. Die anderen müssen sich an die übliche Pressekonferenz halten."

„Was für eine Pressekonferenz?"

„Na, Sie wissen schon."

„Nicht wirklich, Chef. Das ist vielleicht in Erfurt so, aber bei uns reicht eine Mitteilung, die wir der Zeitung mailen."

„Obermeister Neureiter, Pressekonferenz, wie beim letzten Fall."

„Schon, aber das war ein Mord."

„Und das hier scheint mir kein Reitunfall zu sein. Kriegen Sie das hin?", fragte Rothe.

„Ja", meinte Martin Neureiter knapp, was angesichts seines Redebedürfnisses schon allein Anlass für ein Lob gewesen wäre.

Im Hintergrund bellte Bäcker unverständliches Zeug, und Rothe machte eine Kopfbewegung in dessen Richtung. „Ist da noch mehr als ein Schwiegersohn aus Spanien, dass er sich so aufführt?"

„Ich denke, das Tor liegt ihm noch schwer im Magen."

„Was für ein Tor?"

„Sie wissen schon. Fußball und so, und ich habe das Siegtor geschossen, durch Bäckers Beine hindurch. Er konnte es nicht verhindern. Klar, dass ihn das wurmt. Müssen Sie verstehen, Chef."

„Danke, Neureiter, und jetzt hören Sie endlich mit diesem Chef auf."

„Okay, aber ich finde, das macht sich ganz gut. Wie im Fernsehen."

Rothe unterließ es, darauf einzugehen – jede Äußerung provozierte Neureiter zu einer weiteren Reaktion. Stattdessen begrüßte er den älteren Kollegen. „Kollege Bäcker."

„Ach ja, sind Sie jetzt auch schon da", knallte es Rothe unfreundlich entgegen.

Da sah man mal wieder, wie viel so eine Hierarchie wert war. Nämlich nichts, wenn man mit einem Kollegen wie Bäcker zusammenarbeitete. Hatte nicht er als Vorgesetzter das Vorrecht herumzuschnauzen?

„Sie sind beurlaubt“, sagte Rothe, der sich zusammenriss, um Ruhe zu bewahren.

„Was?“, platzte Bäcker heraus, und sein Stiernacken färbte sich tieflila. Neureiter verdünnisierte sich, während Rothe abwartete, was sein Mitarbeiter zu sagen hatte.

„Sie können doch nicht einfach …“

Da man Bäcker nicht gerade als leise bezeichnen konnte, kam die gesamte Mannschaft in den Genuss seines mit saftigen Ausdrücken gespickten Redeschwalls. Rabes Finger flogen über das Papier. Die nächste Story war bereits fertig, noch ehe er einen Buchstaben getippt hatte. Es würde eine schöne Geschichte werden, mit viel Lokalkolorit. Rabe war für seine flotte Schreibe bekannt und ebenso gefürchtet.

Rothe wies auf Bäckers Fuß. „Sie müssen Ihren Knöchel schonen. Lassen Sie sich zum Arzt fahren und krankschreiben.“

„Sie brauchen jeden Mann. Mensch, haben Sie es nicht begriffen, wir haben eine Tote!“, biss Bäcker um sich.

„Neureiter, zeigen Sie mir mal den Fundort“, wandte Rothe sich an den Jungspund und ignorierte Bäcker.

Als sie außer Hörweite waren, flüsterte Neureiter: „Ich will mich ja nicht einmischen, aber wir brauchen wirklich jeden Mann, Kommissar Rothe.“

„Warten Sie ab“, erwiderte Rothe und betrachtete die Tote.

Der Stich in seiner Brust kam so unerwartet, dass er sich zusammenreißen musste, um nicht aufzukeuchen. Seine

Hand griff automatisch nach dem Herzen, aber da Neureiter ihn beobachtete – so viel der junge Kollege auch quasselte, er bekam eine ganze Menge mit –, tat Rothe, als ob er eine Spinne von seiner Schulter wischen würde.

„Wann wurde sie gefunden?“, fragte er.

„Heute Vormittag um etwa zehn Uhr. Friedrich Thal, achtundsiebzig, Rentner, allein lebend. Da der Mann kein Handy besitzt, ist er erst einmal nach Hause gelaufen, um von dort aus die Polizei zu verständigen. In der Siedlung hat er niemanden angetroffen. Sein Anruf ist bei uns gegen elf eingegangen.“

Während Neureiter erzählte, betrachtete Rothe das Mädchen. Die langen schwarzen Haare erinnerten ihn, wie auch schon beim Opfer im Fall *Siebenbürgen*, an Schneewittchen. Das einst hübsche Mädchen war nun durch Totenstarre und Hautflecke verunstaltet. Die Kopfschmerzen, die in der Zwischenzeit abgeklungen waren, kehrten verstärkt zurück, und seine grauen Zellen arbeiteten. Wie das tote Mädchen aus Siebenbürgen war die Tote vor ihm noch sehr jung. Ihr Tod musste mehr als vierundzwanzig Stunden her sein, wenn nicht sogar länger. Schmeißfliegen hatten bereits ihre ersten Eier in die Augenhöhlen gelegt. Ameisen liefen über den Körper. Die Totenstarre war in Auflösung begriffen. Wie er diese Leichenbeschau hasste. Seine Eltern wären in diesem Moment sicher stolz auf seine Expertise gewesen, hatten sie sich doch immer gewünscht, dass er eines Tages wie sie Medizin studieren würde.

Im Rückblick auf das Gespräch mit Sven am Vormittag machte das ‚Wir‘, das Rothe herausgerutscht war, nun Sinn. Beide Mädchen sahen sich ähnlich und trugen ein Kleid gleichen Modells. Da war nicht auszuschließen, dass es eine Verbindung zwischen diesen Fällen gab. Eine Tote in der Nähe von Sibiu, eine andere im Eichsfeld und der oder die Täter vermutlich dazwischen – in Erfurt. Rumänien schien nicht mehr so weit weg zu sein. Comisar Beata Matei hatte eine weitere Spur. Und er war mittendrin.

„Haben Sie sich um den Journalisten gekümmert?", wandte sich Rothe an Neureiter.

„Der wartet da hinten. Wir bekommen Fotos, dafür wird er exklusiv von Ihnen informiert. Glauben Sie mir, er ist gut. Er hat einfach seine Nase überall."

„Und Sie finden, das ist ein Qualitätsmerkmal? Wieso konnte die Leiche überhaupt fotografiert werden?"

„Die Flatterbänder für die Absperrung haben nicht ausgereicht."

Rothe blieb ruckartig stehen und starrte seinen jüngeren Kollegen an. „Machen Sie Witze?"

Neureiters Gesicht wirkte ebenso unschuldig wie sein „Nö", und Rothe zwang sich wieder einmal, ruhig zu bleiben.

„Hat schon jemand die Tote untersucht?"

„Dr. Wiese aus Jena. Sie nimmt auch die Obduktion vor."

„Dr. Wiese aus Jena?"

„Ja, das geht schneller, als die Leiche nach Jena zu überführen. Sie ist eine Freundin meiner Tante. Ausgezeichnete Pathologin. Arbeitet bei Bedarf stundenweise in der Praxis ihrer Tochter hier in Heiligenstadt."

„Und wo ist sie jetzt?"

„Schon wieder bei ihrer Tochter. Die nächste Geburt steht an."

„Hebamme", murmelte Rothe abwesend. Sein Gesicht drückte vollkommenste Konzentration aus, als er den Leichenfundort studierte.

„Nee, Tierärztin. Ihre Praxis hat sie vor einem Jahr eröffnet. An ihrem ersten Arbeitstag hat sie den Plastewellensittich meiner Cousine für echt gehalten. Da macht man sich natürlich Gedanken, kann man aber auch verstehen, sie war aufgeregt. Der Mann, der die Tote gefunden hat, geht mit seinem Erwin auch zu ihr."

Rothe sah ihn scharf an. „Neureiter, Sie sind eine wandelnde Informationsbörse, das ist wunderbar. Aber wenn Sie vorhaben, mich hier verrückt zu machen, kann ich Ihnen eines bescheinigen: Sie leisten hundertprozentige Arbeit."

„Das klingt irgendwie nicht so richtig nach einem Lob."

„Ist keins", bestätigte Rothe.

„Sie haben aber doch gefragt, und ich wollte Sie nur gründlich informieren", verteidigte sich Neureiter.

Rothe war nahe dran, auch seinen Kollegen Martin Nervensäge wegzuschicken. Ein trotzig heranhumpelnder Bäcker hielt ihn davon ab.

Aufgebracht blökte der Hauptmeister: „Ich muss nicht zum Arzt. Auf die Krankschreibung können wir verzichten. Sie brauchen jeden Mann."

Um zu vermeiden, dass er doch noch die Geduld verlor, zückte Rothe mit zusammengebissenen Zähnen sein Notizbuch und gab Sture Bäcker Anweisung, den Halter eines bestimmten Fahrzeugs ausfindig zu machen.

„Was ist das für einer? Es ist ein Erfurter Kennzeichen. Da haben wir wohl kaum Möglichkeiten, ihn nach Heiligenstadt zu bekommen."

„Das muss sich noch herausstellen. Neureiter, geben Sie mir Ihr Handy, ich rufe die Kollegen in Erfurt an, und Sie, Kollege Bäcker, versuchen, den Mann zu finden. Und wenn Sie ihn haben, schleifen Sie ihn gleich aufs Revier. Dort treffen wir uns in einer Stunde."

„Was ist mit Ihrem Handy?", fragte Neureiter.

Rothe murmelte: „Akku leer", bevor er davonrauschte, um abseits der anderen und vor allem weit weg von Neureiter ungestört zu telefonieren.

Heiligenstadt - Dienstagnachmittag

Das anschließende Gespräch mit dem Lokalreporter war kurz, aber Rothe hatte den Eindruck, der Mann sei vernünftig. Er schien keiner von diesen Möchtegernstarreportern zu sein, die einen Juckreiz in der Nase zu einer Ebolaepidemie aufbliesen. Es hatte in seiner beruflichen Laufbahn bisher noch keine großen Probleme mit Journalisten gegeben, vor allen Dingen nicht mit denen, die er persönlich kannte, und ihm lag viel daran, einen guten Kontakt zur Zeitung zu haben. Aber damals, nach dem Amoklauf, waren die Medienleute wie Heuschrecken eingefallen, sodass er angefangen hatte, an der Seriosität der Berichterstattung zu zweifeln. Musste man tatsächlich noch am Abend des Attentats eine Sendung vor dem Gebäude, in dem das Unfassbare geschehen war, veranstalten? Reale Menschen waren wie Schauspieler interviewt worden, als ob sie gerade einen Thriller abgedreht hätten. Der emotionale Nebel, durch den er gewatet war, war dicht und schwer gewesen und hatte ihn in gewisser Weise davor geschützt, durch aktuelle Berichte noch tiefer verletzt zu werden. Das änderte aber nichts an der Tatsache, dass mancher Nachrichtenbeitrag in seiner Instinktlosigkeit für die Überlebenden und die Angehörigen der Opfer zutiefst schmerzhaft gewesen war.

Als Rothe das Revier betrat, versuchte er, die Gedanken an die Katastrophe zu verscheuchen. Das war vorbei. Seit fast zehn Jahren Vergangenheit. Jetzt war er hier, und es war wichtig, dass er sich nicht von Gefühlen ablenken ließ, die nichts zur Sache taten. Aber das war leichter gesagt, als getan.

Sein Herz schaltete abrupt auf Sehnsucht, als er Simone im Flur auf sich zukommen sah.

Hauptmeister Simone Nolte, Pressesprecherin, attraktiv, heißblütig, mit dem Hang, Berufliches und Privates strikt voneinander zu trennen. Ihr Verhalten verunsicherte ihn, und so unterdrückte er seinen ersten Impuls, sie spontan in den Arm zu nehmen. Von wegen optimale Mannschaftsaufstellung! Es hätte so schön sein können mit ihm als Kapitän, Neureiter als Sturmspitze, Bäcker als Verteidiger und ihr als sein ganz persönliches „Groupie“. Doch in diesem Spiel war sie die Schiedsrichterin, die partout keinen Spaß verstand. Ständig zückte sie die Rote Karte, wo er doch noch gar nicht gefoult hatte. Wie ihm das vielleicht stank! Seine Gefühle nahmen wieder Fahrt auf in der Achterbahn der Leidenschaften, drehten den nächsten Looping, und aus der Sehnsucht wurde etwas Heißes.

Er merkte, wie Simone zögerte, als sie ihn sah. Augenscheinlich wollte sie stehenbleiben und ein paar Worte mit ihm wechseln. Vielleicht auch mehr. Wenn da nicht schon wieder Martin Neureiter gewesen wäre. Der Kerl hatte ein

Radar wie die Luftabwehr. Neureiter betrat den Flur. Simone tat auf einmal, als ob Rothe Luft wäre. Und Rothe platzte.

Natürlich war das hier kein Film und Kommissar Frank Rothe kein Draufgänger. Er wusste, wie unangemessen seine Reaktion war, und er ahnte, wie angreifbar er sich damit machte. Aber er hatte keine Lust mehr, so zu tun, als ob sie ihm gleichgültig wäre.

Er ließ Neureiter stehen, der gerade wieder anfing, auf ihn einzureden, überholte Simone, packte sie am Arm, wirbelte sie zu sich herum und küsste sie. Ziemlich leidenschaftlich, wie er fand. Sie kochte vor Wut, ebenso leidenschaftlich. Es hätte nicht viel gefehlt, und sie hätte ihm eine geknallt.

Er tat, als ob es ihn nicht bekümmern würde, und begrüßte sie leichthin: „Hallo meine Hübsche, ich bin wieder da, und wenn du Zeit hast, würde ich dich gerne ausführen. Nur *du und ich*."

Die letzten Worte erstarben auf seinen Lippen, denn Simone sah wirklich nicht danach aus, als ob sie seinen Wunsch teilte.

Er ließ abrupt von ihr ab, rauschte an Neureiter vorbei, der ihn mit offenem Mund anstarrte, und schnarrte: „Neureiter, kommen Sie, oder wollen Sie dort anwachsen? Dienstbesprechung! Sofort!"

Der junge Kollege atmete tief durch und murmelte: „Das ist ja interessant, Dynamit trifft Eisblock."

Er folgte Rothe, nicht ohne einen letzten Blick auf Simone Nolte zu werfen und festzustellen, dass sie um Fassung rang.

Das tote Mädchen im Fall *Schneewittchen Beuren* glich der Toten aus Siebenbürgen wirklich auffallend. Das weiße Kleid. Die Gesichtszüge – wahrscheinlich ein Mädchen osteuropäischer Herkunft. Die langen schwarzen Haare, das unschuldige Aussehen einer Kindfrau, das Alter. Es war nicht von der Hand zu weisen, dass die Fälle sich ähnelten. Hatten sie aber auch etwas miteinander zu tun, räumlich so weit voneinander entfernt? Oder war das ein Zufall? Bisher konnte nur eine Verbindung zwischen Siebenbürgen und Erfurt hergestellt werden. Und die war noch nicht einmal nachgewiesen worden, sondern nur theoretischer Natur. Beweise dafür mussten noch gefunden werden. Und was hatte das Eichsfeld mit diesen Fällen zu tun? War es nur Fundort oder auch Tatort?

Rothes mehrmalige Versuche, Sven an die Strippe zu bekommen, waren bisher gescheitert, und er brütete vor sich hin. Simone tauchte in der offenen Tür auf, lächelte frostig, öffnete den Mund, wobei Neureiter sie ausgesprochen erwartungsvoll anglotzte, schloss den Mund wieder, lächelte noch frostiger und ging unverrichteter Dinge. Das Nachspiel würde später folgen, dachte Rothe. Er fragte sich nur, ob es wie Sahnepudding schmecken würde oder wie Essiggurken aus dem Spreewald.

Neureiter konnte sich nicht länger zurückhalten.

„Chef?“

„Ja?“

„Was war das denn?“

Rothes Gesicht gefror augenblicklich zur Maske. Starr fixierte er seinen jungen Kollegen. Wenn Neureiter weiter seine unerschrockene Klappe aufriss, konnte er für nichts mehr garantieren. Sein vernichtender Blick schien zu wirken. Neureiters Ohren fingen zu glühen an, er räusperte sich und vertiefte sich umgehend in das Beweismaterial, das vor ihnen lag.

Kalte Ernüchterung kam mit den Fotos. Rothe betrachtete eingehend die Gesichtszüge der Toten und versuchte, sie mit denen der jungen Frauen in Einklang zu bringen, die er den Vormittag zuvor in der Heiligenstädter Fußgängerzone gesehen hatte. Es gelang ihm nicht. Das gleiche Kleid machte noch nicht dasselbe Mädchen. Vielleicht lag hier der Denkfehler. Und dass er in Gefahr war, einem Fehler aufzusitzen, spürte er. Wenn doch Neureiter nicht so viel reden würde und Bäcker nicht so feindselig wäre. Und die Tatsache, dass es an Mitarbeitern mangelte, machte die Arbeit nicht leichter. Er brauchte mehr Leute.

Hauptmeister Sture Bäcker humpelte in den Raum, und Rothe griff zum Telefon. Er zitierte Simone Nolte herbei. Es reichte ihm. Das Gefühl, endlich durchgreifen zu müssen, bemächtigte sich seiner mit einem so starken Impuls, dass seine Stimme lauter klang, als er beabsichtigt hatte. Er war der Chef, wenn Bäcker das nicht verstehen wollte, musste er es ihm vor Augen führen. Und das galt ebenso für jeden anderen Untergebenen seiner Abteilung. Er würde die Personalfrage genauso bestimmen wie die Aufgabenteilung. Und wenn Bäcker nicht spurte, würde es ohne ihn gehen müssen. Querelen unter Kollegen würde er fortan unterbinden.

„Kollegin Nolte ist ab sofort Teammitglied im Fall *Schneewittchen Beuren*“, erklärte Rothe nach ihrem Eintreten.

Ohne Überleitung fächerte er den Fall *Schneewittchen Siebenbürgen* auf, wies auf die Parallelen hin, informierte über den Ermittlungsstand in Erfurt und führte die Ergebnisse, die ihm bekannt waren, zusammen. Hätte es seitens Bäcker auch nur ansatzweise Einwände gegen Simones Mitarbeit gegeben, er hätte sie im Keim erstickt.

„Kollege Bäcker, wie weit sind Sie mit dem Fahrzeughalter?"

„Der Fahrer ist ein Manuel Kanter. Er lebt in Leinefelde. Verheiratet. Es handelt sich um ein Dienstfahrzeug. Er arbeitet für eine Erfurter Firma als Vertreter für Maschinen zur Wurstherstellung und betreut die hiesigen Metzgereien. Ich habe ihn nicht angetroffen. Seine Frau gab an, er würde gegen Abend zurückkommen, konnte mir aber keine genaue Uhrzeit nennen. Sie ist schwanger. Das Kind wird in den nächsten Wochen erwartet. Ihr erstes Kind."

„Gut", kommentierte Rothe. So musste das laufen. „Wann kommt der vollständige Obduktionsbericht?"

„Dr. Wiese wird ihn schnellstens fertigstellen. Ich schätze heute Abend", antwortete Neureiter.

„Was wissen wir bisher über die Tote?"

„Wahrscheinlich ist sie erstickt, aber Dr. Wiese will sich noch nicht festlegen. Auffallend sind Schürf- und Druckstellen am Rücken, an den Oberarmen und Beinen. Dr. Wiese sagt, die Tote sei mehrfach bewegt worden. An Haut und Haaren hat sie nicht nur Spuren von Erde gefunden, sondern auch Aschepartikel. Der Rock weist Rußflecken auf. Im Haar war auch eine Spaghetti, mit einem Soßenrest."

„Was sagt uns das?", fragte Rothe.

„Dass die Tote mit Hausabfällen in Kontakt gekommen ist."

Neureiter ließ die Information bei den Kollegen sacken und setzte dann fort: „Anhand der Totenstarre, der Auflösung der Totenstarre und der Leichenflecke schätzt sie, dass das Mädchen seit über dreißig Stunden tot ist. Sie war keine Jungfrau mehr, eine Vergewaltigung vermutet sie aufgrund der Flecke auf den Innenschenkeln. Den Todeszeitpunkt datiert Dr. Wiese auf die Nacht von Sonntag auf Montag. Das ist ihre bisherige Einschätzung, Genaueres später."

„Danke, Kollege. Die Vermisstenanzeigen müssen durchgesehen werden, das machen Sie, Neureiter. Beziehen Sie den Raum Erfurt und Umgebung ein. Ich möchte, dass Sie auch alle internationalen Informationen auswerten, hier vor allem mit Augenmerk auf Rumänien und dessen Nachbarländer. Verständigen Sie Interpol. Und Sie, Kollege Bäcker, fangen den Wurstmaschinenvertreter ab und bringen ihn hierher."

„Mit welcher Begründung?", fragte Bäcker.

Rothe zog seinen Notizblock aus der Tasche und las vor: „Sagen Sie ihm, er wurde gesehen, wie das Mädchen am Montag um elf Uhr zwölf in seinen Wagen gestiegen und mit ihm davongefahren ist."

Das war die Zeit, in der Kanter, falls er und der Fahrer des BMW ein und dieselbe Person waren, fast Jessica angefahren hätte. Auch wenn die Prostituierte, die in seinen Wagen gestiegen war, nicht die Tote im Dün war, war er ein wichtiger Zeuge. Dass Rothe sich diesen Umstand zunutze machen wollte, um sich den Kerl gehörig zur Brust zu nehmen, stand auf einem anderen Blatt.

„Wer hat das Mädchen bei ihm einsteigen sehen?", fragte Bäcker misstrauisch.

„Wenn das Mädchen im Dün schon über dreißig Stunden tot ist, kann es aber nicht die gleiche Person sein", entgegnete Neureiter, der sich akribisch Notizen gemacht hatte und Rothe gespannt musterte.

„Ist sie auch nicht, aber das muss dieser Manuel Kanter zum jetzigen Stand der Ermittlungen nicht zu wissen bekommen."

„Und wer ist dann bei ihm eingestiegen?", fragte Neureiter.

„Ein junge Frau, die genauso aussah wie die Tote, ein ähnliches Kleid trug und auf Kundenfang war."

„Eine Prostituierte? Hier bei uns?", wunderte sich Neureiter.

„So sieht es aus", antwortete Rothe und sagte an Bäcker gerichtet: „Und da ich Zeuge dieses Vorkommnisses bin, Kollege, können Sie davon ausgehen, dass Tag und Uhrzeit stimmen."

Nolte hatte gewissenhaft mitgeschrieben, hielt jetzt jedoch inne und beobachtete die Männer. Bäcker starrte Frank an und schnaubte. Neureiter wechselte zum Computertisch, um Franks Anweisungen umzusetzen und sich aus der Gefahrenzone zu bringen. Er schien eine Auseinandersetzung zwischen dem älteren Kollegen und seinem Vorgesetzten zu befürchten. Die Situation war angespannt. Frank hatte es nicht leicht im Team. Bäcker war von Anfang an gegen ihn gewesen und hatte mit dieser Einstellung auch nie hinter dem Berg gehalten. Neureiter war noch ziemlich jung und brauchte eine Führungsfigur, und sie war durch die Affäre mit einem verstorbenen Kollegen angreifbar. Natürlich war sie auf Franks Seite, nur musste sie nun mal Dienstliches und Privates voneinander trennen. Was war bloß in ihn gefahren, sie vor Martins Augen zu küssen? Hatte er den Verstand verloren?!

Rothe musterte den Hauptmeister und ließ sich nicht aus der Ruhe bringen. „Sie haben Ihre Aufgaben."

„Und was soll ich tun?", fragte Simone Nolte.

Da der Chef sich im langersehnten Urlaub befand, musste sein Stellvertreter informiert werden. Das sagte Rothe ihr auch. Und dann möchte ich mit dir ins Bett. Das dachte er nur. Doch als die anderen ihn wortlos anstarrten, war er sich auf einmal nicht mehr sicher, ob er seinen Gedanken nicht aus Versehen ausgesprochen hatte.

Das Telefon klingelte. Rothe griff überhastet zum Hörer, lauschte der Stimme auf der anderen Seite und stürzte aus dem Raum, die bohrenden Blicke der Kollegen im Rücken.

Erfurt - Dienstagnachmittag

Sven Krämer hielt Jessicas Hand und musste sich zusammenreißen, nicht zu platzen. Er hasste es, die Kontrolle zu verlieren. Gleichgültig, ob es die Kontrolle über einen Fall war oder über sich selbst. Er hatte Frank bisher nicht erreichen können und eine Nachricht hinterlassen. Der würde ihm die Hölle auf Erden bereiten, wenn er erfuhr, was passiert war, wobei Krämer ihm noch nicht einmal Fakten präsentieren konnte. Es gab bisher nur seinen ersten Eindruck vom Tatort und das, was der Notarzt gesagt hatte. Der Kleinen ging es den Umständen entsprechend. Ihr Gesicht wurde durch ein Hämatom verunstaltet, doch es war nichts gebrochen, und sie fieberte, was die Ärzte dem Schock zuschrieben. Bei dem Jungen wusste man nicht, ob er durchkäme.

Jessica schlief. Wie schwer der Schock war und was er für Folgen haben würde, würde sich herausstellen, wenn sie aufwachte. Krämer hatte sie ins Krankenhaus begleitet, während Beata am Tatort geblieben war, zusammen mit den Kollegen der Spurensicherung. Das gehörte nicht zu ihren Aufgaben, aber er war froh, dass sie seiner spontanen Anordnung ohne Widerspruch nachgekommen war. Sie hatte mit dem Fall *Schneewittchen Siebenbürgen* schon genug am Hals, und jetzt mutete er ihr noch einen weiteren Fall zu. Aber manchmal waren die Dinge so.

In diesem Augenblick berührte Beata ihn an der Schulter. Krämer hatte sie nicht eintreten hören. Ihre sanfte Berührung verstärkte den Eindruck, den er von sich hatte: dass ein Betonklotz sein Inneres auszufüllen schien, der das Atmen zu einem Kraftakt machte.

„Hast du deinen Freund erreicht?", fragte Beata.

Er wollte nicht reden, schüttelte nur den Kopf. Das reinste Chaos schien in ihm ausgebrochen zu sein. Worte, Sätze, Erinnerungen wurden zu Vorwürfen. Zu Selbstvorwürfen. Wer damals beim Amoklauf nicht dabei gewesen war, konnte nicht verstehen, wie er sich jetzt fühlte. Die Erfahrung von tiefem Schmerz machte einen zum Außenseiter. Wenn man Schmerz nicht mit jemandem teilen konnte, wurde man einsam. Ein einsamer Mensch, der in seinen Gefühlen unverstanden blieb. Wer würde das verstehen können? Nur jemand, der das Gleiche erlebt hatte. Krämer hoffte, dass Frank nicht in seine Depressionen zurückfallen würde, die er endlich hinter sich gelassen zu haben schien.

Eine Krankenschwester kam und bat, das Mädchen allein zu lassen. Schweigend traten die beiden auf den Flur. Krämer versuchte, ein angemessenes Ventil für seine Verzweiflung zu finden.

Krämer strich sich durch den Bart und murmelte: „Du kannst dir keine Vorstellung davon machen, wie ich mich fühle. Jessi ist wie eine Tochter für mich. Ich bin ihr Onkel, der beste Freund ihres Vaters, ich bin …"

Seine Stimme brach. Er wandte sich ab. Beatas tröstende Hand hing reglos in der Luft. Er hatte die Hand nicht gesehen. Sie nahm sie wieder herunter.

Er murmelte: „Du wirst mir sicherlich gleich sagen, was ihr herausgefunden habt. Ich weiß noch nicht einmal, ob ich es hören will."

Sie beobachtete ihn und wunderte sich, wie ein Mann, der sich stets stark und unangreifbar gab, gleichzeitig so verletzlich sein konnte. Sie hatten am Tatort ein verzweifeltes Mädchen vorgefunden, das über einem leblosen Körper gelegen und schluchzend eine Schusswunde mit seinen Händen zugehalten hatte. Das Blut war ihm durch die Finger gesickert. Zuerst war es ihr erschienen, als hätte Sven das Mädchen nicht erkannt, doch sobald er gewusst hatte, mit wem er es zu tun hatte, war er nicht mehr derselbe gewesen. Sie hatte das Gefühl, dass er ab diesem Zeitpunkt wie ein Automat gehandelt hatte, mit der Routine eines Polizisten, der seit Jahrzehnten seinen Dienst versah. Als er in den Krankenwagen gestiegen war, hatte er ihr die Anweisung erteilt, so lange vor Ort zu bleiben, bis seine Kollegen vom Revier einträfen. Eine unorthodoxe Aufgabenzuteilung. Sie hatte keine Befugnisse für Erfurt. Sie war einzig und allein für den Fall *Schneewittchen Siebenbürgen* zuständig. Nun war sie im Krankenhaus, um Sven Bericht zu erstatten, und sah einen

Mann vor sich, den sie neu einschätzen musste. Er war wohl doch nicht ganz der bornierte Kollege, für den sie ihn bisher gehalten hatte.

„Wir haben einen Toten, Jessica und den Jungen, der im Koma liegt. Es ist Jessica zu verdanken, dass er nicht verblutet ist", sagte sie.

„Sie ist schon ein großartiges Mädchen. Und wie geht es ihm, Jessicas Freund?"

„Die Ärzte sagen, dass er aufgrund des Sturzes ein Schädel-Hirn-Trauma hat. Sie warten ab, ob sich ein Ödem bildet. Vielleicht punktieren sie das Gehirn." Als sie sah, dass Sven während ihres Berichts blass geworden war, fasste sie ihn am Ellenbogen und führte ihn zum Ausgang. „Lass uns nach draußen gehen. Du brauchst ein bisschen frische Luft."

„Ich brauche einen Kaffee. Und zwar einen starken."

„Den wirst du hier sowieso nicht kriegen. Und du trinkst schon genug Kaffee. Komm, Sven, lass uns einen Spaziergang machen, und ich erzähle dir den Rest."

Draußen vor dem Krankenhaus atmete Krämer tief durch und fasste sich wieder.

Matei spulte derweil die Ergebnisse herunter. „Der Tote und der Verletzte wurden mit einem einzigen Schuss aus einer Tokarev niedergestreckt. Die Waffe haben wir gefunden, sie wird gerade auf Fingerabdrücke untersucht. Die Ballistiker werten die Ergebnisse aus, sobald der Pathologe die Kugel zur Verfügung stellt. Es handelt sich bei der Tokarev um eine Pistole, Halbautomatik, eine kleinkalibrige Waffe mit großer Durchschlagskraft, die in hohen Stückzahlen in der Sowjetunion hergestellt wurde. Bis in die 70er Jahre als Militär- und Polizeipistole im Einsatz, wurde sie danach in einigen Ländern von der Makarov abgelöst. Ist aufgrund der Massenproduktion verbreitet, und man bekommt sie überall auf dem Schwarzmarkt oder in einschlägigen Kreisen. Ein Durchschuss bei dem Jungen führte noch zu einem Herzschuss beim Toten. Entweder hat Jessicas Freund vor dem Toten gestanden, oder er hat sich auf ihn oder vor ihn gestürzt, schwer zu sagen, weil wir nicht wissen, was genau vorgefallen ist. Das Handy, von dem der Notruf gesendet wurde, haben wir nicht gefunden, wir konnten aufgrund der Rufnummer aber feststellen, dass es einer Schülerin gehört. Wir haben bereits mit ihr gesprochen: Sie hat es verloren. Ansonsten haben wir nichts: kein Täter, keine Zeugen, nichts." Sie ließ sich Zeit, um die letzten Worten auszusprechen. „Außer Jessica."

Sven hatte ihr schweigend zugehört und fragte nun: „Was ist mit dem Toten? Kennen wir ihn?"

„Nein. Nichts, was ihn uns näherbringt. Er ist stark dehydriert und untergewichtig. Sein Äußeres weist auf einen starken Drogenkonsum hin. Im Labor wird noch untersucht, um welche Drogen es sich handelt. Ich tippe auf Crystal. Er könnte um die dreißig sein. Ich schätze ihn jünger. Papiere haben wir bei ihm nicht gefunden. Deine Kollegen sind dabei, seine Fingerabdrücke mit der Täterkartei abzugleichen. Fotos sind an die Kollegen des Rauschgiftkommissariats und der Sitte gegangen. Wir warten noch auf Antwort. Über Tattoos oder Körperpiercings kann ich beim momentanen Stand nichts sagen, das werden wir erfahren, wenn wir den pathologischen Bericht haben. Das sind hier auch nur die ersten Ergebnisse. Gesichtspiercings hatte er keine. Ich vermute, dass er kein Junkie der üblichen Sorte war, auch wenn er physisch abgewirtschaftet hatte. Sein Äußeres war ungepflegt, er trug zerrissene Jeans, und sein Hemd war schmutzig, auch die Lederjacke, aber seine Kleidung ist teure Markenware. In seiner vorderen Hosentasche befanden sich dreihundert, in seiner hinteren vierhundertfünfzig Euro in kleinen Scheinen. Seine Hände sind manikürt und die Fingernägel lackiert …“

„Lackiert?“, echote Krämer.

„Nur mit einem Klarlack, kaum zu sehen. Seine Haare sind modisch geschnitten, auch wenn sie lange nicht mehr gewaschen wurden.“

„Ein echter Dreckspatz also“, murmelte er.

„Dreck-Spatz? Sagt ihr das über Leute, die sich nicht waschen?“ Ein amüsiertes Lächeln huschte über Beatas Gesicht und verschwand wieder. „Die Kollegen sind mit seinem Foto unterwegs und klappern die Nagelstudios und die Friseurgeschäfte ab.“

„Wohnungsschlüssel?“

„Nein, weder bei ihm noch im Studio. Der einzige Schlüssel, den er bei sich hatte, war der von der Studiotür.“

Krämer sagte nichts, und auch Beata schwieg, bis er ein „seltsam“ ausstieß. Er betrachtete sie prüfend, doch sie verzog keine Miene. „Findest du nicht auch?“

Beata zuckte mit den Achseln, und er entrüstete sich: „Er hat keine Papiere bei sich, ihm fehlt der Haustürschlüssel, es gibt einen Anruf, aber kein Handy. Du bist doch sonst so schnell mit deiner Meinung.“

„Bin ich nicht, Sven, und jetzt lass deine Wut nicht an mir aus“, konterte sie, und er verstummte. „Du machst dir Vorwürfe wegen Jessica.“

„Das kannst du aber laut sagen."

„Ich verstehe das, Sven, aber du hättest es nicht verhindern können. Warum glaubst du das?"

„Du verstehst das falsch, ich glaube es ja nicht", korrigierte er sie. „Ich weiß nur nicht, wie ich das Frank beibringen soll."

Als sie nicht darauf reagierte, bedeutete er ihr, mit dem Bericht fortzufahren.

„Das Haus, in dem sich das Fitnessstudio befindet, gehört einem Kevin Stolze, Partner der Immobilienfirma *Barkel & Stolze Real Estate*, dic in ganz Thüringen operiert. Eine noch kleine Firma, die erfolgreich expandiert und versucht, sich in den anderen Bundesländern zu etablieren. Wir haben ihn weder in seinem Büro noch zu Hause angetroffen. Seine Sekretärin Gesa Weckmer, behauptet, er sei auf Geschäftsreise, kann oder will uns aber nicht sagen, wo genau. Weiterhin hat sie uns erzählt, dass die Eröffnung des Fitnessstudios erst für das übernächste Wochenende geplant ist. Sie schien ziemlich verwundert, als sie hörte, dass das Studio bereits benutzt wurde, zumal die Maler noch nicht fertig sind."

„Wie klang sie?"

„Wie eine tüchtige Sekretärin."

Sven Krämer sah sie nachdenklich an.

„Was schaust du mich so an? Muss uns etwas stutzig machen?", fragte Beata, und er fand ja. Sie näherten sich ihrem Fahrzeug, und Beata entriegelte die Autotüren. „Und was macht dich jetzt stutzig?"

„Na hör mal! Ein Toter ohne Papiere und ein offenes Fitnessstudio, dessen Eröffnung erst in zwei Wochen stattfinden soll? Das findest du nicht merkwürdig?"

Beata nickte. „Ja, doch, natürlich ist das merkwürdig."

„Eben, und ich frage mich, was Jessi dort zu suchen hatte."

„Das wird sie uns vielleicht sagen, wenn sie aufwacht."

Krämer legte die Hände auf das Autodach und musterte Beata, die auf der Fahrerseite stand und gerade einsteigen wollte. „Ich kann nicht mit dir fahren, ich muss hierbleiben. Die Eltern des Jungen werden bald da sein, und ich vermute, dass Frank meine Nachricht erhalten hat und auf dem Weg hierher ist."

„Du kannst doch nichts tun. Die Ärzte werden sich um sie kümmern. Sven, wir brauchen dich. Du willst doch nicht etwa *mir* die Aufgabe überlassen, die Ermittlungen zu führen?" Das sollte ein Scherz sein, und demzufolge lächelte sie.

„Warum nicht?", fragte er.

„Hör auf! Wenn du es nicht tust, dann wird ein anderer die Leitung übernehmen. Willst du das?" Sie beschwor ihn: „Sven, lass dir diesen Fall nicht aus der Hand nehmen!"

„Ja, du hast recht. Es ist mein Fall!" Er sah sie gewinnend an und sagte schon fast zärtlich: „*Unser* Fall. Aber ich kann jetzt nicht aufs Revier. Ihr Sohn könnte die Nacht nicht überstehen. Sie haben ein Recht darauf, darüber informiert zu werden, was passiert ist. Was ist mit Jens und Hendrik?"

„Sind auf Zeugensuche."

Krämer biss sich auf die Unterlippe, und Beata schien in ihm lesen zu können.

„Seiner Tochter geht es gut. Du machst dir zu viele Gedanken. Sobald er deine Nachricht erhält, wird er sich melden."

„Und warum hat er sich noch nicht gemeldet?", brauste er auf.

„Komm, lass uns fahren! Wir können ihnen beim jetzigen

Stand der Ermittlungen sowieso nicht erklären, was passiert ist. Das ist doch genau unser Problem, und ich wüsste nicht, was es ihnen helfen sollte, wenn sie wissen, dass wir *nichts* wissen."

Krämer zog zum wiederholten Mal das Handy aus der Tasche. Er kontrollierte die eingegangenen Nachrichten. Es war keine von Frank darunter. Er sah ein, dass es wenig Sinn, noch einmal auf dessen Mailbox zu sprechen.

Erfurt, Dienstagabend

Erst spätabends erreichte Rothe das Krankenhaus. Dieses beschissene Handy. Als es sich unter dem Fahrersitz verkeilt hatte, war das Display zersprungen, und er hatte ein Fachgeschäft suchen müssen, das in der Lage war, die Nachrichten zu sichern und auf ein Ersatzhandy zu übertragen. Er hätte schon viel früher bei Jessi sein können.

Nun zerbröselte er nervös seine Zigarette, während Sven fast wortwörtlich das wiederholte, was er ihm bereits am Telefon erklärt hatte. Die Zigarette schmeckte ihm nicht. Er hatte sie sich angesteckt, den Rauch inhaliert und sie wieder ausgedrückt. Beim Anzünden hatte er die Vorstellung gehabt, wie ihn die erste Zigarette nach monatelanger Abstinenz entspannen würde. Er war einem Trugbild aufgesessen. Und nun sah er zu, wie die Tabakkrümel auf die Gehwegplatten fielen. Sie standen vor dem Krankenhaus, Jessica schlief immer noch. Auf Anraten der Ärzte hatte er sie schlafen lassen. Matthias' Eltern waren in der Zwischenzeit eingetroffen. Sven hatte sich um sie gekümmert, während Beata Matei und Svens Kollegen die Ermittlungen vorantrieben. Die Eltern wirkten gefasst. Für sie wiederholte sich die Erfahrung, um ihren Jungen zu bangen, da sie vor einiger Zeit fast ihren Ältesten durch einen Autounfall verloren hätten.

„Hörst du mir überhaupt zu?“, fragte Krämer vorsichtig, als er sah, dass Frank sich zur Brust griff.

„Ja“, ächzte Rothe und hielt sich in Gedanken an seiner Tochter fest, um sich von den plötzlichen Schmerzen abzulenken.

Svens Hand auf seiner Schulter ließ ihn zusammenfahren. „Ihr geht es gut.“

„Ja“, wiederholte Rothe automatisch.

„Frank, hör zu! *Ihr geht es gut.* Sie wird es schaffen. Sie ist stark. Hörst du! Sie ist stark.“

Rothe nickte. „Du hast recht. Sie ist stark. Sie ist alles, was ich habe, weißt du?“

Seine Stimme erstarb. Er spürte, wie ihm das Blut aus dem Kopf in die Beine sackte. Er versuchte, seine Atmung zu kontrollieren. Seine Lungen bekamen zu wenig Luft. Der Kopf fühlte sich auf einmal so schwer an, und ihm war, als hinge er wie eine Marionette an Fäden. Wie eine Puppe, die gleich losgelassen und ins Bodenlose fallen würde. Wäre es doch nur so. Das Nichts würde ihn aufnehmen und ihn von der Qual erlösen. Er konnte der Qual sogar einen Namen geben: Angst.

„Ich weiß“, seufzte Sven, und Rothe versuchte in einem gedanklichen Kraftakt, sich daran zu erinnern, was Sven davor gesagt hatte. Er hatte zwischenzeitlich vergessen, worüber sie gesprochen hatten.

„Sie muss es schaffen“, flüsterte Rothe kraftlos.

„Sie wird es schaffen.“

Rothe war sich da nicht so sicher. Die Gewissheit, dass das Leben es gut mit ihm meinte, war vor zehn Jahren begründeter Skepsis gewichen. Er wusste nur eines: Das Netz war fragil, das Jessi die ganzen Jahre am Leben gehalten hatte. Und dieses fragile Netz begann, sich aufzulösen. Er kniff sich in die Nasenwurzel, um zu vermeiden, dass er die Kontrolle über sich verlor.

Krämer tat, was seiner Meinung nach das Beste war, um seinen Freund abzulenken. Er begann, ihm die Fakten des Falls zu schildern.

„Das Fitnessstudio verfügt über fünf Türen. Die Eingangstür, die von innen abgeschlossen war – den Schlüssel dafür haben wir beim Toten gefunden. Eine weitere Tür hinter einem bodentiefen Vorhang nahe der Fensterfront, die in eine Nachbarwohnung führt. Diese Zwischentür war nicht abgeschlossen und die dazu gehörende Wohnungstür, die sich zum Hausflur öffnet, ebenso wenig. Sie war nur angelehnt.“

Rothe nickte, als ob er verstanden hätte, und wiederholte trotzdem: „Meinst du damit, sie stand offen?“

Er musste sich darauf konzentrieren, Sven zuzuhören und nicht immer wieder an Jessi zu denken. Er sollte sich zusammenreißen.

„Genau“, bestätigte Krämer. „ Alle Wohnungen im Haus waren abgeschlossen, nur diese eine nicht. Gesa Weckmer, Stolzes Sekretärin, hat uns die Schlüssel des Hauses gegeben. Außerdem verfügt der Hausmeister über einen Schlüsselsatz. Brauchbare Fingerabdrücke haben wir auf zwei Gläsern gefunden. Neben der Haupteingangstür und der Zwischentür gibt es noch eine dritte Tür. Sie führt in eine Art Abstellkammer. Hier fanden wir Farbeimer, Pinsel, Malerfolie von der Firma *Bunt & Bunter*, und eine Menge Fingerabdrücke an den Farbeimern. Das wird Zeit erfordern, die alle zu überprüfen. Eine erste Befragung hat ergeben, dass sie seit Jahren am Markt ist und sich vor allem auf Büros und Geschäftsräume spezialisiert hat. Nach deren Auskunft haben sie volle Auftragsbücher. Der Meister bestätigte den Fertigstellungstermin, den uns auch die Sekretärin genannt hat. Die Türen Nummer vier und fünf gehören zu den Umkleidekabinen, die ausgestattet sind mit Duschen und separaten Toiletten. Ein weiterer Raum ist für einen Whirlpool vorgesehen und hat noch keine Tür. Es sieht so aus, als wäre das Studio nicht für großes Publikum gedacht, sondern eher für eine gehobene Klientel. Die Materialien sind vom Feinsten, das muss den Eigentümer eine Stange Geld kosten. Interessant ist, dass im Abstellraum das Fenster zum Innenhof offen stand und es den Anschein hat, dass ein Farbeimer vor das Fenster gerückt worden ist. Ob deshalb, um aus dem Fenster zu steigen, oder ob es nur darum ging, an das Oberlicht zu gelangen, müssen wir noch herausfinden."

Rothe schnippte den Rest der Zigarette in einen Kübel verblühter Pflanzen und dachte nach. Ein Toter, ein Verletzter im Koma, der nicht sprechen konnte, seine Tochter, in Gefahr, eine Psychose zu erleiden, und die dürftigen Ergebnisse, die danach verlangten, dass seine Tochter vernommen wurde, sobald sie wieder wach war. Er sah zum Himmel und dachte an die Tote im Dün. Bäcker hatte diesen Kanter, den Fahrer des BMW, auf dem Revier und konnte ihn nicht länger festhalten. Und er, Frank Rothe, konnte sich nicht zweiteilen. Niemals würde er zulassen, dass Jessi eine Zeugenaussage machte, wenn zu befürchten war, dass sie zusammenbrechen würde. Die Wahrscheinlichkeit war groß, besonders, wenn sie erführe, wie es um Matthias stand.

„Was würdest du mir raten?“, fragte er Sven.

„Als Freund sage ich dir, dass du Jessica jede Aufregung ersparen musst, als Polizist, dass wir ihre Zeugenaussage brauchen.“

Rothe nickte schweigend. Genauso dachte er auch – als Vater, als Polizist. Er brauchte ein paar Minuten, um seine Gedanken zu ordnen und um eine Entscheidung zu fällen. „Schafft ihr es ohne ihre Zeugenaussage?“

In Svens Gesicht arbeitete es, und Rothe seufzte: „Ich weiß, du hast dir eine andere Antwort erhofft.“

„Frank, ich bestehe nicht darauf, dass ich sie verhöre. Beata kann es tun.“

„Warum Beata?“

„Sie ist eine Frau, und du hast den Fall bei euch zu klären.“

Rothe war zu müde, um sich zu widersetzen. Das würde er später tun. Vielmehr dachte er darüber nach, sich eine Auszeit zu nehmen, konnte sich aber angesichts der Unterbesetzung keine erlauben. Wie sollten es Neureiter und Bäcker allein schaffen? Und Simone?

Wie schade. Er schätzte, er würde sie verlieren. Er würde alles verlieren. Wenn Matthias sterben würde – nicht auszudenken. Erneut spürte er die Hand seines Freunds auf der Schulter. Er wusste, dass Sven ihm die Last abnehmen würde, wenn er könnte. Sven war immer schon so gewesen, er ließ einen Freund nicht im Stich.

„Du kannst bei mir schlafen“, bot Sven ihm an. „Du

brauchst auf jeden Fall erst einmal ein paar Stunden Ruhe."

„Was ist mit dir?"

„Ich werde zurück aufs Revier fahren. Dort gibt es auch ein Bett. Komm, Frank, ich sehe doch, dass du nicht mehr kannst. Hier hast du meinen Schlüssel, fahr in die Wohnung, und stör dich nicht daran, dass da Sachen rumliegen, die nicht meiner Konfektionsgröße entsprechen." Dabei grinste er frech.

Mit einem müden „Danke" lehnte Rothe jedoch die angebotenen Schlüssel ab und entschied, im Krankenhaus zu bleiben. Was Sven mit seinem Privatleben machte, war dessen Sache, was er mit seinem anstellte, seine. Und seine Tochter stand über allem, auch über seinem Bedürfnis nach Schlaf.

Erfurt - Mittwochmorgen

Nachdem Rothe einige Telefonate geführt hatte, hatte er die Nacht in einem Stuhl an Jessicas Bett verbracht und ... überstanden. Nicht gut, nicht bequem, nicht erholsam – er fühlte sich wie eine Ratte im Versuchslabor, die man unter Schlafentzug gesetzt hatte. Jessi hatte dank der Beruhigungsmittel zwar geschlafen, aber ihr Stöhnen hatte ihn mehrfach aus seinem Dämmern gerissen. Er war aufgestanden, um sie zu beruhigen, hatte ihr Wasser geholt, sie in den Armen gehalten, sie geschaukelt und dabei das Gefühl gehabt, jemand würde ihm Sand in die Augen streuen.

Sein Herz machte wieder Zicken, und sein angestrengter Versuch, ihre Tränen mit Worten zu trocknen, erschien ihm ähnlich erfolgversprechend wie die Reparatur eines Dammbruchs mit Hilfe eines Pflasters.

„Jess, mein Schatz, dich trifft keine Schuld. Du hast nichts falsch gemacht. Du konntest nicht verhindern, dass es passiert."

„Doch, es ist alles meine Schuld", schniefte sie in sein Taschentuch und heulte erneut los.

Er gab es auf, sie mit Argumenten trösten zu wollen. Hier halfen nur zwei väterliche Arme, die sie umfassten.

„Wie geht es ihm?", flüsterte sie an seiner Brust, nachdem er sie fünf Minuten geschaukelt hatte, und er log ihr zuliebe: „Ihm geht es gut. Mach dir keine Sorgen."

„Kann ich zu ihm?"

„Niemand darf zu ihm. Er braucht seine Ruhe. Die Ärzte sind zuversichtlich, dass er sich erholen wird." Ihr Blick zerriss ihm das Herz, und er versuchte, sich nicht anmerken zu lassen, wie groß seine Angst war.

„Es ist meine Schuld", wiederholte sie schluchzend.

„Wie kannst du schuld an einer Sache sein, in die du völlig unbeteiligt hineingezogen wurdest?"

„Ich wollte ins Studio. Matthias wäre gar nicht auf die Idee gekommen, wenn ich es nicht vorgeschlagen hätte. Wir waren müde und hatten Durst. Wir wollten ja auch nicht lange bleiben."

Rothe schaukelte sie wieder. Warum mussten sich Dinge im Leben wiederholen? War es vielleicht Bestimmung von oben, um etwas über das Leben zu begreifen? Aber was? Und was halfen ihm diese Gedanken? Nichts. Pech war keine Konstante, sondern eine Variable, und das bedeutete, dass man nicht vorhersehen konnte, wann es einen böse erwischte.

„Jessica wird nicht verhört“, bestimmte Rothe, als Sven und Beata Matei ihm zwei Stunden später in der Kantine gegenübersaßen. Es war acht Uhr morgens, und Rothe hatte sich vorgenommen, Jessi mit nach Hause zu nehmen, um sie den Erfurter Ermittlungen zu entziehen.

„Aber, Frank, du wirst doch wohl einsehen, dass wir mit den Ermittlungen …“, fing Krämer an und wurde rüde von Rothe unterbrochen.

„Red’ nicht mit mir, als ob ich noch in der Ausbildung wäre“, war eine Reaktion, die Rothes Stimmung entsprach. Er war unausgeschlafen und gereizt. „Ich bin in erster Linie Vater, in zweiter Linie Polizist. Und wenn ich sage, Jess ist nicht vernehmungsfähig, ist das ein Faktum. Und ihr habt euch nach dem zu richten, was ich als Vater bestimme.“

Krämer rieb sich die Nase. Er hatte diese Art von Auseinandersetzung befürchtet und wechselte einen Blick mit Beata.

„Dein Freund hat recht“, sagte Matei. „Seine Tochter ist noch nicht so weit. Sie muss erst einmal verarbeiten, was überhaupt passiert ist.“

„Und ich würde gerne am Fall arbeiten“, sagte Krämer schneidend.

Es ärgerte ihn, dass Beata nicht auf seiner Seite stand. Ehe er noch etwas hinzufügen konnte, klingelte ihr Handy, und sie zog es mit einem gemurmelten „Ihr entschuldigt mich“ hervor, erhob sie sich und drehte ihnen den Rücken zu. Sie entfernte sich ein paar Meter. Rothe ließ seinen Blick durch die Kantine schweifen, um Sven auszuweichen. Sven würde nicht nachgeben und ihn zu einer Befragung drängen. Auch wenn er Jessica liebte, sein Wunsch, den Fall aufzuklären, war einfach größer. Sven war ehrgeizig, so wie er. Vielleicht wäre seine eigene Motivationslage die gleiche, ginge es nicht um seine Tochter.

Beata Mateis Lippen formten Worte, aber sie waren auf die Entfernung nicht zu verstehen. Die abgewetzte Lederjacke, die ihre schlanke Erscheinung verhüllte, die enge Jeans, die Sneakers, die sie trug, das alles vermittelte den Eindruck einer unkonventionellen Frau. Einer Frau, die für ihn Partei ergriff, obwohl sie mit seinem Freund und Kollegen eine Affäre hatte. Warum? Ihn irritierte ihre Widersprüchlichkeit. Bevor Rothe seinen Blick von ihrer Gestalt lösen und sich wieder Sven zuwenden konnte, verfolgte er, wie sich Matei während des Telefonierens an den Hals griff und in Richtung der Toiletten lief.

„Ich glaube, ich brauche einen Kaffee. Was ist mit dir?“, fragte Krämer, dem Beatas Reaktion ebenfalls nicht entgangen war, und der eine Ausrede suchte, ihr zu folgen.

„Was hast du gesagt?“, fragte Rothe, der nicht zugehört hatte.

„Vertrau ihr“, sagte Krämer, der Rothes skeptische Miene richtig gedeutet hatte.

„Nur weil du mit ihr ins Bett gehst, muss ich ihr nicht vertrauen“, entgegnete Rothe gereizt.

Er unterließ es, Sven zu sagen, wie ihn dessen Frauenverschleiß manchmal ankotzte. Sven lebte das Leben eines Singles. Im Grunde ließ er sich auf keine Frau ein, auch wenn er mit ihr schlief. Immer schön unbeteiligt bleiben, das war Svens oberste Devise. Vielleicht hatte Sven ihn und sein Leid vor Augen, wenn er so handelte, was wusste Rothe schon. Sich nicht einzulassen und keine Gefühle zu investieren, machte ihn in gewisser Weise unverletzbar. Manchmal beneidete er Sven um diese Fähigkeit. Oder um den Umstand, keine Kinder zu haben.

Beata Matei stand in der Damentoilette vor dem Waschbecken und blickte in ihr Spiegelbild an, mühsam um Fassung ringend. Sie musste weitermachen. Sie musste einfach. Das Türenklappen riss sie aus der Erstarrung, und sie steckte das Handy weg, wusch sich die Hände und versuchte, sich nicht anmerken zu lassen, wie aufgelöst sie war. Es wäre ungerecht, jemandem etwas vorzuwerfen.

Als sie aus der Toilette trat, stand Sven vor ihr. Sie wich seinem Blick aus und wollte sich an ihm vorbeidrängen, aber er hielt ihr einen Becher hin. „Kaffee?"

Dankend nahm sie den Becher entgegen und kehrte zum Tisch zurück, an dem Rothe saß. Sven trottete ihr hinterher. Er hatte nicht wirklich damit gerechnet, eine Erklärung von ihr zu bekommen. Beata war verschlossen, und er respektierte das. Sie war keins von diesen Hühnchen, die ihn umflatterten und mit ihrem Gegacker langweilten. Er dachte an Elena und die Ähnlichkeit zu Beata. Er fragte sich, ob alle rumänischen Frauen so verschlossen waren.

Rothe hatte sich in der Zwischenzeit vorgenommen, konstruktiver zu sein. Seine sture Haltung nützte niemandem. Er sollte aufhören, den überbesorgten Daddy zu mimen. Er war nun mal nicht nur Vater, sondern auch Polizist, und sollte daran interessiert sein, den Fall voranzubringen. Verbale Beißattacken waren dabei nicht sonderlich hilfreich.

Als sie wieder zusammensaßen, breitete sich eine Stille aus, die nichts Angenehmes hatte. Die Männer starrten vor sich in die Kaffeebecher, und in Mateis Gesicht arbeitete es.

„Alles in Ordnung mit Ihnen, Beata?“, fragte Rothe, der Svens Ratlosigkeit bezüglich seiner rumänischen Kollegin spürte.

Sie nickte, und ehe ihr bewusst wurde, dass sie das, was sie dachte, tatsächlich laut aussprach, war es schon zu spät. Die Worte waren draußen. Sie konnte das Gesagte nicht zurücknehmen. Und für einen kurzen Moment fragte sie sich, ob sie es überhaupt gewollt hätte. „Ihr Männer versteht wirklich nicht viel.“

Ihr schien es egal zu sein, wie die Worte auf die Männer wirken mussten. Sie war zu müde, um höfliche Floskeln auszutauschen. Zu müde, um darüber nachzudenken, welche Meinung sie haben und aussprechen durfte und welche sie zurückhalten müsste. Dieses Taktieren, um den beiden nicht auf den Schlips zu treten, war auslaugend und aussaugend, und zehrte an ihren Nerven.

„Die Frauen bringen ihre halbwüchsigen Töchter mit, die etwas dazuverdienen sollen. Sie hoffen auf eine bessere Zukunft. Wir alle in Rumänien hoffen auf eine bessere Zukunft. Man verspricht ihnen tausend Dinge, aber dann wird ihnen der Pass weggenommen, und sie sitzen in der Falle. Ihre Sprachkenntnisse reichen nicht aus, um sich den Behörden gegenüber verständlich zu machen. Abgesehen davon haben viele Angst, abgeschoben zu werden oder im Gefängnis zu landen, oder sie schämen sich ganz einfach.“

Sie fuhr sich über die Augen und seufzte. „Entschuldigung. Ich wollte keinen Vortrag halten.“

„Bedrückt Sie etwas, Beata?“, fragte Rothe freundlich.

Ihr Lächeln war eher freudlos, als sie antwortete: „Kommissar Rothe. Sollte ich sagen, es ist das Leben, das mich bedrückt? Wäre das nicht zu theatralisch angesichts der nüchternen Fakten? Es ist nicht das erste Mädchen, das man bei uns tot gefunden hat, und es wird nicht das letzte sein. Der Fall *Schneewittchen Siebenbürgen* ist ein Fall von vielen. So viele Mädchen. So viele zerstörte Hoffnungen."

Sie beugte sich über den Tisch und ihre Augen suchten die von Rothe. „Sie sind ein Vater, der liebt. Wie viele Väter und Mütter habe ich schon gesehen, die die gleiche Angst hatten wie Sie. Wir können nicht verhindern, dass manche dieser jungen Menschen auf der Suche nach Glück ins Verderben rennen. Der Zusammenbruch des Ostblocks schwemmt diese Frauen ins westliche Ausland. Die Menschen wollen eine Zukunft. Sie suchen sie. Wenn nicht in ihrer Heimat, dann woanders."

Sie richtete sich auf, und ihre Stimme klang auf einmal energisch, mit einem Anflug von Ungeduld. „Es macht mich wirklich wütend zu sehen, dass eine neue Dimension der Anwerbung stattfindet. Die Mädchen werden von dafür ausgesuchten Jungen verführt, die allein dazu da sind, das Vertrauen der Mädchen zu gewinnen. Und sie merken das noch nicht einmal, weil sie ahnungslos sind. Ihre Familien sind ahnungslos. Alle sind sie es. Auf die Methode dieser Loverboys kann jedes, wirklich jedes Mädchen reinfallen. Hübsche und hässliche, kluge und dumme. Diese Verführer sind so raffiniert, sie sind wie Chamäleons und passen sich ihrer Umgebung an. Sie nehmen sich Zeit für das Mädchen, beflügeln seine romantischen Träume, indem sie Liebesbriefe schreiben. Helfen bei den Schularbeiten. Helfen beim Einkaufen. Sie spielen den idealen Freund und sind doch in Wirklichkeit der Feind. Der Wolf im Schafspelz, der seine

Schäfchen auch noch mit einem Tattoo als seinen alleinigen Besitz markiert. *Das* ist schlimm. Und *das* macht mir Angst. Die Loverboy-Mädchen sind ahnungslose Rädchen im Getriebe eines florierenden Wirtschaftszweigs: der Sexindustrie."

Beata Matei drehte sich abrupt zu Krämer um und fauchte ihn an: „Darum geht es doch, oder? Um Sex. Oder über was reden wir eigentlich?"

Krämer erwiderte ruhig: „In erster Linie geht es um Mord, und an sich waren wir gerade dabei zu überlegen, ob Jessica schon so weit ist auszusagen."

Sie atmete geräuschvoll aus. „Natürlich. Es geht um Mord. Und dahinter steht die Sexindustrie. Und was Jessica angeht, ich halte den Zeitpunkt für nicht geeignet, sie zu vernehmen."

„Darüber hast du nicht zu befinden", entgegnete Krämer barsch.

Sie starrte ihn angewidert an. „Ach, auf einmal! Und gestern wolltest du den Fall noch an mich abgeben. Schon vergessen?"

„Ich rede mit ihr", schaltete sich Rothe ein.

„Wann?", wollte Krämer wissen.

„Wenn ich es für richtig halte", blockte Frank Rothe ab und erhob sich.

Krämer stand ebenfalls auf. „Ich hoffe, du siehst ein, wie wichtig Jessicas Aussage ist. Beata, wir gehen!"

Matei biss sich auf die Lippen. Svens Verhalten zeugte von dieser typisch männlichen Arroganz. Sie hatte sich heute schon zu weit aus dem Fenster gelehnt und mehr gesagt, als sie eigentlich wollte. Schweigend starrte sie auf die drei Becher mit erkaltetem Kaffee. Keiner von ihnen hatte ihn angerührt.

„Habe ich lange geschlafen?“, fragte Jessica, als sie ihren Vater in einem Stuhl neben dem Bett sitzen sah.

Neureiter hatte sich in der Zwischenzeit gemeldet und Rothe über den Stand der Ermittlungen informiert. Im Zuge des langen Telefonats hatte Rothe zugesagt, dass er gegen Nachmittag auf dem Revier eintreffen werde, um das Verhör mit Kanter, dem BMW-Fahrer, durchzuführen.

„Wie geht es dir?“, fragte er seine Tochter mit dem Wissen, dass er sich bald loseisen musste, um seinen beruflichen Verpflichtungen nachzukommen.

„Es geht so. Ich kann nur nicht glauben, was passiert ist.“ Ihre Stimme war ein ängstliches Flüstern, als ob sie ihn gebeten hätte, Gespenster zu vertreiben, diese aber immer noch irgendwo lauern würden.

„Kannst du dich an alles erinnern?“, tastete Rothe sich vorsichtig vor und erreichte lediglich, dass Jessi wieder zu weinen anfing. „Möchtest du mit mir darüber sprechen?“

Rothe strich ihr vorsichtig über die Wange. Das Hämatom sah schlimmer aus als am Vortag. Jessis Körper fing zu beben an. Sie schüttelte den Kopf, und ihr Stammeln ging in einem heftigen Schluchzen unter. Sie war noch nicht so weit, und er würde sie nicht drängen. Damit musste sich Sven abfinden.

Nachdem sie nach der Einnahme eines Beruhigungsmittels wieder eingeschlafen war, saß Rothe dem behandelnden Arzt im Sprechzimmer gegenüber. Er fühlte sich, als säße er auf heißen Kohlen. Neureiter war bestimmt gerade dabei, Bäcker in den Wahnsinn zu treiben.

„Um das leichte Fieber Ihrer Tochter brauchen wir uns keine Sorgen zu machen, Herr Rothe. Was sie braucht, ist

Ruhe und das Gefühl von Sicherheit", sagte Dr. Klapp. Er wirkte übernächtigt und angestrengt, genau wie er selbst. „Beruhigungsmittel sind langfristig keine geeignete Maßnahme. Sie braucht therapeutische Hilfe, um das Erlebte zu verarbeiten. Aber was erzähle ich Ihnen überhaupt? Sie sind vom Fach."

Das hatte erleichtert geklungen, doch Rothe musste den Mann enttäuschen. Anscheinend dachte der Arzt, er hätte einen Kollegen vor sich. „Nein, tut mir leid, ich bin Kriminalbeamter mit einer zusätzlichen Ausbildung in Psychologie."

„Ach so, ja, hm, das ist schön, da haben Sie Verständnis für die Situation Ihrer Tochter. Es wäre gut, wenn Sie sie mit nach Hause nehmen, dass sich jemand um sie kümmert. Ihre Tochter sollte angesichts dieser Situation nicht alleine bleiben."

„Ich bin alleinstehend."

Dr. Klapp erhob sich und leitete ungeduldig den Abschied ein. „Ich habe gleich Visite, Herr Rothe, aber ich denke, wir können Ihre Tochter noch für ein paar Tage zur Beobachtung hierbehalten, bis das Fieber gesunken ist. Therapeutischen Beistand können wir nicht leisten."

Heiligenstadt - Mittwochnachmittag

Im Verhörraum saß Rothe dem Mann gegenüber, der in der Wilhelmstraße fast seine Tochter angefahren hätte. Er hatte angeordnet, dass Simone das Gespräch protokollierte, während Bäcker und Neureiter auf der Suche nach weiteren Zeugen waren, und hoffte, dass Simone mit ihrer kühlen

Distanz eine beruhigende Wirkung auf ihn ausüben würde, was ganz eindeutig nicht der Fall war. Eher das Gegenteil. Er war ungeduldig und fühlte sich körperlich unausgeglichen. Vermutlich sollte er wieder Fußball spielen oder mit der Faust auf den Tisch hauen und weitere Ermittler anfordern. Vielleicht würde er sie bekommen, vielleicht auch nicht. Eine Polizeidienststelle, die lediglich auf zwei Computer mit Internetverbindung zugreifen konnte, vermittelte nicht gerade Hoffnung auf schlagkräftige Reserve. Aber warum machte er sich deswegen Gedanken? Er hatte gute Leute. Wenn nicht er mit ihnen, wer sonst könnte den Fall lösen? Hatte man in Erfurt nicht immer über ihn gesagt, er wäre der Beste. Tja, dann sollte er doch einfach mal beweisen, dass er diesem Ruf gerecht werden konnte.

Eigentlich wusste er, warum er gereizt war. Es war nicht so sehr der Umstand, dass Jessica im Krankenhaus lag (ihr ging es den Umständen entsprechend, man kümmerte sich um sie), sondern es war Simone, die ihm vermittelte, er würde radikale Ansichten vertreten, nur weil er eine Beziehung mit einer *Kollegin* wollte. Sie war wirklich ein harter Brocken. Aber sie hatte die Rechnung ohne den Wirt gemacht. Er konnte ebenso stur sein wie sie.

Nebelhaft hörte er Simones nüchterne Stimme: „Kommissar Rothe wird die Zeugenvernehmung durchführen, Herr Kanter."

Er riss sich zusammen und konzentrierte sich auf den Mann gegenüber. Manuel Kanter war wegen seiner Frau von Erfurt nach Leinefelde gezogen. Sie wohnten im Wohnblock an der Bonifatiuskirche. Neureiter hatte Rothe im Hinausgehen noch zugeflüstert, dass es reinstes Architektengeklingel sei, die Mietergärten dort *Grüne Zellen* zu nennen. Es seien doch nur winzige Rasenflächen mit einer zwei Meter hohen Mauer. „Wissen Sie, was ein Mieter gesagt hat, als er den Garten gesehen hat? – Und da denkt unsereiner, die Mauer wäre weg."

Rothe schmunzelte, als er an Neureiter und seine Geschichten dachte. Das Bild der Mauer ließ ihn auch nicht los, als er sein Gegenüber musterte.

Manuel Kanter strahlte Erfolg aus. Er sah aus, wie man sich einen tüchtigen Vertreter vorstellte. Adrett. Glatt. Unnahbar. Es war ganz offensichtlich, dass dieser Mann ebenso eine Mauer um sich herum errichtet hatte. Rothe sagte sich, dass Kanter etwas zu verbergen versuchte. Und zwar mehr, als dass er Prostituierte vögelte.

Geheiratet hatte Kanter vor einem halben Jahr wegen des Babys, wie er freimütig zugab. Die Frage, ob er Kontakte zu Prostituierten unterhielt, schien ihn kalt zu lassen. Aber als Rothe ihn im Laufe der Vernehmung damit konfrontierte, dass beide Mädchen – die Tote, die sie bei Beuren im Dün gefunden hatten, und das Mädchen, das in seinen Wagen gestiegen war – ein weißes Neckholderkleid getragen hätten und daher die Vermutung naheliege, dass es sich um ein und dieselbe Person handelte, wurde Kanter sichtbar nervös.

„Wer sagt das?", war seine erste Reaktion.

„Sie sind gesehen worden, wie Sie um kurz nach elf mit der Frau wegfuhren."

„Kleinstadt", knurrte Kanter verächtlich.

Rothe wartete.

„Sie hat gelebt, als sie aus meinem Wagen stieg", rang sich Kanter endlich dazu durch, mehr zu erklären. „Der Typ war da, sie stieg ein, und sie fuhren ab. Lebend. Ich habe mit der Toten nichts zu schaffen."

„Und was passierte dazwischen?"

Kanter warf Simone Nolte einen herablassenden Blick zu. „Na, was wohl?"

Rothe ließ sich nicht darauf ein und holte Fotos vom Fundort aus der Mappe, die vor ihm auf dem Tisch lag. „Dann erzählen Sie mal!"

Kanter nickte in Noltes Richtung und fragte: „Vor ihr?"

„Haben Sie ein Problem damit?"

Der Zeuge grinste anzüglich. „Eher hat sie das Problem."

Rothe verzog wie Simone keine Miene.

Kanter bat nervös um ein Glas Wasser.

Rothe ging zur Tür und rief, ohne den anderen aus den Augen zu lassen, dass jemand Wasser bringen solle. Er schloss die Tür und blieb davor stehen, betrachtete Kanter prüfend. Wenn dieser Spaßvogel nicht bald anfing, seine Maulsperre abzulegen, würde er seine Geduld endgültig verlieren.

„Okay, dann helfen wir Ihnen ein wenig auf die Sprünge. Wir Polizisten sind ja ein hilfsbereites Völkchen, und wenn jemand derart unter Vergesslichkeit leidet wie Sie, braucht er wohl ein bisschen Nachhilfe."

Rothe breitete weitere Fotos aus. Fotos von der Toten aus Siebenbürgen. Er tippte nacheinander auf mehrere Aufnahmen. „Das sind zwei Mädchen, beide tragen so ein weißes Kleid, im Nacken geschlossen, Minirock. Prostituierte. Käuflicher Sex. Ganz offensichtlich und so einfach. Da braucht man nicht dieses langatmige Liebeswerben. Man bezahlt, reagiert sich ab, gut ist es. Scheint Ihnen nicht unbekannt zu sein, Kanter. Ihre Frau kriegt davon nichts mit. Dumm ist nur, wenn diese Mädchen dann tot aufgefunden werden. Schlecht für Sie, Kanter, sogar sehr schlecht. Zwei tote Prostituierte. Ich werde Ihnen jetzt mal sagen, was ich glaube."

Hier machte Rothe eine dramaturgische Pause, bevor er weiter ausführte: „Sie stehen ein bisschen unter Druck, nicht wahr, Kanter? Schon lange keinen Sex mehr gehabt? Hm? Tja, da kann man schon die Skrupel verlieren. Ihre hochschwangere Frau ist mit dem Einrichten des Kinderzimmers beschäftigt, während Sie mal hier, mal da ein Nümmerchen schieben. Aber dass Sie die Frauen danach auch noch umbringen müssen –" Rothe ließ den Satz unbeendet.

„Halt mal, worauf wollen Sie hinaus?", schrie Kanter aufgeregt.

„Sie wurden gesehen, wie Sie vorgestern in Heiligenstadt auf der Wilhelmstraße mit diesem Mädchen", Rothe tippte auf ein Dün-Foto, „weggefahren sind, und vierundzwanzig Stunden später wird sie gefunden. Tot. Was für ein Perverser sind Sie denn?"

Nolte versuchte, sich nicht anmerken zu lassen, wie alarmiert sie war. Das konnte Rothe doch nicht machen, er ging viel zu weit.

„Was? Was reden Sie denn da?", krächzte Kanter. „Wo bleibt das Glas Wasser?"

„Sie sind ein – ich beherrsche mich. Sie werden von mir nicht erfahren, welche moralischen Verfehlungen ich Ihnen unterstelle. Ein Mörder? Es sieht ja ganz danach aus", machte Rothe unbeirrt weiter.

„Wie? Ein *Mörder*? Spinnen Sie?! Was reden Sie denn da? Ich denke, ich komme als Zeuge hierher, und jetzt wollen Sie mir zwei Morde anhängen." Kanter sprang auf. „Das lasse ich mir nicht gefallen. Sie lassen mich sofort hier raus.“

Rothe setzte sein zerknirschtestes Gesicht auf. „Das kann ich nicht.“

Kanter erstarrte wie ein Tier in der Falle.

„Wir haben einen Zeugen, der Sie gesehen hat“, sagte Rothe.

Es klopfte an der Tür. Das Wasser kam. Rothe reichte es Kanter, und der sank kraftlos auf seinen Stuhl. Geprügelt wie ein Hund. Nolte, die bis dahin atemlos dabei zugesehen hatte, wie Rothe sich wie ein Repetiergewehr auf sein Gegenüber einschoss, staunte nicht schlecht über Kanters Wandlung. Mit gewisser Genugtuung beobachtete sie, dass der Zeuge endlich bereit schien zu kooperieren.

Kanter schaute Nolte nicht an, während er beschrieb, wie er sich von dem Mädchen hatte befriedigen lassen. Er suchte nach Worten, um es nicht allzu abgeschmackt klingen zu lassen. Mit jedem Satz wurde es stickiger im Raum, und er hoffte, dass seine Frau niemals diese Zeugenaussage in die Hände bekäme.

„Wenn ich Sie also richtig verstanden habe, haben Sie so etwas wie Tarzan im Wald gespielt“, wiederholte Rothe triefend vor Ironie.

Kanter hatte die Ellenbogen aufgestützt und verbarg sein Gesicht hinter den Händen. „Es war nur ein Spiel. Wir haben ein bisschen Fangen gespielt, und ich war der Held und habe die Kleine gerettet, und als Dankeschön hat sie Sachen mit mir gemacht, die meine Frau nicht tun würde. Das ist kein Verbrechen. Ich habe dafür bezahlt.“

„Auch sie zu töten?“

„Hören Sie. Ich weiß, dass das nicht okay gewesen ist, vor

allem nicht meiner Frau gegenüber. Aber wissen Sie eigentlich, wie schwer es ist, sich seit Monaten anzuhören, wie sich Sodbrennen anfühlt oder Verstopfung? Ob man nun stillen soll oder nicht und wie lange? Meine Frau ist nett, sie wird bestimmt eine gute Mutter, aber ich habe auch noch Bedürfnisse."

„Sie haben meine Frage nicht beantwortet", sagte Rothe. Er beugte sich über den Tisch, und seine Nasenspitze berührte fast die des Zeugen. „Was haben Sie mit dem toten Mädchen zu schaffen?"

Kanter atmete geräuschvoll ein, massierte sich den Nacken und antwortete schließlich tonlos: „Sie lag im Kofferraum."

Rothe richtete sich auf und unterließ es, sein Erstaunen zu verbergen. Noltes Gesicht dagegen war ausdruckslos.

„Dann erzählen Sie mal!", forderte Rothe den Mann auf.

„Da gibt es nicht viel zu erzählen. Als wir fertig waren, rief sie ihren Zuhälter an. Der hat an meinem Wagen gestanden und auf uns gewartet. Sie stieg zu der anderen in sein Auto. Er fuhr weg, und ich habe noch meine Papiere durchgesehen und telefoniert."

„Und wann fiel Ihnen die Tote auf?"

„In Beuren."

„In Beuren? Das müssen Sie uns jetzt aber näher erklären. Wo haben Sie denn Tarzan gespielt? Und wo stand Ihr Wagen?"

Kanter zuckte zusammen, als ob man ihn geschlagen hätte. Seine Worte kamen nur sehr zögerlich und waren kaum zu verstehen. „Hinter Heiligenstadt, an der Landstraße nach Leinefelde gibt es rechts einen Parkplatz. Ist nur ein Schotterplatz, da halte ich öfter, wenn ich eine Pause mache, um mich für den nächsten Termin vorzubereiten. Der Plattenweg führt zum Wald hinauf, aber dieses Mal konnte man wegen der Bullenweide nicht in den Wald. Ich bin mit dem Wagen hochgefahren, bis die Büsche anfingen, damit ich von der Straße aus nicht gesehen werde. Wir sind dann auf die alte Kippe. Von dort aus kann man die Straße im Auge behalten, bleibt aber selbst unentdeckt."

„Und? Haben Sie die Straße im Auge behalten?", fragte Rothe ungeduldig.

„Nein. Ich ... äh, war beschäftigt."

„Sie wissen nicht, ob Ihnen jemand gefolgt ist?"

„Ich hätte es hören müssen."

„Haben Sie etwas gehört?"

„Nein, denn ich ..."

„War beschäftigt. Ist mir schon klar", vervollständigte Rothe den Satz. „Wie ging es weiter?"

„Als wir fertig waren, hat sie ihn angerufen. Wir sind zurück zu meinem Wagen, und da stand er schon."

„Und Sie haben nicht gehört, wie er den Weg hochgekommen ist?"

„Nein."

„Weil Sie beschäftigt waren", seufzte Rothe. „Haben Sie einen Namen verstanden, als sie telefoniert hat? Oder als sie ihn begrüßte?"

„Sie sprach kein Deutsch."

Rothe hob eine Augenbraue. Musste dieser Mann sich alles aus der Nase ziehen lassen? „Was sprach sie dann?"

„Irgendetwas Osteuropäisches. Russisch war es aber nicht."

„Und wie haben Sie sich mit ihr verständigt?"

„Wir haben nicht viel gesprochen."

„Und wie hat sie sich Ihnen vorgestellt?“
„Sie hieß Nischa.“
„Aha. Nischa. Das ist doch schon mal was. Als Nischa zum Wagen zurückging, wo stand der Mann genau? War es der gleiche, mit dem Sie in der Wilhelmstraße Kontakt aufgenommen hatten? Und wo stand dessen Auto? Was für ein Auto war es? Haben Sie sich das Kennzeichen gemerkt?“
„Ich habe nicht auf das Auto geachtet. Vielleicht hatte es ein Erfurter Kennzeichen. Sein Wagen stand ein paar Meter von meinem entfernt. Der Weg macht an der Stelle einen Bogen, da sieht man auch nicht alles wegen der Hecke. Hören Sie, Kommissar Rothe, dieser Typ interessierte mich auch nicht weiter. Ich kann mir doch nicht von jedem Typen die Kennzeichen merken.“
„Nee, ist klar, ist ja auch nur ein Zuhälter mit seinen Nutten. Und Sie haben also nichts gehört?“
Kanter schüttelte den Kopf.
„Auch kein anderes Auto?“
„Habe ich doch schon gesagt.“
„Warum überrascht mich das nicht?“, murmelte Rothe. „Und es war derselbe Mann?“
„Ja.“
„Wie lange hat denn der Spaß gedauert?“
„Eine halbe Stunde.“
„*Eine halbe Stunde!?* Das heißt mit Anfahrt zum Wald müssten vierzig, fünfundvierzig Minuten vergangen sein. Das ist ziemlich lange. Was haben Sie dafür bezahlt?“
„Dreihundert“, sagte Kanter.
Rothe musterte ihn skeptisch und grunzte: „Finden Sie das nicht ziemlich teuer?“

Kanter stöhnte: „Müssen wir uns jetzt über die Preise von Prostituierten unterhalten? Ist das Ganze nicht schon peinlich genug? Was interessiert es Sie, ob ich hundert oder dreihundert bezahle? Ist doch mein Geld, nicht Ihres."

Rothe fuhr Kanter an: „Und es ist meine Zeit, die Sie hier verplempern, Herr Kanter! Wer hat den Preis gemacht?"

„Er."

„Beschreiben Sie ihn mir!"

Kanter beschrieb den Zuhälter.

Rothe schob ihm ein Foto des Toten aus dem Fitnessstudio zu. Als Rothe das Bild zum ersten Mal gesehen hatte, war er überrascht gewesen, in dem Toten den Luden von der Wilhelmstraße zu erkennen. „Ist das der Mann?"

Kanter betrachtete das Bild. Sein Nicken war eine weitere Bestätigung, dass der Tote ein Zuhälter gewesen war, wenn auch seine Identität weiterhin ungeklärt blieb.

„Ist er tot?", fragte Kanter.

„Ja."

„Was ist passiert?"

Kanter riss sich vom Foto los. In seinen Augen lag pures Entsetzen. Angesichts der vielen Toten eine durchaus nachvollziehbare Reaktion. Die Frage, ob er der Nächste sein könnte, stand ihm direkt ins Gesicht geschrieben.

Rothe ging nicht darauf ein und fragte stattdessen: „Kennen Sie seinen Namen? Wissen Sie, wo er wohnte?"

Auch wenn er ahnte, dass dieser Zeuge ihnen keine große Hilfe sein würde, suchte er die sprichwörtliche Nadel im Heuhaufen, einen Hinweis, einen klitzekleinen Fingerzeig, und wenn er noch so winzig war. Jessi hatte sich im selben Raum mit diesem Zuhälter befunden, der vor ihren Augen erschossen worden war. Bei dem Gedanken wurde Frank Rothe ganz krank.

„Ich habe ihn in der Fußgängerzone zum ersten Mal gesehen", antwortete Kanter in Rothes Gedanken hinein.

„Also kein Name? Keine Adresse?"

Kanter schüttelte den Kopf.

Rothe atmete hörbar aus und stellte die nächste Frage. „Hatte der Mann einen Akzent?"

„Schwer zu sagen. Er war ziemlich wortkarg."

„Und wie wirkte er auf Sie?"

„Nervös. Ungeduldig."

„Kommen wir zu der Toten. Wie haben Sie sie gefunden, und was haben Sie mit ihr gemacht?"

„Sie sind abgefahren, und ich habe mich in meinen Wagen gesetzt und festgestellt, dass mir noch zwanzig Minuten blieben, um mich auf die Gespräche vorzubereiten, die ich für den Nachmittag vereinbart hatte. Ich führte ein paar Telefonate und bin dann gefahren. Vor Beuren hing ich hinter einem Trecker, und mir fiel ein, dass mein Laptop im Kofferraum lag. Ich hatte auf einmal so ein komisches Gefühl. Die nächste Möglichkeit zu halten, ist erst im Dorf hinter der Unterführung. Ich hielt an, öffnete den Kofferraum und dachte, mich trifft der Schlag. Ich bin sofort die Straße zur Burg hoch und, und … habe sie dort im Wald versteckt."

„Nun, Herr Kanter, das ist eigentlich nicht die übliche Vorgehensweise, wenn man eine Leiche entdeckt", kommentierte Rothe Kanters Aussage. „Warum sind Sie nicht zur Polizei?"

„Ich wollte nicht, dass meine Frau es erfährt, na, Sie wissen schon."

Rothe sah zur Decke. In seinem Gesicht arbeitete es. Was es doch für Schafsköpfe gab. „Sie werden sich darauf einstellen müssen, dass wir noch einmal auf Sie zukommen. Ihnen ist der Vorwurf der Verschleierung einer Straftat zu machen."

„Kann ich jetzt gehen?", bat Kanter heiser.

Die Zeugenvernehmung wurde mit Kanters Unterschrift unter dem Protokoll beendet. Mit hängenden Schultern verließ er den Raum. Rothe sah auf seine Notizen und spürte, dass Simone ihn beobachtete. Ihr Schweigen war ihm unangenehm. Er unterbrach es, indem er feststellte: „Er ist zwar ein arroganter Widerling, aber ich glaube ihm."

„Und was sollte dann das mit den Preisen für die Prostituierten?", fragte sie.

„Theaterdonner."

„Frank, ehrlich, was tust du da? Ich weiß von keinem Zeugen, der etwas gesehen hat."

„Den müssen wir noch finden", erklärte er.

„Du bewegst dich auf dünnem Eis, wenn du Zeugen erwähnst, die es nicht gibt."

„Es gibt mich. Ich habe ihn in der Fußgängerzone mit den Mädchen beobachtet."

„Du weißt aber schon, dass du den Eindruck vermittelt hast, dass ihn jemand beim Abladen der Leiche gesehen hat."

Rothe konterte: „Spielt das eine Rolle? Er hat es zugegeben. Mir ist während der Vernehmung eines klar geworden: Mit Jess und Matthias könnte noch alles in Ordnung sein, wenn Kanter sofort zur Polizei gegangen wäre. Mit dem, was er zu diesem Zeitpunkt wusste, hätten wir diesen Zuhälter aus dem Verkehr ziehen können. Dann hätte es den Anschlag im Studio nicht gegeben. Kannst du dir vorstellen, wie ich mich fühle? Ich war nahe dran, dem Schweinskopf die Falten aus dem Gesicht zu prügeln."

„Ich weiß, aber das macht die Sache nicht besser", seufzte Simone, schob die Fotos auf dem Tisch zusammen und legte sie zurück in die Mappe.

Ihr Blick streifte ihn, doch bevor er einen Schritt auf sie zu machen konnte, griff sie sich die Unterlagen und hastete aus dem Verhörraum.

Erfurt - Mittwochabend

Kevin Stolze war wütend wie schon lange nicht mehr. Er spürte die Wut wie eruptive Wellen in seinen Händen, die etwas ergreifen und zerstören wollten. Das Etablissement, das diesem scheinheiligen Geschäftemacher gehörte, war wie eine Falle. Sein Außenkontakt bestand einzig und allein darin zu telefonieren. Er wunderte sich, dass Boloniut ihm nicht auch noch das Handy weggenommen hatte, zuzutrauen wäre es ihm gewesen, aber vielleicht hatte er es einfach nur vergessen. Seine Sekretärin Gesa informierte ihn über das, was die Polizei in seinem Büro machte. Und Katrin meldete sich nicht. Sie brauchten Sachen zum Wechseln, und er musste sich rasieren. Alina ging ihm auf die Nerven. Sie schluchzte leise vor sich hin und er wusste nicht, wie er sie trösten sollte. Ihr war es schließlich zu verdanken, dass sie hier hockten und dazu verdonnert waren abzuwarten. Also sollte sie sich endlich zusammenreißen. Ihr Geheule nutzte niemandem etwas.

Aus geschwollenen Augen sah Alina ihren Vater an, öffnete den Mund und zog es dann aber doch vor zu schweigen. Wenn er diesen Gesichtsausdruck bekam, war es ratsam, ihn nicht anzusprechen. Ihr Smartphone lag auf dem Tisch. In der Online-Ausgabe der Tageszeitung war der Vorfall im Fitnessstudio beschrieben worden. Das hatte alles noch viel schlimmer gemacht.

Stolze überflog erneut den Artikel: Ein Toter und ein Schwerverletzter im frisch sanierten Haus eines bekannten Erfurter Geschäftsmanns. Drei Spalten, mit Fotos vom Haus!

„Noch steht mein Name nicht drin, aber bestimmt im nächsten Artikel. Was ist passiert, Alina?", fragte er nun zum zigsten Mal.

Das Gefühl, seine Tochter könnte noch blöder sein als seine Frau, machte ihn wahnsinnig. Wenigstens ihr hätte er mehr Verstand zugetraut. Alina verschanzte sich derweil weiter hinter lautem Schluchzen. Da er nichts aus ihr herausbekam, versuchte er erneut, Boloniut zu erreichen, der auch dieses Mal nicht abnahm. Kaum hatte er aufgelegt, rief sein Geschäftspartner Uli an. Völlig in Rage ließ Stolze, der ansonsten als besonnen galt, seinen Freund nicht zu Wort kommen.

„Uli, hör zu! Das ist alles ein Missverständnis und das werde ich in den nächsten Stunden aus dem Weg räumen … Ja, selbstverständlich, glaub mir … Natürlich ist es *mein* Haus und ich werde es der Presse gegenüber klar stellen, wenn ich denn … Ja-ja-ja, dafür werde ich schon sorgen, die Firma wird da rausgehalten. Ich werde … Was? Du vergisst, dass wir Partner sind … Du kannst mich nicht einfach so *feuern*!"

Das Telefonat verlief, auch wenn Alina nicht verstand, was Ulrich Barkel ihrem Vater sagte, äußerst unangenehm, und sie hätte sich am liebsten die Ohren zugehalten, als ihr Vater anfing zu brüllen. Seine laute Stimme bereitete ihr Kopfschmerzen. Sie hatte nur den einen Wunsch, sich zu verkriechen und zu vergessen. Was passiert war, war auch ohne Gebrüll schwer zu ertragen. Als sie wieder hinhörte, sprach er mit jemand anderem und schien nicht weniger aufgebracht zu sein.

„Welche Intrige spinnen Sie gegen mich, Boloniut? Ich werde nicht noch länger warten … Ich soll mich still verhalten? Wie lange denn noch? Eine Schlagzeile in der Zeitung verstehe ich nicht als *diskret*."

Alina presste ihre Lippen zusammen. Während ihr Vater am Telefon immer ausfallender wurde, versuchte sie über das nachzudenken, was ihr ihre Mutter gesagt hatte. Es war alles noch viel schlimmer, als in einem ihrer schlimmsten Alpträume. Dabei hatte sie so sehr gehofft, dass ihre Mutter kommen und sie holen würde, aber stattdessen hatte sie ihr nur aufgetragen, was sie vor der Polizei sagen dürfe und was nicht, damit sie glimpflich aus der Sache rauskäme. Als ob das nicht schon ihr Vater getan hätte. Und dann hatte ihre Mutter noch gesagt, sie sei doch eine gute Schauspielerin. Da hätte Alina fast aufgelacht. Wäre sie eine gute Schauspielerin, würde sie wohl nicht in einer so grässlichen Lage stecken.

Erfurt - Donnerstagvormittag

Nach dem Besuch bei Jessica hatte Rothe nicht das Gefühl, dass es ihr besser ging. Dabei war nicht das Fieber, sondern die Sorge um Matthias der Grund für ihren aufgelösten Zustand. Als er dem Aufzug entstieg, sah er schon von Weitem Simone und Sven in der Halle auf ihn warten und sein Gesicht verhärtete sich.

Krämer wurde schlagartig unzufrieden. Er war umsonst gekommen. Auch dieses Mal würde ihm Frank die Erlaubnis für ein Gespräch mit Jessica verweigern. Aber er musste mit ihr reden, und er würde nicht eher gehen, bevor er nicht Franks Einwilligung dazu hätte.

„Wir haben Stolze nicht angetroffen. Er lebt mit Frau und Tochter in der Brühlervorstadt. Interessant dabei ist, seine Tochter Alina war seit Dienstag nicht mehr in der Schule. Seine Frau, Ärztin im Krankenhaus in Weimar, hat ihre Kündigung eingereicht und sich anschließend krankgemeldet“, erklärte Krämer, als sie mit drei Bechern Kaffee an einem Tisch im Foyer saßen. Die Spannung zwischen Frank und seiner Heiligenstädter Kollegin ignorierte er wohlweislich.

„Kurzfristig gekündigt?“, fragte Nolte.

„Das weiß ich nicht.“ Er zog sein Boogie Board, ein elektronisches Notizbuch, hervor, machte sich eine kurze Notiz und zählte auf: „Folgende Fragen sind während der Untersuchung aufgetaucht: Woher wussten die, dass das Studio leer stand? Wie sind sie an die Schlüssel gekommen? Wie viele Schlüssel gibt es noch? Wer hatte üblicherweise Zugang zu den Räumlichkeiten? Wo sind die Stolzes? Wir müssen

Gesa Weckmer, Stolzes Sekretärin, noch einmal vernehmen. Sie hat uns seine Handynummer gegeben, aber er ist darüber nicht zu erreichen. Es ist seine Nummer, aber vielleicht hat sie ihn auch schon gewarnt und er ist untergetaucht. Versucht sie, Zeit für ihn zu schinden?"

„Falls er denn etwas zu verbergen hat", fügte Nolte hinzu.

„Falls er etwas zu verbergen hat", wiederholte Krämer.

„Warum ortet ihr das Handy nicht?"

„Noch nicht dringend genug. Er ist ja kein Verdächtiger", antwortete Krämer und fuhr fort: „Wir konnten den Hausmeister bisher nicht befragen. Er macht uns entweder nicht auf oder ist nicht da. Zur Firma: aufgebaut hat sie Ulrich Barkel, der Stolze vor fünf Jahren als Geschäftspartner aufgenommen hat. Sie sind ehemalige Schulfreunde, wie Barkel uns erzählt hat. Das Haus hat Kevin Stolze als Anlageobjekt vor einem Jahr gekauft und saniert. Die Mietwohnungen hat er bis auf zwei erhalten. Die hat er zusammengelegt und zum Fitnessstudio umbauen lassen. Und er will es verkaufen. Es würde ihm wahrscheinlich ein schönes Sümmchen bringen." Er nahm einen Schluck vom Kaffee und beobachtete Frank, der ganz in seine Gedanken vertieft zu sein schien.

„Seine Tochter, Alina Stolze, ist sechzehn", ergänzte Krämer. „Sie geht auf dieselbe Schule, die auch Jessi in Erfurt besucht hat. Sie müssten sich kennen."

Rothe saß schweigend da und dachte an Jessi. Sie hatte Matthias sehen wollen, doch die Ärzte hatten davon abgeraten. Er hatte mit Matthias' Eltern gesprochen. Der Vater war wieder zurück nach Heiligenstadt gefahren, weil er zur Arbeit musste; die Mutter hatte sich ein Zimmer in einer Pension genommen, um in der Nähe ihres Sohns zu sein.

Vorwürfe machten sie ihm keine, dafür waren seine Selbstvorwürfe umso heftiger.

„Hörst du mir überhaupt zu, Frank?", drangen Svens Worte schließlich durch den Gedankennebel.

„Was hast du gesagt?"

„Sagt dir der Name Alina Stolze etwas?"

Rothe schüttelte den Kopf.

Krämer stieß enttäuscht die Luft aus. Es wäre auch zu schön gewesen, wenn Frank etwas über die Familie hätte sagen können. Er hatte gehofft, Jessi und diese Alina wären Freundinnen gewesen. „Soll Simone mit Jessica sprechen?"

Nolte kam Krämer zuvor, bevor der seinen Vorschlag begründen konnte. „Vielleicht kann ich mehr erreichen als du."

„Warum solltest du mehr erreichen können?", fragte Rothe skeptisch.

Er merkte noch nicht einmal, wie scharf er geklungen hatte. Und Nolte versuchte nicht zu zeigen, wie schwierig sie die Situation fand. Ein falscher Schritt und der Boden, auf dem sie stand, würde zur Falltür werden. Frank war in einer miserablen Stimmung. Sie musste die Distanz wahren, allein schon, um ihr emotionales Gleichgewicht aufrechtzuerhalten, und gleichzeitig brauchte er jemanden. Sie wusste es, aber sie redete sich ein, dass an Selbstschutz wohl kaum etwas Verwerfliches war. In einer beruhigenden Geste legte sie ihre Hand auf seinen Arm. „Meinst du nicht, du solltest dir eine Auszeit nehmen?"

Für einen Moment herrschte Schweigen, der sie glauben ließ, er würde sich auf ihren Vorschlag einlassen. Doch das Gegenteil war der Fall. Das Einzige, was sie erreichte, war ein grimmiger Zug um seinen Mund und ein verbissenes

„Könnt ihr es nicht verstehen oder wollt ihr es nicht. Sie ist noch nicht so weit. Meint ihr nicht, dass ich das besser beurteilen kann als ihr?"

„Der Fall ist zwei Tage alt. Wenn wir noch länger warten, verwischen sich alle Spuren. Frank, wir haben nichts", sagte Krämer. „Weniger als nichts. Aber wir haben Jessica. Ich war bei ihr und –"

Es war ihm herausgerutscht. Einfach so. Verdammt! Frank verstand keinen Spaß, wenn es um seine Tochter ging. Natürlich wäre es ihm lieber gewesen, wenn er es ihm erlaubt hätte, mit Jessica zu sprechen, aber momentan war ja nicht mit ihm zu reden. Und seine Störrigkeit half den Ermittlungen nun wirklich nicht weiter.

„Wie kommst du dazu?", fuhr Rothe seinen Freund an.

„Beruhige dich, Frank! Sie war nicht da."

„Sie war nicht da? Was heißt denn das? Willst du andeuten, dass du mit ihr hinter meinem Rücken geredet hättest?"

Krämer unterdrückte ein Stöhnen und erklärte sich: „Sie ist minderjährig. Es hätte keine Vernehmung gegeben. Ich wollte sie einfach nur besuchen."

„Ach ja."

„Sie war nicht da, okay?", wiederholte er.

„Ich werde zusehen, was ich tun kann." Rothe erhob sich schwerfällig vom Stuhl und ließ Simone und Sven ohne ein Wort des Abschieds zurück.

Jahrelang hatte er geglaubt, er wäre innerlich tot und nicht mehr zu einer Beziehung fähig, und nun stellte er fest, dass er doch tatsächlich eifersüchtig war. Mit Argusaugen hatte er Simone und Sven beobachtet, wie sie miteinander umgingen. Es war ziemlich anstrengend, sich darüber auch noch den Kopf zu zerbrechen, zumal er vermutete, dass Simone ihn absichtlich provozierte, indem sie mit seinem Freund flirtete. Es war nicht von der Hand zu weisen, sie machte Sven schöne Augen und zwar genau dann, wenn er dabei war. Was hatte sie vor? Wollte sie ihn in den Wahnsinn treiben? Das tat schon Neureiter, der halbstündlich anrief und Bericht erstattete oder wissen wollte, wann er zurückkäme. Hätte er einen Wunsch frei, würde er sich einen Doppelgänger wünschen.

Rothe hetzte die Krankenhausstufen hoch. Es war nichts Verwerfliches an Svens Ansinnen, Jessi zu besuchen, er kannte sie von Geburt an, aber sie war nun mal noch nicht so weit. Er wollte auf keinen Fall eine Wiederholung der Vorkommnisse von vor zehn Jahren. Wenn er dafür sorgte, dass Jessi Zeit fand, sich zu erholen, tat er als Vater das Richtige. Jeder Vater hätte so gehandelt. Und seine Frau Manuela, wäre sie noch am Leben, würde ihm beipflichten. Rothes mühsam aufgebauter Zweckoptimismus, dass er als Vater wusste, wie mit Jessica umzugehen war, löste sich in dem Moment auf, als er sie nicht im Bett vorfand. Er wartete, aber da sie nicht auftauchte, suchte er sie auf der Intensivstation.

Matthias sah blass aus. Jessica betrachtete ihn durch die Scheibe, und ihr erster Gedanke war, dass sein Gesicht wie mit Wachs modelliert aussähe. Tränen liefen über ihre Wangen. Er war nicht tot, aber sie hatte nicht damit gerechnet, wie leblos er wirken würde. Eben fast wie tot. Sie war überzeugt gewesen, dass er die Augen aufschlagen würde, wenn sie in seiner Nähe war. Einfach weil er spürte, dass sie da war.

Das Piepen und leise Sirren der Maschinen, das sie hörte, wenn eine Krankenschwester die Tür öffnete, um den Raum zu betreten, wirkte irreal, als ob Matthias sich in einem Raumschiff befände, nicht in einem Krankenzimmer. Und wieder machte sie sich Vorwürfe. Das war alles nur passiert, weil sie vorgeschlagen hatte, in dieses Fitnessstudio zu gehen. Wenn sie nicht gewesen wäre, wäre Matthias gesund, und sie würde keine Angst um ihn haben müssen. Diese Angst war wie eine Klammer, die ihr den Brustkorb einengte und das Atmen schwer machte. Ihr ging durch den Kopf, wie Matthias sie bei seiner Liebeserklärung angesehen hatte. Wie das Hupen des Busses ihn übertönt und sie sich vorgenommen hatte, niemals diesen Moment zu vergessen. Sie dachte an ihre Mutter und an ihn, beide hatten ihr das Leben gerettet. Das plötzliche Schluchzen schnürte ihr die Luft ab. Panisch griff sie sich an den Hals. Eine Krankenschwester entdeckte Jessi und stürzte auf sie zu. Das Mädchen sah aus, als ob es ersticken würde.

Als Rothe die Intensivstation erreichte, fand er Jessi in einem Dämmerzustand auf einer Liege, ihr zartes Gesicht durch eine Sauerstoffmaske verunstaltet. Noch ehe er seinem Entsetzen Luft machen konnte, wurde er von einer Ärztin abgelenkt, die ihm die Hand zur Begrüßung entgegenstreckte.

„Dr. Sanders, ich bin die Stationsärztin. Kommissar Rothe, wir haben Ihrer Tochter eine Beruhigungsspritze gegeben. Bitte regen Sie sich nicht auf, es ist alles in Ordnung."

„Ich weiß nicht, was ich daran in Ordnung finden soll, wenn meine Tochter, statt sich in ihrem Zimmer aufzuhalten, hier mit einer Sauerstoffmaske liegt."

Er ließ Jessica nicht aus den Augen. Sie lächelte ihn müde

an, und er nahm ihre kalte Hand und drückte sie zärtlich.

„Sie hat sich ein bisschen aufgeregt, als sie ihren Freund besucht hat", erklärte Dr. Sanders, während sie beruhigend über Jessis Schulter strich.

Jessica schloss die Augen und glitt in einen unruhigen Schlaf hinüber.

Flüsternd fragte Rothe: „Und wie geht es Matthias heute?"

„Den Umständen entsprechend. Er lebt. Das ist für uns erst einmal die Hauptsache. Wir sind immer noch guter Hoffnung, dass er es schafft."

Nach einer Pause, in der sie den Mann ihr gegenüber gemustert hatte, sagte sie: „Wahrscheinlich erinnern Sie sich nicht an mich, aber wir sind uns schon einmal begegnet, Herr Rothe. Als Ihre Tochter vor knapp zehn Jahren nach der Schießerei in der Schule eingeliefert wurde, hatte ich Dienst in der Notaufnahme. Sie sehen ein wenig mitgenommen aus. Wie geht es Ihnen?"

Teilnahmslos erwiderte er: „Es geht mir gut. Danke, dass Sie fragen."

„Wollen Sie reden? Ich hätte einen Moment Zeit."

Sie wagte nicht, ihn zu berühren, also steckte sie ihre Hände in die Taschen ihres Ärztekittels und lächelte aufmunternd. „Kommen Sie."

Und als er zögerte, half sie ihm über die unsichtbare Hürde hinweg, indem sie ihn weiter beruhigte: „Ihre Tochter ist bestens versorgt. Lassen Sie uns reden, oder wenn es Ihnen lieber ist, können wir auch gemeinsam schweigen."

Rothe nickte wie ein Automat. Nach einem letzten Blick auf Jessi, die jetzt eingeschlafen war, folgte er ihr in ein kleines, aufgeräumtes Büro.

Wie er diese nüchtern eingerichteten Zimmer hasste. Wie er diesen therapeutischen Blick – eine Mischung aus Mitleid und Verständnis – und dieses Einschätzen des Patienten, ob ein Eingreifen erforderlich war, verabscheute, auch wenn er kein Patient war. Er musste wieder Kontrolle über sein Leben gewinnen. Es machte ihm etwas aus, dass andere über ihn befanden. Er fühlte sich in diesem Raum gefangen und ahnte, dass er im Grunde ein Gefangener seiner Erinnerungen war. Trotzdem ließen sich die Bilder nicht abschütteln. Sie waren da und verfingen sich in seinem Kopf. Und dort sorgten sie für erhebliche Verwerfungen. Ein plötzlicher Schmerz durchfuhr seine Brust, als hätte ihm jemand ein Messer hineingestoßen. Er stöhnte leise auf.

„Geht es Ihnen wirklich gut?"

Als er mit einer Handbewegung abwehrte, reichte sie ihm einen Becher Tee aus ihrer Thermoskanne. „Trinken Sie einen Schluck, das wird Ihnen helfen, sich zu entspannen."

Rothe räusperte sich, nahm die Tasse und wärmte die kalten Finger daran. Sie saß ihm gegenüber und wartete, als ob Sie alle Zeit der Welt hätte. Zeit war in ihren Berufen Luxus, und er wusste ihre Güte zu schätzen. Niemand erwartete von ihm, Übermenschliches zu leisten. Warum versuchte er es dann?

Sie erwiderte seinen Blick, als er von der Tasse aufsah, und ihre fein geschwungenen Lippen formten sich zu einem Lächeln. Was würde sie denken, wenn er ihr von seinen wiederkehrenden Alpträumen erzählte? Würde sie ihn verstehen? Er verstand ja kaum die Dinge, die mit ihm geschahen.

Ohne dass er es sich erklären konnte, zeigten der Tee, ihre Augen, das Interesse, das er in ihnen sah, Wirkung.

Mit einem zögerlichen „Vor zehn Jahren. Tja, das ist lange her“, fing er an, räusperte sich und beschwor die Vergangenheit herauf. „Dieser Amoklauf. Dieser furchtbare Tag.“

Er konnte nicht verhindern, dass die Worte sich einen Weg bahnten, um endlich ausgesprochen zu werden. Worte, die schon so lange gesagt werden wollten und die er bisher mit eiserner Disziplin und purer Kraftanstrengung zurückgehalten hatte. „Als wir damals den Ruf aus der Zentrale erhalten haben, waren wir gerade auf dem Weg zurück zum Revier. Mein Partner Sven Krämer und ich. Das Zittern in der Stimme unseres Kollegen aus der Zentrale hat mir Angst eingejagt. Ich kannte den Kollegen, ein äußerst beherrschter Mann. Im ersten Moment habe ich noch nicht einmal seine Stimme erkannt, als er von einer Schießerei in einer Schule sprach. Es war die Schule meiner Frau. Und es war so unwirklich, das Wort *Schießerei* in Zusammenhang mit ihrem Arbeitsplatz zu hören. Krämer hat Sirene und Blaulicht eingeschaltet, und ich bin gerast wie ein Idiot. Wir hatten noch kurz vorher über das anstehende Fußballwochenende und das Spiel von Rot-Weiß geredet. Mir wäre nie in den Sinn gekommen, dass mein Privatleben, meine Familie mal in eine kriminelle Auseinandersetzung hineingezogen werden würde. Natürlich weiß man als Polizist, dass das möglich ist, aber man versucht, solche Gedanken außen vor zu lassen, sobald sich die Haustür hinter einem schließt. Würde man den ganzen Mist, den man als Polizist erlebt, mit nach Hause tragen, stünde man irgendwann vor einem Scherbenhaufen, den man einmal Ehe genannt hat. Das habe ich schon häufiger bei Kollegen erlebt.“

Entschuldigend sagte er: „Sie werden solche Situationen

zur Genüge aus eigener Erfahrung kennen. Was erzähle ich Ihnen eigentlich?"

Mit einem ermunternden Nicken forderte sie ihn auf fortzufahren, und Rothe dachte darüber nach, was er erzählen und was er wieder zurück in das Verließ der traurigen Erinnerungen sperren sollte. Musste das alles thematisiert werden? Musste man darüber reden? Würde es ihm helfen, oder würde es ihn nicht eher erneut belasten? Doch keiner dieser Gedanken konnte verhindern, dass die Worte aus ihm heraussprudelten.

„Wir waren die Ersten am Tatort. Die Schreie gingen mir durch Mark und Bein. Die Kinder sind auf dem Schulgelände durcheinander gelaufen, sie haben uns in ihrer Panik gar nicht wahrgenommen. Dann waren da Schüsse, eine schwarz vermummte Gestalt tauchte kurz auf und eröffnete das Feuer auf uns. Krämer schoss zurück. Ich habe über Funk alle verfügbaren Kräfte angefordert. Habe agiert, wie ich es gelernt habe, aber in Gedanken war ich bei meiner Frau und meiner Tochter. Als der Notarztwagen kam, hat Krämer den Sanitätern Feuerschutz gegeben. Es war so unwirklich, zeitweise dachte ich, dass doch endlich jemand einschreiten müsste, um diesem Wahnsinn ein Ende zu bereiten. Wir waren handlungsunfähig, weil wir auf das Sondereinsatzkommando warten mussten. Das hat Zeit gekostet. Etwas, das mich lange gequält hat. Natürlich kann ich im Nachhinein nicht sagen, ob es etwas an der Situation geändert hätte, wenn wir beide allein in das Gebäude gestürmt wären. Laut Polizeidienstverordnung mussten wir aber auf das SEK warten. Sie wurde erst später geändert."

Rothes Gesicht verzog sich in tiefem Schmerz. Er durchlitt die Situation noch einmal. Dr. Sanders schwieg, und er gab sich den inneren Bildern hin. „Das SEK war da, und wir sind auch rein. Ich wäre niemals draußen geblieben. Meine Frau war drin. Jessica. Niemand konnte von mir verlangen, dass ich da zugucke. Es war leichtsinnig von mir, aber es war mir in dem Moment egal, was mit mir passiert. Ich wollte Manuela und Jessica da rausholen. Als wir drin waren, trennten wir uns im Flur. Vielleicht war das ein Fehler. Wir gingen von mehreren Tätern aus und wollten sie so schnell wie möglich dingfest machen. Ich rechnete damit, dass ich jemanden würde erschießen müssen. Ich dachte an die Schüler meiner Frau. Und an meine Frau, dass sie an dem Morgen noch gesagt hatte, sie wolle Jess die Schule zeigen. Jess war damals sieben und so wissbegierig. Wie meine Frau hatte sie an dem Tag schulfrei, und ihr einziger Wunsch war, mit Mama die Schule anzuschauen und danach Eis essen zu gehen. Sie trug Rattenschwänze und hatte eine Spange in den Haaren. In Form einer Kirsche. Jess liebt Kirschen, aber seitdem isst sie keine mehr."

Gepresst setzte er seinen Bericht fort: „Als ich die Flure durchwanderte, sah ich niemanden. Es war auf einmal ruhig. Ich rechnete damit, gleich meine Frau zu sehen. Sie würde mir mit Jess entgegenkommen, und alles wäre gut. Später stellte sich heraus, dass der Trakt, durch den ich gelaufen bin, vom Täter nicht aufgesucht worden war. Ich ging die Treppe hoch und den Gang entlang, als Sven mir entgegenkam. Ich sah es bereits in seinem Gesicht."

Rothe verstummte, den Blick nach innen gekehrt, und Dr. Sanders dachte, er hätte seinen Bericht beendet, doch dann redete er weiter. „Er weinte. Sven Krämer, mein bester

Freund, weinte. Ich bog um die Ecke. Da waren sie. Manuela lag über Jess. Sie hat sie mit ihrem Körper geschützt, trotzdem war Jess von einem Schuss getroffen worden. Das Einzige, was ich dachte, wenn ich überhaupt etwas dachte, war, dass ich versagt hatte. Und dann Filmriss, ich kann mich an kaum noch etwas erinnern. Mein Therapeut hat damals gesagt, dass Schmerz einen Dinge ausblenden lässt. Ich habe die Zeit danach wie im Nebel verbracht, und ich habe es meinem Freund zu verdanken, dass Jess und ich die schlimmste Phase unseres Lebens überstanden haben. Er war es, der mich zwang, mich der Realität zu stellen und nicht aufzugeben. Als unser Haushalt zu verwahrlosen drohte, war er es, der die Einkäufe machte und den Kühlschrank füllte, bis ihm der Kragen platzte und er mich in den nächsten Lebensmittelladen schleifte. Durch Sven habe ich begriffen, dass da noch ein Mädchen ist, das mich braucht."

„Und wie geht es Ihrem Freund damit?", fragte Dr. Sanders.

Rothes Blick war undefinierbar, als er sie anschaute. „Sven? Das ist schwer zu erklären. Ich glaube, auch für ihn hat das Leben durch Manuelas Tod seine Unschuld verloren. Auf einmal schien unsere jahrelange Disziplin, Berufliches nicht an uns herankommen zu lassen, wie eine Farce. Worum hatten wir uns eigentlich die ganze Zeit bemüht? Dass wir unser inneres Gleichgewicht nicht verlieren würden? Von dem einen zum anderen Moment war es futsch, und ich fühlte mich innerlich tot und gleichzeitig völlig verzweifelt."

In einer entschuldigenden Geste hob er beide Hände und meinte: „Fragen Sie mich nicht, ob das überhaupt möglich ist. Aber damals schwankte ich zwischen beidem hin und her und wusste an manchen Tagen nicht, welches Gefühl überwog."

„Und Ihre Tochter Jessica?"

„Jess ist eine Kämpferin." Er lächelte, und sie erkannte in seinem Gesicht die stille Hoffnung eines Vaters, dass sein Kind auch dieses Mal nicht aufgäbe.

„Ist Jessica an diese Schule zurückgekehrt?", fragte sie.

„Oh ja", antwortete Rothe. „Auf ihren eigenen Wunsch hin. Ich war dagegen, aber ihre Freundinnen sind auf diese Schule gewechselt, und sie weigerte sich, auf eine andere zu gehen."

Während er über seine Tochter sprach, musterte sie ihn unauffällig und erinnerte sich daran, wie sie sich damals Knall auf Fall in ihn verliebt hatte. Aber die Umstände hatten sie dazu gezwungen, ihre Empfindungen für sich zu behalten. Er war ihr monatelang nicht aus dem Kopf gegangen, und sie hatte gehofft, dass sich zu einem anderen Zeitpunkt die Gelegenheit bieten würde, ihn näher kennenzulernen. Aber es hatte eine unsichtbare Wand zwischen ihnen gestanden, und so oft sie auch den Hörer in die Hand genommen hatte, um ihn anzurufen, so häufig hatte sie ihn auch wieder weggelegt, ohne gewählt zu haben. Sie hatte einsehen müssen, dass in so einem tiefen Leid kein Platz für sie war. Eine unterschwellige Traurigkeit breitete sich in ihr aus, weil er sich noch nicht einmal an sie erinnern konnte und sie für ihn, so freundlich und aufgeschlossen er auch momentan wirkte, nur als Ärztin fungierte. Dabei wünschte sie sich, es wäre anders. Diese plötzliche Erkenntnis verblüffte sie, und sie lächelte.

„Wenn ich es richtig einschätze, ist Matthias der Rettungsanker, der Jessica am Leben erhält."

„Ja, so sehe ich das auch", gab ihr Rothe recht.

„Ich möchte nicht indiskret werden, Herr Rothe, aber wenn Sie Jessica mit nach Hause nehmen wollen, sollten Sie oder Ihre Frau sich um Jessica kümmern."

„Ich habe keine Frau."

Um Zeit zu gewinnen, blätterte sie ein paar Papiere durch, vermied einen Blickkontakt und nickte. Sie hoffte, dass er nicht merken würde, wie sie errötete. Bedeutete seine Antwort, dass er auch keine Freundin hatte?

„Das ist sicherlich nicht leicht für Sie und Ihre Tochter."

Rothe massierte sich die Brust und seufzte: „Und gleichzeitig haben wir zwei Mordfälle zu klären."

„Zwei? Ich dachte …"

„Wir haben noch den Fall eines toten Mädchens."

„Ah ja, ich verstehe. Das macht die Sache nicht einfacher. Trotzdem möchte ich Ihnen davon abraten, Jessica zu verhören, wenn sie es nicht selber will." Sie musterte ihn. Was war mit ihm los?

Rothe versprach, darüber nachzudenken, und verabschiedete sich lächelnd. Schon fast entschuldigend, denn er konnte sich wirklich nicht mehr an sie erinnern. Die Zeit von damals war wie ausgeblendet, der Filmriss nachhaltig. Sie war nett, verständnisvoll, und sicherlich war sie das auch schon vor zehn Jahren gewesen. Trotzdem war sie nicht Bestandteil seiner Erinnerungen.

Bevor er sie verließ, zeigte sie auf seine Brust und sagte: „Sie haben Schmerzen. Das kann ich doch sehen."

„Danke. Das geht schon wieder in Ordnung."

„Wenn Sie meinen. Aber vielleicht sollten Sie …"

„Da ist nichts", erklärte er knapp und wies sie auch dieses Mal wieder zurück, auch wenn es ihm nicht bewusst war.

Als Rothe in ihr Zimmer trat, wälzte sich Jessi im Bett. Im nächsten Augenblick hatte er seine Schmerzen vergessen und eilte zu ihr. Schluchzend legten sich zwei kindliche Arme um seinen Nacken.

„Papa, wo warst du denn die ganze Zeit? Ich bin hier ganz alleine und warte auf dich."

„Mein Engel, ich bin ja da." Ihm wurde klar, dass alles wieder von vorne anfing. Sich zu vergewissern, dass er wirklich bei ihr war, erst das gab ihr die Sicherheit, die jedes Kind in ihrem Alter brauchte. Es hatte damals Monate gebraucht, bis sie wieder schlafen konnte. Zuerst hatte er beim Einschlafen neben ihr liegen müssen, später hatte er neben ihr gesessen, zwar in einem bequemen Sessel, aber das hatte nichts an der Tatsache geändert, dass er seinen Dienst am nächsten Morgen vollkommen zerschlagen angetreten hatte. Wochen war das so gegangen, und seine Leistungsfähigkeit als Polizist hatte in dieser Zeit gelitten. Auch in dieser Hinsicht hatte er sich auf Sven verlassen können, der ihm damals eine Menge Arbeit abgenommen hatte.

„Alina war da. Kennst du sie noch? Ich habe Durst." Jessi wies auf das Glas auf dem Nachttisch. Mit unsicherer Hand umfasste sie es, als er es ihr reichte, nahm ein paar vorsichtige Schlückchen und schmiegte sich sofort wieder in seine Arme. „Alina Stolze. Die hat mich vielleicht in der Schule genervt."

Er streichelte ihr übers Haar und war gespannt, ob sie von sich aus noch mehr erzählen würde. Sven hatte den Namen erwähnt, und er wühlte in seiner Erinnerung und versuchte, herauszufinden, ob Jessi zu Hause jemals von einer Alina gesprochen hatte. Als sie zitterte, umarmte er sie noch fester und machte beruhigende Laute.

„Ich will nicht mehr leben, wenn Matthias stirbt“, presste Jessi hervor.

Er hatte befürchtet, dass sie das irgendwann denken würde, und fühlte sich hilflos. Niemand vermochte Matthias’ Schicksal zu beeinflussen. Ihnen blieb nichts anderes übrig, als abzuwarten. Als Jessi sich beruhigt hatte, wollte sie wieder schlafen. Er wusste, dass es ein Versuch war, mit der Situation fertig zu werden. Sie ließ sich zurück ins Kissen fallen und war eingeschlafen, ehe er das Zimmer verlassen hatte.

Frank Rothe informierte Sven über Alinas Anwesenheit im Studio und machte sich dann zur Andreasstraße auf. In der Dienststelle traf er Simone und Beata an, die sich gerade über die Ergebnisse der Obduktionsberichte unterhielten. Beata, die müde wirkte, informierte ihn, dass Sven mit Hauptmeister Rita Reimann, das weibliche Pendant von Sture Bäcker, zu Stolzes Haus gefahren wäre, um mit den Nachbarn zu sprechen. Zuvor hätte er noch in einem Telefonat mit dem Krankenhaus herausgefunden, dass Katrin Stolze schon vor zwei Wochen gekündigt hatte. Rothe beschrieb mit knappen Worten den Besuch bei seiner Tochter.

Rothes Blick blieb an den Fotos hängen, die die Frauen auf dem Tisch angeordnet hatten. Drei von ihnen zog er heraus und platzierte sie nachdenklich vor sich.

„Was meinst du dazu?“, fragte Simone.

Er ließ sich etwas Zeit, bevor er antwortete: „Wir haben ein totes Mädchen in Siebenbürgen. Was wissen wir über sie? Wenig. Sie ist sehr jung, das Alter können wir nur schätzen. Osteuropäische Herkunft. Ob sie Rumänin ist, wird man erst dann sagen können, wenn sie identifiziert wird. Sie trägt ein auffälliges Kleid. Sie ist erstickt. Alkohol? Drogen? Wissen wir etwas darüber?"

„Ja, beides", erwiderte Matei knapp.

Rothe wartete ab, ob sie noch etwas hinzufügen wollte, das tat sie jedoch nicht. Er tippte auf das zweite Foto. „Die Tote im Eichsfeld, über eintausend Kilometer von Sibiu entfernt. Sie ist jung. Ein ähnlicher Gesichtsschnitt. Ein ähnliches Kleid. Sie ist erstickt und ..."

„Warte mal!", unterbrach ihn Simone. „Der Bericht von Dr. Wiese dazu ist interessant."

Sie griff nach der Mappe, nahm ein paar Seiten heraus, die sie durchblätterte, bis sie die entsprechende Stelle gefunden hatte, und fasste zusammen: „Im Bericht äußert sich die Pathologin darüber, dass ein erheblicher Natriummangel im Blut der Toten festgestellt wurde. Der Tod kann durchaus auch von einem Schlaganfall herrühren, hervorgerufen durch Drogen."

„Kannst du mir das näher erläutern?", fragte Rothe.

Comisar Matei kam Simone Nolte ungeduldig zuvor. „Ein Schlaganfall, hervorgerufen durch die Einnahme von MDMA, auch *Molly* genannt, eine Droge aus der Gruppe der Ecstasys. Molly ist tückisch. Diese Pillen lösen Euphorie aus, das tut Crystal auch, aber Aggression und Egoismus treten bei Molly deutlich zurück, man möchte die ganze Welt lieben. Man trinkt sehr viel, verdünnt damit das Blut, und es kommt zu einem plötzlichen und eklatanten Mangel an Spurenelementen. Die Wechselwirkung mit Östrogen verstärkt den Effekt noch, deswegen ist die Wahrscheinlichkeit, dass Frauen nach der Einnahme von Molly einen epileptischen Anfall bekommen oder einen Schlaganfall, höher als bei Männern, manchmal mit tödlichen Folgen."

Sie beobachtete Rothe, weil sie wissen wollte, ob er ihr noch zuhörte, und als er nickte, fuhr sie fort: „Ephedrin, ein Grippemittelwirkstoff, der zur Herstellung von Crystal missbraucht wird, löst dagegen Aggression und Selbstüberschätzung aus. Natürlich gibt es auch einen Moment des Glücksgefühls, aber dieser Moment ist kurz. Und im Gegensatz zu Molly hat man weder Durst noch Hunger."

Matei nahm das Bild des Toten aus dem Fitnessstudio, dessen Gesichtszüge auf dem Foto ausgezehrt wirkten, und legte es zwischen die Mädchenfotos.

„Er ist die Verbindung. Laut des Laborberichts hat er Crystal genommen. Injiziert oder geschnupft wirkt Crystal recht schnell, während es oral dreißig bis vierzig Minuten dauern kann, ehe sich eine Wirkung einstellt, mit individuellen Unterschieden. Der Gewöhnungseffekt spielt natürlich auch eine Rolle. Der Tote hat Einstiche in den Unterarmen und zwischen den Fingern. Damit niemand die Einstiche zu sehen bekam, hat er sie überschminkt. Nach dem kurzen Moment des Glücksgefühls kippt das Ganze sehr schnell und wird zu beängstigenden Wahnvorstellungen. Man tut Dinge, die man sonst nicht tun würde, oder sieht Dinge, die es nicht gibt. Man ist nicht mehr man selbst. Man wird zu einem Zombie."

Rothe räusperte sich, doch ehe er etwas sagen konnte, kam ihm Matei zuvor: „Ich habe da meine eigene Theorie. Die Mädchen werden mit Molly gefügig gemacht, sind bereit, jeden zu lieben. Und da Crystal ein gesteigertes Sexualempfinden hervorruft, hat der da auf dem Foto Crystal hergestellt, es selbst genommen und an Kunden verkauft. Das ist eine teuflische Kombination und geht zu Lasten der Mädchen."

Rothe ließ einen Moment verstreichen, in dem er über Beatas Bericht nachdachte, und fragte schließlich: „Und haben Sie auch für den Mord im Studio eine Erklärung?“

Matei zuckte mit den Achseln und Simone übernahm das Wort. „Die DNA-Analysen haben ergeben, dass der Tote mit beiden Mädchen Geschlechtsverkehr hatte. Über den Toten selbst haben wir bislang nichts herausbekommen, aber wir sind weiter dran.“

Sie reichte ihm die Seiten. Während er sie überflog, wurde er vom Klingeln seines Handys unterbrochen, und wie er richtig vermutet hatte, war es Neureiter, der ihm mitteilte, dass die Suche nach Zeugen ergebnislos verlaufen war. Rothe schien neben Manuel Kanter der Einzige zu sein, der den Toten mit den zwei Prostituierten in der Wilhelmstraße wahrgenommen hatte.

Nach dem knapp geführten Gespräch fasste Rothe die Fakten noch einmal gedanklich zusammen: Sie hatten einen Toten, erschossen, einen Schwerverletzten, von derselben Kugel getroffen, zwei tote Mädchen, zwei Prostituierte, zwei Mädchen, die eine traumatisiert im Krankenhaus, die andere verschwunden. Das Verbindungsglied war der Tote. Er wandte sich wieder an Matei.

„Sie scheinen recht zu haben, Beata, es existiert eine Verbindung zwischen dem Toten aus dem Fitnessstudio und den beiden Schneewittchen-Fällen. Die Frage bleibt dennoch: Hat er die Mädchen auch getötet und sich der Leichen entledigt? Wir müssen Alina Stolze finden. Wir werden mehr verstehen, wenn wir erfahren, was genau im Studio vorgefallen ist.“

Beim Verlassen des Zimmers schnappte er sich das Foto

vom Toten und war weg. Ohne zu sagen wohin und mit welchen Plänen.

„Was haben Sie vor?“, rief ihm Matei nach. Als er nicht reagierte, seufzte sie und fragte Nolte: „Ist Ihr Kollege immer so?“

„Nur, wenn er mich ärgern kann“, erwiderte Nolte mit einem schiefen Lächeln und fragte interessiert: „Woher kennen Sie sich so gut mit den Drogen aus?“

„Ich bin auf dieses Thema spezialisiert.“

Simone nickte, als ob sie verstehen würde, und doch war da noch etwas anderes, was sie irritierte: die Inbrunst, mit der die Kollegin ihre Ausführungen dargelegt hatte. Ihre ansonsten nüchterne Art war einer ungewohnten Leidenschaftlichkeit gewichen. Diese Frau, die sich so sehr unter Kontrolle hatte, dass man sie auch als kalten Fisch bezeichnen könnte, hatte auch eine verletzliche Seite. Und da begriff es Nolte endlich.

„Sie machen sich deswegen so viele Gedanken, weil sie Kinder haben, nicht wahr?“

Mateis Reaktion darauf wirkte fast schon erschrocken, als sie sagte: „In einem Fall wie diesem kann man nicht distanziert ermitteln. Vielleicht mache ich den Fehler, mich gefühlsmäßig zu sehr einzulassen.“

Das Lächeln, zu dem sie sich zu zwingen schien, misslang. „Sie kritisieren mich, weil ich Gefühle zeige?“

„Nein, natürlich nicht“, stieß Nolte überrumpelt aus. „Ich dachte nur, dass Sie Kinder hätten, weil Sie das Thema so leidenschaftlich angehen.“

Matei machte eine Handbewegung in Richtung der ausgebreiteten Fotos. „Die Mädchen da sind noch Kinder, und ich empfinde eine tiefe Schuld, weil ich unfähig war, sie vor diesem Schicksal zu bewahren."

„Aber wie hätten Sie sie das schaffen können? Wir tun doch hier alle unser Bestes. Beata, es tut mir leid, wenn ich Ihnen zu nahe getreten bin."

Zu Noltes Verblüffung machte Matei auf dem Absatz kehrt und stürzte aus dem Zimmer.

Erfurt - Donnerstagabend

Das Ende des 19. Jahrhunderts aus gelben Backsteinen erbaute Bahnhofsgebäude war nur noch das Rudiment einer einst größeren Anlage und durch die jüngsten Modernisierungsmaßnahmen mit einer gläsernen Halle über dem Schienenverkehr versehen. Mit wechselnden Exponaten im Bahnhofsfoyer begrüßte Erfurt seine Besucher. Moderne traf Historisches. Rothe fand es bedauerlich, dass Altes für Neues weichen musste, aber so waren die Zeiten, bei durchschnittlich 35.000 Fahrgästen pro Tag musste man sich den Gegebenheiten anpassen.

Vor seiner Versetzung ins Eichsfeld war hier sein letzter Einsatz gewesen: ein Feueralarm, ausgelöst durch einen Betrunkenen, der versucht hatte, eine Rentnerin auszurauben. Wenn seitdem auch ein paar Monate vergangen waren, war er sich sicher, dass er Simsi im Bahnhof antreffen würde.

Mit dreizehn war sie das erste Mal von zu Hause ausgerissen. Aus purer Langeweile, wie sie ihm damals erklärt hatte. Jetzt war sie fünfzehn, riss immer noch von zu Hause aus, wenn es ihr zu spießig wurde, und lungerte dann am Bahnhof herum. Mit vollem Namen hieß sie Sabine Schulze. Simsi war ihr Künstlername. Ihr großer Traum war, irgendwann entdeckt zu werden. Simsi war Sprayerin, und Frank Rothe hatte sie bei einer Festnahme wegen Sachbeschädigung an einer Straßenbahn kennengelernt. Simsi war nicht dumm, nur verträumt und schoss dabei manchmal über das Ziel hinaus. Das Besprayen der Bahn war nicht einer spontanen Zerstörungswut geschuldet, sondern ihr persönlicher, wenn auch krimineller Beitrag zum *Graffiti Battle Erfurt* gewesen. Dafür hatte eigentlich eine Holzwand zur Verfügung gestanden, aber die hatte Simsi naserümpfend verschmäht.

Rothe zeigte ihr das Foto des ermordeten Zuhälters. „Simsi, kennst du diesen Mann?"

Simsi studierte die Züge des Zuhälters und fragte: „Ist der tot?"

„Ja."

„Wie das denn?" Sie schaute den Kommissar aus schwarz geschminkten Pandaaugen an.

„Erschossen."

„Wow, das ist ja ein richtiger Toter – wie im Krimi. Und weswegen?"

Rothe mochte Simsi. Was auch immer die Kids anstellten, in welcher eigenen Welt sie auch lebten, sie waren neugierig. Aber nur solange sie keine Drogen nahmen. Waren sie erst einmal abhängig, dachten sie nur an eines: wie sie an den nächsten Schuss kamen. Simsi war nicht verkehrt. Sie ging auch zur Schule, nur manchmal hatte sie keine Lust auf den ganzen „Bockmist".

„Genau das will ich herausfinden. Wir wissen nur, dass er Drogen genommen hat."

„Und deswegen kommen Sie zu mir? Also wirklich, ich habe noch nie mit Drogen …"

„Ich weiß, Simsi, aber er stand auf junge Mädchen."

„Echt?" Simsi betrachtete das Gesicht auf dem Foto näher und wiegte nachdenklich den Kopf. „Der sieht ziemlich fertig aus. Ich wüsste nicht, wer mit dem in die Kiste gewollt hätte."

„Weißt du was?"

Noch immer wiegte sie den Kopf. Rothe glaubte, ihre grauen Zellen ticken zu hören. Plötzlich schlug sie sich gegen die Stirn. „Das muss der Typ sein, der sich als Filmagent ausgegeben hat."

„Als was?"

„Na, so'n Filmfritze eben. Sie wissen schon, der so tut, als ob er Mädchen sucht für so'n Casting. Ich weiß nicht genau, was der gefaselt hat, irgendetwas von Top-Film oder so'n Scheiß. Macht einen Film mit einem, stellt ihn online und dafür kassierst du die Kohle."

„Hat er dich auch gefragt?"

„Er hat uns alle gefragt, aber als ich Film gehört habe, war ich nicht interessiert. Ich brauche einen Agenten für kreative Kunst, Malerei, wissen Sie?"

Rothe schenkte ihr ein Lächeln. „Weißt du seinen Namen?"

Simsi verschränkte die Arme, und die Finger der linken Hand zwickten gedankenverloren die Nasenspitze. „Hat er mir nicht gesagt. Nur irgendetwas von Dingsda Production oder war es Dingsda Agentur? Habe nicht richtig zugehört. Hat auch irgendwo 'ne Visitenkarte gelassen."

Sie drehte sich zu einem Mädchen um, das etwa gleich alt war und mit einer Bierdose in der Hand an der Wand lehnte. „Mai, hast du noch diese Karte von diesem Filmtypen?“

Mai nickte, griff in die Brusttasche ihres karierten und ausgefransten Jungenhemds und zog eine zerknitterte Karte heraus. Wie in Zeitlupe, sodass Rothe schon anfing, ungeduldig zu werden, löste sie sich von der Wand und schlenderte auf Simsi zu, die Visitenkarte zwischen zwei Finger geklemmt.

Sie händigte sie Simsi aus und sagte: „Die will ich zurück. Ich will mich da noch melden.“

„Vergiss es, der Typ ist tot. Erschossen. Seine Filmangebote waren Scheiße.“ Simsi grinste, als sie die Visitenkarte mit der Aufschrift *Alekzander Filmproduction* an Rothe weitergab.

Er wendete die Karte. Die Rückseite war unbedruckt, zeigte jedoch ein Wasserzeichen, das wie das Piktogramm eines von der Seite betrachteten Auges aussah. Man konnte die Grafik aber auch als ein auf der Seite liegendes A interpretieren. Rothe dachte nach. Ein A, das als Tattoo, wenn man es schlecht stach, auch wie ein Dreieck aussehen könnte. Dazu gab es noch eine Handynummer. Mehr nicht.

Flink glitten seine Finger über die Tastatur seines Mobiltelefons. Dass sich unter der angegebenen Nummer niemand meldete, überraschte ihn nicht.

Rothe wedelte mit der Karte. „Wann ist der Typ hier gewesen?“

„Ach, noch nicht so lange her“, antwortete Simsi.

„Tage? Wochen?“

„Nee, erst vor ein paar Tagen.“

Da Mai die Karte nicht zurückforderte, steckte Rothe Foto und Visitenkarte in seine Jackentasche. Er hatte vorerst genug erfahren. „Simsi, weißt du was. Geh zurück zu deinen

Eltern, die warten auf dich. Und mach deine Schule zu Ende. Du kannst Kunst studieren."

Sie sah ihn an, als wäre er beschränkter, als sie ihn eingeschätzt hatte. „Sie wissen aber schon, was so ein Studium kostet?"

„Ich weiß, dass du was auf dem Kasten hast, und Talent setzt sich immer durch."

„Ach nee, der Kommissar. Kluge Sprüche haben Sie auch noch drauf."

Rothe winkte ab und wandte sich mit einem Lächeln zum Gehen.

„Die waren zu zweit", rief sie ihm nach.

Stirnrunzelnd drehte er sich zu dem Mädchen um.

„Der stand weiter weg, aber ich habe genau gesehen, wie er mit ihm gekommen ist. Später ist er auch wieder mit ihm gegangen."

„Kannst du ihn beschreiben?"

„Nicht so richtig, hat sich eher im Hintergrund gehalten. Er war nicht sonderlich groß, und seine Haare waren kurz. Hat sich die Kapuze ins Gesicht gezogen, sodass man ihn nicht erkennen konnte."

Simsi betrachtete das Profil des Polizisten, seine ernste Miene, seine abwartende Haltung. Sie überlegte, ob sie ihm von ihrem Bauchgefühl erzählen sollte. Sie entschied sich dafür.

„Der hat aufgepasst." Sie deutete auf die Überwachungskamera an der Decke. „Als er die gesehen hat, ist er beim Eingang geblieben. Ich hatte das Gefühl, dass er nicht aufgenommen werden wollte. Und weil er sich die Kapuze ins Gesicht gezogen hat. Deswegen ist er mir ja auch aufgefallen. Es war so auffällig, wie er unauffällig bleiben wollte."

Sie sollte unbedingt wieder zur Schule gehen, dachte Rothe, während Simsi vor sich hingrinste. Er bedankte sich für die Informationen, die er von ihr erhalten hatte und verabschiedete sich.

Da Sven nicht im Haus war, sprach er mit seinem Kollegen. Es sollten die von den Kameras aufgenommenen Filme sichergestellt und überprüft werden. Und Armin, der Polizeizeichner, sollte zum Bahnhof kommen, damit er mit Simsi ein Phantombild des Begleiters erstellen konnte. Es hatte wenig Sinn, Simsi mit aufs Revier zu nehmen. Sie würde sich weigern. Armin konnte gut mit Jugendlichen. Bevor er zur Polizei gekommen war, hatte er als Streetworker gearbeitet, und nun illustrierte er Kinderbücher und erstellte Phantombilder. Eine interessante Kombination. Simsi würde ihn bestimmt mögen.

Es war schon so spät, dass er sich nach einer heißen Dusche und einem bequemen Bett sehnte, sogar ein verlorenes Spiel von Rot-Weiß erschien ihm im Moment attraktiver als die Vorstellung, zum Revier zurückzukehren. Sein Magen rebellierte, und er fragte sich, wann er das letzte Mal etwas gegessen hatte. Hatte er an diesem Tag überhaupt etwas zu sich genommen? Zuerst wollte er an einer Dönerbude halten, doch ein Anruf von Sven hielt ihn davon ab, kaum dass er den Motor gestartet hatte.

„Wir haben von einer Nutte einen Tipp bekommen. Komm zu den Häusern hinter dem *Pacat*", bellte Sven durch den Hörer.

Mehr brauchte er nicht zu sagen. Rothe unterdrückte seinen Hunger und machte sich auf den Weg dorthin.

Er fuhr vom Juri-Gagarin-Ring nach rechts in die Trommsdorffstraße, dann unter den Bahngleisen hindurch nach links auf die Weimarische Straße. Auf der Höhe des *Pacat* bog er rechts ein und nahm den kaum beleuchteten Weg zu den Mehrfamilienhäusern. Der Verkehr war nicht sonderlich dicht, und so brauchte er keine fünf Minuten.

Kaum rollte er in die Wohnstraße ein, sah er eine Person fluchtartig ein Haus verlassen, gefolgt von der kräftigen Rita, die schrie, dass er sofort stehen bleiben solle. Rothe war sich nicht schlüssig, ob ein Eingreifen vonnöten war, denn der Kerl hatte auf seinen knallroten Pumps schwer zu kämpfen, um vor der wütenden Rita davonzulaufen, die zwar auch nicht gerade einem Laufmodel entsprach, aber einfach das bessere Schuhwerk trug. *Tippeln* wäre wohl das passendere Wort für das gewesen, was der Mann – und die Person war eindeutig ein Mann, auch wenn er in Frauenkleidern steckte – tat. Er rang fluchend mit einem Rock, der ihm jede Beinfreiheit verwehrte. Rita beschleunigte und verkürzte die Distanz zwischen ihnen. Rothe stieg aus, um beiden in einem lockeren Trab zu folgen. Was auch immer der Mann getan hatte, er tat ihm jetzt schon leid, wenn Rita ihn in die Fänge bekäme. Sie war ebenso humorlos wie Sture Bäcker, dazu kam, dass sie eine ausgesprochene Männerhasserin war. Es stand schlecht um den Verfolgten.

Rothe sah noch, wie er querfeldein auf das Gelände der Staudengärtnerei flüchtete. Als er Rita endlich eingeholt hatte, stand sie neben einer Tonne, die das Regenwasser sammelte. Ihr Gesicht hatte Ähnlichkeit mit dem eines Nussknackers, nur dass sich ein grimmiges Lächeln darauf breitmachte. Mit einer eindeutigen Handbewegung zeigte sie auf die Tonne.

„Für wie blöd hält der uns eigentlich?", zischte sie.

Rothe verkniff sich ein Lachen, und beide warteten ab, wann dem Verfolgten die Luft ausgehen würde.

Keine zwanzig Sekunden später war es so weit. Prustend und fluchend erschien ein nasser Kopf. Das Kopftuch war verrutscht, Wasser rann ihm aus den Haaren in die Augen, und ehe er erklären konnte, dass es sich um ein Missverständnis handelte und es überhaupt nicht so wäre wie es scheine, blökte Rita bereits los, unverkennbar in ihrem Element: „Sie sind festgenommen. Und kommen Sie da dalli wieder raus. Sie holen sich ja den Tod. Was sind Sie eigentlich für ein Depp?! Haben Sie gedacht, ich krieg' Sie nicht?"

Während sie dem Flüchtigen die Handschellen anlegte, erklärte sie Rothe: „Das ist vielleicht ein feiner Herr. Hat wohl gedacht, die Verkleidung hilft ihm. Er ist nichts weiter als ein Dieb."

„Das stimmt nicht", verteidigte sich der Mann. „Ich bin Künstler."

„Was für'n Künstler wollen Sie denn sein?", entgegnete Rita naserümpfend. „Sie sind einfach nur ein Freier, der Prostituierte bestiehlt. Und wenn ich mir ihr Gesicht so anschaue, dann schwant mir, dass Sie der Polizei nicht ganz unbekannt sind. Und jetzt rücken Sie schon die Geldbörse raus, Sie Künstler!"

Da er schwieg, trat sie ihm mit einem fein dosierten Tritt gegen den Unterschenkel, was nicht sonderlich wehgetan haben konnte, aber ihn so weit erschreckte, dass er auf eine Stelle zwischen der Hauswand und der Tonne zeigte. Dort lag seine Umhängetasche. Rita ignorierte sein Gezeter, griff an ihm vorbei, schnappte sich die Tasche, öffnete sie und stellte fest, dass er drei Portemonnaies gestohlen hatte. Sie schnaubte, und Rothe fragte nach Kollege Krämer.

„Noch bei den anderen. Die zweite Wohnung oben rechts. Ich werde den hier erst einmal in den Wagen verfrachten."

Als Rothe die Wohnung betrat, sah er Sven, den jüngeren Kollegen Jens und vier Frauen, die nebeneinander auf dem Sofa saßen und auf den Boden starrten. Jens sollte ihre Namen notieren, doch die Prostituierten hielten sich bedeckt. Niemand musste Rothe sagen, wie es in Sven brodelte, das war offensichtlich, trotzdem schwiegen die jungen Frauen eisern, und auf seine Fragen erhielt er nicht eine Antwort. Ihre Angst war größer als ihr Respekt vor der polizeilichen Autorität.

„Soll ich?", fragte Rothe.

„Meinst du, du kannst mehr erreichen als ich?", knurrte Krämer und schien so missgelaunt wie nach einer durchgemachten Nacht ohne Bier, ohne Geld und ohne Spaß.

Nachdem Sven und Jens den Raum verlassen hatten, und Rothe mit den jungen Frauen allein war, zog er die Geldbörsen hervor, die er sich von Rita hatte aushändigen lassen, und legte sie auf den Tisch.

Die Frauen sahen ihn an, und ehe er etwas erklären konnte, fragte eine in gebrochenem Deutsch: „Sie haben ihn?"

Rothe bejahte und fand, dass das schon mal ein guter Anfang für ein Gespräch war. „Meine Kollegin hat ihn eingeholt. Er hatte ein Problem mit seinen Schuhen."

Die Frau mit der Kurzhaarfrisur, die mit ihm gesprochen hatte, war anscheinend die Einzige, die ihn verstand, und übersetzte für die anderen, die ihm wie Kinder erschienen. Die drei kicherten leise, ohne ihn anzusehen.

Er wies auf die Portemonnaies. „Sehen Sie nach, ob das Geld noch da ist."

Zögernd, ihn dabei nicht aus den Augen lassend, griffen die drei Mädchen nach ihren Geldbörsen. Sie warfen einen Blick hinein, aber schienen sich nicht zu trauen, das Geld nachzuzählen. Die Frau mit den kurzen Haaren sagte etwas zu ihnen, und dann erst blätterten sie die Scheine durch. Da keine etwas sagte, nahm Rothe an, dass alles in Ordnung war.

„Danke, dass Sie das getan haben. Wenn wir nicht zahlen, werden wir geschlagen", sagte sie.

„Wie heißen Sie?"

„Nischa."

Nischa? Er hätte sie nicht wiedererkannt, wenn sie ihm ihren Namen nicht genannt hätte. Das sollte die Frau von der Wilhelmstraße sein? Sie sah aus wie ein Leichentuch. Hatten die Frauen überhaupt etwas zu essen bekommen?

„Ich bin Kommissar Rothe. Können Sie mich verstehen?"

„Ja, mein Deutsch ist sehr gut."

„Schön, Nischa, dann erzählen Sie mal!"

„Über den Mann in den roten Schuhen?", fragte Nischa.

„Nein. Über denjenigen, der Sie schlägt, wenn Sie nicht zahlen."

Schlagartig verstummte Nischa, und die drei anderen Mädchen schauten sie ängstlich an. Sie versuchten zu begreifen, was gerade passierte. Dass die Stimmung angespannt war, merkten sie, auch ohne dass sie die Sprache beherrschten.

Rothe zog das Foto des toten Zuhälters hervor. Eines der Mädchen presste die geballte Faust vor den Mund und erstickte ein Aufkeuchen.

„Ist er tot?", fragte Nischa, und ohne seine Antwort abzuwarten, fügte sie angewidert hinzu: „Er sieht auf dem Bild tot aus."

„Ja, er ist tot. Ist das der Mann, der Sie geschlagen hat?"

Sie nickte, während sie das Gespräch für ihre Landsmänninnen übersetzte. „Er hat uns geschlagen, uns vergewaltigt und uns eingesperrt. Er ist ein schlechter Mensch – er *war* ein schlechter Mensch. Gut, dass er tot ist. Und wir wollen wieder nach Hause."

„Das verstehe ich", erwiderte Rothe und rief seine Kollegen ins Zimmer. An Nischa gewandt, erklärte er: „Ich möchte Sie bitten, für Ihre Freundinnen zu übersetzen. Erzählen Sie alles meinen Kollegen."

Er hob das Foto hoch. „Ein paar Fragen hätte ich dann aber doch noch, bevor ich gehe."

Die jungen Frauen sahen ihn misstrauisch an.

„Nischa, sind Sie wegen ihm hier?"

„Ja."

„Warum? Was war so besonders an diesem Mann?"

Nischas Gesicht verfärbte sich dunkelrot, und sie räusperte sich verlegen, bevor sie antwortete: „Er war am Anfang sehr nett. Eigentlich zu nett, um wahr zu sein. Ich hätte es besser wissen müssen. Solche Männer gibt es in Wirklichkeit nicht. Er hat mich zum Essen eingeladen, mir zugehört, und wenn ich traurig war, hat er mich getröstet. Er hatte immer Zeit für mich. Er hat sogar meinen Eltern gefallen, ist mit Papa zum Fußball gegangen. Alles war in Ordnung, und ich dachte, wir gehen nach Deutschland und heiraten."

„Und in Deutschland hat er Ihnen den Pass weggenommen, und Sie wurden in dieser Wohnung gefangen gehalten." Er las in ihrem Gesicht, dass es genau so war. Als er an den Montagmorgen in der Wilhelmstraße dachte, fragte er: „Sie hätten weglaufen können."

„Wann?"

„Am Montag in Heiligenstadt."

„Wo?"

„Wissen Sie denn nicht, wo Sie am Montag gewesen sind?"

„Nein, ich weiß nicht, wo ich gewesen bin. Er ist ständig mit uns herumgefahren. Und wir haben zu viel Angst, um wegzulaufen."

Rothe dachte über das Gehörte nach und stellte schließlich seine letzte Frage: „Hat dieser Mann auch einen Namen?"

„Porc", zischte das am kindlichsten aussehende Mädchen, von dem er gedacht hatte, es würde kein Wort Deutsch verstehen.

„Schwein", flüsterte Nischa und schaute ihm dabei fest in die Augen. „Zascha. Das Schwein."

„Wir müssen Stolze unter Druck setzen. Der hat sich irgendwo verkrochen, und wir wissen nicht, wie wir an ihn rankommen", meinte Krämer Stunden später im Büro, völlig übermüdet. Sie hatten sich etwas zu essen kommen lassen, aber es lag unangetastet und erkaltet zwischen den Unterlagen. „Wir gehen von vier Menschen aus, die in diesem Studio gewesen sind. Und einer von ihnen ist seine Tochter Alina. Und anstatt mit Alina zur Polizei zu gehen, um eine Zeugenaussage zu machen …"

„Ist er untergetaucht", vollendete Rothe den Satz und gab zu Bedenken: „Alina hätte auch alleine kommen können."

„Er ist mit ihr zusammen untergetaucht."

„Möglich, aber wissen tun wir es nicht. Er könnte doch

wirklich auf dieser Geschäftsreise sein, und Alina hat sich aus Angst versteckt."

„Und warum meldet er sich nicht? Als ob ihm seine Sekretärin nicht sagen würde, was los ist", warf Krämer ein.

„Ich weiß. Das ganze Verhalten sieht fast schon nach einem Schuldeingeständnis aus, aber –"

„Was aber?", fragte Krämer, als Rothe nicht weitersprach.

„Angenommen, Alina wird von irgendjemandem festgehalten und ihr Vater weiß nichts von alledem."

„Von wem?"

Rothe fragte statt einer Antwort: „Was macht die Sekretärin für einen Eindruck auf dich?"

„Sie scheint mir ziemlich verärgert zu sein. Sehr wahrscheinlich, dass sie ein Verhältnis miteinander haben, Stolze und sie. Wäre ja nicht das erste Mal, dass die Sekretärin scharf darauf ist, die Nachfolgerin der zukünftigen Ex ihres Chefs zu werden, und er hält sie hin."

„Und du denkst, damit ginge ihr die Loyalität flöten."

„Das würde ich genauso ausdrücken, ja."

Rothe wiegte nachdenklich den Kopf. „Eine eifersüchtige Sekretärin muss nicht unbedingt illoyal sein. Sie schützt ihn, erwähnt eine Geschäftsreise, die sie nicht belegen kann, und versucht, die Polizei hinzuhalten. Wahrscheinlich weiß sie nicht mehr als das, was in der Zeitung steht."

„Und das, was er ihr erzählt hat, wenn sie miteinander telefonieren."

„Und was hat der Geschäftspartner, dieser Ulrich Barkel, angegeben?"

„Das, was wir bereits wissen: Das Haus gehört Stolze und wird von seiner Firma verwaltet. Da es momentan leer steht, gibt es nur einen Hausmeister, der ab und zu mal nach dem Rechten sieht."

Mit einem Blick auf die Uhr meinte Krämer: „Ist schon fast sechs. Unglaublich, wir haben die ganze Nacht durchgemacht."

„Ich weiß", seufzte Rothe und hatte Mühe, die Augen offen zu halten. „Lass uns trotzdem noch einmal über das Mädchen reden. Alina ist sechzehn. Ich gehe davon aus, dass sie ein ganz normaler Teenager ist und nicht zu der abgebrühten Sorte von Jugendlichen gehört, die einem eine Waffe an die Schläfe hält und abdrückt. Und dass die Familie sie versteckt, vorausgesetzt, sie tun es, bringt ihr keine Vorteile. Außer sie beraten sich mit dem Rechtsanwalt."

Krämer hakte an dieser Stelle ein. „Hat Jessi sie früher mal erwähnt oder mit nach Hause gebracht?"

„Ich kann mich nicht daran erinnern, dass Jess jemals von dieser Alina gesprochen hätte, zumindest nicht vor unserem gestrigen Gespräch. Sie waren sicherlich keine Freundinnen."

„War sie vielleicht eine Feindin?", fragte Krämer, und da sein Freund nicht gleich darauf antwortete, erläuterte er: „Du weißt schon, wie ich das meine: Ein Mädchen, das gerne andere aufhetzt."

Rothes Gedanken wanderten ein paar Monate zurück zum April, als sich Jessica seine Dienstwaffe an die Schläfe gesetzt hatte. „Jess hat gesagt, Alina habe ihr das Leben schwer gemacht. Aber an sich weiß ich nicht, was vorgefallen ist. Du weißt doch, was vor dem Umzug passiert ist. Jess war wütend, und danach war alles wie immer. Ich dachte noch, ich müsste sie zum nächsten Therapeuten schleppen, aber auf einmal tat sie so, als ob sie sich die Pistole nie an den Kopf gehalten hätte. Ich bin mir noch nicht einmal sicher, ob sie nicht vielleicht doch gewusst hat, dass sie nicht geladen war. Aber ob das wegen Alina gewesen ist? Frag mich was Leichteres."

„Hast du mal mit ihr darüber gesprochen?"

„Sie ist mir bislang immer ausgewichen."

„Pubertät."

Rothes Lächeln verunglückte. „Sieht wohl so aus, und es treibt einen in den Wahnsinn. Weißt du noch, wie der Junge vor der Haustür hing? Das war auch so eine Scheiße. Da will er seiner Mutter eins auswischen und so tun, als ob er sich erhängt hätte, weil die ihn wegen einer Fünf ausgeschimpft hat, und er knüpft das Seil zu kurz."

„Er war erst vierzehn."

„Er war erst vierzehn, und seine Mutter liegt nun in der Psychiatrie und wird sich ihr Leben lang Vorwürfe machen."

„Du machst dir Vorwürfe?"

„Immer wenn ich Zeit habe, darüber nachzudenken, was ich hätte anders machen können. Oder besser. Ich will damit nur sagen, dass man nicht begreift, was Kinder manchmal denken und was sie mit ihrem Handeln bezwecken. Ich glaube nicht, dass Jess sich wirklich erschießen wollte, aber wissen tue ich es nicht."

„Sie hat also nie von Alina geredet", kam Sven auf das eigentliche Thema zurück.

Rothe war auf einmal sehr blass, Schweiß stand ihm auf der Stirn.

„Alles in Ordnung mit dir, Kumpel?", fragte Krämer.

„Natürlich ist alles in Ordnung", antwortete Rothe kurz angebunden und versuchte, Krämers Gedankenfaden wieder aufzunehmen. „Glaubt dieser Stolze etwa, dass wir den Fall ad acta legen, nur weil uns Täter und Motiv nicht auf dem Silbertablett serviert werden?“ Rothe sackte stöhnend zusammen.

„Was ist mit dir los?“ Krämer sprang auf seinen Freund zu. „Du hast doch was!“

„Das ist nichts“, keuchte Rothe und befahl, als ob nichts wäre: „Lanciere einen Artikel, dass ein sechzehnjähriges Mädchen in die Sache verwickelt ist. Der Bericht soll gleich online gestellt werden, das geht schneller, denn bis die Zeitung gedruckt ist, würde uns ein weiterer Tag verloren gehen. Das wird Stolze aufschrecken. Er wird kommen. So wie ich diesen Menschen einschätze, will er nicht, dass sein Namen mit einer schmutzigen Sache in Verbindung gebracht wird. Dann wissen wir vielleicht mehr. Und mit etwas Glück kriegen wir auch Alinas Aussage.“

Krämer ließ Rothe nicht aus den Augen, doch der massierte nur seine Brust und wiegelte ab: „Ist schon wieder okay.“

„Mann, mach' keinen Scheiß! Nichts ist okay.“

„Lass uns weitermachen“, sagte Rothe in einem Ton, der keinen Widerspruch duldete.

„Hey!“, polterte Krämer los. „Ich bin dein Freund, vergessen?! Ich will wissen, was los ist. Wie lange hast du das schon? Das ist doch nicht in Ordnung, dass du hier einfach so zusammenbrichst.“

„Ich breche überhaupt nicht zusammen“, presste Rothe zwischen zusammengebissenen Zähnen hervor.

Krämer wollte ihm widersprechen und auf seinen Freund einreden, zum Arzt zu gehen, um sich mal richtig durchchecken zu lassen, doch Beata betrat das Zimmer, und so rückte er abrupt von ihm ab und sagte lediglich: „Falls sie nicht lügt. Wir erfahren auch etwas, wenn du Jessica befragst."

Rothe blieb eine Antwort schuldig und schwieg verbissen, während er Beata musterte. Sie wirkte ebenso übernächtigt wie Sven und er. Wo hatte sie die Nacht über gesteckt? Bei Sven in der Wohnung? Sie sah nicht aus, als ob sie sonderlich viel geschlafen hätte. Hatte sie auf ihn gewartet und war nun verärgert, weil er nicht gekommen war?

Mit der Frage, wo Simone Nolte sei, wechselte Rothe das Thema, und Matei antwortete: „Sie telefoniert."

Eine junge Frau betrat mit erhitztem Gesicht den Raum. Sie hielt einen Umschlag hoch und fragte nach einem Kommissar Krämer.

„Was ist denn?", knurrte Sven, und als sie ihm den Brief ausgehändigt hatte, fuhr er sie rüde an: „Wann ist der Brief gekommen?"

„Eben gerade."

„Das ist nicht die übliche Zeit, in der wir die Post ausgeliefert bekommen. Wer bist du eigentlich? Ich habe dich hier noch nie gesehen."

„Ich heiße Mara, ist mein erster Tag heute."

„Tja, dann willkommen im Team", sagte Krämer, und das Mädchen wandte sich ab, um den Raum zu verlassen.

„Warte mal! Nicht so eilig, Mara. Wo kommt der Brief her?", wollte Rothe wissen, und sie erklärte, dass ihr jemand den Umschlag gegeben habe.

Sven Krämer war gerade dabei, den Umschlag zu öffnen, als Rothe ihn unterbrach: „Wenn es auch keine großen Hoffnungen gibt, noch verwertbare Fingerabdrücke auf dem Umschlag zu finden, realistisch betrachtet, würde ich ihn an deiner Stelle trotzdem ins Labor geben, um ihn dort überprüfen zu lassen."

„Mist! Ich kann nicht mehr richtig denken", zischte Krämer und griff zum Hörer.

Rothe wandte sich wieder Mara zu: „Wie sah derjenige aus, der dir diesen Brief gegeben hat? War es ein Mann? Eine Frau? Jung? Alt?"

Er war freundlich geblieben, um das Mädchen nicht noch mehr zu verunsichern. Trotzdem wirkte Mara wie ein verschrecktes Kaninchen. „Ich weiß es nicht."

Krämer grunzte, und Rothe warnte ihn: „Sag jetzt einfach nichts."

„Mara, du hast dich vollkommen richtig verhalten, indem du uns den Umschlag gebracht hast. Nur ist es jetzt wichtig herauszufinden, wer ihn dir gegeben hat."

„Aber Sie wissen doch noch gar nicht, was da drin ist", verteidigte sich Mara.

„Eine CD", sagte Krämer und wedelte mit dem Brief.

Eine Laborassistentin kam hereingestürzt und war mit dem Kuvert in der Hand genau so schnell wieder aus dem Raum.

„Pronto. Dreißig Minuten, nicht länger", blaffte Krämer ihr hinterher.

„Ich habe nicht auf ihn geachtet, weil ich mich gerade nach vorne gebeugt habe, um mein Rad abzuschließen. Ich war sowieso schon spät dran und wollte mich nicht noch weiter verspäten", erklärte Mara.

„Also kannst du uns nicht sagen, ob es ein Mann oder eine Frau war?", wollte Rothe wissen.

„Nach der Kleidung zu urteilen, war es ein Student. Er

trug Jeans und Turnschuhe, die ziemlich abgenutzt aussahen. Ich habe nicht in sein Gesicht geguckt. Als ich dann aufsah, habe ich ihn nur von hinten gesehen. Ich habe noch gerufen, was ich denn mit dem Brief soll, aber er hat nicht darauf reagiert."

Sie wirkte zerknirscht und wartete. Da niemand etwas sagte, fragte sie: „Kann ich jetzt gehen? Ich komme sonst zu spät zur Gruppe."

„Machst du ein Praktikum?", fragte Rothe.

Sie murmelte ein „Ja."

„Wenn du Ärger bekommst, sagst du, dass du zusammen mit Kommissar Krämer an einem wichtigen Fall arbeitest, okay?"

„Okay", antwortete sie tonlos und warf einen letzten Blick auf Krämer, der ihr wie ein übellauniger Bär vorkam. Sie war froh, als sie dem Raum endlich entfliehen durfte.

Krämer schnaubte: „Was war das denn? Erste Hilfe in Praktikantenpsychologie?"

„Jetzt werd' mal nicht ungerecht. Wir haben alle so angefangen. Und wir wissen nicht, ob wirklich etwas Wichtiges im Umschlag ist, oder?"

Beata Matei hatte die Zeit über schweigend daneben gestanden und sich nicht in das Gespräch der Männer eingemischt. Sven war schlecht gelaunt, da würde sie nicht den Fehler begehen, ihn noch zusätzlich zu reizen.

Eine Stunde und ein paar Tassen starken Kaffees später waren sie schlauer. Der Inhalt des Kuverts war wichtig, und sogar Rothe musste zugeben, dass sich die Kleine den Boten ruhig hätte anschauen sollen. Es kam nicht alle Tage vor, dass man einen Umschlag mit brisantem Material zugesteckt bekam. Für die Videokameras vor dem Eingangsgebäude war der Mann zu weit entfernt gewesen, als dass man ihn hätte identifizieren können. Nach seinem Gang zu urteilen, war er jung. Und mit viel Fantasie konnte der Mann Simsis Beschreibung entsprechen. Er zählte jedenfalls nicht zur bulligen Sorte Mann.

In dem Umschlag befand sich eine CD, wie Krämer richtig vermutet hatte, und auf dieser CD war eine Videodatei. Es befanden sich nur verwischte, unbrauchbare Fingerabdrücke auf dem Umschlag, die meisten wohl von Krämer und Mara. Auf der CD fanden sich auch keine verwertbaren Spuren, nur ein Zehn-Sekunden-Filmchen. Jemand trug eine Frau zu einem Auto. Was mit ihr war, ob sie tot war oder schlief, ging daraus nicht hervor. Die Personen waren nicht zu erkennen, ebenso wenig wie Automarke oder Nummernschild. Sie spielten den Film mehrfach ab, bis Rothe meinte, etwas herauszuhören.

„Scheint nicht weit von einer stark befahrenen Straße zu liegen."

„Hört sich nach einer Bahn an", sinnierte Krämer.

Rothe schätzte: „Krämpfervorstadt."

„Könnte sein, aber wie kommst du darauf?", wollte sein Freund wissen.

Rothe zeigte auf ein Gebäude mit einem schlecht zu erkennenden Graffiti im Hintergrund der Szene. „Vergrößere das mal."

Krämer zoomte die Stelle heran, wobei das Graffiti mit jeder Vergrößerung undeutlicher wurde.

Rothe tippte auf den Bildschirm. „Hier. Die Handschrift von Simsi. Oder sie hat einen Nachahmer gefunden. Ich habe sie dort mal erwischt, wie sie eine frisch verputzte Fassade besprüht hat. Am nächsten Tag musste sie das ganze Zeug wieder abbürsten."

„Da hat sie aber Glück gehabt, dass sie dich getroffen hat. Ich wäre nicht so gnädig gewesen. Nach der Sache mit der Straßenbahn hätte es bei mir Ärger gegeben", knurrte Krämer.

„Die Fassade war noch nicht gestrichen, so schlimm war es nicht. Simsi hat es sich gemerkt. Sie macht so etwas nicht mehr. Vielleicht wird sie irgendwann studieren." Und weil Beata Matei ihn fragend anschaute, erklärte Rothe ihr kurz, wer Simsi war, und beschrieb die Gegend am Güterbahnhof. Auch dass einige Häuser dort leer ständen.

Auf dem Erfurter Stadtplan grenzten sie das Gebiet ein, in dem die Szene möglicherweise aufgenommen worden sein konnte, und Krämer forderte Matei auf, ihn dorthin zu begleiten. Sie folgte ihm mit gemischten Gefühlen.

Simone Nolte, die in der Zwischenzeit zu ihnen gestoßen war, und Rothe blieben allein zurück. Krämer hatte ihnen, ob beabsichtigt oder nicht, die Möglichkeit verschafft, miteinander zu reden. Rothe fand, dass Simone erschöpft wirkte. Die Sorgen um ihre Mutter, die an Multipler Sklerose litt, waren ihr anzusehen. Er zog seinen Autoschlüssel aus der Hosentasche und hielt ihn ihr hin.

„Du musst dich um deine Mutter kümmern und brauchst deinen Schlaf. Nimm meinen Wagen und fahr zurück. Bleib doch einfach zu Hause."

„Das wäre zu schön, um wahr zu sein. Aber du weißt doch, wenn ich nicht hier bin, muss ich meinen Dienst in Heiligenstadt versehen. Urlaub hatte ich bereits, weitere freie Tage stehen mir nicht zu, so gern ich auch welche nehmen würde."

„Meld dich krank", schlug er spontan vor.

„Das werde ich natürlich nicht tun. Ich sehe zu, dass eine Freundin nach ihr sieht. Wir telefonieren." Sie nahm seinen Autoschlüssel. „Und wie kommst du nach Hause?"

„Mit dem Zug."

Bevor sie die Tür erreichte, hatte Frank ihr von hinten seine Arme um die Taille geschlungen und sie an sich gezogen. Nun rieb er sanft seine Wange an ihrer. Sie löste sich von ihm und drehte sich um. Seine Augen waren wie zwei klare Bergseen. Simone hatte das Gefühl, darin zu versinken. Sie hätte sich zu gerne an ihn gelehnt, sich fallen gelassen, weder an ihre Mutter gedacht noch an die Komplikationen, die eine Beziehung am Arbeitsplatz mit sich brachte. Sie wusste, er würde sie auffangen, sie halten, sie nie mehr loslassen. Nur wollte sie das auch? War die Nacht, die sie mit ihm verbracht hatte, wirklich der Beginn einer Liebe? Oder nur ein Intermezzo – angetrieben von Unsicherheit und mangelndem Selbstwertgefühl? Hatte sie Bestätigung gesucht? Oder Ablenkung? Oder nur einen Freund, an dessen Schulter sie sich mal ausweinen konnte?

„Frank", hauchte sie. Ihr war nur zu deutlich bewusst, dass sie allein waren.

„Simone", sagte er. Ein Anflug von Unsicherheit überzog sein Lächeln.

„Das wird jetzt doch ein bisschen kitschig, oder?", versuchte sie die Situation mit einem Scherz aufzulösen.

„Nicht, was *meine* Gefühle betrifft."

Sein Gesicht näherte sich ihrem, und der Kuss war nur noch eine Frage ihres Willens, als plötzlich die Tür aufgerissen wurde und jemand nach Kollege Krämer fragte.

Der Zauber war gebrochen, und Simone eilte aus dem Zimmer. Rothe verbarg seine Enttäuschung. Er schob die Gedanken an sie rasch beiseite, lieh sich den Wagen eines Kollegen aus und machte sich auf den Weg in die Krämpfervorstadt. Er wollte wissen, ob er recht gehabt hatte.

Erfurt - Freitagmorgen

Als Rothe in die Straße einbog, war es, als ob sich, seit er Simsi erwischt hatte, nichts verändert hätte. Sogar ihr Graffiti prangte wieder an derselben Stelle des Hauses, an der kein Graffiti hätte sein dürfen. Entweder hatte Simsi nichts kapiert, oder es gab tatsächlich jemanden, der ihre Arbeiten nachahmte, was ihrer jugendlichen Eitelkeit geschmeichelt hätte, jedoch sicher nicht dem Hauseigentümer.
Rothe sah Beata Matei auf einen alten Golf mit lauter Aufklebern zulaufen. Sie beugte sich zum offenen Fenster und redete mit dem Fahrer. Schließlich fuhr der Wagen wieder an und verschwand hinter der nächsten Ecke. Krämer schritt derweil den schmalen Bürgersteig ab, einzelne Blätter mit den Screenshots vom Film in den Händen. Er verglich die Aufnahmen mit den Häusern, auf der Suche nach dem Haus, aus dem die Person mit dem schlafenden Mädchen gekommen war. Schließlich blieb er vor einem Mietshaus stehen und winkte Rothe herbei.

Rothe stieß rückwärts in eine Lücke und stieg aus. Matei, die nun auch dazukam, lächelte schwach. Sie hatte dunkle Ringe unter den Augen, und im kalten Sonnenlicht sah man ihr auf einmal ihr Alter an.

„Warum ruhen Sie sich nicht für eine Weile aus?", fragte Rothe sie freundlich, doch Beata wehrte sofort ab: „Das ist nett, dass Sie sich sorgen, aber mir geht es gut."

„War was mit dem Fahrer?", wollte Rothe wissen.

„Der hatte sich verfahren. Aber ich konnte ihm nicht weiterhelfen, weil ich mich hier nicht so gut auskenne", antwortete sie und folgte, ohne weiter auf Rothe zu achten, Krämer, der gerade in eines der Häuser verschwand.

Die meisten Wohnungen in diesem Haus schienen leer, und die wenigen Bewohner, die sie antrafen, hatten weder etwas gehört noch gesehen. Man kannte sich untereinander nicht. Die Mieter wechselten häufig oder blieben ganz aus. Diese und ähnliche Antworten bekamen sie auch in vier weiteren Häusern zu hören, bis Krämer die Befragung beendete. In der Zwischenzeit war es fast Mittag geworden. Sie gingen zurück zu ihren Fahrzeugen. Sven kramte in der Hosentasche nach seinem Autoschlüssel. Matei nahm einen Anruf entgegen. Sie stand hinter Krämer, sodass Rothe sie nicht sah. Krämer fiel der Schlüssel aus der Hand. Er bückte sich, und Frank Rothe bekam mit, wie Matei sich mit einem undefinierbaren Ausdruck im Gesicht die Hand vor den Mund schlug. Als sie bemerkte, dass sie beobachtet wurde, wandte sie sich ab und beendete das Telefonat.

In Gedanken bei Comisar Matei fuhr Rothe zum Krankenhaus. Sie redete nicht viel und er wurde nicht schlau aus dieser Person. Es kam ihm vor, als ob sie die ganze Zeit, während sie ermittelten, in Lauerstellung verharrte. Als ob sie auf etwas wartete. Aber auf was?

Rothe brauchte wie Simone endlich mal wieder eine Nacht,

in der er durchschlafen konnte. Statt nach Hause zu fahren oder im Hotel einzuchecken, um sich für ein paar Stunden hinzulegen, zog er es jedoch vor, Jessi zu besuchen.

Sie wartete bereits auf ihn und platzte beinahe vor Ungeduld. Es gab so viel zu erzählen, und nun war er endlich da. Es brannte ihr auf der Seele und musste einfach raus. Alles. Alles, was im Studio passiert war.

Als sie zu berichten begann, bebte ihre Stimme, unterbrochen von Schluchzen und Weinen. Abwechselnd klammerte sie sich an ihn oder schlug die Hände vors Gesicht. Dabei war sie nicht sehr leise, und die diensthabende Ärztin, alarmiert von der Stationsschwester, erschien im Zimmer, um nach dem Rechten zu sehen. Kurzerhand versuchte sie, Rothe hinauszukomplimentieren.

Rothes Nerven flatterten. Er bezähmte sich und unterdrückte das Bedürfnis, sie aus dem Zimmer zu jagen. Mit dem letzten Quäntchen an Geduld bedeutete er ihr, ihm in den Flur zu folgen. Wegen der Übermüdung überaus empfindlich, reagierte er dann doch unbeherrscht. Seine Stimme klang gepresst. Man müsse seiner Tochter auch mal erlauben, ihren Gefühlen freien Lauf zu lassen, und dass sei jetzt genau der Moment, wo sie es tue.

„Ich bin ihr Vater, und Sie wollen mir doch nicht vorschreiben, wie ich mich meiner Tochter gegenüber zu verhalten habe? Wenn Sie das nicht verstehen, dann vielleicht Ihr Chefarzt“, fuhr Rothe sie unfreundlich an.

Die Ärztin enthielt sich eines Kommentars und ließ ihn stehen. Sie gab sich noch nicht einmal die Mühe, ihn zu beruhigen. Es gab Patienten, die sie brauchten, sollte dieses Rumpelstilzchen sich doch bei den Schwestern austoben.

Im Nachhinein war Rothe die Szene, die er der Ärztin gemacht hatte, peinlich. Er ignorierte das Ziehen in seinem Arm und kehrte zurück zu Jessi, die ihn mit großen, erschrockenen Augen erwartete.

„Es tut mir leid, dass du dich meinetwegen mit der Ärztin gestritten hast. Die Tür stand offen, ich habe alles gehört."

Rothe zog eine Grimasse und entschuldigte sich: „Ich bin nicht gerade in Topform, weißt du."

„Ich auch nicht, Papa."

Als ihr Lächeln ihr völlig missglückte, fiel ihm auf, wie zerbrechlich sie wirkte. Hatte er den Fehler begangen zu glauben, sie müsste das alles ebenso diszipliniert durchstehen wie er? Er nahm sie in den Arm und wiegte sie. Und erwartete nichts. Er würde sie nicht als Zeugin befragen. Er würde sie überhaupt nicht befragen. Für einen kurzen Moment war er versucht gewesen, den Polizisten herauszukehren und sie zu vernehmen. Aber nur für einen kurzen Moment. Jetzt war er wieder Vater, und solcher musste er seine Tochter beschützen.

„Alles wird gut, mein Schatz. In ein paar Wochen ist es vorbei, und du wirst es vergessen haben. Du brauchst mir nichts zu erzählen, wenn du nicht willst. Ich weiß, wie schwer es manchmal fällt, die richtigen Worte zu finden."

„Ich will aber reden", trotzte sie ihm, und ehe er sie bremsen konnte, war sie schon dabei, ihm ihr Herz auszuschütten. „ Als Alina das Fitnessstudio betreten hat, habe ich einen Schrecken bekommen. Auf einmal dachte ich, sie würde versuchen, mir Matthias wegzunehmen. Sie hat das schon mal gemacht. Im letzten Jahr in der Schule. Als Alina gemerkt hat, dass ich –"

Sie verstummte. Ihre Gedanken gingen zurück zu dem

Jahr, das sie als das schrecklichste in ihrem Leben empfand, abgesehen von dem Jahr, als sie ihre Mutter verloren hatte. Sie rang nach den richtigen Worten.

„Letztes Jahr war ich in einen Jungen verliebt, Niklas, ein richtig süßer Typ. Ich war natürlich lange nicht so verliebt in ihn wie in Matthias. Ich weiß jetzt auch, dass es keine richtige Liebe war, aber als Alina gemerkt hat, dass ich ihn mag, hat sie ihn mir ausgespannt. Sie hat kurze Röcke getragen, damit er ihre gesunden Beine sehen konnte. Sie hat ihn am Arm berührt, immer genau dann, wenn ich in der Nähe war, damit ich es auch ja mitkriegen würde. Und das alles nur, um mir zu zeigen, dass ich keine Chance habe."

„Und wie hat sich Niklas verhalten?"

„Der fand das natürlich toll."

„Hast du nicht mit ihm geredet?"

„Über was? Dass ich ihn mag?"

„Ich dachte, die Mädchen von heute nehmen sich, was sie wollen."

Jessi kicherte: „Ach Papa, du hast irgendwie keine Ahnung. Ich kann dir eines sagen, und ich glaube, das wird sich niemals ändern: Wir wollen den Prinzen. Und der muss uns erobern. Echt, Papa, du bist süß. Als Alina mit diesem Zascha ins Studio kam, hat sie mit ihm angegeben. Aber so richtig, sie hat ihn nicht aus den Fängen gelassen. Ich wollte weg, aber wir konnten nicht. Er hatte die Tür abgeschlossen."

Rothe wurde einsilbig. Er lächelte. Er versuchte, zuzuhören und nichts zu verpassen. Er versuchte, ein guter Vater zu sein. Doch die Müdigkeit zwang ihn in die Knie, und er bekam nur noch mit halbem Ohr mit, dass außerdem ein gelangweilter Trainer und eine putzende Tresenkraft im Fitnessclub gewesen waren, dass Alinas ängstliche Freundin sich hinter einer Grünpflanze versteckt und Zaschas Freund Carel nichts weiter gemacht hatte, als dagestanden. Und schon glitt er ins Reich der Träume. Als er wieder aufwachte, fühlte er sich wie verkatert und nicht im Mindesten erholt. Er befürchtete, sein Kreuz würde durchbrechen, wenn er sich jetzt bewegte. Ein Hexenschuss würde ihm gerade noch fehlen. Er rieb sich energisch das Kinn, um wach zu werden.

Jessi las, und eine Schwester trat ein.

„Ist was mit Matthias?“, fragte seine Tochter.

„Nein, aber wir haben ein Problem auf der Intensivstation. Könnten Sie bitte mitkommen, Kommissar Rothe?“

Jessi schlug die Bettdecke zurück und machte Anstalten, sich in den Rollstuhl zu hieven.

„Was ist passiert?“, fragte Rothe.

„Ich glaube, Frau Schenk hat nach Ihnen gefragt.“

„Warum das denn?“, wollte Jessi wissen und erhielt auch darauf keine Antwort.

Vor der Tür zur Intensivstation kam ihnen Matthias' Mutter sichtlich erregt entgegen.

„Sie haben gesagt, dass er vielleicht stirbt. Ich kann meinen Mann nicht erreichen. Nicht auch noch Matthias.“

Jessi war bleich geworden. Sie hatte es sich nicht nehmen lassen mitzukommen, auch wenn sie sich von ihrem Vater hatte helfen lassen müssen, um schnell aus dem Bett in den Rollstuhl zu gelangen. Ohne die anderen zu beachten, rollte sie nun auf die Tür zu, betätigte mit der rechten Hand den elektrischen Türöffner und verschwand auf der Station, während Frau Schenk vor Aufregung fast schrie.

„Ich habe mitgekriegt, wie die Schwester am Telefon gesagt hat, dass sie jede Hoffnung verloren haben. Dass sie ihn nicht weiter versorgen wollen. Keine Chance auf Überleben. Er wird nicht mehr aufwachen. Sie werden die Maschinen abstellen, ihn sterben lassen."

Plötzlich reichten ihre Kräfte nicht mehr aus, sich zusammenzunehmen. Sie wankte. Rothe fing sie auf und führte sie zu einem Stuhl.

„Ich habe ein Recht darauf, die Wahrheit zu erfahren. Ich bin seine Mutter. Ich will Auskunft. Sie müssen mir helfen, Kommissar Rothe. Wenn die schon nicht auf mich hören, werden die es bei Ihnen tun. Sie sind von der Polizei. Da werden sie sich nicht weigern, auf die Fragen zu antworten."

Ein Arzt eilte herbei und ließ sich von der Schwester erklären, was die Aufregung solle.

Aufgelöst fuhr Frau Schenk den Mann an. „Das hier ist Kommissar Rothe von der Kriminalpolizei. Seine Tochter ist mit meinem Sohn befreundet. Und ich will jetzt wissen, was los ist, und nicht länger hingehalten werden. Werden die Maschinen abgestellt? Ich bin seine Mutter und erwarte Auskunft. Niemand sagt einem was. Ich will wissen, was los ist."

Der Arzt bat Frau Schenk für ein Gespräch in sein Büro, und Jessica erfuhr von einer Schwesternschülerin, die nur wenig älter als sie war, dass niemand die Maschinen abstellen wolle.

„Ich dachte schon, ich hätte ihn verloren", wisperte Jessica wenig später, als Rothe sie zurück ins Zimmer brachte. „Aber er lebt, Papa. Das ist das Einzige, was zählt. Er lebt."

Er nahm sie noch einmal in die Arme und gab ihr einen Gute-Nacht-Kuss. Ihm fehlte im Augenblick die Kraft, tröstende Worte für seine Tochter zu finden oder für Matthias' Mutter. Er fühlte sich ausgelaugt, und ihm war, als bräuchte er Jahre, um sich jemals wieder zu erholen.

Draußen vor dem Krankenhauskomplex verschaffte er sich erst einmal frische Luft. Auf seinem Handy zählte er zehn Nachrichten, alle von Neureiter. Er wusste, er musste sich melden und drückte sich gleichzeitig davor zurückzurufen. Die Befürchtung, nicht die Kraft zu haben, sich Neureiters Ansturm zu stellen, überkam ihm wie bleierne Müdigkeit. Das plötzliche vibrieren in der Hand enthob ihn einer Entscheidung. Sven war am Apparat.

„Dein Trick hat funktioniert. Wir haben ihn vor seinem Haus abgefangen."

„Und wo ist die Tochter?"

„Er sagt, er wüsste es nicht", antwortete Sven. „Vertrau meiner Intuition! Der Kerl lügt."

Rothes folgender Anruf galt dann doch Neureiter. Er kam ja nicht umhin, Kontakt zu seinen Leuten in Heiligenstadt zu halten. Schöner wäre es, er könnte sich die unangenehmen Fälle wie Schuhe abstreifen. Wenn er ehrlich zu sich war, belastete ihn weniger der Fall, der schon kompliziert genug war, sondern es waren mehr die menschlichen Verstrickungen, die ihm zu schaffen machten. Gefühle. Jess' Gefühle. Seine und Simones. Und wiederholt fragte er sich, ob er sich getäuscht hatte und ihre Liebe für ihn allein seinem Wunsch entsprang. Vielleicht war es doch nur Mitleid, das sie für ihn empfand. Mitleid für einen Kollegen, oder schlimmer noch, eine krude Art von Verpflichtung, da er ihr bei seinem ersten Fall im Eichsfeld freundschaftlich zur Seite gestanden hatte.

Das Telefonat mit Neureiter ergab genau das, was Rothe bereits wusste: Neureiter war nervös, Bäcker unausstehlich und Rauer, der stellvertretende Vorgesetzte, ungehalten – was bei dessen Phlegma schon etwas heißen wollte.

Rothe musste sich zusammenreißen und das Gespräch mit Letzterem suchen. Das war etwas, das er schon eine ganze Weile vor sich hergeschoben hatte. Aus gutem Grund.

Als er den Vorgesetzten anrief und ihm Bericht erstattete, trat das ein, was er befürchtete: Rauer pfiff ihn zurück.

Rothe versuchte, seine Rückkehr nach Heiligenstadt hinauszuzögern, indem er die Dringlichkeit seiner Anwesenheit in Erfurt hervorhob. Und als Rothe all die Vorteile der Zusammenarbeit aufzählte, ging Rauer tatsächlich darauf ein. Er gab ihm grünes Licht.

Erfurt - später Freitagnachmittag

Das Verhörzimmer in Erfurt unterschied sich nicht von Räumen gleicher Funktion in anderen Polizeidienststellen: zweckdienlich ausgestattet, ein Tisch, mehrere Stühle – alles in allem ein deprimierender Raum. Kevin Stolze wirkte erschöpft. Da er sich nicht von selbst gemeldet hatte, zeigte Krämer wenig Verständnis für ihn. Zugegen war sein Rechtsbeistand, ein untergewichtiger Mann um die dreißig, der sich höflich vorgestellt hatte, sich ansonsten jedoch auffallend zurückhielt.

„Herr Stolze, Sie sind nicht nur hier, weil Sie Eigentümer des Hauses sind, in dem jemand erschossen wurde, sondern weil Ihre Tochter dabei war. Wo ist sie jetzt?“, fragte Krämer.

Stolze starrte auf seine Hände, die er vor sich gefaltet hatte. Sie lagen regungslos auf dem Tisch und sollten den Eindruck vermitteln, dass er die Ruhe selbst war.

Niemand machte sich eine Vorstellung davon, wie viel es ihm ausmachte, der Polizei ausgeliefert zu sein. Seit Jahrzehnten bemühte er sich, seinen Ruf als zuverlässiger Geschäftsmann zu festigen, und nun machte seine Tochter alles zunichte. Er hatte noch nicht einmal geahnt, mit welchen dubiosen Figuren sie sich abgab. Er kannte nur die Geschichte, die Alina ihm erzählt hatte. Ob sich das alles wirklich so abgespielt hatte, wagte er zu bezweifeln. Die *diskrete* Handhabung des delikaten Falls, unauffällig eine Leiche zu beseitigen, hatte Boloniut nie vorgehabt. Stolze war allmählich klar geworden, dass die Leiche der Bestandteil eines perfiden Plans war und dass seine Tochter eine nicht unerhebliche Rolle dabei spielte. Sie war ihm in den Rücken gefallen. Genauso wie seine Frau. Von Katrin hatte er nichts anderes erwartet, aber dass auch Alina … Das kränkte ihn maßlos.

„Herr Stolze?“, wiederholte Krämer. „Wo ist Ihre Tochter?“

Stolzes Hände machten eine herablassende Geste, als ob sein Erscheinen eine Freundlichkeit wäre, geradezu ein Entgegenkommen, und nicht seine Bürgerpflicht. Rechtsanwalt Müller versuchte, Autorität und Durchsetzungskraft auszustrahlen, was ihm misslang, denn es fehlte ihm die Energie, um sich gegen die bullige Präsenz dieses Ermittlers durchzusetzen.

„Sie sehen doch, dass mein Klient erschöpft ist, und da keine Fluchtgefahr besteht, können Sie ihn auch später verhören“, wandte Müller ein.

Es lag nicht an der Argumentation des Anwalts, dass es anfing, bestialisch in Krämer zu qualmen, sondern an der arroganten Haltung des Zeugen. Eine Wut stieg in ihm auf, die durchaus zu einer heftigen Entladung führen konnte, wenn er nicht bald eine einleuchtende Erklärung bekäme. Wer in diesem Raum war nicht müde? Der Fall zerrte an den Nerven. Und seine Geduld war so groß wie Stolzes Schwanz im Eisbad.

„Aber es besteht Verdunklungsgefahr", donnerte Krämer.

„Wie ich Ihnen schon am Anfang versucht habe zu erklären, war Herr Stolze auf einer Geschäftsreise und wusste von den Vorgängen in seinem Haus nichts", blieb Müller stur.

Ein fruchtloser Versuch, sich durchzusetzen, der schiefgehen musste, denn Müller wusste nur das, was sein Klient ihm erzählt hatte. Er schien zu ahnen, dass die Polizei recht hatte mit dem Verdacht, dass sein Klient log. Eine ziemlich dünne Basis, um überhaupt irgendetwas zu erreichen.

Rothe beobachtete fasziniert Müllers Mienenspiel und das seines Freunds. Svens Augen hatten den Ausdruck eines listigen Fuchses angenommen, ein Eindruck, der durch seine rotblonden Haare noch verstärkt wurde.

„Ach ja, und das soll ich jetzt glauben."

Demonstrativ schaute Krämer auf seine Armbanduhr, um damit anzudeuten, wie viel Zeit seit dem Erscheinen des ersten Artikels beziehungsweise seit der Tat vergangen war. Stolze saß allein deswegen hier, weil sie ihn vor seinem Haus abgefangen hatten. Und weil er Angst um seinen Ruf hatte. Pure Angst, seinen Namen in der Zeitung in Verbindung mit einem *Mord* zu lesen. Und diesen Umstand galt es nun, sich zunutze zu machen.

„Der Taxifahrer, der Sie nach Hause gebracht hat, hat uns mitgeteilt, dass er Sie von der *Pacat* Bar abgeholt hat."

Wieder winkte Stolze ab und sagte: „Und wenn schon."

„Und wenn schon *was*, Herr Stolze?", presste Krämer hervor.

„Ich habe mit der Sache nichts zu tun."

„Wunderbar!", stieß Krämer aus. „Dann sagen Sie mir doch einfach mal, mit welcher Sache Sie nichts zu tun haben. Klären Sie uns auf, Herr Stolze. Deswegen sind wir hier."

Stolze zog es vor zu schweigen.

Krämer schnalzte mit der Zunge und wiederholte: „Sie waren auf Geschäftsreise, fangen wir doch damit an. Wo genau?"

Stolze zögerte, bevor er den Namen der Stadt nannte, fühlte sich mit seiner Antwort sichtlich unwohl, und ahnte, dass er sich mit dieser Lüge nur noch mehr in die Sache hineinritt. Alina hatte wirklich ein Spatzenhirn. Und er anscheinend nicht minder. Wo war sein genialer Kopf? Er war doch sonst nicht so kurz bei Verstand. Er fluchte innerlich.

„Reisezeiten? Verkehrsmittel? Gesprächspartner?"

Stolze gab Daten und Namen durch, die Rothe notierte und Krämer anzweifelte. Mit einem Seitenblick überprüfte Krämer das Aufnahmegerät. Es zeigte sich geduldig und zeichnete jede Lüge auf. Hinter den Scheiben saßen zwei seiner Kollegen, die das Verhör auf Video aufnahmen. Er wusste jetzt schon, dass er das Filmmaterial nicht noch einmal sichten musste, um sich sicher zu sein, dass Stolze nicht die Wahrheit sagte. Er konnte durchaus in Jena gewesen sein, aber nicht an dem Tag, um den es ging.

„Wir werden die Daten überprüfen", kommentierte Krämer die Informationen und fragte nach dem Besitzer der *Pacat* Bar, einem Mann namens Zachary Boloniut. Da Stolze schwieg, konstatierte Krämer: „Wenn es also nicht Boloniut ist, dann sind die Nutten der Grund dafür, weswegen Sie dort gewesen sind."

Stolze erblasste.

„Sind Sie dort Dauergast?"

„Wie meinen Sie das?", krächzte Stolze.

„Nun, die Frage ist doch einfach zu verstehen. Sind Sie ein regelmäßiger Gast des *Pacat*?"

Stolze reagierte zunächst nicht. Erst nach einer Weile sagte er unwillig: „Ich interessiere mich nicht für so … so eine Art von Gewerbe." Die letzten Worte hatte er angewidert ausgespien und wirkte dabei höchst unglücklich.

„Und woher kennen Sie das *Pacat*?"

„Ich kenne das *Pacat* nicht", wiederholte Stolze

„Wie bitte?"

„Jedenfalls nicht so, wie Sie versuchen, es mir zu unterstellen. Ich war erst einmal Mal dort, nämlich jetzt. Für unsere letzte Betriebsfeier hatten wir ein paar Prostituierte eingeladen."

„Zur Betriebsfeier", wiederholte Krämer.

„Ja."

„Der Betriebsfeier von *Barkel & Stolze*."

„Ja."

„Machen Sie das öfter, dass Sie sich Nutten für eine Betriebsfeier einladen?", fragte Krämer.

„Es schien für Uli Barkel mal eine gute Abwechslung vom Bisherigen."

„Und dieses Mal? Ging es Ihnen um den Besuch bei einer

Prostituierten, oder war es Boloniut, den Sie sehen wollten? Oder waren Sie aus einem anderen Grund da, vielleicht um die nächste Betriebsfeier zu organisieren?“ Krämer konnte sich mit seinem Sarkasmus kaum zurückhalten.

Stolze nahm sich vor, sich nicht zu äußern, und schwieg eisern.

Nachdem Krämer eine Weile gewartet hatte, drohte er vor Ungeduld zu platzen. „Sie wollen nicht reden? Okay, dann bleiben Sie hier.“

Müller, der bis dahin zugehört hatte, stand auf und versuchte, wie ein Bollwerk zu wirken. „Weswegen?“

„Na, Sie sind gut. Wie lange machen Sie Ihr Geschäft eigentlich schon?“, knurrte Krämer ihn an. „Herr Stolze bleibt hier. Er ist ein wichtiger Zeuge. Vielleicht fällt ihm in einer Stunde ja ein, wo seine Tochter ist. Oder morgen. Oder übermorgen. Verdunklungsgefahr *und* Fluchtgefahr. Die Frau ist weg. Die Tochter ist weg. Da lasse ich doch nicht auch noch den Mann laufen.“

Das Verhör war damit beendet. Stolze wurde in eine Zelle geführt. Müller verabschiedete sich, ohne sich noch einmal mit seinem Mandanten abzustimmen. Stolze hatte ihn mit einer abwehrenden Handbewegung abgefertigt. Und Krämer und Rothe kehrten zurück ins Dienstzimmer. Dort füllte Krämer die Kaffeemaschine mit Kaffeepulver und Wasser. Rothe setzte sich, streckte seine langen Beine aus und versuchte, der Zusammenfassung seines Freundes zu folgen.

„Versetzen wir uns doch mal in unseren Junkie. Zascha, der Zuhälter, der schön fleißig und regelmäßig kassiert. Er kontrolliert mehrere Wohnungen und die Nutten zahlen. Wenn es optimal läuft, sechzigtausend Euro Gewinn im Jahr pro Nutte. Ich rede von Gewinn, nicht von Umsatz. Das ist eine Menge Pappe. Zehn Nutten bringen sechshunderttausend. Wem gibt er das Geld? Wem gegenüber ist er verpflichtet? Wissen wir nicht. Ich habe einen Verdacht, aber da wir in Erfurt verschiedene Gruppierungen haben, die an den Honigtopf wollen, müssen wir erst noch Beweise für meine Vermutung finden. Die Aussagen der Mädchen sind dürftig, aber soweit wir herausgefunden haben, war Zascha kein angenehmer Typ. Die Nutten mussten ihm jederzeit zur Verfügung stehen, wenn ihn ein gewisses Bedürfnis überkam. Aufgrund des Drogenkonsums hatte er aber Schwierigkeiten, seinen Mann zu stehen. Er wurde ausfallend, schlug auch schon mal zu, wenn es nicht klappte, gab dem Mädchen die Schuld. Er bevorzugte junge Mädchen. Ein totes Mädchen, mit dem er laut DNA-Analyse Geschlechtsverkehr hatte, wurde im Eichsfeld gefunden. Mit zwei weiteren Mädchen war er auf Kundenfang. Wieder im Eichsfeld. Warum?“, fragte Krämer.

„Weil er eine Tote loswerden wollte. Und zwar so weit weg, wie es in der Zeit nur möglich war“, parierte Rothe.

„Sieht ganz danach aus. Weil er eine Tote transportierte, die er loswerden wollte. Schnell und außerhalb Erfurts. Da hätte es aber auch noch andere Möglichkeiten gegeben, finde ich.“

„Irgendetwas wird ihn schon dazu getrieben haben, dass es gerade das Eichsfeld war.“

Rothe streckte sich nach der Zigarettenschachtel, die auf Svens Schreibtisch lag, und stellte fest, dass sie leer war. Auch gut, er hatte ja eigentlich aufgehört zu rauchen. Kaffee und Zigaretten, wenn er wieder damit anfing und es exzessiv betrieb, konnte er sich mit fünfundfünfzig ins Grab legen wie sein Vater. Das dachte er, laut sagte er stattdessen: „Vielleicht ist er aber einfach nur kreuz und quer durch die Gegend gefahren, und irgendwann in Heiligenstadt gelandet."

„Wir können ihn nicht mehr fragen."

„Ihr habt doch in der Zwischenzeit Nischa vernommen, die Kleine aus der Wohnung. Was hat sie denn gesagt?", fragte Rothe.

„Sie stand unter Drogen. Weder konnte sie die Fahrt reproduzieren, noch wusste sie etwas von einer Leiche. Der anderen ging es nicht besser. Die war sogar so hinüber, dass sie Schwierigkeiten hatte, sich überhaupt an den Tag zu erinnern."

„Als ob Zascha seinen Mädchen erzählen würde, dass er gerade eine von ihnen umgebracht hat."

„Da hast du recht", räumte Sven ein. „Das klingt sogar für einen Junkie wie Zascha eher unwahrscheinlich. Kommen wir auf sein anderes Betätigungsfeld zu sprechen: *Alekzander Filmproduction*. Ein Deckmantel, um Mädchen anzusprechen. Was ist da wohl gelaufen?"

Vom Flur hörte man einen Betrunkenen, der sich nicht abführen lassen wollte, in den Nebenräumen klingelte laufend irgendein Telefon. Die Männer saßen da und schlürften Krämers Kaffee, der viel zu stark war. Krämer starrte aus dem Fenster in den sich verdunkelnden Abendhimmel, und Rothe sehnte sich nach einem richtigen Feierabend. Sein Hirn, mehr Brei als Denkzentrale, wollte seine Tätigkeit auf Schlafmodus stellen, aber der Kaffee ließ sein Herz rasen. An Schlaf war jetzt nicht zu denken.

„Wenn er das ganze Theater wegen Sex veranstaltet hat

und die Mädchen aus diesem Grund mit in seine Wohnung genommen hat, was passierte dort? Wie ist er vorgegangen? Hat er gesagt, dass es ein Casting für einen Film ist? Und dann hat er sie zum Sex gedrängt? Überredet? Vergewaltigt? Was haben die Mädchen danach gemacht? Sind sie zur Polizei gegangen und haben ihn angezeigt?", sinnierte Rothe.

„Das kommt auf das Mädchen an."

„Und auf die Nationalität. Wenn Sex ein Tabuthema ist, empfindet das Mädchen das, was es bei diesem ‚Casting' erlebt hat, als Schande für sich und die ganze Familie."

Als Krämer nur unverständlich brummte, führte Rothe seine Gedanken weiter aus: „Ist sie illegal hier, wird sie nicht darüber reden wollen, aus Angst vor Abschiebung. Abgesehen davon beherrschen die wenigsten von ihnen unsere Sprache. Und bei einer Deutschen gelten die gleichen Gründe, dass sie nicht darüber reden möchte: Angst, Scham, finanzielle Abhängigkeit oder emotionale oder beides. Summa summarum: Die Chancen stehen relativ schlecht, dass wir überhaupt davon erfahren."

„Und die anderen hat er umgebracht", sagte Krämer.

„Wir wissen nicht, warum er sie getötet hat, wenn er es denn überhaupt war, aber eines ist deutlich: Eine Sexualstraftat, die ihre Anfänge darin hat, dass die Träume junger Menschen ausgenutzt werden, ist fast wie ein Freibrief für den Täter. Nicht nur, dass sich die Mädchen schämen, weil sie im Rahmen des vorgegaukelten Castings zum Beischlaf genötigt wurden, sondern dass sie Opfer ihrer Naivität wurden. Und hier muss man wiederum fragen: Wo fängt die Vergewaltigung an? Wer will denn das einem erwachsenen Mann, einem Polizisten, erklären?"

„Wieso kommst du jetzt gerade auf uns?“ Krämer versuchte zu begreifen, worauf sein Freund hinauswollte.

„Weil wir die Ermittler sind und uns Zeugen fehlen“, antwortete Rothe. „Keine sagt aus, weil sie Angst haben oder etwas verbergen.“

„Die Nutten haben ausgesagt“, unterbrach Krämer ihn.

Rothe gab zurück: „Das haben sie getan, *nachdem* Zascha getötet wurde. Willst du jedes Mal auf eine Aussage warten, bis der Zuhälter, um den es geht, gestorben ist?“

„Da hast du recht, das ist Quatsch.“

„Man kann zu neunzig Prozent davon ausgehen, dass die Prostituierte nicht die Wahrheit sagt, wenn wir eine haben, die auch redet. Sie behaupten doch alle, sie wären freiwillig hier. Es geht um Sex, Geld, Macht. An sich geht es um Angst, Abhängigkeit und Scham. Und um missbrauchte Gefühle.“

Rothe suchte nach einem Beispiel, mit dem er Sven die Situation verständlicher machen konnte. „Denk doch mal an die Jungs. Viele von ihnen träumen von einer Fußballkarriere. Wir müssen nicht die Schönsten sein. Verstehst du? Bei uns zählt Muskulatur, Schnelligkeit, Sportlichkeit. Und Männer wie du zum Beispiel.“

„Was ist mit mir?“, argwöhnte Krämer, und seine Haltung bekam etwas Lauerndes.

„Wir Männer sind es gewohnt, uns über Sportlichkeit zu definieren. Du hattest doch noch nie ein Problem mit Ausgrenzung oder dass man sich über dich lustig gemacht hätte.“

„Das wäre ja auch noch schöner, die hätten eins in die Fresse gekriegt“, grunzte Krämer.

„Ja, bei deinem Temperament kann ich mir das so richtig

vorstellen. Aber denk doch jetzt mal an die Mädchen, die davon träumen, schön und begehrenswert zu sein."

„Ich versuche, mich in dieses Mädchenthema hineinzufinden", knurrte Krämer genervt.

„Mädchen, die schön sein wollen, sich aber nicht als schön empfinden, machen was?"

„Ist das hier eine Fragestunde?"

Rothe verzog das Gesicht. „Denk doch einfach mal mit! Wie soll denn ein Mädchen, das vergewaltigt wurde und vielleicht noch dazu unerfahren ist, dir erklären, was ihr passiert ist, wenn du dich so borniert anstellst? Kein Wunder, dass sie keine Anzeige erstatten. Das fällt sogar erwachsenen Frauen schwer."

Krämer sah Rothe beleidigt an.

„Deine Elena ist aus Rumänien", sagte Rothe.

„Sie ist nicht *meine* Elena", widersprach Krämer.

Rothe ignorierte seinen Einwand und fuhr fort: „Die Zustände in Rumänien sind fragwürdig. Hat sie dir nicht erzählt, dass eine Frau befürchten muss, geschlagen zu werden, wenn sie eine Vergewaltigung anzeigen will? Wie in Motru? War doch so, oder? Das hat sie dir erzählt. Warum hat sie das getan? Tja, und wie hast du reagiert? Da wundert es mich nicht, dass Elena wieder gegangen ist. Du hast nämlich gar nicht reagiert, zumindest nicht als Polizist. Als Beamter des Staates."

„Nun hört aber alles auf", schnaufte Krämer.

Rothe ignorierte ihn und setzte seine Überlegungen gnadenlos fort: „Sie hat Angst gehabt. Und was hast du Holzkopf gemacht? Hast ihr nachgestellt und bist mit ihr ins Bett. Und jetzt sag bloß nicht, dafür hättest du bezahlt. Entschuldige bitte mal. Das nennst du ermitteln? Das war ja wohl egoistischer Scheißmist."

„Fang bloß nicht an, mich hier anzumachen, nur weil deine Kleine im Krankenhaus liegt", verteidigte sich Krämer.

„Lenk nicht ab! Diese Elena ist zu euch gekommen, weil sie etwas wollte. Nämlich eine Anzeige erstatten. Sie ist eine Prostituierte. Meinst du eine Prostituierte kann nicht vergewaltigt werden? Ist das der Grund, warum du sie nicht ernst genommen hast? Und statt herauszufinden, was wirklich los ist, gehst du mit ihr ins Bett und ummantelst deine investigativen Aktivitäten mit ‚Ich wollte sie von dem Zeugenschutzprogramm überzeugen.' Da lachen doch die Hühner auf der Stange."

„Man merkt, dass dich neuerdings das Ländliche prägt."

„Und ich merke dir an, dass bei dir die Grenzen zwischen Moral und Unmoral verwischen."

„Katholisches Eichsfeld", brummte Krämer.

„Und dann hast du auch noch was mit Beata."

„Neidisch? Oder eifersüchtig?" Krämers Augen glänzten triumphierend, als er merkte, dass der Schlag gesessen hatte.

„Können wir auch ernsthaft über den Fall sprechen, oder möchtest du jetzt alles durch den Kakao ziehen? Es hilft nicht, wenn du durch diesen Fall stiefelst wie Rübezahl. Mich kotzt es an, mit welcher Selbstgefälligkeit du agierst. Du benimmst dich, als ob du Stroh im Kopf hättest. Es kann doch nicht wahr sein, dass dir jedes psychologische Feingefühl abgeht. Ich bin doch hier wohl nicht der Einzige, der denken kann und sich in andere hineinfindet", schoss Rothe zurück.

„Du hast kein Recht, so mit mir zu reden!"

„Doch, das Recht habe ich, als Kollege und Freund. Elena ist nicht gekommen, deine Rechnung ist nicht aufgegangen. Deine Holzfällermentalität hat dich dieses Mal im Stich gelassen. Sven, im vorliegenden Fall geht es um zarte Mädchengefühle. Hier geht es um etwas, das du nicht verstehst, wenn du deine Augen und Ohren nicht aufsperrst. Während du als Mann jede Kerbe, die du in deinen Colt machst, als Triumph feierst, sind diese Mädchen zutiefst verletzt. Für viele Mädchen ist die Liebe eine romantische Kostbarkeit und kein Triumphmarsch. Wie soll ein Mädchen, das zum Sex genötigt – oder noch schlimmer: von mehreren Männern vergewaltigt – wurde, in der Zukunft ein beglückendes Liebesleben führen? Traut sie einem Mann noch über den Weg? Oder hält sie fortan jeden für ein Monster? Will sie überhaupt noch mit einem Mann zusammen sein?"

Rothe spürte, dass Krämer sich dieses Themas mit Sarkasmus entledigen wollte, und fuhr ihn an: „Wenn du dich darüber lustig machst, zeigst du damit nur, dass du nichts verstanden hast."

Krämer hielt sich abrupt mit dem, was er eigentlich hatte sagen wollen, zurück und stieß stattdessen ungeduldig aus: „Doch, ich verstehe, was du meinst. Aber was helfen uns deine Ausführungen?"

„Ich werde Jess befragen. Aber ich sage dir eins, Sven, ich werde nur so weit gehen, wie ich es als Vater verantworten kann. Und wenn Jess nichts mehr sagen möchte, weil es ihr zu viel wird, werden wir andere Wege gehen müssen, um etwas zu erfahren. Wir müssen diese Alina kriegen. Das ist klar. Das ist der wichtigste Schritt. Das ist überhaupt der Schritt, der uns weiterbringt. Natürlich gilt es herauszufinden, was im Studio passiert ist, aber wir sollten vorsichtig sein, was dieses Mädchen anbelangt. Sehr vorsichtig! Einen Selbstmord können wir nicht gebrauchen. Ich kann mir nämlich auch folgendes Szenario vorstellen: Zascha hat Alina zum Sex verführt. So weit wollte sie vielleicht gar nicht gehen. Aber wenn, dann mit dem Ziel, in einem Film aufzutreten. *Alekzander Filmproduction* liefert uns den Hinweis, dass es so sein könnte. Das ist ein starkes Motiv: sexuelle Ausnutzung durch Vorspiegelung falscher Tatsachen. Und dann diese Enttäuschung. Kannst du dir ausmalen, wie weit ein Mädchen gehen wird, wenn es so verletzt wurde?"

Krämer stellte die leere Kaffeetasse auf den Tisch und seufzte. „Das ist sehr weit hergeholt. Noch wissen wir nichts. Das ist nur Theorie."

Rothe fühlte sich schlagartig sehr müde. „Das ist richtig. Es ist nur Theorie. Nur eine Möglichkeit von vielen. Wenn es ganz dumm gelaufen ist, ist dieser Zascha über seine Füße gestolpert und hat sich selbst die Kugel gegeben."

Krämer lachte trocken auf. „Genau, wie damals der Mann, der, während er die Waffe gereinigt hat, über ein Kabel fiel und sich erschoss. Und wir haben tagelang nach einem Motiv gesucht. Blödheit als Tatmotiv stand bei uns ganz unten auf der Liste."

Spielte Blödheit im vorliegenden Fall vielleicht auch eine Rolle? Ihm fehlte die Kraft, diesen Gedanken weiterzuverfolgen.

Erfurt - Freitagabend

Rothe bekam die Erlaubnis, seine Tochter zu besuchen, obwohl es schon spät war. Er wollte sie noch einmal sehen, bevor er sich auf den Weg nach Heiligenstadt machte. Im Gegensatz zu ihm wirkte sie ziemlich unternehmungslustig. Ihre Haare glänzten nach dem Duschen noch feucht, und sie sah unglaublich jung aus, wie sie im Bett saß und ihn aus leuchtenden Augen ansah. Sie freute sich, ihn zu sehen, und er änderte seinen Plan und blieb.

„Wenn du für das, was du im Fitnessstudio erlebt hast, eine Überschrift hättest, wie würde sie lauten?"

„Das ist eine gute Frage, Papa. Lass mich nachdenken."

Für eine Weile senkte sich Schweigen über sie, nur das Atmen zweier Menschen im Raum war zu hören, bis ihn schließlich ihre Stimme aus seinen Überlegungen riss.

„*Geburtstagsparty für Alina*", sagte sie plötzlich.

„Geburtstagsparty für Alina. Das ist nett. Es hört sich so harmlos an. Danke, Liebling, das hilft mir schon mal. Und wie kommst du auf so einen sinnigen Titel?", fragte Frank Rothe und bot ihr von den Keksen an, die er sich für die Zugfahrt besorgt hatte.

Unter Kauen murmelte sie: „Alina muss immer im Mittelpunkt stehen. Sie ist das, was wir eine echte Nervziege nennen. Sie sieht sich natürlich anders. Klar. Sie meint, sie sei für ihre Umwelt ein Geschenk oder so. Alles muss sich immer um sie drehen."

„Und das war auch so im Studio?"

Ohne lange zu überlegen, antwortete Jessi: „Genau so, wie immer eigentlich. Alina taucht auf, alles dreht sich um sie.

Es ist wie ein Automatismus. Ich habe mir schon mal die Frage gestellt, ob das an den Genen liegt."

Ihre Idee brachte Rothe zum Lachen, doch sie weigerte sich, mit ihm zu lachen, denn sie hatte es ernst gemeint. „Könnte doch sein, Papa. Alles liegt in den Genen."

„Schatz, ich weiß wirklich nicht, ob Narzissmus oder Egozentrik genetische Defekte sind."

„Ich habe nicht von einem genetischen *Defekt* gesprochen, Papa, sondern gemeint, dass Temperament und die Kunst des Verstellens in den Genen liegen könnten."

„Die Kunst des Verstellens", wiederholte Rothe langsam. „Das ist ein interessanter Gedanke."

Auch wenn Jessi ihre Ansicht nur so dahingesagt hatte, fühlte sich Rothe in seiner Vermutung bestätigt, dass Zaschas Firma allein dazu da gewesen war, den Opfern ein Casting vorzugaukeln, an sich aber andere Interessen verfolgt hatte. Das war nichts Neues. Es kam öfter vor, dass die Mädchen mit falschen Versprechungen gelockt wurden und in den Bordellen landeten. Er musste nur aufpassen, sich nicht in diese Idee zu verrennen, dass Zascha das auch mit Alina vorgehabt hatte.

„Und was war mit der Freundin, von der du erzählst hast?"

„Die war sehr still."

„Ich würde gerne mit dir über Alinas Freundin sprechen, aber erst einmal interessiert mich, was Alina nun eigentlich getan hat."

„Sie hat ihre typische Alina-Show abgezogen: Seht her, ich bin auf der Bühne, und alles tanzt um mich herum."

„Gehört das *Alles-tanzt-um-mich-herum-Getue* auch zu Alinas *Die-Kunst-des-Verstellens?*", fragte Rothe.

„Ja und nein. Alina *spielte* Geburtstagskind, obwohl sie nicht Geburtstag hatte. Das hat was mit sich verstellen zu tun."

„Mein letzter Kindergeburtstag ist lange her, Schätzchen. Ich kann mich nicht daran erinnern, wie ich mich als Geburtstagskind gefühlt habe."

„Nicht?", fragte Jessi erstaunt. „So etwas vergisst man doch nicht."

„Tja, dann hättest du mal meine Geburtstagsfeiern erleben sollen. Die gab es nämlich nicht. Meine Mutter hatte keine Lust, Kuchen zu backen, und mein Vater hatte keine Zeit."

„Oma hat dir nie einen Kuchen gebacken? Das wusste ich ja gar nicht. Oh Papa, ich werde dir jetzt immer einen Kuchen backen, wenn du Geburtstag hast."

„Das ist lieb, Jess, aber jetzt hilf mir einfach auf die Sprünge. Was du damit gemeint hast, als du sagtest, es sei wie ihre Geburtstagsfeier gewesen."

„Ich weiß noch, wie ich zu Susis Geburtstag eingeladen war. Sie war sehr aufgeregt, weil sich an dem Tag alles um sie drehen musste. Als wir Topfschlagen gespielt haben, das war noch vor dem Unfall, und Susi das Gleiche unter dem Topf fand wie wir anderen, war sie wütend. Sie fand das ungerecht, denn sie war doch das Geburtstagskind. Und als Geburtstagskind stand ihr mehr zu."

Rothe dachte darüber nach und versuchte, Jessicas Erlebnis auf die Situation im Fitnessstudio zu übertragen. „Alina war aufgeregt und wollte Geschenke oder hat Geschenke bekommen. Welche Art von Geschenken?"

„Keine Geschenke zum Auspacken. Es geht nicht um Geschenke. Ich will nur beschreiben, wie sie sich verhalten hat:

wie ein aufgedrehtes Geburtstagskind, das im Mittelpunkt steht. Und ihr Freund hat wie ein Regisseur dafür gesorgt, dass sie diese Geburtstagskind-Aufmerksamkeit bekam. Es war ein bisschen wie Schultheater."

„Beschreib es mir einfach noch ein bisschen deutlicher, damit ich mir auch etwas darunter vorstellen kann!"

„Zascha hat die Leute hin und her gescheucht, weil er fand, dass nicht alles richtig angeordnet war. Die Tische und die Stühle waren nicht richtig, und die Geräte auch nicht."

Rothe dachte an die wenigen brauchbaren Fingerabdrücke, die die Spurensicherung im Studio gefunden hatte. „Heißt das, alle haben die Geräte angefasst?"

„Nein, nicht alle, nur die Männer." Jessi zögerte. „Nicht alle Männer, nur Matthias und Zaschas Freund Carel."

„Und weiter?"

„Als er nicht zufrieden mit uns war, hielt er einem plötzlich seine Pistole an die Schläfe und machte ‚Peng', so als ob er abdrücken würde oder abgedrückt hätte."

„Stopp mal, das geht mir ein wenig zu schnell. Hat er denn abgedrückt?"

„Nein."

„Und wann hat er dieses ‚Peng' gemacht?"

„Eigentlich gleich danach. Er hat rumgeschimpft und sich noch ein bisschen mit dem Trainer gekabbelt, und dann die Pistole gezogen. Und ‚Peng' gesagt, wenn er einem die Waffe an den Kopf gehalten hat. Und er hat uns immer dann die Pistole an den Kopf gehalten, wenn wir etwas falsch gemacht haben. Es war schrecklich, denn ich wusste nicht, was er von mir erwartete." Jessi schluckte und versuchte, sich nicht anmerken zu lassen, wie sehr sie sich aufregte.

„Hat er dir auch die Pistole an den Kopf gehalten?"

„Mir doch nicht", kam es brüsk. Sie sah ihn nicht an, sondern starrte in eine Ecke des Zimmers.

Rothe war sich nicht sicher, ob sie wegschaute, weil sie sich die Szene vergegenwärtigte oder weil sie ihm auswich. Warum sollte Zascha ihr nicht auch die Waffe an den Kopf gehalten haben? Hätte es einen Grund gegeben, es nicht zu tun?

Er zog seine Dienstpistole der Marke *Heckler & Koch P10* heraus. „Wie sah die Pistole aus? Wie meine?"

„Sie war etwas größer. Vielleicht so." Mit den Händen maß Jessica rund zwanzig Zentimeter ab, die Länge einer Tokarev.

Auf die Frage, was denn die anderen getan hätten, erklärte sie, wo jeder Einzelne gestanden habe, und Rothe machte sich Notizen. Matthias hatte sich eingemischt, als Zascha sie zum Tanzen zwingen wollte. Zascha hatte nervös mit der Pistole herumgefuhrwerkt und allen damit gedroht, sie zu erschießen, besonders Matthias, wenn Jessica nicht spurte. Jessica hatte sich schließlich von Zascha durch den Raum wirbeln lassen.

„Was haben die anderen währenddessen getan?"

„Die konnten nichts tun. Er hatte doch die Pistole."

„Und Alina?"

„Nichts, die hat gelacht."

„Sie ist nicht eingeschritten, als er euch mit der Pistole bedroht hat? Hat er ihr denn auch die Pistole an den Kopf gehalten?"

„Nein."

Rothe runzelte die Stirn und verfiel ins Grübeln.

„Sie hatte keine Angst vor Zascha?“, fragte er.
„Der ist doch ihr Freund gewesen.“
„Aber sie wusste, dass die Waffe geladen war. Und trotzdem war sie so gelassen? Das will mir nicht ganz in den Kopf, Jess. Was war denn mit der Freundin von Alina? Hat er sie auch bedroht?“
„Vielleicht hat er das getan, als sie miteinander geredet haben, denn danach hat sie sich hinter der Pflanze versteckt. Sie hat versucht, sich unsichtbar zu machen, genauso wie ich“, kam es kläglich.
„Warum hast du mich nicht angerufen?“
„Was?“ Jessi starrte ihn an. „Papa! Ich hatte Angst. Ich war wie gelähmt. Verstehst du denn das überhaupt nicht?“
„Entschuldige.“ Er schüttelte bedauernd den Kopf. „Entschuldige, mein Schatz. Was für eine dumme Frage! Natürlich hattest du Angst. – Was war mit diesem Carel? Hat der versucht einzuschreiten oder hat Zascha den nicht bedroht?“
„Ich hatte nicht den Eindruck, dass Carel dazwischen gehen wollte. Ich kann nicht sagen, ob er Angst gehabt hat, aber richtig locker hat der auch nicht ausgesehen. Zascha hat ihn von uns allen am meisten bedroht. Er hat Sachen gebrüllt wie ‚Pass bloß auf, was du machst‘ oder ‚Ich erschieße dich, wenn ich will‘, und Carel hat nur dagestanden. Ich dachte, er wäre sein Freund, weil sie zusammen gekommen sind, aber da habe ich mich wohl geirrt. Vielleicht sehe ich das aber auch alles falsch.“
Sie sah ihren Vater hilflos an. „Das einzige, was ich sicher weiß, ist, dass Alina geschossen hat.“
Rothe hatte sich während der gesamten Gespräche mit Jessi wohlweislich zurückgehalten und vermieden, sie mit

Fragen über den Täter zu bombardieren. Jetzt hatte er eine Antwort, und die überraschte ihn nicht. Alina hatte geschossen. Passte diese Information ins Gesamtbild? Er fand ja.

Er sah seine Tochter durchdringend an, als er sein Handy aus der Tasche zog und Svens Nummer drückte. „Du bist dir auch wirklich sicher, Schatz?"

„Ja, es war Alina, die geschossen hat."

Er nickte zum Zeichen, dass er sie verstanden hatte, während er bereits Svens Stimme hörte. Er gab die Fakten durch und legte wieder auf.

„War sie betrunken? Oder könnte sie Drogen genommen haben?" Es war nur eine Vermutung von ihm, die sie nicht beantworten konnte, wenn Alina nicht gerade gelallt hatte oder andersartig auffällig gewesen war.

„Alina hat auf den Feten nie getrunken. Sie wirkte nicht betrunken auf mich. Es fällt mir schwer, mir vorzustellen, dass sie Drogen nimmt. Sie müsste sich schon sehr verändert haben, aber ich weiß es nicht. Ich habe sie seit April nicht mehr gesehen."

„Gab es da schon diesen Zascha?"

„Das ist ein halbes Jahr her", sagte Jessi und wirkte sehr konzentriert, als sie über seine Frage nachdachte. „Nein, glaube ich nicht. Da war sie noch mit Niklas beschäftigt, und mit ein paar anderen Jungs, denen sie schöne Augen machte. Tut mir leid, wenn ich dir nicht helfen kann."

„Engelchen, du hilfst mir sehr." Rothe wollte das Gespräch beenden. Ihm war nicht entgangen, wie blass sie war. Ihre Augen waren glasig, ihre Hände kneteten die Bettdecke. Sie wirkte müde und trotzdem redete sie weiter – fast schon zwanghaft –, und er machte einen Fehler. Er sah nicht kommen, dass alte Erinnerungen in ihr aufstiegen, verbunden mit eingekapselter Angst und dem panischen Gefühl von Verlust.

„Alina war so wie immer, tat alles als einen Scherz ab. Aber das war es nicht. Für mich war das kein Scherz. Für Matthias auch nicht. Ich habe ihm gesagt, dass ich Angst habe, und ich habe keine Luft mehr bekommen, und ich fing an zu schreien. Ich konnte mich nicht mehr beherrschen. Und ich glaube … ich bin schuld. Ich bin an allem schuld."

Mit einem heftigen Aufschluchzen verbarg sie ihr Gesicht in den Händen. Rothe verfluchte sich. Mist! Er hätte das Gespräch nicht bis hierher führen dürfen. Er hatte doch das, was er wissen wollte. Die Frage, wie Alina an Zaschas Waffe gekommen war, konnte er später klären.

Eine Schwester stürzte ins Zimmer. Sie wollte wissen, was passiert sei. Rothe scheuchte sie aus dem Raum. Seine Arme hielten Jessi umschlungen, und er schaukelte sie sanft. Vom Eintreten der Krankenschwester hatte sie nichts mitbekommen.

Panisch klammerte sie sich an seinen Hemdkragen und flüsterte: „Ich bin schuld, dass Matthias sterben wird. Ich bin schuld, weil ich geschrien habe. Die Menschen sterben, wenn ich schreie. Ich hätte nicht schreien dürfen. Mama könnte noch leben, wenn ich nicht geschrien hätte."

Sie löste sich von ihm, ihre Hände ballten sich zu Fäusten, und mit geschlossenen Augen hieb sie auf ihn ein – zuerst schwach, dann stärker. Die plötzliche Wandlung war ihm nicht unbekannt. Die Promptheit eines Gefühlsausbruchs in Zusammenhang mit Schmerz kannte er aus eigener Erfahrung. Jessica schrie und tobte, sie weinte, und sie schlug und schlug, und er versuchte, so gut er konnte, die Schläge ihrer zarten Fäuste abzufangen und sie wieder in seine Arme zu schließen. Sie sollte wissen, dass er sie liebte, dass er sie nicht verließ, sie nicht von sich stieß, nur weil sie sich nicht angepasst verhielt, sie einmal nicht seine liebe Kleine war.

Mit aller Kraft und Verbissenheit kämpfte sie gegen den unsichtbaren Dämon Angst. Nicht mehr sie hatte Kontrolle über ihre Hände, sondern Wut und Verzweiflung hatten Kontrolle über sie.

Als sie sich müde geschlagen hatte, lächelte sie erschöpft. Für eine Weile genossen beide das einvernehmliche Schweigen. Die Welt da draußen war für einen Moment ausgeschlossen, es gab nur Vater und Tochter, eine kleine starke Einheit.

„Es tut mir leid. Du hast bestimmt gedacht, ich werde verrückt. Aber ich fühle mich jetzt wirklich besser. Habe ich dir doll wehgetan?“, fragte sie.

„Liebe kann eine ganze Menge aushalten, und du schlägst wie ein Floh.“

Er hörte ihr leises Kichern an seiner Brust. „Ist klar, dass du das jetzt sagen musst, sonst wäre deine Ehre als Polizist flöten.“

Nach Heiligenstadt - Freitagabend

Rothe machte sich zum Bahnhof auf und stellte fest, dass noch Zeit war, bis sein Zug fuhr. Aufgewühlt vom Besuch bei seiner Tochter, strebte er, statt zum Bahnhof, Richtung Innenstadt und wanderte noch einmal die Cafés und Plätze ab, die ihn an Manuela erinnerten. Er wusste, dass er sich das eigentlich nicht erlauben konnte. Er musste zurück und sich von Neureiter auf den Nerven herumtrampeln lassen. Er musste ermitteln und herausfinden, was mit dem Mädchen im Dün passiert war. Er musste – und er konnte nicht. So viele Dinge, die zu tun waren, und er fühlte sich unfähig zu entscheiden, in welcher Reihenfolge er vorgehen sollte.

Auf den Stufen zum Dom hatte er einst Manuela geküsst. Er hatte sich wie im Himmel gefühlt. Alles, was ihm damals im Leben wichtig erschienen war, hatte er erreicht: eine wunderbare Frau, ein tolles Kollegenteam, ein Freund wie Sven Krämer und bald auch ein Kind.

Rothe schlenderte zum Fischmarkt, betrachtete die schmucken Renaissancegebäude, die ihn immer wieder mit ihrer prachtvollen Fassade beeindruckten, und überlegte, ob noch Zeit für eine Tasse Kaffee wäre. Im *Haus zum Breiten Herd* hatten sie vor etlichen Jahren ihre Verlobung gefeiert. Die Feier war wunderbar gewesen, auch wenn es einen Wermutstropfen gegeben hatte: Seine Eltern und Schwestern waren dem Anlass ferngeblieben. Dass seine Mutter nicht gekommen war, konnte er noch nachvollziehen, in gewisser Weise war sie immer ein Snob gewesen. Aber dass sein Vater sich ihr gebeugt hatte, hatte ihn wirklich enttäuscht. Aber vielleicht war er damals bereits zu kränklich gewesen, um sich gegen seine Frau durchzusetzen. Vielleicht war er aber auch schon immer ein schwacher Mensch gewesen.

Seufzend riss Rothe sich von seiner Vergangenheit los. Er musste sich beeilen, wenn er den Zug nicht doch noch verpassen wollte.

Heiligenstadts Straßen waren ruhig, als Rothe endlich sein Ziel erreicht hatte und vom Bahnhof zum Revier lief. Der Ball, den er am Erfurter Bahnhof billig erstanden hatte, juckte in seinen Fingern und verführte ihn, mit ihm zu spielen. Er grinste wie ein Idiot vor sich hin. Die Vorstellung, was man mit dem Ball alles anstellen konnte, löste eine jungenhafte Freude in ihm aus. Er ließ ihn auftitschen, ein paar Meter rollen, und lief locker hinterher. Er holte den Ball ein, lupfte ihn mit der Fußspitze in die Luft, fing ihn mit dem Span auf und wiederholte den Balltanz ein paarmal. Er machte etwas, das er sich, seit Jessi nicht mehr gehen konnte, verboten hatte: Er spielte Fußball. Bis er durch ein Hupen hinter sich abrupt gestoppt wurde. Die restlichen Meter zum Revier joggte er, den Ball unter den Arm geklemmt.

Kaum war er durch die Glastür getreten, hatte ihn Sture Bäcker schon am Schlafittchen. Rothe hatte nicht damit gerechnet, Bäcker über den Weg zu laufen. Gerade ihm nicht. Er war ein Familienmensch und als solcher meistens für den Frühdienst eingeteilt. Seine Überraschung wurde noch größer, als Bäcker ihn auf Jessica ansprach. Dass er überhaupt mit ihm sprach, war schon für sich ein Wunder. Bäcker redete ansonsten nicht mit ihm, sondern bellte oder knurrte, manchmal, wenn er bei Laune war, war es auch ein knurriges Brummen, aber kommunizieren wie ein normaler Mensch, so von Kollege zu Kollege? Nun, das war seit Klärung seines ersten Falls im Eichsfeld nicht mehr möglich. Die Frage nach seiner Tochter irritierte ihn ziemlich. Er ließ sich nichts anmerken und gab eine kurze Zusammenfassung – auch in der Hoffnung, dass er dadurch endlich einen Zugang zu Bäcker finden würde.

Bäcker sagte ein paar nette Worte, was Rothes Irritation nicht minderte, und ging.

Martin Neureiter stand mit Simone im Dienstzimmer und unterrichtete ihn über alles aus den letzten Tagen, kaum dass Rothe durch die Tür war. Es gab kaum etwas Neues, was Rothe auch nicht wunderte, denn er war von seinem Kollegen bestens auf dem Laufenden gehalten worden.

Die Leiche des Mädchens war in der Zwischenzeit von Dr. Wiese freigegeben worden. Da sie nicht für die Obduktion nach Jena gebracht worden war, lag sie im St. Vincenz. Man hatte keine Angehörigen gefunden und wartete auf die Auskunft von Interpol. Rothe veranlasste, dass der Leichnam solange in Heiligenstadt bleiben sollte, bis die Staatsanwaltschaft in Mühlhausen eine Entscheidung getroffen hätte. Dann war da noch der Journalist, mit dem Rothe reden musste, aber es war schon spät und das Treffen wurde auf den nächsten Tag verschoben.

Heiligenstadt - Samstagmorgen

Die Nacht war zu kurz gewesen, als dass Rothe hätte behaupten können, er wäre ausgeruht. Er hatte eine Tasse schwarzen Kaffee hinuntergestürzt – sein Magen würde es ihm eines Tages danken, indem er ihm ein Magengeschwür verpasste – und war zum Revier gehetzt. Dort wartete schon der Reporter auf ihn.

Frederic Rabe erwies sich als kooperativ, was Rothe erleichterte. Einerseits. Andererseits konnte das aber auch bedeuten, dass Unbequemlichkeiten noch bevorstanden. Nämlich dann, wenn man nach dem anfänglichen Beschnuppern feststellte, dass man sich nicht riechen konnte.

Der junge Mann – Mitte zwanzig, schlank, ein echter Freak mit dem welligen Haar, das er hinter das Ohr geklemmt hatte, und seiner runden John-Lennon-Brille – verfolgte aufmerksam Rothes Schilderungen und stellte die eine und andere Frage. Kluge Fragen. Rothe merkte, dass Rabe über eine schnelle Auffassungsgabe verfügte. Das war schon mal ein gutes Zeichen für eine zukünftige Zusammenarbeit. Einerseits, wie Rothe dachte. Denn andererseits bedeutete ein Reporter, der viele Fragen stellte, auch, dass da jemand ziemlich neugierig war.

Rabes Augen blitzten, als Rothe die Ergebnisse druckreif schilderte. Kritisches Stirnrunzeln folgte, als Rothe darum bat, bestimmte Ergebnisse nicht zu veröffentlichen.

„Sie wollen mir aber keinen Maulkorb verpassen, oder?“, argwöhnte Rabe und signalisierte durchaus offenherzig Unwillen, sich etwas vorschreiben zu lassen.

Rothe entschuldigte sein Verhalten mit der Jugend. Die Jugend war ungestüm und rebellisch, so jedenfalls hatte Rothe seine eigene Jugendzeit in Erinnerung.

Mit Nachsicht erklärte er: „Es gibt Aspekte des Falls, in denen wir noch ermitteln. Die gehören nicht an die Öffentlichkeit.“

Als Rothe seine Ausführungen beendet hatte, ging er davon aus, dass auch für sein Gegenüber das Gespräch zu Ende war. Aber Frederic Rabe blieb sitzen, nippte an dem Glas Wasser, das er sich statt eines Kaffees erbeten hatte, und fragte nach Rothes Tochter.

„Was hat sie damit zu tun?“, fragte Rothe argwöhnisch.

„Sie ist in den Fall involviert", sagte Rabe.

Es war offensichtlich, dass Rothe empfindlich war, wenn es um seine Tochter ging, trotzdem hielt Rabe Rothes Blick stand. Das stumme Duell war nur von kurzer Dauer, denn Rothe sah ein, dass die Frage nach seiner Tochter nicht ganz unberechtigt war.

Er lenkte ein. „Erklären Sie mir, inwieweit Sie die Information über meine Tochter für Ihren Artikel brauchen."

„Mich interessiert vor allem der menschliche Aspekt. Die polizeilichen Ermittlungen sind das eine, aber das, was hinter so einem Fall steckt, sind menschliche Schicksale. Und der Eichsfelder Leser möchte wissen, was mit Jessica und Matthias ist."

Rothe konnte nicht umhin, sich einzugestehen, dass ihm dieser Mensch schon jetzt unbequem wurde. Der gab sich nicht mit ein paar Fakten zufrieden, der wollte mehr. Aber was sollte er ihm zum Kauen geben? *Der menschliche Aspekt!* Das war genau die Sache, über die Rothe aus gutem Grund nicht gesprochen hatte. Er wollte Jessica und Matthias aus der Öffentlichkeit raushalten, und trotzdem lief alles wie ein gebündelter Lichtstrahl genau sie zu.

„Sicher", murmelte er, und Rabe führte aus, was ihm im Kopf herumging: „Ich möchte über Jessica und Matthias berichten und daran anknüpfend über die Gefahr, die von diesen Loverboys ausgeht. Ich werde nichts schreiben, was Sie nicht gedruckt sehen wollen, Kommissar. Der Leser soll jedoch auch mit dem Bauch begreifen, dass es jeden treffen kann. Das geht am besten über ein persönliches Schicksal."

„Sprechen Sie von Empathie?"

„Natürlich rede ich von der Fähigkeit mitzufühlen. Wir

sind in erster Linie Gefühlsmenschen. Ich erreiche meine Leser durch lebendige Beschreibung, nicht durch nüchterne Zahlen."

Ein Germanistikstudent. *Ein Literat!* Er hätte es wissen müssen. Rothe gab sich geschlagen. Es wurde ihm klar, dass er ihn nicht loswerden würde, bevor er ihm nicht etwas über Jessica und Matthias erzählt hätte. Und so war es auch. Rabe sog die Informationen auf wie ein Schwamm und musste im Gegenzug versprechen, dass Rothe den Artikel zum Gegenlesen erhalten würde. Die abschließende Provokation des Reporters, dass Rabe sich von Rothe nichts vorschreiben und sich nur bedingt seinen Artikel korrigieren ließe, wischte Rothe mit einer kurzen Handbewegung beiseite.

Schlussendlich verließ ein zufriedener Frederic Rabe das Revier.

Heiligenstadt - Samstagabend

Rothe fing Simone auf dem Weg zum Ausgang ab und hoffte auf eine Möglichkeit, in Ruhe mit ihr reden zu können, unbeobachtet von den anderen.

Ihre erste Frage war: „Willst du deinen Wagen zurück?"

Und er antwortete mit einer Gegenfrage: „Wollen wir zusammen etwas essen?"

Sie starrte ihn an, als ob er sie in einen Swingerclub eingeladen hätte. Hastig raffte sie ihre Sachen zusammen und schleuderte ihm ein unwirsches „Nein" entgegen.

„Warum denn nicht?", wollte Rothe wissen.

Er war in den letzten Wochen eindeutig zu einem Masochisten mutiert. Welcher Mensch würde sich reihenweise Abfuhren holen und es dann trotzdem immer wieder versuchen? Seine Ohren hörten, dass sie ihm einen Korb gegeben hatte, aber sein Verstand schaffte es nicht, das Gehörte in angemessener Weise zu interpretieren. Logisch wäre jetzt ein Lächeln, ein „Schade", und dann ab ins Auto und das Weite gesucht. Aber nein, er musste mal wieder den totalen Macker spielen, der alles meistern konnte, was sich ihm in den Weg stellte. Er war ein Idiot.

„Ich habe keinen Hunger", antwortete sie kurz angebunden, bar jeder Freundlichkeit.

„Auf gar nichts?"

„Werd nicht anzüglich."

Rothe lachte gequält. „Was glaubst du denn, was ich will?"

Simone sah sich um und flüsterte: „Nicht hier. Lass uns draußen darüber reden."

Meine Güte, ihre Beziehung war doch keine Staatsaffäre, sie verhandelten doch nicht über den Bau von Cruise Missiles. Hier ging es nur um ein Essen. Er straffte sich innerlich, bereit für die nächste Abfuhr, und folgte ihr zum Parkplatz. Sie gab ihm den Wagenschlüssel zurück.

„Ich bringe dich nach Hause, wenn du partout nicht mit mir essen gehen willst", sagte er.

„Mein Wagen steht um die Ecke", erklärte Simone.

„Also doch essen?", fragte er hoffnungsvoll.

Simone willigte mit einem theatralischem Seufzer ein.

Der Zinke, ein Restaurant, das sie nicht ohne Grund vorgeschlagen hatte, war wie immer gut besucht. Ein weiteres Zeichen, dass sie es ihm schwer machte, eine Möglichkeit für ein Gespräch mit ihr zu finden. Aber dieses Mal hatte er

Glück. Ein Pärchen erhob sich von einem hübschen Zweiertisch. Völlig verliebt und mit Augen nur füreinander, wie Rothe fand. Wenn das nicht ein Zeichen war! Simone ließ sich nicht anmerken, was sie davon hielt, vom Geturtel des Pärchens, wie auch vom Tisch, den sie nun hatten.

„Einen Aperitif?", fragte er freundlich, als sie sich gesetzt hatten.

„Gerne", sagte Simone. „Aber bilde dir nichts darauf ein. Das ist jetzt nicht der Beginn ..."

„Einer wunderbaren Freundschaft?", unterbrach er sie.

Er beobachtete sie amüsiert, und ihr fiel es schwer, ernst zu bleiben. Wann hatte es zuletzt einen Mann in ihrem Leben gegeben, der ihr so sehr den Hof gemacht hatte wie Frank? Wenn sie so darüber nachdachte, eigentlich nie.

Ihr hübscher Mund verzog sich schließlich doch noch zu einem zauberhaften Lächeln. Das Eis schmolz.

Als sie anderthalb Stunden später mit einem wohligen Gefühl der Sättigung und Beschwingtheit, ausgelöst durch einen leichten Weißwein, zum Wagen ging, fasste Frank sie an der Hand, und sie ließ es geschehen. Am Wagen drehte sie sich zu ihm um und war nicht überrascht, als sie Franks weiche Lippen an ihrem Hals spürte. Sie genoss seine Zärtlichkeiten, und der Wein machte es ihr leichter, nicht an die Komplikationen zu denken, die diese Berührung mit sich bringen könnte.

„Du kannst nicht mehr fahren. Ich bringe dich nach Hause", murmelte er an ihrem Ohrläppchen.

„Und wie soll ich dann morgen zum Dienst kommen?"

„Mit mir."

Alarmiert schob sie ihn von sich weg. „Wie? Du kannst

nicht bei mir übernachten. Meine Mutter. Das weißt du doch."

„Und deine Wohnung?"

„Da-das geht nicht", stammelte sie. „Ich wohne bei meiner Mutter, wenn auch nur übergangsweise. Du weißt doch, wie krank sie ist, und dass ich nicht ... nein, vergiss es, Frank. Das geht einfach nicht."

Rothe war wie vor den Kopf gestoßen und versuchte krampfhaft, den schönen Abend zu retten, obwohl er wusste, dass er vorbei war.

„Wir können auch zu mir fahren", schlug er vor.

„Weder zu mir, noch zu dir." Abrupt öffnete sie die Wagentür und stieg ein.

Er brauchte einen Moment, um zu realisieren, dass sie nicht mehr vor ihm stand, dass sie bereits im Auto saß und auf ihn wartete. Er setzte sich hinter das Steuer und fuhr zurück zum Polizeiparkplatz. Bevor sie ausstieg, wollte er noch einen Versuch starten. Es wäre sein letzter.

Er stellte den Motor aus und wandte sich ihr noch einmal zu. „Heißt das jetzt, dass du an einer Beziehung mit mir grundsätzlich nicht interessiert bist oder nur für einen bestimmten Zeitraum?"

„Wieso redest du von einer Beziehung? Wir haben keine Beziehung", schnappte sie zurück.

„Was war mit der Nacht, die wir zusammen verbracht haben?"

„Das war nur eine Nacht."

„Eine Nacht, die ich so schnell nicht vergessen werde."

Er musterte sie, doch Simone schwieg beharrlich.

„Und die Tage danach? Wir hatten wunderschöne Tage danach. Ich dachte, du ..."

„Frank! Nach Rolf kann ich nicht schon wieder eine Beziehung mit einem Kollegen aus dem Revier anfangen. Die glauben doch sowieso schon alle, ich wäre eine Schlampe."

„Ist es das, was dich bekümmert?"

Simone empörte sich: „Entschuldige bitte mal. Was heißt hier bekümmert? *Bekümmert?* Du hast doch keine Ahnung! Weißt du eigentlich, wie viele Monate ich gelitten habe? Meinst du etwa, ich muss das alles noch einmal haben? Nee danke, wirklich nicht."

„Aber warum hast du dann überhaupt mit mir geschlafen?"

Diese Frage brachte sie noch mehr auf. „Warum hast *du* denn mit mir geschlafen? Was für eine blöde Frage. Ich habe es getan, weil es sich so ergeben hat. Und es ist ja nicht so, als hätte es dir nicht gefallen."

Franks Gesicht wurde zu Stein, und sie wusste, dass sie zu weit gegangen war. Sie trampelte bereits lange genug auf seinen Gefühlen herum. Was war sie doch für ein Miststück. Und trotzdem sah sie darin die einzige Möglichkeit, aus dieser Sache emotional unversehrt herauszukommen.

Als sie ausstieg, fühlte sie sich miserabel. „Frank, es tut mir leid. Ich bin noch nicht bereit für eine neue Beziehung."

Er nickte und ließ sie ohne ein Wort an ihrem Auto zurück. Er würde sich nicht weiter zum Trottel machen. Und doch fuhr er ihr nach.

Er wusste, dass ihre Mutter in Beuren wohnte. Was ihn ritt, ihr bis dahin zu folgen, hätte er nicht sagen können. Vielleicht hatte sie ihm in einem unbeobachteten Moment einen Liebestrank eingeflößt. Er fühlte sich wie von unsichtbaren Fäden gezogen, und doch war er vernünftig genug, den Abstand zwischen seinem und ihrem Auto nicht zu verringern. Sie hätte es fertiggebracht, ihn mitten auf der Straße zu stoppen, um ihn ins Röhrchen pusten zu lassen.

Gleich hinter der Unterführung bog sie in eine unbeleuchtete Straße ein. Sie führte direkt zum Kloster. Nur schemenhaft nahm er die Baumriesen am Straßenrand wahr, deren mächtige Äste den Blick auf den Nachthimmel versperrten. Am Ende der Straße leuchtete eine einzige Laterne – wie eine Verheißung.

Beuren war im Mittelalter eine hoffnungsvolle Ortschaft mit Stadtrechten, Zollturm und Zisterzienserinnenkloster gewesen. Der Ort war einstmalig so bedeutend gewesen, dass Tore und Wehranlagen errichtet worden waren. Die kurze Blüte hatte abrupt ihr Ende gefunden, als die Zollstelle nur wenige Jahre später nach Heiligenstadt verlegt worden war. So war es unter anderem auch bei nur drei Stadttoren geblieben anstatt der üblichen vier.

Von Neureiter hatte Rothe erfahren, dass die Beurener ein lebendiges Brauchtum pflegten, und Neureiter geriet jedes Mal wieder ins Schwärmen, wenn er von der Kirmes sprach. Der Beurener Kirmesbär durfte nur von einem echten Kirmesburschen – sangesfreudig, trinkfest und schlagkräftig – gespielt werden, unter anderem musste er noch über eine Elefantenhaut verfügen, denn das Strohkostüm, dass der „Bär“ trug, stach und konnte, laut Neureiter, einen Mann zur echten Memme werden lassen.

Rothe glaubte ihm natürlich kein Wort. Für ihn lag auf der Hand, dass sein junger Kollege einfach nur froh war, dass seine Tante ihn nicht in das Bärenkostüm steckte. Es trank sich einfach leichter ohne Bärenkopf.

Frank Rothe folgte Simone durch die engen Dorfstraßen.

Die Häuser reihten sich aneinander wie in einem Puppenmuseum, ihre Fassaden wechselten von Putz zu Fachwerk, sodass schnell erkennbar war, dass man sich nun im alten Teil des Dorfs befand. Simone bog in die Teichstraße ab, während er auf die Kirche im Dorfkern zusteuerte. Mit dem Gefühl, dass sie sicher zu Hause ankommen würde, nahm er hinter der Kirche den Weg rechts zurück zur Hauptstraße und fuhr durch bis Erfurt.

Erfurt - die Nacht auf Sonntag

Rothe wusste, dass Sven noch arbeiten würde, auch wenn es zwei Uhr nachts war und der Tag darauf ein Sonntag. In der Zeit, in der sie ein Team gewesen waren, hatten sie sich bei so wichtigen Fällen wie diesem unzählige Nächte um die Ohren geschlagen. So eine Zusammenarbeit vermisste er im Eichsfeld. *Noch* musste er in diesem Fall sagen, denn es bestand durchaus Hoffnung, mit Neureiter mal die gleiche Art von Teamarbeit zu erleben. Nur dass Neureiter so viel jünger war als er. Aber Fußball verband, auch über Kreisgrenzen hinweg. Er hatte die Jungs vom 1. SC 1911 Heiligenstadt noch nicht spielen sehen, freute sich aber über Neureiters Einladung, mit ihm mal ein Spiel zu besuchen.

Sven Krämer brütete gerade über Protokollen, als Rothe eintrat.

„Alles okay?", fragte Krämer.

Rothe nickte, und Krämer zweifelte an der Antwort. Er brauchte nur hinzusehen: Das, was vor ihm stand, war ein demoralisierter Freund. Ablenkung half über persönliche

Probleme hinweg, das war Krämers langjährige Devise, und aus diesem Grund entfaltete er seinen Bericht wie eine Wanderkarte mit farbenprächtigen Bilddarstellungen. Er fing mit dem Toten an.

Zascha, ein noch unbekannter Stern am Erfurter Kriminellenhimmel. Die Kontaktleute in der Szene hielten sich auffallend zurück, wenn es um ihn ging. Das konnte zweierlei bedeuten: Entweder sprach man nicht über ihn, weil er noch *keinen* oder weil er einen sehr *großen* Einfluss in der Szene gehabt hatte.

„Oder es gibt Hintermänner, die so mächtig sind, dass sie ihre schützende Hand über ihn halten“, warf Rothe ein.

Er hatte angebissen und hörte Svens Ausführungen konzentriert zu.

„Zascha ist durch einen einzigen Schuss getötet worden, mit derselben Kugel, die auch Matthias verletzt hat. Ein glatter Durchschuss bei Matthias ist als Herzschuss bei Zascha geendet. Ein unglaublicher und unglücklicher Zufall, findest du nicht auch? Hätte sich der Schütze vorgenommen, mit *einer* Kugel *zwei* Menschen zu treffen, er hätte die Szene wie bei einem Fotoshooting arrangieren müssen. Wenn mir jemand so etwas erzählt hätte, hätte ich es als Räuberpistole abgetan.“

Krämer kam auf Matthias' Verletzungen zu sprechen, die nicht so schwerwiegend wären, würde es sich ausschließlich um die Schusswunde handeln.

„Er würde jetzt vielleicht noch nicht wieder in der Schule sitzen und Mathe büffeln, aber er wäre wenigstens ansprechbar“, seufzte er.

Im Blut des Toten war neben der hohen Dosis Crystal

auch Morphium gefunden worden, das wahrscheinlich die Schmerzen eines beginnenden Magengeschwürs lindern sollte.

„Ich lasse Stolzes Haus nach wie vor observieren", sagte Krämer. „Wir haben die Kleiderschränke der Ehefrau und der Tochter durchsucht. Stolze behauptet, dass bei seiner Frau nichts fehlt. Die Kleidung seiner Tochter kennt er nicht. Was sagt uns das? Die Ehefrau könnte womöglich einen spontanen Kurzurlaub gebucht haben. Mit der Ehe steht es nicht zum Besten, warum ihr dann nicht entfliehen? Es ist nicht erwiesen, dass sie untergetaucht ist. Es ist noch nicht einmal gesagt, ob sie etwas von dem weiß, was im Studio vorgefallen ist. Es gibt keine Nachrichten von ihr auf Stolzes Handy, auch keine, die er an sie verschickt hätte."

„Ihr müsst doch in der Zwischenzeit ihre Handynummer kennen."

„Ja, schon, aber wir kriegen keinen Kontakt. Die Verbindung ist tot."

„Da kann doch nur Boloniut seine Finger im Spiel haben", äußerte Rothe gedankenverloren. „Der hat denen vermutlich gesagt, wie sie sich verhalten sollen."

„Wie kommst du denn jetzt auf Boloniut?"

„Stolze kam doch direkt aus dem *Pacat*, als ihr ihn aufgegriffen habt. Die beiden Männer könnten etwas miteinander vereinbart haben."

„Könnte sein", murmelte Krämer und fing an, die Umrisse des Fitnessstudios, des Treppenhauses und einiger Nebenräume zu zeichnen und positionierte einzelne Personen auf dem Blatt. „Schauen wir uns doch mal den Tatort an. Der Tote lag zwischen dem Laufband am Fenster und der Sitzecke, Matthias bewusstlos neben ihm, Jessica über Matthias, ihre

Hände auf der Schusswunde an seiner Schulter. Wen haben wir noch? Carel, Jessicas ehemalige Klassenkameradin Alina und deren unbekannte Freundin, eine Bedienung und einen Trainer."

Mit dem Stift tippte Krämer nacheinander auf das Papier, zuerst auf die gezeichnete Fensterfront, dann die Studiowände. „Vor der Fensterfront steht ein Laufband, daneben ist Platz für weitere Laufbänder. Da ist nur noch die Butterflystation. Rudergerät, Hantelbank und ein Crosstrainer stehen verpackt in der Nachbarwohnung. Die Sitzecke ist ausgestattet mit Stühlen, Tischen und einer Pflanze. Aber es fehlen Kissen. Zwischen Sitzecke, Fensterfront und Eingangstür befindet sich, wenn man reinkommt, auf der rechten Seite der Schankbereich. Aber die Regale sind leer. Ein kurzer Gang führt zu zwei Umkleidekabinen. Ein Raum hat noch keine Tür. Hinter dem Tresen gelangt man zu einem Nebenraum, in dem sich noch die Ausrüstung der Malerfirma befindet. Der Fertigstellungstermin anderthalb Wochen später wurde bestätigt. Aha, ganz klare Sache: das Studio war für die Öffentlichkeit noch nicht zugänglich. Durch eine Notiz an der Hauseingangstür wurden die Maler an dem Tag weggeschickt. Das Studio ist leer. Wonach sieht das aus? – Richtig! Nach einer guten Vorbereitung. Denn obwohl die Farbe noch nicht getrocknet ist, werden schon Geräte aufgestellt. Für was? Warum diese aufwändige Vorbereitung? Da steckt doch mehr dahinter, als nur, dass man ein Mädchen verführen möchte."

Sven rieb sich die Stirn, als ob er hoffte, dass ihm dadurch eine Erleuchtung käme. „An sich ist die Sache klar. Jessi hat gesagt, dass Alina geschossen hat. Ein Toter, ein Verletzter. Was genau suchen wir also, abgesehen von Alina?"

Rothe runzelte die Stirn und soufflierte: „Das Motiv?"

Krämer versuchte, sich nicht durch Rothes Einwand ablenken zu lassen und fuhr fort: „Okay, das Motiv, das A und O eines jeden Falls. Wenn man den Täter oder die Täterin nicht kennt, ist es notwendig, das Motiv herauszufinden. Aber wir kennen in diesem Fall die Täterin. Das Motiv haben wir, wenn wir Alina haben. Wir haben sie nur noch nicht gefunden, weil sie wie vom Erdboden verschluckt ist."

„Wie all die anderen", warf Rothe ein. „Das ist der seltsamste Fall, den wir jemals hatten. Weil nicht nur die Täterin, sondern – abgesehen von Matthias und Jessica – *alle* Zeugen verschwunden sind."

„Richtig. Als ob sie sich abgesprochen hätten", erwiderte Krämer und dachte einen Augenblick darüber nach, dann wandte er sich wieder seiner Zeichnung zu. „Im Nebenraum hinter der Bar haben wir Farbeimer, Pinsel und Malerfolie gefunden, aber keine Leiter. Im Innenhof stand eine Leiter. Die Malerfirma hat sie als die ihre erkannt. Da sie keiner von den Angestellten der Firma dort abgestellt hat und die Spurensicherung festgestellt hat, dass Personen aus dem Fenster gestiegen sind, gehe ich davon aus, dass unsere verschwundenen Zeugen mithilfe der Leiter durch das Fenster geflohen sind. Dafür spricht, dass Zascha den Studioschlüssel noch bei sich hatte. Durch die Tür sind sie nicht, außer jemand hätte noch einen zweiten Schlüssel gehabt. Das kann möglich sein, glaube ich aber nicht. Die Außenfassade ist mit Efeu zugewachsen, an der Wand fanden wir geknickte Efeuzweige, auf die offensichtlich jemand beim Runtersteigen getreten ist, und unterhalb des Fensters im Innenhof abgerissene Blätter. Zwar haben wir keine eindeutigen Fingerabdrücke, weder auf dem Fensterbrett noch auf der Leiter, aber ich bin mir sicher, dass es sich so abgespielt hat. Und wenn es sich wirklich so abgespielt haben sollte, sieht das nach einer sehr guten Vorbereitung aus, denn in der Nachbarwohnung, die Wohnung mit Verbindung zum Studio, haben wir auch keine verwertbaren Spuren gefunden. Wenn ich so darüber nachdneke, haben wir im ganzen Studio nichts Brauchbares gefunden, außer die Fingerabdrücke von Jessica und Matthias auf den Gläsern. Haben die denn alle Handschuhe getragen? Oder sie waren so vorsichtig, dass sie ihre Fingerabdrücke abgewischt haben. Niemand kann so gründlich sein. So gut kann man sich einfach nicht absprechen, als dass nicht doch jemand einen Fehler macht."

„Was ist mit der Befragung der Bewohner in den umliegenden Wohnungen?"

„Läuft noch. Wir hoffen, dass wir einen Zeugen finden, der beobachtet hat, wie jemand durch das Fenster gestiegen ist. Kann doch nicht sein, dass niemand etwas gesehen hat." Krämer warf den Stift, mit dem er die ganze Zeit über gespielt hatte, genervt auf den Tisch.

„Und die Gebäude auf der anderen Straßenseite?", fragte Rothe.

„Nur ein Parkhaus. Zu dem Zeitpunkt war es vermutlich nicht sehr voll. Die Zufahrt führt über eine Einbahnstraße zwischen Neuwerk- und Regierungsstraße und ist so schmal, dass sie fast nur von Ortskundigen genommen wird. Auch im Parkhaus haben wir keine Zeugen finden können. Als wir dort waren, hatten diejenigen, die wir angetroffen haben, nichts gesehen, weil sie gerade erst gekommen waren. Namen und Autokennzeichen der Fahrzeuge, die parkten, als wir kamen, haben wir notiert. Aber von der Seite gab es auch nichts Erhellendes. Jemand will eine junge Frau alleine im Wagen gesehen haben, ein anderer meinte, es wäre eine Frau mit Kind, aber beide konnten sich nicht daran erinnern, zu welcher Uhrzeit das gewesen sein soll. Der eine Zeuge war sich noch nicht einmal mit dem Tag sicher. Ach, na ja, das kennt man ja. Wir sind gerade dabei, die Ticketautomaten zu prüfen, um zu erfahren, wie viele Fahrzeuge sich dort zum geschätzten Tatzeitpunkt aufhielten. Vom Filmmaterial der Überwachungskameras können wir nicht zu viel erwarten. Die Überwachungskamera in der ersten Etage war kaputt. Irgendein Idiot hat sie zertrümmert. Was die Einsicht ins Studio angeht, das ist nicht ganz so einfach. Die große Fensterfront vermittelt den Anschein, dass man die Leute im Studio sehen kann. Aber die meiste Zeit des Tages spiegelt sich die Sonne in den Scheiben, und man sieht nichts."

„Hängt das nicht von der Uhrzeit und vom Sonnenstand ab?", gab Rothe zu bedenken.

„Richtig. Reimann und Steiner haben es ausprobiert. Man kann nur beobachten, was in dem Studio vor sich geht, wenn man direkt gegenüber auf der ersten Etage steht und die Sonne einen bestimmten Winkel einnimmt. Weiter links oder rechts auf dem Parkdeck, also auf den ersten und letzten Stellplätzen, sieht man nichts. Das gilt auch für die zweite Etage, frontal kann man etwas erkennen, weiter rechts oder links nicht, da spiegeln die Scheiben zu stark. Die unterste Etage hat keine Öffnung nach außen, da parkt man vor einer Mauer. Und vom offenen Parkdeck ganz oben erkennt man gar nichts."

„Und was sagt der Hausmeister?"
„Der weiß von nichts."
„Was soll denn das heißen?"
„Wie ich es sage. Die üblichen drei Affen: Er hat nichts gehört, nichts gesehen und sagen tut er auch nichts, weil er ja weder etwas gehört noch gesehen hat. Abgesehen davon schaut er wohl zu tief ins Glas. Er hatte eine Fahne, als wir ihn antrafen", sagte Krämer.
„Er weiß nichts von der Notiz an der Tür? Auch nicht, dass Fremde im Studio gewesen sind? Wo war er an dem Tag?", fragte Rothe.
„Es gibt noch ein paar andere Objekte, die er betreut. Und dazwischen liegen eine Menge Kneipen."
„Und was ist mit Stolzes Sekretärin, dieser Weckmer?"
„Sie hat uns gegenüber eingeräumt, dass sie ein Verhältnis mit ihrem Chef hat. Ich brauchte ihr noch nicht einmal unter die Nase zu reiben, dass sie wohl daran arbeitet, die zweite Frau Stolze zu werden. Sie hat ausgesagt, dass es mit seiner Ehe nicht zum Besten steht. Die Verabredung zum Sex, wie sie freimütig erklärte, hat er an dem Tag nicht wahrgenommen, obwohl sie da durchaus feste Zeiten haben."
„Feste Termine für *Sex*?", echote Rothe. In Betrachtung dessen, dass sich diese „festen Zeiten" zwischen Sekretärin und Chef abspielten und nicht zwischen Ehemann und Ehefrau oder Freund und Freundin oder Frank und Simone ... fand er das ganz und gar nicht okay.
„Schaut ganz danach aus. Stolze scheint mir kein Mensch von großer Spontanität zu sein. Sex nach Stechuhr. Wie ich ihn einschätze, darf der vermutlich auch nur außerhalb ihrer Arbeitszeit stattfinden."

Unangenehm berührt wechselte Rothe das Thema. „Habt ihr Alina nicht über ihr Handy orten können?“

„Nein.“

„Wann wirst du die *Pacat* Bar durchsuchen lassen?“

„Wir sind dran.“

Sie wechselten noch ein paar Worte, bis Rothe es an der Zeit fand, ins Krankenhaus zu fahren, um seiner Tochter frische Sachen zu bringen. Das Thema Sex lag ihm im Magen. Noch ein Gedanke mehr darüber und er würde die Idee, sich kastrieren zu lassen, ernsthaft in Erwägung ziehen.

Erfurt - Sonntagmorgen

Frank Rothe hatte die Stunden bis zum Schichtwechsel in seinem Auto verbracht. Auf der Station wurde ihm mitgeteilt, dass seine Tochter bei ihrem Freund sei. In der Hoffnung, dass Matthias aufgewacht wäre, eilte er zur Intensivstation und fand sie an seinem Bett sitzend, auf das Heben und Senken seiner Brust fixiert, als ob sie seine Lebensgeister beschwören würde. Er war unglaublich enttäuscht, dass Matthias' immer noch im Koma lag. Wenn er schon so empfand, was würde Jessi erst fühlen? Von den Ärzten wollte sich niemand zu seinem Zustand äußern. Sie hielten sich bedeckt. Inwieweit die Verletzungen sein weiteres Leben beeinträchtigen würden, würde man beurteilen können, wenn er aufwachte, so die Meinung.

Als Jessi aus dem Zimmer rollte, sah sie blass, aber gefasst aus. Er begrüßte sie, und sie versuchte sich an einem schwachen Lächeln.

„Alles in Ordnung?“, fragte er und wusste, dass nichts in Ordnung war.

Er rechnete damit, dass seine Tochter nicht mit ihm reden wollte, doch wider Erwarten nickte sie und sagte: „Es geht mir gut, Papa. So gut es eben geht, wenn man Angst hat.“

Rothe schob sie schweigend durch die Flure, bis sie an einem Wartezimmer vorbeikamen. Es war ein kleiner quadratischer Raum, hellblau gestrichen, mit bunten Vorhängen, die einen für einen Moment vergessen ließen, dass man sich in einem Krankenhaus befand.

„Was hast du herausgefunden?“, fragte Jessi, nachdem er es sich auf einem Stuhl bequem gemacht hatte.

„Wir haben Alinas Vater auf dem Revier, aber er redet nicht viel.“

„Das kann ich mir denken, wo doch seine Tochter geschossen hat.“

„Hast du noch irgendetwas mitbekommen, was für uns von Bedeutung sein könnte? Ganz gleichgültig, für wie belanglos du es hältst?“, fragte Rothe voller Hoffnung.

„Ich fühle mich schuldig“, sagte sie leise und wehrte ab, als er ihr wieder versichern wollte, dass sie nichts dafür könne. „Wirklich, ich fühle mich unglaublich schuldig. Ich weiß selber, dass ich nichts dafür kann, was da passiert ist, aber es ist ständig eine Stimme in mir, die mir sagt, dass ich es hätte verhindern können.“

„Wie denn, meine Hübsche?“, fragte Rothe sanft.

Jessica war seinem intensiven Blick während ihrer kleinen Rede ausgewichen, nun hob sie den Kopf und sah ihn an. Er bemerkte erst jetzt die Tränen in ihren Augenwinkeln.

Tröstend ergriff er ihre Hand. „Erzähl es mir!“

Sie nahm sein angebotenes Taschentuch und schnäuzte sich erst einmal kräftig, dann begann sie mit verhaltener Stimme: „Wie ich es dir schon erzählt habe, es war wie im Theater. Zascha fing an, mich zu küssen, und Alina fauchte los, was denn das für ein beschissenes Spiel sei. Ich wollte nicht, dass sie denkt, dass es mir gefällt, was er da tat, und habe ihn bespuckt. Ich wollte nicht von ihm angefasst werden. Ich wollte nichts von ihm. Wie konnte Alina nur glauben, dass ich mich freiwillig von so einem küssen lasse? Natürlich war er wütend auf mich. Wer lässt sich schon gerne anspucken? Im Nachhinein denke ich, es war ein Riesenfehler, dass ich es getan habe. Er schlug mir ins Gesicht, Matthias wollte seinen Arm festhalten, und Alina hielt plötzlich die Pistole in der Hand. Jemand rief, dass sie schießen soll. Ich hörte einen Knall und kippte um. Aber vielleicht kippte ich auch um und dann kam erst der Knall, das weiß ich nicht mehr, weil alles so schnell ging. Matthias lag auf dem Boden. Ich bin zu ihm gerobbt und habe da erst mitgekriegt, dass er blutete. Und dann war da auf einmal Onkel Sven. Oh Papa, ich hätte mich küssen lassen sollen. Aber ob Alina nicht vielleicht trotzdem geschossen hätte? Ich habe doch gesehen, wie angefressen sie war. Sie war immer schon ziemlich eifersüchtig."

Nachdem Rothe eine Weile versucht hatte, sich Jessis Erlebnisse zu eigen zu machen, um nachzuvollziehen, was im Studio vor sich gegangen war, sagte er mitfühlend: „Das ist furchtbar, was du ertragen musstest, mein Schatz."

Er zog ihren Rollstuhl neben seinen Stuhl und umarmte sie. Sie lehnte ihren Kopf an seine Schulter. So saßen sie eine Weile schweigend beieinander, hörten die Schwester nicht, die leise hereinkam und ebenso leise den Raum wieder verließ. Irgendwann löste er seine Umarmung und fragte, ob es ihr besser gehe, und sie nickte.

„Kannst du noch oder möchtest du zurück in dein Zimmer?"

Jessi neckte ihn lächelnd: „Ich sehe dir an der Nasenspitze an, dass du noch Fragen hast, Papa."

Rothe erwiderte ihr Lächeln. „Eine ganze Menge sogar. Es ist der komplizierteste Fall, den wir bisher hatten. Wer hat eigentlich Alina aufgefordert zu schießen?"

„Das weiß ich nicht."

„War es eine Frauen- oder eine Männerstimme?"

„Kann ich nicht genau sagen."

„Was hat der- oder diejenige denn gerufen?"

„Jetzt!"

Rothe stutzte. „Jetzt? Bist du dir sicher, dass das eine Aufforderung war zu schießen? Vielleicht bezog sich das ‚Jetzt' auf etwas anderes?"

„Auf was denn? Frag am besten die anderen. Ich habe das so verstanden, dass Alina abdrücken sollte."

„Es gibt keine anderen. Sie sind alle verschwunden. Du bist unsere einzige Zeugin."

„Echt?" Und als er nickte, fragte sie: „Und wo sind die hin? Sind sie denn alle weg?"

„Es sieht ganz danach aus. Außer dir und Matthias haben wir niemanden."

Ehe er noch etwas erläutern konnte, vibrierte sein Handy, und er erfuhr von Sven Krämer, dass die Durchsuchung der *Pacat* Bar ergebnislos verlaufen war. Es war nur eine kurze Mitteilung, und so wandte er sich nach dem Gespräch gleich wieder Jessi zu.

„Es ist genau so, wie ich gesagt habe. Nach dem Schuss sind alle verschwunden, und wir haben bislang keinen von ihnen finden können."

„War das Onkel Sven?", unterbrach Jessi ihn.

„Ja, und er lässt dir schöne Grüße ausrichten."

„Danke, aber deswegen hat er bestimmt nicht angerufen."

„Sie haben Alina immer noch nicht gefunden. Erzähl mir noch etwas von den Leuten im Studio", bat Rothe.

Jessica beschrieb den Trainer als bullig, mit kahl rasiertem Schädel wie ein Türsteher. Carel sei ziemlich jung, vielleicht nur zwei bis drei Jahre älter als sie, aber sie könne sich darin auch täuschen. Er habe jedenfalls sehr jungenhaft ausgesehen. Von Alinas Freundin habe sie nicht viel gesehen, ebenso wenig von der Bedienung, die ziemlich kühl gewesen sei.

„Was hat diese Freundin gemacht?"

„Sie hat sich, wie ich, hinter diesem Zimmer-Dingsda versteckt."

„Du meinst diese Pflanze?"

„Ja, so ein Ungetüm mit riesigen Blättern, das wahrscheinlich wahnsinnig viel Wasser braucht."

„Und was war mit dem Trainer?"

„Der hatte ganz offensichtlich keine Lust, Matthias irgendetwas zu zeigen. Er starrte nur aus dem Fenster, wenn er nicht gerade auf seine Armbanduhr glotzte. Er war mir total unsympathisch."

„Und wieso glaubst du, dass der Mann ein Trainer war?"

„Er trug einen neuen Jogginganzug."

„Ach ja?", murmelte Rothe und wiederholte: „Der Anzug war also neu?"

Jessi sagte: „Seine Turnschuhe auch."

„Warum hat er auf die Armbanduhr geschaut?" Lächelnd entschuldigte er sich: „Blöde Frage, ich weiß. Aber was glaubst du, wieso er das getan hat? Hat er auf etwas gewartet?"

„Vielleicht ödete ihn alles an, und er hat vor lauter Langeweile Automarkenraten gespielt."

„Sag das noch mal!", forderte Rothe sie auf. Eine leichte Unruhe machte sich in ihm bemerkbar. Er spürte, dass sie auf etwas Wichtiges gestoßen sein könnten.

„Dass er Automarken geraten hat? Papa, das war ein Scherz. Ich habe keine Ahnung, warum er das getan hat. Vielleicht weil ..."

„Weil was, Schatz?"

„Weil ... weiß ich nicht. Was macht denn so ein Trainer eigentlich? Die Leute beim Training anleiten zum Beispiel."

„Türsteher."

„Türsteher?", echote sie verwirrt.

„Du hast vorhin Türsteher gesagt."

„Ich habe gesagt, er sähe aus wie ein Türsteher. Ein Türsteher, der Leute beobachtet und ... Papa!", rief sie plötzlich aus. „Na klar, der hat das Parkhaus beobachtet. Da hätte ich aber auch gleich drauf kommen können."

Er hatte es gewusst. Man musste nur die richtigen Fragen stellen und schon passte alles wie bei einem Puzzle zusammen.

„Und was passierte dann?"

„Nichts", sagte Jessi und wartete auf seine Reaktion.

„Bist du dir da sicher?"

Sie dachte nach, biss sich auf die Unterlippe und versuchte Bilder heraufzubeschwören. „Er hat sein Handy aus der Hosentasche gezogen, draufgeguckt und wieder eingesteckt. Hilft dir das weiter?"

„Mal sehen“, sagte er nicht unzufrieden, und fragte sie nach der Bedienung aus.

„Ich habe nicht so richtig auf sie geachtet, weil wir alle nur auf Zascha geschaut haben. Ich glaube, es ging den anderen genauso wie mir. Keiner wollte erschossen werden, und Zascha hat uns ja auch die ganze Zeit über auf Trab gehalten. Ich glaube aber, dass sie mit einem Lappen sauber gemacht hat, wenn sie nicht gerade hinter dem Tresen stand oder im Nebenraum verschwunden war.“

Auch darüber dachte Rothe nach. Das Studio war zum Tatzeitpunkt nicht komplett eingerichtet gewesen. Und es hatte deswegen nichts zu trinken gegeben, bis auf einen Kasten Wasser, den sich die Maler hingestellt hatten. Der Kühlschrank war nicht angeschlossen, und die Regale so leer wie die Seifenspender in den Waschräumen oder die Behälter für die Papierhandtücher. Und es hatte eine Leiter gegeben. *Und* eine Person, die angesichts der bedrohlichen Situation weder die Polizei benachrichtigt hatte, noch geflohen war, obwohl sie es gekonnt hätte.

Rothe saß mit seinem Freund Krämer im Büro und gab den Inhalt des Gesprächs mit Jessi wieder.

„Weißt du, was ich denke?“, fragte Rothe.

„Das Gleiche wie Jessi, dass es sich um eine Inszenierung handelt?“, mutmaßte Krämer.

„Genau, es weist alles darauf hin. Die Bedienung, die Jess und Matthias loswerden will, die anderen, die zuschauen, und dass Alina gesagt wird, wann sie schießen soll.“

„Das ist aber noch nicht heraus, dass es eine Aufforderung war zu feuern“, entgegnete Krämer.

„Stimmt schon, es ist ziemlich gewagt, das zu behaupten. Wir wissen es nicht. Wir waren nicht dabei. Jess könnte sich auch verhört haben. Aber es passt so schön zusammen. Mit diesem ‚Trainer' stimmt auf jeden Fall etwas ganz und gar nicht. Gehen wir mal davon aus, dass er ein Türsteher ist. Und dieser Türsteher hat die Parkdecks auf der gegenüberliegenden Straßenseite beobachtet. Warum hat er das getan?"

„Weil er auf etwas gewartet hat", antwortete Krämer.

„Genau. Und auf was?"

„Auf ein Zeichen."

„Von wem? Glaubst du, dass Stolze und dieser Trainer unter einer Decke stecken?", fragte Rothe.

„Tja, weiß nicht. Bisher haben wir nicht viel aus Stolze herauskriegen können. Er behauptet, nichts zu wissen, und warf mir vor, wir würden versuchen, ihm einen Strick daraus zu drehen, nur weil er seinen Wagen in diesem Parkhaus abgestellt hat. Okay, lass mich die bisherigen Ergebnisse wiederholen: Stolze parkt im Parkhaus. Aufnahmen vom Wagen oder von ihm gibt es nicht, da die Kamera an dem Tag nicht funktionierte. Stolze könnte dort gewesen sein, aber wir haben dafür keine Beweise. Noch nicht jedenfalls. Der Trainer könnte ein Auftragsmörder sein."

Der gedankliche Hechtsprung in die Märchenkiste verblüffte Rothe. „Ja klar, Stolze hat sich einen Killer besorgt, um diesen Zuhälter abzuknallen. Mensch, jetzt driften wir langsam ab ins Reich der Fantasie."

„Es war auch Alina, die geschossen hat, über den Türsteher brauchen wir nicht zu spekulieren. Aber warum hat Alina geschossen? Vielleicht weist uns die Antwort zu ihrem Versteck. Jetzt stell dir doch mal folgendes Szenario vor:

Alina wird von Zascha vergewaltigt, erzählt es ihrem Vater und der übt Vergeltung, indem er einen Killer auf diesen Loverboy ansetzt. Dummerweise muss er zusehen, wie statt des beauftragten Mörders seine Tochter schießt. Er kann nicht eingreifen, weil er zu weit weg ist."

„Alles gut und schön, aber Stolze würde nicht wollen, dass in seinem Gebäude ein Mord geschieht. Abgesehen davon haben wir schon wieder diese Killertheorie. Nicht zu vergessen, es war Zaschas Pistole, mit der Alina geschossen hat, nicht die von irgend so einem Auftragsmörder. Und wenn wir Stolzes Tochter erst einmal gefunden haben, wissen wir auch, warum sie es getan hat."

Krämer knurrte ungehalten: „Mann, ist das ein verkorkster Fall. Wir sollten Stolze noch einmal auf den Zahn fühlen. Es wird mir eine Freude sein, ihn mir vorzuknöpfen. Das wird hoffentlich meine Laune heben."

Als Krämer und Rothe den Verhörraum betraten, stand Stolze am Tisch. Die Arme hatte er vor dem Körper verschränkt, seine Miene war regungslos. Der Bartschatten, der noch beim letzten Gespräch mit Krämer sein markantes Kinn bedeckt hatte, war verschwunden, und trotzdem wirkte er unausgeschlafen, als ob er gerade dem Bett entstiegen wäre. Alles in allem sah er aus wie ein Oberstufenlehrer, der sich weigerte, zu spät kommende Schüler zu unterrichten. Auch wenn er äußerlich die Fassade des Unbeugsamen aufrechterhielt, schlug den Beamten beim Eintreten eine Mischung aus Schwäche und Zermürbtheit entgegen.

Krämer hatte Stolze nach jeder Vernehmung wieder gehen lassen müssen, was er als persönliche Niederlage empfand, aber, um ihn zu demoralisieren, hatte er ihn jeden Tag aufs Revier zitiert und ihn dabei warten lassen – wie auch jetzt, bis dieser Punkt erreicht war: Stolzes Frustration überstieg seinen Willen zur Gegenwehr. Heute würde er reden, darin waren sich beide Kriminalisten einig.

„Was soll diese Warterei?", empörte sich Stolze. „Nur weil Sie mich nachts nach Hause lassen, nicht zu vergessen, unter Beobachtung, heißt das nicht, dass ich Ihnen dankbar um den Hals falle. Über eine Stunde sitze ich hier schon. Was glauben Sie eigentlich, wen Sie vor sich haben?"

Stolzes verbales Aufbäumen hinterließ keinen sonderlichen Eindruck bei den Ermittlern. Er hätte genauso gut vorschlagen können, dass der Verhörraum mehr Farbe bräuchte.

Rechtsanwalt Müller traf ein, und Stolze setzte sich endlich. Er war zu erschöpft, um aufzubegehren. Dieser Kampf, lohnte er sich eigentlich noch, oder war schon alles zerstört, was er sich in den ganzen Jahren aufgebaut hatte?

Er warf Krämer ein paar Brocken hin, erzählte, dass Alina ihn angerufen habe und dann zu irgendwelchen Freunden gefahren sei.

„Und das soll ich Ihnen jetzt abnehmen?", staunte Krämer.

Stolze zuckte wie gleichgültig die Achseln und ging sich wiederholt durch die Haare, eine Geste, die seine Nervosität offenbarte.

„Wo ist Ihre Tochter jetzt?", setzte Krämer die Vernehmung unbeirrt fort.

„Ich weiß es nicht."

Krämer erhob sich vom Stuhl und öffnete die Tür. In den leeren Flur rief er: „Bringt den Eigentümer der *Pacat* Bar in den anderen Verhörraum."

Eine Finte. Sie hatten Boloniut nicht, aber das Täuschungsmanöver wirkte. Stolze versuchte zwar, sich desinteressiert zu geben, aber er verriet sich durch ein nervöses Zucken um den Mund.

„Also, Herr Stolze, Sie hatten doch genug Zeit gehabt, sich eine gute Geschichte auszudenken. Dass Sie es nicht getan haben, zeigt uns nur, wie schwer es Ihnen fällt zu lügen. Ihre Tochter hat geschossen, und Ihnen ist bewusst, mit welchen Leuten Sie zu tun haben. Mit Kriminellen. Und das Ihnen, wo Sie doch ganz besonders auf Ihren guten Ruf bedacht sind. Erzählen Sie uns doch einfach, was Sie mit der Sache zu tun haben, Herr Stolze."

Stolze zog es jedoch vor, sich jedes Wort einzeln aus der Nase ziehen zu lassen.

Krämer schob ein Foto von Zascha über den Tisch. „Kennen Sie den Toten?"

Stolze sah sich das Bild an und sagte: „Nein."

Krämer tat so, als ob er sich intensiv mit Zaschas Gesichtszügen beschäftigte. Er nahm den Abzug in die Hand, betrachtete ihn ausgiebig und legte ihn wieder vor Stolze auf den Tisch. „Dieser Mann und Ihre Tochter kannten sich. Wussten Sie das?"

„Ich kenne die Freunde meiner Tochter nicht", versuchte Stolze abzublocken.

„Ihre Tochter ist sechzehn und wohnt bei Ihnen, da gehen doch schon mal ihre Freunde bei Ihnen ein und aus. Und diesen Mann kennen Sie nicht?"

Stolze schüttelte den Kopf.

„Hat Ihnen Alina erzählt, dass sie sich verliebt hat? Wissen Sie, was ein Loverboy ist?"

Auch dieses Mal verneinte Stolze. Er hatte bisher viel auf seine Menschenkenntnis gegeben. Aber dass sich seine Tochter in einen Mann verliebt hatte, der ein Krimineller gewesen war, und er es noch nicht einmal gemerkt hatte, war wohl eher seiner mangelnden Aufmerksamkeit als einem Fehlurteil zuzuschreiben. Er hatte Alinas Freund nie persönlich kennengelernt. Er hatte noch nicht einmal gemerkt, dass sie einen Freund hatte. Sollte er es zugeben, oder würde es dann heißen, er wäre ein schlechter Vater?

„Haben Sie einen Auftragsmörder bezahlt, um den Mann auf dem Foto zu töten?“

Stolze fuhr hoch. „Was?“

„Oder haben Sie Ihre Tochter angestiftet, den Mord auszuführen, weil Sie dachten, als Minderjährige würde sie nicht das volle Strafmaß erhalten?“

„Das ist kompletter Unsinn. Ich verbitte mir diese Unterstellungen!“, wurde Stolze laut. Seine Finger, die vorher noch nervös miteinander gespielt hatten, standen wie auf Kommando still

„Sie decken eine Mörderin“, stellte Krämer trocken fest.

Sein Plan ging auf. Das Weichklopfen seines Gegenübers brachte Resultate. Kevin Stolzes Nervenkostüm fing an zu flattern, auch wenn dem Mann nichts anzusehen war, und Krämer machte auf großer, böser Bulle. Etwas, das er sehr gut beherrschte.

„Stecken Sie mit Boloniut unter einer Decke? Halten Sie Ihre Tochter versteckt, oder tut das Boloniut? Wenn ja, kann ich Ihnen nur sagen, dass wir Ihre Tochter bisher nicht finden konnten, und wir würden Boloniut nicht gerade als einen Mitmenschen bezeichnen, dem man seine Tochter anvertrauen kann, auch wenn er sich in letzter Zeit der Öffentlichkeit als Gutbürger mit spendabler Ader zeigt. Tritt sogar im Fernsehen mit einer eigenen Doku-Serie auf, aber das macht aus einem Gauner noch keinen Ehrenmann." Krämer beugte sich über den Tisch und schnauzte Stolze an. „Wir werden Boloniut wegen einer Menge Dinge drankriegen: Steuerhinterziehung wird einer der minderen Gründe sein, da kommen noch Drogenhandel, Menschenhandel und was weiß ich noch dazu. Was halten Sie von Kindesentführung? Nötigung zur Prostitution? Was haben Sie mit ihm zu tun? Geldwäsche? Erpressung? Irgendetwas verbindet Sie doch."

„Was wollen Sie?", fragte Stolze hilflos.

„Reden Sie endlich! Meinen Sie etwa, mein Tag hätte nicht auch nur vierundzwanzig Stunden? Und ich möchte diesen Fall endlich abschließen. Es waren genügend Menschen im Studio, die Ihre Tochter haben schießen sehen. Hat sie Ihnen erzählt, dass sie geschossen hat? Oder haben Sie das erst durch uns erfahren?"

Stolze schwieg wieder.

„Hat sie es Ihnen erzählt, oder haben Sie es gesehen?"

Da Stolze nicht auf seine Fragen reagierte, setzte Krämer nach: „Sie haben es gesehen, nicht wahr? Um diese Tageszeit kann man das Studio einsehen. Sie haben genau beobachtet, wie Alina ihren Arm hob und schoss. Sie hat auf zwei Menschen geschossen. Zwei. Ist Ihnen bewusst, dass Ihre Tochter eine Mörderin ist?"

Krämer war während seiner Wanderung durch den Raum hinter Stolze stehen geblieben und hatte eine unangenehme Nähe zu ihm hergestellt.

Nah an seinem Ohr flüsterte er: „Ihre Tochter hat das Leben zweier Menschen auf dem Gewissen, und Sie helfen ihr nicht im Geringsten, indem Sie schweigen."

Kevin Stolze presste die Lippen zusammen, bis sie alle Farbe verloren, und drehte den Kopf zur Seite, als ob er nicht hören wollte, was Krämer behauptete. Krämer wiederholte die Frage, und Stolze verweigerte eine Antwort.

So kamen sie nicht weiter.

„Wo ist sie jetzt? Herr Stolze, Sie müssen uns sagen, wo Ihre Tochter ist. Durch Ihr Schweigen machen Sie die Sache nicht besser."

„Boloniut hat sie", gab Stolze schließlich auf.

„Was meinen Sie mit ‚hat sie'? Wollen Sie damit sagen, dass er sie gekidnappt hat?"

„Er versteckt sie."

„Warum?"

„Na warum wohl, damit die Polizei sie nicht findet."

Krämer lachte freudlos auf. „Für wie blöd halten Sie uns eigentlich?"

„Sie haben ja recht. Es war eine Kurzschlusshandlung. Boloniut hat gesagt, er würde dafür sorgen, dass nichts rauskommt."

„Wollen Sie etwa damit ausdrücken, Boloniuts Einfluss reiche so weit, dass er einen Mord unter den Teppich kehren könne? Also, wenn es tatsächlich schon so weit in unserem Staat gekommen ist, dass ein Zuhälter Polizei und Gerichtsbarkeit an der Nase herumführen kann, fange ich an, an der gesellschaftlichen Ordnung zu zweifeln. Ihnen ist aber schon klar, dass Sie mit einem Bein im Gefängnis stehen? Wenn Sie es bisher nicht gewusst haben, wissen Sie es jetzt. Wie will Boloniut denn erreichen, dass keiner redet? Es waren eine Menge Leute im Raum. Wie will er sie zum Schweigen bringen? Mit Geld? Erpressung? Will er sie umbringen? Hat er Ihnen das auch gesagt?"

Wieder verweigerte Stolze die Antwort auf Krämers Fragen, indem er die Lippen aufeinanderkniff und bewegungslos auf seine Hände starrte.

„Ich verstehe Sie so schlecht", brüllte Krämer, der seiner Ungeduld Luft machen musste. Wenn dieser arrogante Sack sich nicht endlich in eine sprudelnde Quelle verwandelte, würde er für nichts mehr garantieren können.

„Das hat er nicht gesagt", flüsterte Stolze.

„Was?", schrie Krämer ihn an.

„Das hat er nicht gesagt", wiederholte Stolze lauter.

„Und wo ist Ihre Tochter jetzt?"

„In der *Pacat* Bar." Stolze brach zusammen. Er schlug die Hände vors Gesicht. „Was hätte ich denn sonst tun sollen?"

Krämer sah Rothe an und blies die Backen auf. Der Kerl wollte doch wohl nicht auch noch bemitleidet werden?

„In der *Pacat* Bar? Herr Stolze, wir haben Ihre Tochter dort nicht gefunden."

Stolze riss die Hände wieder herunter und starrte auf die Polizisten. Sein Gesichtsausdruck bedurfte keiner Erklärung. Man konnte ihm ansehen, wie überrascht er über diese Information war.

Krämer griff zum Handy und gab einem Kollegen Anweisung, noch einmal in die *Pacat* Bar zu fahren und alles, was sie dort antreffen würden und zwei Beine hatte, aufs Revier zu bringen. Dann wandte er sich wieder Stolze zu.

„Warum sind Sie nicht zur Polizei gegangen? Werden Sie erpresst?"

Da Stolze einen verkniffenden Ausdruck bekam, schaltete sich Rothe ein. Kevin Stolze wollte anscheinend nicht wahrhaben, dass seine Tochter in Gefahr war. Sie mussten auf *Guter-Cop-Böser-Cop* machen, wobei Rothe von je her den Guten spielte. Sven war immer schon der Meinung gewesen, als einer von fünf Brüdern könne er besser austeilen als zuhören, und eine gut platzierte Faust bringe mehr Ergebnissse als gefühlte tausend Worte.

„Sie müssen uns sagen, was passiert ist. Niemand kann sonst für die Sicherheit Ihrer Tochter garantieren. Sie wissen, dass Boloniut mehrere Bordelle besitzt, Häuser führt, in denen sich Mädchen prostituieren. Sie können sich dieser Tatsache gegenüber nicht länger verschließen", fing Rothe an.

Er nahm ein Foto von Alina und legte es demonstrativ auf den Tisch, so dass alle Anwesenden im Raum es sehen konnten. Es war ein nettes Foto von ihr, das sie in Facebook eingestellt und er heruntergeladen hatte. „Ihre Tochter Alina ist ein hübsches Mädchen, Herr Stolze, und jung – sehr jung."

Er registrierte, dass er nun Stolzes volle Aufmerksamkeit genoss. „Sie haben es mit einem Mann wie Boloniut zu tun. Und der spielt mit den Mädchen nicht Federball."

Stolzes Adamsapfel begann zu hüpfen, als er schluckte.

„Sie werden mir sicherlich Recht geben, wenn ich sage, dass es uns wundert, wie Sie so ruhig hier sitzen können, wenn sich doch Ihre Tochter in den Händen dieses Mannes befindet. Das tut sie doch, oder?", versicherte sich Rothe.

Stolze nickte apathisch.

„Die Zeit läuft, Herr Stolze. Wenn wir nicht schnell genug sind, ist Ihre Tochter weg, nicht mehr in Deutschland, sondern in einem Land, wo wir keine Befugnisse haben. Es liegt an Ihnen", erhöhte Rothe den Druck. „Wo ist Ihre Tochter in diesem Moment?"

„Das weiß ich nicht."

„Erzählen Sie uns, was passiert ist. Vielleicht können wir herausbekommen, wo sie sich jetzt befindet."

Stolze räusperte sich mehrmals bei seinem Versuch, einen schlüssigen Bericht der Ereignisse zu liefern. Seine Stimmbänder wirkten wie lange nicht mehr benutzt. Er krächzte. „Boloniut hat uns in die Bar gebracht, und dort haben wir in einem Hinterzimmer gewartet. Ich fand das ja gleich seltsam, wir hätten genauso gut nach Hause fahren können. Boloniut ist auch nicht mehr aufgetaucht. Ich wusste, dass er mich reingelegt hat. Ich habe es schon die ganze Zeit geahnt, aber von da an wusste ich es. Als ich Boloniut zur Rede stellte, bekam ich Anweisungen, wie ich mich zu verhalten hätte. Alina bliebe so lange bei ihm, bis ich ihm das Haus überschrieben hätte."

„Welches Haus?", fragte Krämer.

„Das Haus, in dem sich das Studio befindet."

Krämers und Rothes Blickkontakt war nur kurz, sagte aber alles. Es ging um das *Haus*?

„Was ist an Ihrem Haus so interessant, dass Boloniut es haben will?", fragte Rothe.

Kevin Stolze atmete geräuschvoll ein. „Boloniut will sein Geschäft erweitern und vermeiden, dass er auf die grüne Wiese im Norden Erfurts ausweichen muss, wenn der von der Stadt beschlossene Bebauungsplan für das Sexgewerbe realisiert wird. Er befürchtet, dass er Kunden verlieren könnte."

„Aber Ihr Haus steht im Sperrbezirk. Da ist keine Prostitution erlaubt", wandte Rothe ein. „Darüber wird sich auch ein

Geschäftsmann wie Boloniut nicht hinwegsetzen können."

Stolze schnaufte verächtlich, als er das Wort „Geschäftsmann" vernahm. Erbost stammelte er: „Er hat Pläne, sein ‚Gewerbe' als Kunst zu verkaufen. Und eigens dafür wollte er das Haus. *Mein* Haus."

Rothe hätte beinahe trocken aufgelacht. Aber die Art und Weise, wie Stolze sein Gesicht verzogen hatte, ließ ihn an der Qual teilhaben, die dieser Mann durchlitt.

„Sie haben ihm also das Haus überschrieben?", hakte Krämer nach, und Stolze nickte.

„Und im Gegenzug dazu wurde Ihnen versprochen, dass der Tote diskret beseitigt wird", fasste Rothe zusammen.

„Ja." Stolzes Stimme klang dünn.

Krämer bedeutete Rothe, die Vernehmung fortzuführen. Er musste mit dem Staatsanwalt sprechen. Wie auch immer die Kleine mit Boloniut verbandelt war, für Sven Krämer war es ein geplanter Mord. Das Motiv war viel naheliegender, als sie vermutet hatten – als Frank vermutet hatte. Es ging nicht um komplizierte Mädchengefühle, es ging einzig und allein um Geld.

Stolze hatte sich nicht mehr unter Kontrolle, der Bann war gebrochen. Er wollte reden. Er musste sogar. Er musste alles erzählen, damit man einsah, unter welchem enormen Druck er schon seit Tagen gestanden hatte und dass er nicht verantwortlich war für die Vorkommnisse, die ihn wie ein Tsunami überrollt hatten.

„Alina stand unter Schock und hat mir nichts erzählt. Ich weiß nicht wirklich, was passiert ist."

„Erzählen Sie erst einmal nur das, was Sie getan haben", beruhigte ihn Rothe.

„Ich habe im Parkhaus geparkt. Und dann sah ich im Studio Leute. Natürlich sollten da die Maler sein, und ich machte mir am Anfang keine Gedanken, bis mir Alina auffiel."

„Und Sie haben Ihre Tochter aus dieser Entfernung erkannt?"

„Ich sah ein Mädchen, das wie Alina aussah. Da ich sie in der Schule glaubte, habe ich den Gedanken an sie beiseitegeschoben. Aber mit ihren weißblonden Haaren fällt sie ziemlich aus dem Rahmen, und irgendwann wusste ich, dass sie es ist, die da am Fenster steht."

Stolze beschrieb, wie verwundert er gewesen sei und dass er sich gefragt habe, ob er sich im Eröffnungstermin geirrt hätte. Zwar war das Haus sein Privatbesitz, aber die Verwaltung des Hauses habe er seiner Sekretärin überlassen. Sie kümmere sich um die Abwicklung der Sanierungsarbeiten, um Mietverträge, die Anstellung eines Hausmeisters, um all die Dinge eben, die man durchführen müsse, wenn man ein Haus verwalte. Natürlich sei er derjenige, der die letzte Entscheidung treffe, doch in den meisten Angelegenheiten lasse er der Weckmer freie Hand. Er habe volles Vertrauen in ihre Fähigkeiten. Auf weiteres Befragen gab er Rothe gegenüber zu, dass er Boloniut auf dem Parkdeck getroffen habe. Und nachdem er Alina angerufen habe, sei er mit Boloniut zur *Pacat* Bar gefahren. Dort habe sie auf ihn gewartet.

„Warum parken Sie im Parkhaus? Haben Sie keinen eigenen Stellplatz in Ihrer Firma?", wollte Rothe wissen.

„Doch."

„Sie hatten also gerade Ihren Wagen geparkt, als Sie Alina im Studio sahen."

„Ja, aber ich habe sie nicht gleich gesehen. Ich parkte, stieg aus und traf Boloniut. Wir kamen ins Gespräch."

„Worüber sprachen Sie?"

Stolze seufzte, als er eine Antwort gab, die er bereits gegeben hatte, und die nur allzu deutlich machte, dass er reingelegt worden war. „Boloniut ist als Interessent an mich herangetreten. Er wollte ein Haus kaufen."

„Ihr Haus?"

„Ja."

„Erklären Sie mir das näher", forderte Rothe ihn auf.

„Als Boloniut vor ein paar Monaten zum ersten Mal auf mich zukam, zeigte er sich interessiert an Grundstücken und Häusern ganz allgemein. Später stellte sich heraus, dass er ein Haus im Sperrbezirk kaufen wollte, worauf ich ihm erklärt habe, dass ihm ein Haus im Sperrbezirk für seine Art von Geschäften nichts nutzen würde."

„Was hat Boloniut daraufhin getan?"

Stolze stieß aus: „Ich habe danach nicht mehr mit ihm gesprochen. Mir ist dieser Mann zutiefst zuwider."

„Sie haben ihn nicht mehr gesehen, bis Sie sich auf dem Parkdeck getroffen haben. Ist das richtig?"

„Ja."

„Haben Sie sich dort verabredet?"

„Nein."

„Warum haben Sie denn dann Ihren Wagen dort abgestellt?"

„Weil-weil ... Es geht Sie nichts an."

„Ich denke doch."

Kevin Stolze wand sich wie ein Wurm. „Na gut, wenn Sie es unbedingt wissen müssen. Ich wollte mich der Kontrolle meiner Sekretärin entziehen. Es reicht aus, wenn sie meinen geschäftlichen Terminkalender führt. Wann ich Feierabend mache, oder ob ich für meine Mittagspause das Büro verlasse, ist meine Privatsache."

„Wie lange kennen Sie Boloniut schon?"

„Ich kenne ihn nicht. Er ist nur ein Kunde, dem ich nicht mit einem geeigneten Objekt dienen konnte."

„Wer hat Ihre Tochter in die *Pacat* Bar gebracht?"

„Ein Mann von Boloniut."

„Wo kam der denn plötzlich her?"

„Er hat am Fenster gestanden."

„Wollen Sie damit sagen, Boloniut hatte einen seiner Männer im Studio?"

Stolze nickte.

„Warum?"

„Das weiß ich doch nicht", reagierte Stolze ungehalten.

„Was sagt denn Ihre Tochter dazu?", fragte Rothe.

„Nichts."

„Herr Stolze, Ihre Tochter hat einen Menschen erschossen und einen anderen lebensgefährlich verletzt, da wollen Sie mir doch nicht weismachen, dass sie so abgebrüht ist, sich nicht darüber zu äußern."

Stolze ließ den Satz unbeantwortet, und Rothe stellte eine Frage zu den Schlüsseln der Räumlichkeiten. Stolzes Antwort stimmte mit der Aussage der Sekretärin nur teilweise überein. Ein Schlüsselsatz befand sich im Büro, den hatte nun die Polizei. Den zweiten Satz besaß der Hausmeister. Ein dritter befand sich im Schreibtisch von Stolzes Arbeitszimmer zu Hause. Von dem hatte die Polizei bisher keine Kenntnis gehabt.

„Und wo befinden sich diese Schlüssel im Moment?"
„Zu Hause bei mir natürlich."
„Hat Frau Weckmer veranlasst, dass die Maler an dem Tag nicht arbeiten sollten? Oder waren Sie das?"
„Das verstehe ich nicht. Davon weiß ich nichts."
Rothe machte sich Notizen. „Wo ist Ihre Frau?"
„Das weiß ich nicht", antwortete Stolze.
„Warum wissen Sie das nicht?"
Stolze zögerte. Es war sicherlich nur noch eine Frage der Zeit, bis die Polizei herausfinden würde, wie zerrüttet seine Ehe war. Also sagte er: „Unsere Ehe besteht nur noch auf dem Papier. Sie hat mich verlassen."
„Wann?"
„Am Dienstag."
„Das ist der Tag, an dem Ihre Tochter auf zwei Menschen geschossen hat. Weiß Ihre Frau davon?"
Stolze schüttelte den Kopf. Es war eher ein Automatismus. Er wollte nicht, dass sie befragt wurde. Er wollte keine weiteren Menschen in diese Angelegenheit hineinziehen, nicht weil er ein guter Mensch war, sondern weil er verhindern wollte, dass die Polizei von seinen sexuellen Neigungen erfuhr. Er war doch nicht verrückt und machte sich erpressbar. Dabei vergaß er für einen Moment, dass er es bereits war.
Rothe meinte kühl: „Jedes Detail Ihrer Aussage ist von Belang, und wenn Sie lügen, Herr Stolze, bekomme ich das heraus. Auch warum Sie lügen. Ich werde auch das herausfinden. Mit jeder Unwahrheit, die Sie von sich geben, werde ich misstrauischer, und ein misstrauischer Bulle ist ein gefährlicher Bulle."
Stolze wich zurück. Der Anwalt schnaufte. Rothe fand

selbst, dass er ein Pfund zu viel draufgelegt hatte, aber seine Worte zeigten Wirkung. Kevin Stolze schien noch mehr zu schwitzen.

„Wer hat geschossen?“, fragte Rothe in die Stille hinein.

„Ich weiß es nicht.“

„Sie standen genau gegenüber. Sie müssen etwas gesehen haben.“

„Das Licht war ungünstig. Man konnte nichts sehen.“

„Nicht zu dieser Uhrzeit, Herr Stolze. Wer hat geschossen? Sie wissen es. Sie sollten es uns sagen.“

Stolze schüttelte den Kopf.

„Was haben Sie gesehen?“

„Nichts“, ächzte Stolze.

„Und was hat Ihre Tochter gesagt, als Sie mit ihr gesprochen haben?“

„Nichts.“

„Nichts?“

„Meine Tochter hat nichts erzählt.“

Fast wäre Rothe ein „Wer's glaubt, wird selig!“ entfahren, er konnte sich aber im letzten Moment beherrschen.

Erfurt - Montagvormittag

Jetzt!

Alina! – Jetzt!

Schieß!

Jetzt! – Alina! – Schieß!

Auf dem Weg zu Alinas Schule durchdachte Frank Rothe in allen möglichen Variationen die Aufforderung zum Schießen, wobei es letztendlich nur ein Wort gegeben hatte: *Jetzt!*

Wenn ihm dieses Wort nicht mehr aus dem Kopf ging, dann deshalb, weil es aus „Alina, die Mörderin" „Alina, das Werkzeug" machte. Eine Täterin, gleichgültig welchen Alters, die mit Kalkül einen Menschen tötete, war eine andere Persönlichkeit als eine Marionette, die sich dazu manipulieren ließ. Es gab so viele Möglichkeiten. Zu behaupten, wie Sven es tat, dass Alina sich von Boloniut hatte instrumentalisieren lassen, um an das Haus ihres Vaters zu kommen, erschien ihm zu einfach. Was wäre dabei für Alina herausgesprungen? Eine Rolle in einem Film, hatte Sven gemutmaßt.

War es so? Für eine Rolle im Film sollte Alina einen Menschen umgebracht haben?

Während des Gesprächs mit Sven Krämer hatte sich ein weiterer Aspekt eingeschlichen, den Rothe gerne ausgeschlossen hätte. Nicht dass Krämer selber daran glaubte, aber ausgesprochen hatte er es dennoch. Versuchte Jessica sich womöglich an Alina zu rächen, indem sie ihr einen Mord in die Schuhe schob?

Rothe hatte das entschieden von sich gewiesen, und Krämer hatte gefragt, ob er sich denn wirklich so sicher sei, dass Jessi die Wahrheit *sehe* und sie nicht womöglich nach ihren eigenen Vorstellungen interpretiere. Junge Mädchen würden sich auch gegenseitig die Augen auskratzen, wenn es um Jungs gehe.

„Du liest wohl zu viele Schundromane", hatte Rothe ihn angeblafft, und Krämer hatte daraufhin die heilige Kuh „Tochter" als Diskussionsthema fallen gelassen.

Rothe hatte eine andere Theorie aus dem Hut gezaubert: Die Beseitigung eines Konkurrenten aus der Szene. Eine

Möglichkeit, die ebenso wenig von der Hand zu weisen war wie die, dass Jessi mit ihren Beschreibungen übertrieben hatte. Fälle von Beseitigung unliebsamer Konkurrenten hatten sie in Erfurt bereits gehabt. Es gab allerdings einen Gesichtspunkt, der dagegen sprach: Alina arbeitete nicht für die Szene. Sie war eine Schülerin und keine Auftragskillerin.

Rothe versuchte, sich von den Theorien, die Sven und er aufgestellt hatten, zu distanzieren, um seinen Kopf wieder frei zu bekommen. Man konnte blind vor lauter Vermutungen werden und das Wesentliche aus den Augen verlieren. Er hatte sich zwar die Kombination Boloniut, Stolze und Alina auf der Zunge zergehen lassen, doch war er der Meinung, man sollte Zascha nicht gänzlich außer Acht lassen. Er ging davon aus, dass Zascha genau das war, was Comisar Beata Matei von ihm behauptet hatte: ein Loverboy. Er hatte Alina in sich verliebt gemacht, und sie hatte es nicht ertragen können, dass er eine andere geküsst hatte. Sie hatte geschossen. Aber sie hatte erst auf Zuruf geschossen.

Wenn es denn stimmte, was Jessi ihm erzählt hatte. Wenn es denn stimmte … *Die Kunst des Verstellens …*

In diesem Punkt hatte Sven recht: alle diese Eindrücke entstammten der Sichtweise seiner Tochter, die traumatisiert und verschreckt im Krankenhaus saß und sich davor fürchtete, dass Matthias sterben könnte. Gegen Rothes Willen schien Svens Saat aufzugehen. Durfte er Jessis Aussage wirklich Glauben schenken? Er glaubte ihr, aber durfte er es auch? War er vielleicht zu unkritisch? Es hatte sich in ihrer Erinnerung genau so abgespielt. Aber hatte es sich auch in der Realität so verhalten? Was davon entsprang ihrem Wunschdenken, ihrer Fantasie? Was hatte sie verdrängt oder verändert?

Verdammt, warum hatte er Sven zugehört? Diese ganzen Überlegungen machten alles nur noch schwieriger. Bis dahin hatte er nie Zweifel an der Aussage seiner Tochter gehabt.

Es gab nur eine Lösung für diese Misere: Sie mussten so schnell wie möglich diese Alina finden und mehr über sie in Erfahrung bringen. Deshalb war er hier in Jessis alter Schule. Darauf musste er seine gesamte Konzentration lenken.

Vor den Werkräumen fing Rothe die Kunstlehrerin ab, die auch die Theater-AG leitete.

Monika Marquardt war eine Frau Mitte dreißig, die Rothe schweigend zuhörte, und bevor sie antwortete, erst einmal wissen wollte, was denn an Alina so interessant sei. Da sie vor zehn Jahren noch nicht zum Kollegium gehört hatte, kannte sie Jessicas Schicksal nur aus Erzählungen. Dass das Verhältnis zwischen den Mädchen nicht besonders gut war, wusste sie aus eigener Erfahrung.

Rothe beschrieb knapp die Umstände seines Kommens und musste feststellen, dass Frau Marquardt ein harter Brocken war. Sie gab nur einsilbige Antworten. Er musste zwischen den Zeilen lesen, doch das brachte die Gefahr von Fehlinterpretationen mit sich.

Wie oft hatte ihm sein Freund schon vorgehalten, dass eine Aussage nur dann etwas wert sei, wenn sie von dem Befragten auch wortwörtlich gemacht und nicht irgendetwas vom Ermittler hineininterpretiert werde. Frank Rothe wusste genau, was Sven sagen würde, wenn er mit seinen Mutmaßungen ankam: Drei Ermittler, drei Interpretation, und wenn dann noch Verteidiger und Staatsanwalt mit ihren Ansichten dazukommen, läuft der Drogenboss wegen Mangel an Beweisen bald wieder frei herum. Am besten noch mit der Knarre in der Hand und zehn Kilo Koks um den Hals.

Rothe versuchte nach dem Ausspruch eines Wissenschaftlers zu handeln: Gute Intuition ignoriert bewusstes Denken, was er für sich mit den Worten übersetzte: Verpass deinem Verstand einen Maulkorb und verlass dich auf deinen Instinkt!

Was sollte er sonst schon tun? Er hatte keine Beweise.

Nach dem Gespräch mit Monika Marquardt saß Rothe im Auto und telefonierte mit Sven: „Und da dachte ich immer, Theatermenschen wären egozentrische Selbstdarsteller. Ich habe selten eine so diskrete Person erlebt wie diese Kunsterzieherin. Sie hat gerade mal erzählt, dass Alina sich in die Rollen reindrängt, nicht weil sie ein enormes schauspielerisches Talent hat, sondern unerschrocken ist, jede Rolle vor Publikum zu spielen, die man von ihr erwartet. Alina würde es sogar bringen, nackt über die Bühne zu springen, wenn man es von ihr verlangen würde. Das habe ich aber nicht von der Marquardt erfahren, sondern von einer Mitschülerin, die zu meiner großen Erleichterung redseliger war. Alina soll davon gesprochen haben, sehr bald aufzutreten. Davon hat mir die Marquardt nichts gesagt."

Rothe dachte noch einmal über Alinas Lehrerin nach. Es konnte kein Geheimnis sein, dass Alina geplant hatte aufzutreten, wenn es sogar eine Mitschülerin wusste.

Nach dem Telefonat mit Sven suchte er die Marquardt erneut auf. Er hatte Glück und erwischte sie, bevor sie vom Schulgelände fahren konnte. Die Frage nach einem Auftritt Alinas außerhalb der Schule, kommentierte sie mit einem gleichgültigen Achselzucken. Ihm fiel jedoch der flüchtige

Ausdruck von schlechtem Gewissen in ihrem Gesicht auf.

Ein Anlass weiterzubohren. „Haben Sie Alina vielleicht unterschätzt? Sie zu negativ beurteilt?"

Schroff antwortete sie: „Man muss die Mädchen auch manchmal vor sich selbst schützen und darf ihnen keine Hoffnungen machen, um ihnen Enttäuschungen zu ersparen."

Er schaute sie abwartend an, ob noch eine Erklärung erfolgen würde, doch zu mehr war Marquardt nicht bereit. Sie verabschiedete sich ebenso brüsk, wie sie geantwortet hatte, und er sah ihrem Wagen gedankenverloren nach.

Wenn Jessica auch nicht gut auf Alina zu sprechen war, so schien ihm Alina doch ein fröhlicher, lebensbejahender und abenteuerlustiger Mensch zu sein. Eigenschaften, die er an Menschen liebte, besonders an Teenagern, die ihr Leben noch vor sich hatten. Gerade in dem Alter sollte man das Leben nicht als Last betrachten.

Rothe rief bei Krämer an, und erfuhr, dass sie das Mädchen nicht gefunden hatten.

„Wann kommst du zurück?", fragte Sven.

„Ich habe da eine Idee, der ich nachgehen möchte."

„Dann hoffe ich, dass du mehr herausfinden wirst als wir. Toi, toi, toi – möge es dem Besten gelingen!"

Weimar - Montagnachmittag

So optimistisch Krämer seine Fähigkeiten auch bewertete, die ersten Kontakte hatten sich durchweg als Nieten erwiesen. Rothe hatte sich überhaupt nicht vorstellen können, wie viele Laienspielgruppen es in Erfurt und Umgebung gab. Bis nach Weimar und Gotha hatte er seine Suche ausgedehnt. Die meisten hatte er telefonisch erreicht und war nur zu einigen persönlich hingefahren. Doch keiner von denen, die er angetroffen hatte, kannte eine Alina, und mit dem Namen *Zascha* konnten sie auch nichts anfangen.

Es war wohl die zwanzigste oder einundzwanzigste Telefonnummer, die mehr versprach. Die Frau am Apparat nannte ihm eine Straße im Norden Weimars. Ihre Nummer hatte er über eine andere Person erhalten, deren Namen er wiederum von jemand anderem hatte. Bald wusste er nicht mehr, mit wem er wann über was telefoniert hatte. Sein Notizblock zeigte das reinste Zahlenchaos und bewies nur, wie verzweifelt er nach Hinweisen suchte. Dabei waren es nicht nur Theatermenschen gewesen, die er plötzlich „an der Strippe" hatte, sondern auch ein Puppenspieler, ein Vorsitzender eines Schachvereins, jemand aus einem Seniorenstift, und als dann noch jemand gefragt hatte, ob er anrufe, um sich für das gleichgeschlechtliche Tanzen anzumelden, war er nahe daran gewesen, die Suche aufzugeben.

Aber nun hatte er eine vielversprechende Adresse und jagte Richtung Weimar, um die angegebene Halle zu finden. Er sollte sich an eine Doro wenden, die das Studententheater *Bits & Bobs* managte.

Sie war allein, und er merkte ihr an der Art der Begrüßung an, dass sie mit seinem Kommen gerechnet hatte. Wahrscheinlich hatte ihre Freundin sie gleich nach dem Gespräch mit ihm angerufen und vor ihm gewarnt. Doro erschien ihm ausgesprochen vorsichtig, als er sich vorstellte.

„Geht es um den, der in Erfurt erschossen worden ist?", fragte sie ihn.

Auffallend an ihr waren die fuchsienroten Haare, die in Locken ihr rundes Gesicht umrahmten, das ihn in seiner Gesamtkomposition an den Renaissancemaler Raffael erinnert. Sie musterte ihn in einer unbefangenen Art von Kopf bis Fuß, die ihn an Fleischbeschau denken ließ. Seiner Meinung nach wurde gutes Aussehen überbewertet, obwohl er hinsichtlich seiner Attraktivität keinen Grund hatte zu meckern. Einer gut aussehenden Erscheinung wurden eher Türen geöffnet als einer unansehnlichen.

Mit einem Lächeln nahm er ihr Verhalten als Kompliment und gedachte, den Vorteil zu nutzen. Er verwickelte sie in ein unverfängliches Gespräch und erfuhr, dass sie schon seit ihrer Schulzeit mit ihren Freunden Theater spielte. Und dass sie nicht nur nach einem neuen Namen für ihre Gruppe suchten, sondern auch nach einem Raum, der näher zur Innenstadt liegt. Während der Unterhaltung fing sie an, mit ihm zu flirten. Rothe wusste nicht, was er davon halten sollte. Übte sie gerade ihre schauspielerischen Fähigkeiten an ihm, oder war sie immer so? Er fragte sie nach dem aktuellen Stück, das sie proben würden.

„Wir wollten *Die Möwe* von Tschechow spielen. Ich mag Tschechow. Bedauerlicherweise verstarb er zu früh, man hätte noch Vieles von ihm erwarten können. Aber für so ein Bühnenstück brauchen wir mehr männliche Schauspieler, und daran mangelt es uns. Also haben wir Frauen entschieden, dass es *Platonow* sein soll. Ein Frühwerk von Tschechow, nicht gerade ausgereift, aber wir haben es überarbeitet."

Rothe kannte zwar den Namen des Autors, aber keines der Stücke, die Doro erwähnt hatte. „Und in diesem Zusammenhang haben Sie Zascha kennengelernt?"

„Wir suchten jemanden für die Hauptfigur, den Platonow. Ursprünglich hatte Tschechow den Platonow als älteren Zyniker dargestellt. Wir wollten einen jüngeren. Und da sich die Männer nicht für diese Figur begeistern ließen, haben wir Frauen entschieden, dass wir das Ding allein durchziehen und uns einen Neuen suchen."

„Wie viele Mitglieder hat Ihre Theatergruppe?"

„Meistens sind wir so um die sechs, die regelmäßig proben, zwei Männer können nur dabei sein, wenn sie mal keine Nachtschicht haben."

„Und wie war die erste Begegnung mit Zascha?"

„Toll. Er hat uns sofort überzeugt."

Rothe stieß überrascht aus: „Ach! Inwiefern?"

„Er war unglaublich präsent. Es war schon erschreckend, wie gut er rüberkam, als er eine Szene spielte."

„Was für eine Szene?"

„Etwas über die Einsamkeit. Improvisiert. Frei sprechend, ohne Textvorgabe."

„Sie wussten von seinen Drogenproblemen?", wechselte Rothe das Thema und erntete ein böses Auflachen.

„Sie verharmlosen ganz schön, Kommissar Rothe. Der hatte keine Probleme. Der schuf sie. Wenn er auch ein grandioser Schauspieler war, so war er ein ebenso schwieriger Mensch. Ein Zyniker, wie Tschechow die Figur in seinem Stück beschrieben hat. Ein drogenabhängiger Zyniker. Ich habe ihn einmal beim Schnupfen erwischt, das hat mich abgestoßen. Und wenn Sie mich fragen, ob ich ihn mochte – ich habe das Gefühl, dass Sie das gleich tun werden –, habe ich keine Probleme damit zuzugeben, dass ich ihn nicht ausstehen konnte."

„Wie hat er von Ihnen und der Rolle, die Sie besetzen wollten, erfahren?“

„Ich nehme an, er hat unseren Aushang in der Uni gelesen.“

„Wann haben Sie den ausgehängt?“

„Im letzten Monat, vor etwa vier Wochen.“

Rothe nickte. „Wurde das Stück aufgeführt?“

„Bisher nicht, und da unser Hauptdarsteller tot ist, fangen wir wieder von vorne an.“

„Sicher“, seufzte Rothe zustimmend, weil dieser Satz eine Resonanz in ihm erzeugte. Auch er hatte das Gefühl, er stünde wieder am Anfang.

„Kennen Sie eine Alina?“

„Nein.“

Es war das kurze Zögern vor der Antwort, das sie verriet.

Rothe wartete, ob Doro ihrer Antwort noch etwas hinzufügen würde, doch da sie anscheinend keinen Anlass dazu sah, ließ er sich schließlich die Namen der anderen Laienspieler geben. Er bedankte sich und schlenderte zu seinem Wagen, wobei er sich fragte, warum sie gelogen hatte. Nun gut, wenn es um Mord ging, waren Zeugen, auch wenn sie das Opfer nur flüchtig gekannt hatten, übervorsichtig, da sie vermeiden wollten, in die Sache hineingezogen zu werden. Aus Worten ließ sich ein Strick drehen, und wer wollte sich schon baumeln sehen? Aber es ging im vorliegenden Fall nicht um Doro. Es ging um Zascha. Einen Junkie. Einen drogenabhängigen Zuhälter. Hatte dieser Junge nun schauspielerische Ambitionen gehabt oder nicht? Wollte er ernsthaft auf die Bühne oder nicht? Oder wollte er nur *üben*? Die Bestätigung seines Talents hatte er gerade eben erfahren, jetzt musste nur noch die Verbindung zu Alina geklärt werden.

Erfurt - Montagabend

„Wir haben sie", brüllte Sven Krämer triumphierend über den Flur, als Rothe die Polizeidirektion betrat. „Das wird wieder eine lange Nacht. Warst du noch bei Jessi?"

Dieses Mal hatte Rothe sich nicht die Zeit genommen, beim Krankenhaus vorbeizufahren. Er hatte angerufen und sich davon überzeugt, dass es ihr gut ging, und war daraufhin zum Revier gefahren. Der Sturzregen und der dichte Verkehr hatten ihn aufgehalten. Nachdem er mit knappen Worten seinen Besuch in Weimar geschildert hatte, bat er, Alina verhören zu dürfen. Sven übernahm nur zu gerne Boloniut, und sie vereinbarten, dass sie Alina zuerst vernehmen würden. Boloniut durfte ruhig noch ein wenig schmoren.

„Wo habt ihr sie gefunden?", wollte Rothe wissen.

„Im gleichen Haus, aus dem auch der Regentonnenmann geflohen ist. Eine Wohnung darüber."

Sven beugte sich zu ihm und flüsterte: „Simone ist da." Dann wandte er sich ab und ging auf Rita ein, die bereits ungeduldig auf ihn wartete.

Erst jetzt entdeckte Rothe die große, schlanke Gestalt am Ende des Gangs. Der Flur war voller Menschen, neben Boloniut und Alina waren auch Boloniuts Leute festgenommen worden, sodass er sie nicht gleich gesehen hatte. Er versuchte, sich nicht anmerken zu lassen, wie sehr ihn ihr Kommen freute. Beim momentanen Stand ihrer Beziehung war er sich nicht sicher, ob man überhaupt noch von einer Beziehung sprechen konnte. Er hatte sie nicht angerufen. Sie ihn auch nicht.

Simone war ausgesprochen zurückhaltend und wirkte fast

schon abweisend, als sie in ihrem regennassen Trenchcoat vor ihm stand und ihn mit einem freudlosen „Hallo“ begrüßte. Es fühlte sich an, als ob der gesamte Atlantik zwischen ihnen läge.

„Alles in Ordnung mit dir?“, fragte er und wollte sie im ersten Moment in die Arme schließen, was er sich jedoch versagte. Selbst als sie sich unerwartet gegen seine Brust fallen ließ und dort verharrte, rührte er sich nicht. Bewegungslos stand er vor ihr und ließ ihren plötzlichen Gefühlsausbruch über sich ergehen.

„Meiner Mutter geht es nicht gut. Ich brauche einfach mal eine Pause von kranken Menschen und ihren Sorgen.“

„Bist du dir sicher, dass du hier richtig bist? Hier ist das Morddezernat.“ Das hatte er gesagt, um ihr ein Lächeln zu entlocken und vielleicht in ihren Augen eine Antwort auf seine unausgesprochene Frage zu finden.

Doch sie schüttelte nur stumm den Kopf.

„Ich bin mir über gar nichts mehr sicher“, sagte sie. Sie sehnte sich danach, von ihm in die Arme genommen zu werden. Stattdessen rückte er von ihr ab.

„Vielleicht hilft es ja, wenn ich dir sage, dass wir Alina haben. Ich werde sie gleich befragen. Willst du dabei sein?“

Um sich nicht anmerken zu lassen, wie irritierend sie sein abweisendes Verhalten fand, sagte sie: „Ihr habt sie? Oh ja, es interessiert mich brennend, was die Kleine zu sagen hat.“

„Mich auch“, sagte er, und es war das erste Mal während ihres Gesprächs, dass er sie anlächelte.

Nachdem Frank Rothe sich und Simone Nolte vorgestellt hatte, fragte er Alina nach ihrem Befinden. Sven Krämer saß hinter der verspiegelten Glasscheibe und nahm das Gespräch auf.

„Nicht so gut", sagte Alina. In ihrem Gesicht arbeitete es. Sie riss sich zusammen, doch es war ihr deutlich anzumerken, wie sehr ihr die Geschichte zu schaffen machte.

„Bist du gut behandelt worden?"

Sie nickte wortlos.

„Möchtest du etwas essen oder trinken?"

„Vielleicht einfach nur ein Glas Wasser", hauchte sie.

„Du kannst auch etwas Warmes haben. Einen Tee?"

„Danke nein, Wasser ist okay."

„Ich weiß, dass es sehr schwer für dich ist, in diesem Raum zu sitzen und uns die Geschichte zu erzählen."

Alina starrte Rothe an. Ausgerechnet Jessicas Vater würde sie vernehmen? Panisch, mit einem herzzerreißenden Aufheulen schluchzte sie los.

„Es tut mir leid. Was passiert ist, ist furchtbar. Bitte glauben Sie mir, dass ich das nicht wollte. Ich wollte ihrem Freund nichts tun. Ich hasse Jessi nicht. Ich wollte niemanden erschießen. Ich bin doch keine Mörderin, ich sollte doch nur eine … Ich, ich … bitte glauben Sie mir. Ich habe etwas Schreckliches gemacht, aber das war nicht so geplant. Zascha hat nicht gesagt, dass … dass –"

Das Wasser kam. Rothe schob ihr das Glas zu und forderte sie auf, einen Schluck zu trinken und sich erst einmal zu beruhigen, doch sie schüttelte den Kopf und wimmerte vor sich hin. Das Glas ließ sie unberührt.

„Ich habe ihn geliebt. Ich hätte alles für ihn getan. Er wollte mit mir nach Hollywood und dort … und dort … und nun ist er tot. Ich wollte das doch nicht. Es sollte doch nur so aussehen, als ob –" Wieder verloren sich ihre Worte in einem Weinkrampf.

Simone zog Papiertaschentücher aus ihrer Handtasche und gab sie Alina, die sie stumm entgegennahm. Sie schnäuzte sich und biss sich nervös auf die Lippen. Es brauchte eine Weile, ehe sie sich beruhigt hatte und Rothe sich sicher sein konnte, dass sie ihm wieder zuhörte.

„Wenn es dir jetzt zu viel wird, können wir ein anderes Mal darüber sprechen", schlug er vor und meinte Svens Grimasse hinter dem Spiegel zu erahnen. Bestimmt dachte er, was denn das schon wieder für ein Spielchen sei.

Und genau dieser Gedanke brachte Rothe zur nächsten Frage. „Es war also alles ein Spiel?"

Alina, der wieder eingefallen war, dass Boloniut ihr geraten hatte, die Aussage zu verweigern, war von der Frage so überrumpelt, dass sie nickte. „Sie wissen das, nicht wahr? Es war alles nur ein Spiel."

Rothe musterte sie, Nolte machte sich Notizen, und Krämer hatte sich hinter dem Spiegel kerzengerade aufgerichtet, damit ihm auch nichts entging.

Da Alina nicht wusste, wo sie anfangen sollte, schaute sie Jessicas Vater erwartungsvoll an. Rothe begriff, dass sie eine Anleitung brauchte – wie ein Drehbuch.

Seine Eröffnung war daher einfach. „Wie hast du Zascha kennengelernt?"

Wie bei einer leichten Prüfungsaufgabe atmete Alina auf. Das konnte sie beantworten. „Es ist eher die Frage, wie er mich kennengelernt hat. Er hat mich nach einer Probe für *Romeo und Julia* angesprochen. Er stand vor der Schule und hatte auf mich gewartet. Natürlich war ich überrascht."

„Und geschmeichelt, könnte ich mir vorstellen."

Ihr verquollenes Gesicht entbehrte jeden Reizes. Es war rotfleckig und verheult, und verzog sich nun zu einem gequälten Lächeln. „Irgendwie schon. Er ist … war doch auch ein toller Typ." Sie fing wieder an zu schluchzen. „Ich vermisse ihn."

Krämer verzog das Gesicht und dachte: Man kann es auch übertreiben, Mädchen. Nolte war auf Abstand gegangen. In ihr kämpften Abneigung und professionelle Neutralität um die Vorherrschaft. Rothe gab sich unbeteiligt. Aber er hatte natürlich im Hinterkopf, was Jessica ihm über die ehemalige Klassenkameradin gesagt hatte.

„Sind denn die Proben öffentlich?", fragte Rothe.

„Nein, aber man kann jederzeit in die Schule, und wir haben in der Aula geprobt, nicht in den Klassenräumen. Da wäre er nicht reingekommen." Hier unterbrach sie sich wieder und wartete auf seine nächste Frage.

„Erzähl einfach, Alina."

Sie trank etwas Wasser. Als sie das Glas abgesetzt hatte, fragte sie: „Was soll ich denn erzählen?"

„Ich möchte wissen, wie ihr euch kennengelernt habt. Hat er dich angesprochen? Oder du ihn? Wie hat er dich angesprochen? Hattest du ihn schon vorher mal gesehen?"

„Ich hatte ihn schon mal vor der Schule gesehen, als er mit den Schülern aus der Oberstufe gesprochen hat. Da ist er mir deswegen aufgefallen, weil sie zusammen gelacht haben. Ich war ein bisschen neidisch, es sah aus, als ob sie eine Menge Spaß miteinander hatten. Er ließ eine Schachtel Zigaretten kreisen. Später hat er mir erzählt, dass ich ihm sofort aufgefallen bin. Er sagte, ich sei hübsch. Eine richtige Schönheit."

Alina lächelte entschuldigend. „Ich habe mich noch nie als hübsch empfunden. Ich habe immer gedacht, ich wäre klein und dick. Ein richtiges hässliches Entlein. Er wollte mich kennenlernen. *Mich*! Ich glaubte ihm am Anfang nicht. Das konnte nicht sein. So war es noch nie gewesen, dass ein Junge mit mir zusammensein wollte. Aber er wollte mich wiedersehen, und ich habe ihn zu meiner Probe eingeladen. Ich war sehr aufgeregt und habe versucht, alles richtig zu machen, aber ich glaube, an dem Nachmittag ging alles schief. Ich konnte mich nicht an den Text erinnern, habe gestottert, und irgendwie war ich ganz schön durcheinander. Das hatte aber nichts mit der anstehenden Premiere zu tun, sondern mit ihm."

Wieder nahm sie einen Schluck Wasser. „Ich hatte mich verliebt und hatte Angst, dass ich ihn enttäusche, denn ich habe an dem Tag ganz schön viel gepatzt. Ich dachte, ich würde ihn nicht wiedersehen. Aber ich brauchte mir keine Gedanken zu machen, er fand mich toll."

„Und was passierte danach? Habt ihr euch öfter getroffen?"

„Er hat mich von da an jeden Tag von der Schule abgeholt und mir gesagt, ich wäre eine begnadete Schauspielerin und schon viel erwachsener als die anderen. Ich wäre schon so reif und vernünftig." Dabei kicherte sie wie eine Zehnjährige und sprach sich selber Hohn. „Er hat mir erzählt, dass er eine Agentur hat und jungen Mädchen dabei hilft, ins Filmgeschäft einzusteigen. Und ich wäre eine von den wenigen, die wirklich eine Chance hätten." Ein Strahlen breitete sich auf ihrem Gesicht aus.

Rothe sah in Richtung Spiegelglas. Er fragte sich, ob Sven sich an das Gespräch erinnerte, das sie über die Castingcouch geführt hatten. Alina steuerte direkt darauf zu.

„Was musstest du dafür tun?“, fragte er und senkte seine Stimme in der Hoffnung, dass die Antwort nicht so brutal klingen würde, wenn sie ebenso leise antworten würde. Es war eine Sache, sich vorzustellen, was passiert war, aber eine andere, es wirklich aus ihrem Mund zu hören.

„Ich sollte eine Mörderin spielen.“

„Wie?“, entfuhr es Rothe. „Was meinst du damit?“

Alina machte eine Geste der Hilflosigkeit. „Na, so tun, als ob ich ihn erschießen würde. Es sollte gefilmt werden. Zascha hätte dann den Film einer Produktionsfirma vorgelegt. Es war geplant, dass er einen Geiselnehmer spielt und ich die mutige Befreierin, indem ich die Pistole auf ihn richte und schieße. Er fasst sich ans Herz und stirbt. Danach wollten wir mit Sekt feiern und Party machen.“

Erschrocken sah sie beide Ermittler an. „Ich habe noch nie eine Mörderin gespielt.“

Krämer fluchte hinter dem Spiegel: „Verdammt, Mädchen, dafür hast du deine Rolle aber oscarreif hingelegt.“

„Wie sollten denn die Aufnahmen gemacht werden? Mit einer richtigen Fernsehkamera?“

„Darum habe ich mich nicht gekümmert. Zascha hat gemeint, damit ich nicht nervös werde, wäre die Kamera sehr klein. Ich denke, dafür wird er wohl seinen Freund mitgebracht haben. Damit der uns filmt.“

„Und hat er denn gefilmt?“

Alina zuckte mit den Achseln.

Rothe überlegte sich seine nächste Frage, während Simone Nolte wissen wollte, wer diese Szene mit dem Schießen vorgeschlagen habe.

„Zascha."

„Hattest du einen Text?", fragte sie.

„Nein. Bei einer Improvisation braucht man keinen Text. Es gab auch keine Markierungen auf dem Boden, wo man sich hätte hinstellen sollen. Alles sollte spontan sein und dadurch ganz besonders echt wirken."

„Woher wusstest du, wann du schießen musst?", fragte Rothe.

Alina zuckte mit den Achseln. „Das habe ich mir so gedacht. Das ist ja der Sinn einer Improvisation."

Verblüfft über diese Antwort sah Rothe in Richtung Spiegel und versuchte, sich Svens Gesicht vorzustellen. „Und es gab da wirklich niemanden, der dir ein Zeichen gegeben hat?"

„Nein", antwortete Alina.

Dass er über diese Antwort irritiert war, brauchte man Simone Nolte nicht zu sagen. Sie sah es seinem Gesicht an, gerade weil es unbeweglich blieb.

„Mit wem bist du ins Studio gegangen?", fragte Rothe weiter.

„Mit meiner Freundin Lydia."

„Wo ist sie jetzt?"

„Ich nehme an, zu Hause."

„Weißt du, wo sie wohnt?"

Alina verneinte. „Wir haben uns meistens im Café getroffen oder nach den Proben in der Schule."

„Erzähl mir etwas über sie!", forderte Rothe Alina auf.

Alina wirkte angestrengt, als sie ihre Freundin beschrieb.

„Sie ist ruhig, anders als ich. Ich glaube, ich muss mir und allen anderen beweisen, wie gut ich bin. Dass ich die Aufgabe schaffe, die man mir stellt. Dass ich nicht versage. Mein Vater würde es mir nicht verzeihen, wenn ich versage. Für meinen Vater gilt nur, dass man sein Bestes gibt. Lydia wird niemals einen Fehler machen, weil sie nichts wagt. Sie ist so. Sie geht kein Risiko ein. Sie ist vernünftiger als ich. Das mit dem Theater hätte sie niemals gemacht. Sie interessiert sich nicht für so etwas, und wenn ich sie nicht gedrängt hätte, wäre sie noch nicht einmal mitgekommen."

„Mochte sie Zascha?"

„Sie kannte ihn doch gar nicht." Sie wischte sich die restlichen Tränen aus den Augenwinkeln und murmelte: „Ich bin müde."

„Das verstehe ich, wir sind auch gleich fertig. – Alina. Wem gehört die Pistole und wer hat sie dir gegeben?"

„Es ist Zaschas Pistole, aber er hat sie mir nicht gegeben. An die Pistole zu kommen, war ein Teil der Improvisation."

„Und wie sollte das vonstatten gehen? War das vorher abgesprochen?"

„Nein. Das ist der Sinn einer Improvisation."

„Und wie ist es dann passiert?"

Alina seufzte auf und erklärte: „Zascha war ziemlich gut darin, Stimmung aufzubauen. Zuerst hat er uns alle dazu verdonnert, die Geräte zu verrücken, die Tische zu verschieben, die Stühle farblich passend zu den Tischen zu arrangieren, die Pflanze musste woanders hin. Er wollte mehr Platz für seine Bühne. Wir haben echt geschuftet. Dann hat er einen Streit mit dem Trainer angefangen, weil das Gerät nicht richtig stand. Ihm gefiel das alles nicht, und er meinte, wir wären einfach zu blöd zu kapieren, was er will. Er hatte mir erzählt, dass ich mich nicht wundern sollte, wenn Leute dabei wären. Das wären Komparsen, die er eigens dafür bezahlt hätte. Es sollte alles so echt wie möglich aussehen, und es sah echt aus. Deswegen habe ich mir auch keine Gedanken gemacht. Es war alles nur ein Spiel. Sie haben alle ihre Rolle gespielt, und ich eben auch. Deswegen war ich ja auch so überrascht, Ihre Tochter zu sehen. Zascha kannte sie. Er musste sie auch gefragt haben. Und der Kampf mit dem Jungen war so täuschend echt. Auf so etwas wäre ich nie gekommen. Aber so etwas kann man nicht planen. So etwas passiert. Das ist eben das Tolle an Improvisation. Und als es diesen Kampf gab, wusste ich, jetzt muss ich handeln. Ich nahm die Pistole und schoss."

„Wo lag die Pistole?"

„Auf dem Boden. Zascha hatte sie fallen gelassen, und ich habe sie aufgehoben." Gequält schlug sie sich die Hände vors Gesicht und presste hervor: „Kommissar Rothe, bitte glauben Sie mir, ich habe das nicht gewollt."

„Wusstest du, dass die Pistole geladen war?"

Sie schluchzte durch ihre Finger: „Aber doch nur mit Platzpatronen."

Für die Vernehmung von Boloniut hatten sie die Rollen getauscht. Krämer und Rothe führten das Verhör, während Nolte mit einem Erfurter Kollegen hinter dem Spiegel saß.

Sie rechneten damit, dass Boloniut versuchen würde, sich aus der Affäre zu ziehen. Für einen medienerfahrenen Menschen wie ihn war es keine große Sache, Polizisten ein paar Fragen zu beantworten, wenn er ansonsten mit Reportern und den Leuten vom Fernsehen zu tun hatte. Dieser Mann wirkte so gelassen, souverän und unangreifbar, gepflegte

Hände mit Siegelring, teure Krawatte – Krämer fühlte sich fast dazu provoziert zu fragen, ob Boloniut vor der Vernehmung noch in die Maske wolle.

Zachary Boloniut war ein Selbstdarsteller. Ein grandioser Selbstdarsteller, der mit seinem Geld protzte.

„Boloniut, dieses Mal bekommen wir Sie für eine ziemlich lange Zeit hinter Gitter. Drogen, Verdeckung einer Straftat, Erpressung, zudem Freiheitsberaubung. Vielleicht auch Mord?"

Boloniut sah Sven Krämer kühl an und sagte nichts.

Während Rothe bei den Verhören taktierte, indem er die Beute wie eine Raubkatze erst einmal umschlich und belauerte, um sie schlussendlich mit einem Sprung zu erwischen, schlug Krämer gleich mit der Faust auf den Tisch. Schleichen und Lauern waren für ihn nur Synonyme für Zögern und Warten. Und „Takt" war ein Wort, das man bei ihm unter der Rubrik „wird überschätzt" fand.

Er legte Boloniut Fotos von dem Toten vor – die schlimmsten, die er vom Polizeifotografen hatte bekommen können. Sollte Boloniut doch ruhig sehen, wie ein Schlussszenario für einen von seiner Sorte aussehen konnte.

Die Reaktion war mehr als unerwartet, als Boloniut mit einem leisen Schluchzen aus der Reihe der ihm vorgelegten Bilder eines in die Hand nahm, liebevoll darüber strich und flüsterte: „Alekzander."

Krämer und Rothe mussten erst einmal ihre Überraschung verdauen. Diese Reaktion sah nicht danach aus, als hätte Boloniut Auftrag gegeben, einen Konkurrenten auszuschalten.

Als sich Boloniuts Stimme erneut erhob, war nichts mehr von seinem arroganten Gehabe übrig. „Alekzander Boloniut.

Mein Sohn. Ich habe ihn nach Erfurt geholt, damit er mir zur Hand ging. Er war ein guter Junge, ein wirklich guter Junge. So anständig. Immer für die Familie da."

Simone hinter dem Spiegel sah aus, als ob ihr schlecht werden würde. Krämer und Rothe blieben regungslos und Boloniut schien sich für einen Moment in einer anderen Welt zu befinden.

„Irgendwann hat Alekzander damit angefangen, dass er Schauspieler werden will – groß in Hollywood rauskommen. Er hat nur noch davon gesprochen, wie schön das Leben in Amerika ist und dass dort jeder Millionär werden kann. Ich habe ihn gefragt, was ihm denn an Deutschland nicht gefällt. Ist doch ein gutes Land. Mit Geld. Hier kann man auch Millionär werden." Er tippte sich theatralisch auf die Brust. „Ich bin der beste Beweis."

Bedächtig legte er Zaschas Bild zurück in die Reihe der Fotografien, und seine leeren Hände machten eine ratlose Geste.

„‚Deutschland ist gut für uns', habe ich ihm gesagt. Aber er wollte weg. Na schön, dachte ich, soll er Schauspielunterricht nehmen und erst einmal zeigen, wie gut er wirklich ist. In der Zeit kann er trotzdem weiter für mich arbeiten. Und das hat er getan. Er war immer ein guter Junge."

Da Boloniut zu Anfang des Verhörs angegeben hatte, dass er unverheiratet sei, wurden nun Fragen zur Familie gestellt. Boloniut sagte aus, dass er Zaschas Mutter, eine Tänzerin in Bukarest, nicht geheiratet, sie aber immer mit Geld unterstützt habe.

„Ich bin ein großzügiger Mensch. Immer großzügig. Fragen Sie die anderen. Ich weiß, wann man zupacken muss.

Ich weiß, wie man hilft. Ich helfe gerne. Aber Irina – was hat sie getan? Sie hat meinen Sohn weggegeben, und mein Geld hat sie auch noch genommen. Und Geld habe ich genügend gegeben, damit Alekzander es gut haben konnte." Mit einem flüchtigen Blick auf die Ermittler, schnaubte er: „Ich habe ihn in einem Kinderheim gefunden."

Die Bilder von Cighid standen plötzlich im Raum. Bilder eines rumänischen Waisenheims, in dem Kinder wie Tiere gehalten worden waren.

„Ein Jahr habe ich dafür gebraucht. Ein Jahr, ehe sie mir gesagt hat, wo er ist. Diese Schlampe. In der Hölle soll sie schmoren. Was hat sie meinem Sohn angetan! Meinem Jungen die Unschuld zu rauben. Ja, das hat sie, ihm seine Unschuld geraubt. Aber er hat schnell vergessen. Kinder vergessen so schnell, nicht so wie die Erwachsenen, die nie vergessen können. Er wurde ein guter Schüler, und ich habe ihm das Geschäft gezeigt. Ein hartes Geschäft mit harten Konkurrenten. Ein Geschäft, in dem man Köpfchen haben muss, wenn man überleben will."

„Konkurrenten, die es auszuschalten gilt?", fragte Krämer unumwunden.

„Was meinen Sie damit?", fragte Boloniut und hatte sich wieder im Griff.

„Halten Sie es für möglich, dass einer Ihrer Konkurrenten Sie unter Druck zu setzen versucht, indem er Ihren Sohn tötet? Oder hat Ihr Junge bei der Konkurrenz gewildert und wurde dafür bestraft?"

Boloniut starrte ihn lediglich an und Sven wurde schärfer. „Ist Ihr Sohn sexuell abartig gewesen, dass er Mädchen vergewaltigt und anschließend getötet hat?"

Er schnappte sich die Fotos der toten Mädchen und hielt sie Boloniut unter die Nase. Und weil dieser seine manikürten Hände betrachtete, anstatt einen Blick auf die Fotos zu werfen, donnerte Krämer richtig los: „Versuchen Sie erst gar nicht zu leugnen, dass Ihr Sohn die Finger im Spiel gehabt hat. Die DNA-Spur ist so breit, die würde sogar ein Blinder finden."

Zachary Boloniuts Fassade bekam deutliche Risse. Er funkelte Krämer böse an.

„Wie viele Mädchen hat er umgebracht?", fragte Krämer.

Das Schweigen dehnte sich aus.

„Ihr Schweigen hilft Ihnen nichts, Boloniut. Sie glauben, wir finden das nicht heraus? Was denken Sie wohl, wie eng wir mit der rumänischen Polizei zusammenarbeiten? Na, jetzt kommen Sie schon! Wie viele Mädchen hat er getötet? Sie haben ihn nach Deutschland geholt, weil er bereits zu Hause gemordet hat. Das ist nicht gut fürs Geschäft, nicht wahr? Es ist gar nicht gut fürs Geschäft, wenn der Zuhälter sich als Mörder entpuppt, da will kein Schäfchen mehr auf Ihrer Wiese weiden. Stimmt's, Boloniut? Raus mit der Sprache, und tun Sie nicht wie so ein Stockfisch!" Krämer war aufgesprungen und riss weitere Fotos aus der Mappe.

„Ein totes Mädchen wurde bei Sibiu gefunden. Das andere – schauen Sie genau hin, sie ist ein halbes Kind – hundert Kilometer von hier."

Boloniut murmelte irgendetwas.

„Wie viele?", durchschnitt Krämers Stimme die verbrauchte Luft. Sein Gesicht war vor Wut verzerrt.

„Zwei", gab Boloniut schließlich zu.

Krämer setzte sich wieder und ging sich durch den Bart.

„Zwei? Meinen Sie *diese* zwei Mädchen", er tippte auf die Mappe, „oder reden wir von zwei weiteren toten Mädchen?"

Boloniut hielt seinem Blick nicht stand.

„Verdammt! Wir reden von vier Mädchen? *Vier* tote Mädchen, die Ihr Sohn vergewaltigt, getötet und dann irgendwo verscharrt hat? Was für ein Problem habt Ihr Rumänen eigentlich mit Frauen? Ihr schikaniert und attackiert sie auf den Straßen, vergewaltigt sie und schlagt sie dann tot. Aber eure Söhne dürfen sie euch gebären, ja?"

Das Verhör ging über Stunden. Boloniut gab schließlich zu, die Morde gedeckt zu haben. Er hatte gehofft, dass die Schauspielerei seinen Sohn auf andere Gedanken bringen würde. Er beantwortete die Fragen nach den Wohnungen, die Zascha kontrolliert hatte, ebenso wie die Frage, wo Zascha gewohnt hatte. Das Haus, das auf dem anonymen Video zu sehen war, gehörte nicht Boloniut.

„Haben Sie eine Ahnung, warum Alina Stolze auf Ihren Sohn geschossen hat?", fragte Krämer.

Bei dieser Frage zeigte sich Boloniut plötzlich höchst unkooperativ. Auch die Drohung „Ich behalte Sie so lange hier, bis Ihre Zehen abfaulen" erreichte ihn nicht.

„Wir kennen Alinas Version, und da kommen Sie nicht gut weg. Haben Sie dem Mädchen etwas angeboten?"

Der Schuss ins Blaue schien zu funktionieren.

„Was meinen Sie mit ‚angeboten'? Ich habe gar nichts mit dem Mädchen zu schaffen."

„Ach, da hat sie uns aber etwas anderes erzählt." Krämer grinste schmutzig. „Sie ist sechzehn, hübsch, jung und hat uns gesagt, dass …"

Boloniut schnitt Krämer das Wort ab. Das war auch gut

so, denn Krämer hatte nicht gewusst, wie er den Satz hätte beenden sollen. Schließlich hatten sie bisher nichts gegen Boloniut in der Hand, zumindest nichts, was Alina betraf.

„Das stimmt nicht“, rief Boloniut empört. „Was Sie da andeuten, war nicht so. Wir haben sie nicht angerührt.“

„Na, dann sind wir mal gespannt auf Ihre Version.“

„Es gibt keine Version, nur die Wahrheit. Ihre Fantasie ist schmutziger als mein Geschäft. Sie verdrehen mir die Worte im Mund. Sie glauben doch wohl nicht etwa, ich würde mein eigen Fleisch und Blut umbringen lassen. Wollen Sie mir unterstellen, dass wir Rumänen unsere Kinder nicht lieben, dass wir *so etwas* mit ihnen tun würden? Ich liebte meinen Sohn. Ich habe ihn immer geliebt. Er war *mein Sohn*.“

„Das stellen wir auch nicht infrage, Herr Boloniut“, mischte sich Rothe ein. „Aber er ist tot, und Sie haben jetzt ein Haus.“

„Welches Haus?“, schrie Boloniut. „Von welchem Haus reden Sie?“

„Stolzes Haus“, entgegnete Krämer.

„Stolzes Haus?“ Boloniut starrte die beiden Polizisten entgeistert an. „Sie meinen wirklich, ich würde meinen Sohn in den Tod schicken, damit ich ein Haus bekomme?“

Wie ein Schloss schnappte sein Mund zu, und er verweigerte jede weitere Antwort. Ab diesem Zeitpunkt sprach Boloniut kein Wort mehr.

Nach einigen vergeblichen Versuchen, ihn wieder zum Reden zu bringen, ließ Krämer ihn zurück in die Zelle bringen.

Es war stickig im Raum, und jeder von ihnen wirkte geladen wie ein Pulverfass. Die Müdigkeit und dass sie nun schon seit einer Woche ununterbrochen in diesem Fall ermittelten, sorgte für eine explosive Atmosphäre. Schwärende Ungeduld war manchmal wie ein launischer Hund, der unvorhergesehen zubiss. Wann würden sie sich gegenseitig in die Haare kriegen?

„Wenn das hier nicht bald ein bisschen schneller, geht weiß ich nicht, wozu ich fähig sein werde", grunzte Krämer, und Rothe beruhigte ihn.

„Solche Fälle hatten wir schon öfter, Sven, und die haben uns auch nicht in die Knie gezwungen."

Simone Nolte trat in das Zimmer und lenkte die Männer für einen kurzen Moment ab.

„Wo ist eigentlich Beata? Ich habe sie noch gar nicht gesehen", fragte sie.

Krämer wandte sich ab, als er „weg" murmelte.

„Wie weg?", wollte dann auch Rothe wissen, und Krämer schnauzte: „Weg eben."

„Sie ist nicht mehr in Erfurt?" Rothe fragte sich, ob ihre Abwesenheit der Grund für Svens schlechte Laune war.

Krämer zuckte mit den Achseln. „Sie hat irgendetwas von einem Schlampentag erwähnt, was auch immer damit gemeint ist. Da müsste sie unbedingt hin."

„Meinst du den Slutwalk?", wollte Nolte wissen.

„Kann sein", grummelte Krämer.

„Das weiß ich, dass sie mit anderen Frauen den ersten Slutwalk Rumäniens vorbereitet. Ich wusste nur nicht, dass der jetzt ist."

Als Rothe sie fragend ansah, erklärte sie: „Der Slutwalk ist ein von Frauen organisierter Marsch, um gegen die Täter-Opfer-Vergewaltigungsmythen zu demonstrieren. Es ist nicht die Schuld der Opfer, wenn sie vergewaltigt werden. Wenn ich das früher gewusst hätte, wäre ich mit Beata mitgefahren."

„Zum Schlampenmarsch nach Bukarest, na klar, was Besseres fällt euch Frauen auch nicht ein", stichelte Krämer.

„Weißt du was? Du kannst mich mal!", fauchte Nolte ihn an und verließ den Raum.

Krämer mied Rothes Blick, während dieser grinste.

„Wenn du mit Beata genauso umgesprungen bist wie mit Simone, verstehe ich, dass sie es vorgezogen hat, mit anderen Frauen durch die Straßen zu marschieren, anstatt mit dir in die Kiste zu hüpfen."

„Arschloch!"

Rothe lachte laut auf. „Schau in den Spiegel, wenn du so etwas sagst. Und jetzt lass gut sein. Ich glaube, wir brauchen alle mal eine Pause. Wie wär's mit dem Italiener am Rathaus? Ich lad' dich und Simone ein."

Krämer nickte mit schiefem Grinsen. Seine plötzliche Wut schien wieder zu verrauchen.

Bei trockenem italienischen Landwein und Bier wurde das Gespräch über Boloniut wieder aufgenommen.

„Ich bin nicht der Meinung, dass wir viel weiter sind", sagte Krämer.

„Natürlich sind wir das", entgegnete Rothe.

„Sehe ich auch so", stimmte Nolte zu. „Alina hat zugegeben, dass sie geschossen hat, und die Frage des Motivs ist zwar noch nicht zweifelsfrei geklärt, aber …"

„Überhaupt nicht, meinst du wohl", fiel Rothe ihr ins Wort, sah sie aber um Verzeihung heischend an. Es sollte keine Kritik sein, und so fasste Simone es auch auf. Bevor sie etwas erwidern konnte, brachte der Kellner ihre Pizzen.

„Sie wird es uns schon noch sagen. Ist es nicht erst einmal besser zu wissen, dass sie in Sicherheit ist?", fragte Nolte, während sie sich ein Dreieck aus der heißen Pizza heraussäbelte.

„Ja, ja, alles gut und schön, aber ich sehe einen deutlichen Unterschied darin, ob sie ihn umgebracht hat, weil sie es so geplant hat oder weil sie manipuliert wurde", stieß Krämer zwischen zwei Bissen hervor.

„Na hoppla, heißt das, du bist jetzt meiner Meinung?", fragte Rothe.

„Ich habe nachgedacht …", sagte Krämer.

„Mal was ganz Neues", scherzte Rothe.

„Lasst uns doch noch einmal über das Haus reden. Das Haus besitzt man dann, wenn man grundbuchlich eingetragen ist. Eine grundbuchliche Eintragung kann Wochen dauern", meinte Nolte.

„Und das wollte Boloniut riskieren?", wandte Krämer ein. „Dass er eine Minderjährige so lange festhält, bis das Haus auf seinen Namen eingetragen ist? Da wäre er aber sehr leichtsinnig."

„Genau, völlig untypisch für einen, der stets versucht, auf der sicheren Seite zu stehen. Bis heute hat ihn niemand von unseren Kollegen drangekriegt. Er war immer glatt wie ein Aal", entgegnete Rothe.

„Und da lässt er sich ganz bestimmt nicht darauf ein, sich eine Pubertierende ins Haus zu holen", sagte Nolte.

„Die ihm die Hölle auf Erden bereitet“, meinte Krämer.

„Na, so schlimm sind Mädchen in dem Alter auch nicht“, wehrte Rothe ab und wechselte unvermittelt das Thema. „Kennt ihr Tschechow?“

„*Der Kirschgarten. Die Möwe*“, antwortete Nolte.

„*Fürchte den Bock von vorn, das Pferd von hinten und das Weib von allen Seiten.* Hat der gute Anton gesagt. Hab mal eine Aufführung von ihm gesehen, in die ich geschleppt wurde. *Platonow* oder *Die Vaterlosen*, von ihm mit achtzehn geschrieben. Es war aber nicht gut genug und keiner wollte es aufführen. Angeblich hat er das Manuskript verbrannt, aber später hat man eine Version in seinem Nachlass gefunden“, führte Krämer zu Franks und Simones Überraschung aus.

„Für einen Bullen weißt du aber ziemlich gut Bescheid, wo ich dich noch nie mit einem Buch in der Hand gesehen habe“, lästerte Rothe.

„Ich habe in der Schule aufgepasst, was man wohl von dir nicht behaupten kann, wenn du es nicht weißt. Worauf willst du denn hinaus?“

„Das Stück nennt man auch *Die Vaterlosen*? Das wusste ich zum Beispiel nicht.“

„Frag mich nicht warum. Ich habe keine Ahnung“, gestand Krämer ein.

„Worum geht es darin?“, fragte Nolte.

„Um die Liebe natürlich. Und um die Langeweile. Ich habe mich jedenfalls gähnend gelangweilt, als ich das Stück gesehen habe.“

„Wundert mich überhaupt, dass du reingegangen bist“, sagte Rothe.

„Höhere Gewalt. Eine Frau, die ich sehr liebe, hat mich als ihre Begleitung auserkoren“, erklärte Krämer.

„Kenn ich sie“, fragte Rothe neugierig.

„Durchaus. Meine Mutter.“ Krämer lachte, als ob er einen Witz gerissen hätte. „Tja, der gute alte Tschechow! Die Handlung ist schnell erzählt. Ein Mann, viele Frauen. Er ist ein Zyniker und Besserwisser, außer wenn es um sein eigenes Leben geht, da weiß er nicht sonderlich gut Bescheid, aber die anderen durchschaut er gnadenlos. Er ist genial und trotzdem ein armes Schwein, er trinkt, aber die Frauen lieben ihn dennoch, verfallen ihm, und zum Schluss erschießt ihn eine.“

Rothe sah Simone an. „Und in *Die Möwe*?“

„Ähnlich. Tschechow hat der Gesellschaft in seinen Dramen einen Spiegel vorgehalten. In *Die Möwe* treffen sich verschiedene Menschen auf einem Landgut und öden sich an. Es wird geliebt, gehasst, zum Schluss begeht einer Selbstmord, weil die Frau, die er liebt, von ihm enttäuscht ist. Irgendwie spielt eine gescheiterte Schauspielerin noch eine Rolle. Warum fragst du uns das alles, Frank?“

„Weil ich eine Idee habe.“ Abrupt erhob er sich von seinem Stuhl. „Lass mich mit Boloniut sprechen, Sven. Ich weiß, was passiert ist.“

„Ich habe ihm gleich gesagt, die ist zu dumm“, sagte Boloniut verbittert. „Wir haben sie für den Plan gebraucht, diesen Stolze unter Druck zu setzen. Ich wollte das Haus, und Alekzander meinte, das wäre kein Problem. Er hat schnell Kontakt zu Mädchen gemacht. Immer schon. Schon als er klein war. Die Mädchen liebten ihn. Er brauchte nur zu lächeln und schon waren sie da. Die vielen Mädchen. So hat er auch die Blonde kennengelernt."

„Alina?", fragte Rothe.

„Wenn sie so heißt", antwortete Boloniut, als ob es ihn nicht im Mindesten interessierte, ob überhaupt und welchen Namen ein Mensch hatte. „Alle Informationen über Stolze hatte Alekzander von mir, den Rest sollte ich ihm überlassen. Es sollte wie ein richtiger Mord aussehen, das war die Bedingung."

„Das kapier ich nicht. Es ist ein Mord", entgegnete Rothe ruhig, während Krämer ihn nervös machte, indem er stumm den Raum abmarschierte, als ob er dessen Länge messen wollte. „Das reicht mir nicht, Boloniut. Da muss noch ein bisschen mehr kommen."

„Alekzander hat gesagt, die Kleine wollte zum Film, und er hat ihr den Mund wässrig gemacht. Die Sterbeszene sollte doch nur gespielt werden. Wer konnte denn ahnen, dass sie ihn umbringt."

„Und wie erklären Sie es sich dann, dass sie es getan hat?"

Boloniut schwieg.

„Herr Boloniut? Haben Sie meine Frage verstanden?"

„Ich habe keine Ahnung", blaffte Boloniut los.

„Aha, und das soll ich Ihnen glauben? Einem Mann, der sich mit einem bewaffneten Leibwächter schmückt? Und was für eine Aufgabe hatte Ihr Mann im Studio?"

„Pawels Job war, sie aus dem Studio zu schaffen, sowie sie geschossen hat, und sie zu mir zu bringen. Ihr Vater sollte mitkriegen, dass seine Tochter jemanden umbringt, ich entsorge die Leiche, und als Gegenleistung hätte ich dafür das Haus bekommen."

„Das ist Erpressung."

Boloniut zuckte nur mit den Schultern. „Das ist eher ein Gefallen von Freund zu Freund."

Rothe und Krämer sahen sich vielsagend an. Aha, jetzt waren Stolze und Boloniut sogar schon Freunde.

„Und wie lief das praktisch ab?"

„Pawel war als Trainer verkleidet. Er sollte vom Parkdeck aus ein Zeichen von mir bekommen. Aber da uns die Sonne im Rücken stand, habe ich ihm eine SMS geschickt."

„Wer ist uns?"

„Stolze und ich."

„Und das soll Stolze nicht gemerkt haben?", fragte Rothe ungläubig.

„Nein, der beobachtete die Leute im Studio und achtete nicht auf mich."

„War noch jemand auf dem Parkdeck?"

„Nicht, dass es mir aufgefallen wäre", log Boloniut.

„Wie haben Sie Stolze dazu bekommen, dass er sich dort mit Ihnen trifft?"

„Er hat sich nicht mit mir getroffen. Ich habe ihn abgefangen."

„Woher wussten Sie, dass er dort sein würde?", fragte Rothe.

„Er ist leicht zu durchschauen. Ich habe ihn ein paar Tage beobachten lassen. Ein Mann wie Stolze pinkelt sogar nach festen Uhrzeiten"

„Wenn ich Sie richtig verstanden habe, Herr Boloniut", fasste Rothe das Gehörte mit eisiger Höflichkeit zusammen, „hat Ihr Sohn auf Ihre Anweisung hin Alina Stolze verführt und sie dazu gebracht, ihn zum Schein zu erschießen. Sie versprachen Stolze, die vermeintliche Leiche diskret zu beseitigen. Als Gegenleistung verkauft er Ihnen das Haus, auf das Sie schon seit Längerem spekuliert haben. Ein ziemlich perfider Plan. Erzählen Sie uns noch, wie Ihr Sohn an die Studioschlüssel gekommen ist."

„Durch den Hausmeister", sagte Boloniut.

„Haben Sie ihn dafür bezahlt?"

„Alekzander hat sich als Maler verkleidet und sich die Schlüssel ausgeliehen. Dafür bekam der Typ eine Flasche Schnaps. Ich sagte doch, dass er ein guter Schauspieler war."

„Und doch ist etwas schiefgegangen. Haben Sie dafür eine Erklärung?", kam es von Krämer.

Da Boloniut nicht antwortete, fragte Krämer: „War Ihr Sohn drogensüchtig?"

Und Rothe spekulierte: „Er sollte eigentlich nur die Prostituierten kontrollieren und Drogen an den Schulen verticken. Aber dann stellte sich heraus, dass er unter Drogeneinfluss nicht zurechnungsfähig war."

Er machte eine Pause, bevor er ausführte: „Der Plan für den fingierten Mord ist viel zu aufwändig, als dass es nur um ein Haus im Sperrbezirk gehen würde. Gleichzeitig sind da vier tote Mädchen, und die Spuren enden alle bei Ihrem Sohn. Sie wollten mehr als nur ein Haus. Sie wollten, dass Ihr Sohn von der Bildfläche verschwindet. Er sollte nicht nur für Stolze als tot gelten, sondern auch noch für … wen, Herr Boloniut?" Rothe verließ sich ganz auf sein Gefühl und wartete ab.

In Boloniut arbeitete es. Rothe ließ ihm Zeit. Krämer blätterte in der Mappe mit den Unterlagen. Es war warm geworden. Boloniut lockerte die Krawatte und öffnete den obersten Hemdknopf. Er stierte auf irgendeinen Punkt vor sich. Rothe schaute auf seine Hände, Krämer auf ein Foto.

„Sie kennen das Mädchen", tastete Rothe sich weiter vor, während er auf den Abzug tippte, der die junge Frau aus dem Fall *Schneewittchen Beuren* zeigte.

Boloniut brummte.

„Sie kennen sie, und deswegen musste Alekzander verschwinden, und zwar so schnell wie möglich." Rothe stöhnte theatralisch auf, um seine Ungeduld zu zeigen. Er bluffte, als er sagte: „Nun reden Sie schon, Boloniut, wir wissen es doch sowieso schon."

Boloniut starrte den Ermittler an, und Rothe starrte zurück.

„Zascha musste untertauchen, nicht nur wegen der ermordeten Mädchen in Rumänien, sondern weswegen?", hakte Rothe nach.

Boloniut blieb stur und schwieg sich aus. Wie lange hielten sie ihn schon fest? Er war müde und musste zurück zum Geschäft. Es war nicht gut, wenn keiner die Zügel in der Hand hielt. Jetzt, wo Alekzander nicht mehr da war.

„Ich möchte ein Glas Wasser", bat er.

Niemand rührte sich.

„Die Konkurrenz schläft nicht", sagte Rothe. „Wollen wir doch mal offen miteinander reden. Sie glauben mit Ihrer Hinhaltetaktik würden Sie sich und Ihren Besitz schützen? Das Gegenteil ist der Fall. Während Sie hier fest sitzen, übernimmt die Konkurrenz Ihr Revier. Einer muss die Prostituierten betreuen. Je mehr Frauen, die für einen anschaffen gehen, umso besser, denn nur so klingelt die Kasse. Richtig? Warum sich also nicht auch um *Ihre* Prostituierten kümmern?"

Boloniut biss die Zähne zusammen.

„Vielleicht sind Sie schon überflüssig. Was macht man mit Leuten, die überflüssig sind? Tja, Herr Boloniut, wir versuchen hier, die Wahrheit herauszubekommen. Und die anderen feixen sich eins. Vielleicht wird sogar schon ein Plan geschmiedet, wie man Sie beseitigen kann. Einer weniger, der an die Geldtöpfe will. Alekzander war der Erste, Sie könnten der Nächste sein."

„Unsinn!", knurrte Boloniut.

„Wie bitte?"

„Sie reden Unsinn. Wer sollte mich schon umbringen?"

„Ihr Sohn ist schon tot."

„Das war die Kleine, und das hat nichts mit dem Geschäft zu tun."

„Wenn Sie das glauben –" Rothe öffnete die Hände in einer gespielt ratlosen Geste.

„Was heißt hier glauben, ich habe es mit eigenen Augen gesehen. Sie hat geschossen."

„Ja, und Ihr Sohn ist tot. Aber hatten sie vielleicht etwas ganz anderes geplant? Warum sollte Ihr Sohn den Tod vortäuschen? Nun, die Antwort liegt doch klar auf der Hand: um unterzutauchen. Herr Boloniut, Ihr Sohn Alekzander hat ein Mädchen aus einer Wohnung getragen, die nicht zu Ihren Wohnungen gehört. Das heißt diese Tote ist keines von ihren Mädchen gewesen. Keine von Ihren Prostiuierten gewesen, die für Sie anschafft. Er hat ein Mädchen der Konkurrenz getötet, und Sie haben Ärger befürchtet. Bedeutenden Ärger!"

Da Boloniut immer noch nichts sagte, fragte Rothe: „Werden Sie bedroht?"

„Die sollen sich mal nicht so haben, ich habe denen ihre Nutte bezahlt", schnaufte Boloniut.

Krämers Kinnhaken kam wie aus dem Nichts, sodass sogar Rothe, der um Krämers Temperament wusste, zusammenzuckte.

„Du abgrundtief verdorbenes Schwein", zischte Krämer und rieb sich die Faust, als ob er noch einmal zuschlagen wollte. „Fürs Protokoll: Der Zeuge hat sich an der Tischkante verletzt, als er sich seinen Schuh zubinden wollte."

Boloniut wurde bewusst, dass es ein Fehler gewesen war, keinen Rechtsbeistand hinzuzuziehen. Er hatte geglaubt, er könnte das allein regeln, wie er immer alles in seinem Leben allein geregelt hatte.

Rothe setzte ungerührt fort: „Also, Boloniut. Die Szene weiß Bescheid. Die anderen warten nur darauf, Sie in die Finger zu kriegen. Sie haben gezahlt? Das reicht nicht. Die wollen Ihren Kopf! Der Vorteil ist, dass es den Staat weniger kostet, wenn die Sie erledigen. So sparen wir uns das Geld für die jahrelange Verpflegung im Gefängnis."

Boloniut hielt sich das schmerzende Kinn und hörte nur mit halbem Ohr zu. Er behielt Krämer im Auge. Dem Kerl war nicht zu trauen. Der sah aus, als ob er körperlich nicht genügend ausgelastet wäre. Er räumte schließlich ein, dass Alekzander die Show auch dazu hatte nutzen wollen, um aus Erfurt zu verschwinden.

„Wenn Ihr Leibwächter den Auftrag hatte, Alina aus dem Studio zu schaffen, wer sollte sich eigentlich um die anderen kümmern?", wollte Rothe wissen.

Boloniut murmelte: „Was weiß ich. Es war Alekzanders Plan."

Auch die nachfolgenden Fragen, wer die anderen Mitwirkenden im Studio gewesen seien, ließ Boloniut unbeantwortet.

Rothe nahm es interessiert zur Kenntnis und resümierte: „Tja, Herr Boloniut, Ihr Plan hat nicht funktioniert."

Mit belegter Stimme wiederholte Bordellkönig Zachary Boloniut: „Nein. Es war ein guter Plan. Aber er hat nicht funktioniert."

Erfurt - die Nacht auf Dienstag

„Das war großartig", lobte Krämer seinen Freund wenig später und klopfte ihm auf die Schulter.

Trotz der späten Stunde war die Freude, den Fall nahezu gelöst zu haben, in Krämers Büro spürbar. Nach dem Verhör Boloniuts war das Ziel zum Greifen nah, und für alle, die mit dem Fall beschäftigt waren, war es eine große Erleichterung zu wissen, dass sie kurz davor standen, ihn zu lösen.

Krämer stellte sich vor die Ermittlungsgruppe und fasste die Ergebnisse unter Zuhilfenahme der Fotos, die an der Wand hingen, zusammen.

„Zuerst möchte ich mich bei euch bedanken. Die letzte Woche war anstrengend, aber wir haben es schließlich gemeinsam bis hierher geschafft. Wenn wir auch noch nicht alle Details kennen, sind wir doch zumindest soweit, dass wir rekonstruieren können, was im Studio vorgefallen ist. Mein Dank gilt auch einer Kollegin, die heute leider nicht hier ist: Comisar Beata Matei aus Sibiu. Sie ist wieder zurück nach Rumänien."

Er wandte sich mit einem Lächeln seinem Freund zu. „Und nicht zu vergessen, unsere Kollegen aus dem Eichsfeld, die maßgeblich zur Aufklärung beigetragen haben – ohne dass dabei etwas zu Bruch gegangen ist“, setzte Krämer lachend hinzu.

„Soweit ich weiß, ist euer Ball noch konfisziert“, blökte einer aus der Gruppe.

„Leider, wir wären sonst viel schneller bei unseren Ermittlungen gewesen“, konterte Rothe und rief damit allgemeine Erheiterung hervor, die ihren Höhepunkt in Ritas Kommentar „Dann wäre es aber teuer geworden“ fand.

Als sich die Stimmung wieder beruhigt hatte, setzte Krämer mit der Erklärung an: „Alekzander Boloniut, genannt Zascha, war ein Loverboy. Er hat den Kontakt zu jungen Mädchen gesucht und sie sich mit der Loverboy-Methode zu Willen gemacht, um sie später als Prostituierte für sich arbeiten zu lassen. Wie wir herausgefunden haben, neigte er zu Gewalttätigkeiten, nicht nur, um die Mädchen gefügig zu machen, sondern auch, um seine zunehmende Impotenz infolge des starken Drogenkonsums zu kaschieren. Er machte die Mädchen für seine Impotenz verantwortlich. Gleichzeitig stand er unter dem Einfluss von Crystal permanent unter sexuellem Druck. Er rekrutierte seine Mädchen in Schulen mit einer Casting-Masche. Bevor er nach Erfurt gekommen ist, hat er sich seine Opfer in Bukarest und in Sibiu in Siebenbürgen gesucht. Die Prostituierten, die für Zascha gearbeitet haben, bestätigen, dass sie geschlagen worden sind und dass Zascha ihnen Drogen gegeben hat. Aufgrund der DNA-Analysen wissen wir, dass Zascha Geschlechtsverkehr mit der Toten im Fall *Schneewittchen*

Beuren hatte. Das Mädchen starb nicht an Erstickung, wie zuerst angenommen, sondern an der Droge Molly. Vielleicht hätte sie gerettet werden können, wenn sie rechtzeitig Hilfe erfahren hätte. Wir gehen von Verschleppung, Nötigung, Vergewaltigung und Körperverletzung mit Todesfolge aus. Der Fall *Schneewittchen Siebenbürgen* wird von den Kollegen in Sibiu bearbeitet. Wir konzentrieren uns auf die Fälle *Zascha* und *Schneewittchen Beuren*. Zachary Boloniut, der Vater von Zascha, hat mit seinem Sohn einen Plan ausgeheckt, um Kevin Stolze, Eigentümer der Immobilie, mit einem fingierten Mord in seinem Haus zu erpressen. Das Haus liegt im Sperrbezirk der Stadt. Boloniut wollte sich über die Gesetze hinwegsetzen, dort ein Bordell eröffnen und es als Kunst verkaufen. Alina Stolze wird ohne ihr Wissen Teil dieses Plans. Zascha macht sie mit der Tokarev vertraut. Dazu Fragen?"

„Wieso war in der Tatwaffe scharfe Munition?", fragte Rita Reimann.

„Das wissen wir nicht. Es sieht so aus, als ob es sich um einen Irrtum gehandelt hat. Im Verhör mit Boloniut haben wir Zaschas Adresse erfahren. Die Kollegen sind noch vor Ort. Vielleicht bringt uns die Wohnungsdurchsuchung in diesem Punkt neue Erkenntnisse", antwortete Krämer.

„Wo sind die Filmaufnahmen, von denen Alina gesprochen hat?", warf Jens Steiner ein.

„Es gibt keine Filmaufnahmen, weil es nie welche geben sollte", antwortete Krämer. „Die Inszenierung im Fitnessstudio war allein dazu gut, Stolze glauben zu machen, seine Tochter hätte jemanden erschossen. Wäre alles nach Plan gelaufen, hätten weder Tochter noch Vater jemals erfahren, dass der Tod fingiert war. Der angebliche Tote hätte, nachdem er im Studio zurückgelassen worden wäre, den nächsten Flug nach Amerika genommen. Sein Vater, Zachary Boloniut, hat ausgesagt, dass Zascha geplant hatte, Erfurt gleich danach zu verlassen. Die Boloniuts hätten damit zwei Fliegen mit einer Klappe geschlagen. Ein Haus, an das sie sonst nicht gekommen wären, und der Sohn wäre aus dem Verkehr. Ein Bandenkrieg wäre unterbunden worden. Soweit so gut. Doch die Inszenierung lief aus dem Ruder."

Krämer sah in die Runde, räusperte sich und fuhr mit seinem Bericht fort: „Alina wusste nur, dass Zascha Statisten verpflichten wollte. Wer und wie viele hatte er ihr nicht mitgeteilt. Zaschas Begründung dafür war, dass der Film echt wirken soll. Boloniuts Mann Pawel, der den Trainer gespielt hat, hatte die Aufgabe, Alina nach dem Schuss durch die unverschlossene Nachbarwohnung aus dem Haus direkt in die *Pacat* Bar zu bringen, um sie im Glauben zu lassen, dass Zascha tot ist. Pawel hat das bestätigt."

Rita bohrte weiter: „Auch wenn Zascha ein noch so guter Schauspieler war, wäre doch das Mädchen niemals darauf reingefallen. Sie wäre doch zu ihm hin und hätte gemerkt, dass er nicht tot ist."

„Um das zu verhindern, war Pawel da. Sie hätte nicht auf Zascha zustürzen können, um sich von seinem Tod zu überzeugen. Und um sicher zu gehen, dass Stolze wirklich zahlt, musste er zum Augenzeugen werden. Dafür sorgte Boloniout. – Er lässt Stolze beschatten, lernt seinen Tagesrhythmus kennen, auf dem Parkdeck verwickelt er ihn in ein Gespräch. Dort sendet er eine SMS an Pawel, und der wiederum gibt Zascha ein Zeichen."

„Erzähl mir nichts! Auf so ein Schmierentheater wäre Stolze doch niemals reingefallen“, schnaufte Rita.

„Was unterscheidet einen gespielten Mord von einem echten? Nichts, Rita.“ Sie sah nicht so aus, als ob Krämer sie überzeugt hätte, und er lenkte ein: „Wir wissen nicht, was tatsächlich passiert wäre, wenn der Plan funktioniert hätte. Er *hat* aber nicht funktioniert, Zascha *ist* tot, und *nichts* ist vertuscht. Alles andere ist Spekulation.“

„Was ist mit der Bedienung?“, hakte Jens ein.

„Wissen wir nicht. Zascha hat ein solches Feuerwerk entfacht, dass niemand etwas über sie sagen kann. Wir haben nur Jessicas Aussage. Alina kann sie noch nicht einmal beschreiben. Sie war aufgeregt und wollte nichts falsch machen. Sie war in Zascha verliebt und Zascha war ein Mann, der das Drama liebte. Nicht zu vergessen, er stand massiv unter Drogen. Crystal ist ein Halluzinogen, das dazu führt, dass man sich für besser, klüger, schneller, gewitzter usw. hält, als man ist – dass man jeden Maßstab verliert. Zascha hat sich überschätzt. Das zeigt uns der vorliegende Fall.“

„Irgendwann wäre er aber aufgestanden und hätte zugeben müssen, dass alles nur inszeniert war. Jessica und Matthias hätten doch bestimmt Fragen gestellt“, ließ Rita nicht locker.

„In diesem Fall können wir nur Vermutungen anstellen, denn Zascha ist der Einzige, der uns darauf eine Antwort geben könnte. Vermutlich hätte er gelacht und das ganze als Spaß abgetan. Ein bisschen Chichi hier, ein bisschen Chichi da. Vielleicht hätte er auch noch jedem Geld in die Hand gedrückt, weil sie so toll mitgemacht haben. Geld hatte er genügend bei sich. Eine andere Möglichkeit ist, dass sein Handlanger, dieser Carel, die Leute aus dem Studio bringen sollte. Jedenfalls war keine Party geplant. Im ganzen Studio fand sich keine einzige Flasche Sekt, auch nichts anderes Alkoholisches, womit man hätte feiern können. Wir können davon ausgehen, dass Boloniut uns nicht anlügt, was diese Inszenierung angeht."

Rita schien nicht sonderlich überzeugt von dem, was Krämer ausgeführt hatte, und mischte sich noch einmal ein. „Du hast gesagt, der Schlüssel von der Eingangstür fand sich in Zaschas Hosentasche und sein Handlanger sollte alle aus dem Studio bringen. Warum hat Zascha den Schlüssel nicht gleich Carel gegeben? Oder meinst du, es war von vorneherein geplant, dass die Zeugen durchs Fenster fliehen?"

„Du bist einem Trugschluss aufgesessen, Rita. Zascha sollte für die anderen nicht tot sein, nur Stolze und seine Tochter sollten es glauben", sagte Krämer.

„Ich bin *keinem* Trugschluss aufgesessen, Sven", entgegnete Rita bissig. „Nicht nur die Stolzes sollten glauben, dass Zascha tot ist, sondern auch Boloniuts Konkurrenz! So die Theorie. Wenn aber alle, außer Alina, sehen, dass Zascha nicht erschossen wurde, wie hätte man der Konkurrenz vormachen wollen, dass er tot ist?" Triumphierend verschränkte sie die Arme und starrte Krämer an.

„Das zeigt uns, dass wir es eher mit der zweiten Möglichkeit zu tun haben", räumte Krämer ein. „Das würde auch die Funktion von Carel erklären, der die Zeugen so schnell wie möglich aus dem Studio bringen sollte."

„Dann hätte aber der Schlüssel nicht bei Zascha, sondern bei Carel sein müssen."

„Nicht unbedingt. Was würde dagegen sprechen, dass sich Carel über Zascha beugt, den Tod bestätigt, und dabei den

Schlüssel an sich nimmt? Nicht zu vergessen, die Nachbarwohnung und die Leiter. Es standen genügend Fluchtwege zur Verfügung."

„In diesem Fall nichts", erwiderte Rita. „Und was ist mit dem Handy?"

„Du meinst das Handy der Schülerin, von dem der Notruf ausging?", fragte Krämer.

Na, welches Handy denn sonst?, schien ihr Gesicht zu sagen.

„Die Nummer des Handys wurde beim Notruf gespeichert. Dadurch konnten wir auch herausfinden, dass das Handy einer Schülerin gehört, die angibt, es irgendwo liegengelassen zu haben. Wir haben es nicht am Tatort gefunden. Weil es eine Rolle im Fall spielen könnte, haben wir versucht, es zu orten. Das Ergebnis war negativ. Wir wissen nur, dass ein Mann den Notruf abgegeben hat. – Fassen wir die Fakten noch einmal zusammen. Der Plan lautete: Alina ‚erschießt' Zascha." Krämer malte imäginäre Anführungszeichen in die Luft. „Boloniuts Mann bringt sie zur *Pacat* Bar. Ihr Vater beobachtet die Szene und erklärt sich einverstanden, dass Boloniut für das Haus die Leiche verschwinden lässt. Von dem Mord, der in Wirklichkeit kein Mord ist, wird natürlich nichts in der Zeitung stehen. Stolze geht davon aus, dass Boloniut sein Versprechen gehalten hat. Die Statisten erzählen herum, dass Zascha tot ist."

„Wenn es sich herumgesprochen hätte, dass es einen Mord gegeben hat, wären doch wir eingeschaltet worden", stellte Jens fest.

„Aber wenn es keinen Toten gibt und nur Gerede, was hätten wir denn ermitteln sollen?" Krämer kam zum Ende seiner Ausführungen, raffte seine Unterlagen zusammen und verabschiedete die Kollegen. „Lasst uns Schluss machen. Morgen ist auch noch ein Tag."

Während sich der Raum allmählich leerte, verfolgte Rothe seine eigenen Gedanken. Zascha und die große Pose. Die mit scharfer Munition geladene Waffe. Die Drogen, die Zascha in Umlauf gebracht hatte und denen er selbst verfallen war. Ein kurzer Gedankenblitz tauchte auf und war wieder verschwunden, noch ehe er darauf zugreifen konnte. So dumm waren Ritas und Jens' Einwände nicht. Irgendwo hallte etwas von ihren Worten in ihm wider. Ein Gedanke kreiste und kreiste … morgen würde er sich damit beschäftigen müssen. Jetzt brauchte er eine Mütze voll Schlaf.

Es war weit nach Mitternacht, und er vermutete, dass Jessica schon schlief. War Simone, wie vereinbart, bei ihr, um nach ihr zu sehen?

„Du schläfst ja noch gar nicht. Wie geht es dir? Und wie geht es Matthias?", fragte Simone Nolte.

Als sie das Zimmer betreten hatte, war Jessica unangenehm berührt gewesen. Das hatte sie dem Mädchen am Gesicht abgelesen. Sie war über Franks Vorschlag, seine Tochter zu besuchen, solange er wegen Boloniut festhing, auch nicht sonderlich begeistert gewesen. Zwischen ihr und Frank war es schwierig. *Sie* machte es schwierig. Sie *war* schwierig. Das war ihr bewusst. Seit Rolf gestorben war, war es mühsam, ihre Welt wieder zusammenzuflicken. Und Frank war Witwer. Seine Welt musste in so viele Einzelteile zertrümmert sein, ihrer beider Lebenszeit würde nicht ausreichen, sie zu kitten. Wenn er doch nur nicht so erpicht darauf wäre, mit ihr zusammen zu sein. Sie wollte die Verantwortung nicht tragen, nach seinem schmerzlichen Verlust und vielen Jahren Single-Dasein seine erste feste Beziehung zu sein und dann auch noch alles richtig machen zu müssen, damit es funktionierte. Eine Beziehung am Arbeitsplatz! Jeder simple Ratgeber riet davon ab. Natürlich war sie nicht immun gegen seine Anziehungskraft. Er machte sie nervös. Manchmal hatte sie das Gefühl, ihr Gehirn schaltete automatisch auf Nebelmaschine, wenn er in ihrer Nähe war. Und nun saß sie am Bett seiner Tochter. War Jessica eifersüchtig auf sie oder sauer, weil sie ihren Vater abwies? Was sollte sie ihr erklären? Musste sie ihr überhaupt etwas erklären? Wirkte nicht alle Freundlichkeit aufgesetzt?

Frank hatte ihr das Versprechen abgerungen, Jessica zu besuchen, ihr aber nicht gesagt, wie lange sie bleiben solle. Sie würde es kurz machen. Aber zu ihrer Verwunderung ließ Jessica sich gern auf ein Gespräch ein. Ihr war anzumerken, wie verängstigt sie darüber war, dass Matthias immer noch im Koma lag, und die Ärzte nichts über seinen Gesundheitszustand sagen konnten.

„Du bist wirklich ein tapferes Mädchen“, rutsche es Simone heraus. Gleichzeitig ärgerte sie sich über sich selbst, weil es sich so von oben herab anhörte. Wie sprach man mit einer Sechzehnjährigen?

„Ich bin nicht tapferer als all die anderen, die sich um einen Menschen sorgen“, sagte Jessica und klang erwachsener, als ihr Aussehen hätte vermuten lassen, so schmal und zart, wie sie im Bett kauerte. Sie war blass wie das Laken unter ihr, mit hektischen Flecken am Hals, die ihre Aufregung zeigten. „Matthias' Mutter ist tapfer. Sie hat zwei Söhne, der eine hatte vor ein paar Jahren einen schweren Autounfall, bei dem er fast gestorben wäre, und nun Matthias. Ich mache mir Vorwürfe. Ich wollte doch nach Erfurt, weil ich dachte, wir könnten … wir könnten einen schönen Tag miteinander verbringen."

Spontan ergriff Simone Jessicas Hand und drückte sie. Das Mädchen erwiderte den Druck und schniefte leise.

„Ich will nicht schon wieder damit anfangen. Wenn ich bei Matthias bin, weine ich nicht. Er soll nicht denken, dass ich eine Heulsuse bin."

„Das würde er nie denken."

Jessica lächelte dankbar.

„Glaub daran, dass Matthias es schafft", sagte Simone sanft und schlug vor: „Wollen wir für ihn beten?"

Es war sehr spät, als die Schwester hereinschaute und die zwei Frauen in das Gebet vertieft vorfand. Die Besuchszeit war vorbei, und an sich hätte sie gehen müssen, aber die Schwestern hatten mitbekommen, dass die Patientin die Freundin des jungen Mannes auf der Intensivstation war, von dem man nicht wusste, ob er durchkommen würde.

Jessica war eingeschlafen, als Frank Rothe eintraf. Simone schob ihn zurück in den Flur.

„Sie hat nach dir gefragt", flüsterte sie. „Ich bin müde, lass uns schlafen gehen."

Frank nahm sie in den Arm. Seine Wange schmiegte sich an ihre. Für einen Moment war alles um sie herum vergessen. Es gab nur noch sie und ihn. Und eine Entscheidung. Sie musste gehen. So schwer es ihr fiel, aber sie *musste* es tun. Jessica brauchte ihren Vater und sie hatte nicht die Kraft, sich um beide zu kümmern.

Sie löste sich von ihm und ging zum Fahrstuhl. Er hielt sie

nicht zurück. Vielleicht weil er zu müde war. Vielleicht aber auch, weil er ihre Entscheidung endlich respektierte. Als sie vor dem Aufzug stand, wusste sie, dass es falsch war zu gehen.

Die Türen öffneten sich, sie stieg ein und ließ sich ins Erdgeschoss bringen. Sie fühlte sich wie von einem mächtigen Strom fortgetragen. Und während das alles mit ihr geschah, fragte sie sich, wie sie es schaffen sollte, zum Parkplatz zu gelangen, sich ins Auto zu setzen und die Fahrt nach Beuren hinter sich zu bringen. Sie fühlte sich noch nicht einmal fähig, den nächsten Schritt zu tun.

Die Aufzugtür öffnete sich und Frank riss sie keuchend in seine Arme. „Ich bin zu kaputt, um mit dir zu diskutieren. Ich möchte einfach nur mit dir ins Bett. Neben dir liegen, deinen Atem hören, deine Haut an meiner Haut spüren und wissen, dass du bei mir bist. Bitte zwing mich nicht, dir noch einmal nachzulaufen. Dazu wäre ich nicht mehr in der Lage. Bitte keine Treppen mehr."

Ihr wurde so warm wie schon lange nicht mehr.

Erfurt - Dienstagvormittag

Nach dem schmutzig grauen Wetter des vorangegangenen Tags war es wie ein Geschenk, in den blauen Himmel zu blicken. Erste Anzeichen des kommenden Winters zeigten sich, als Simone das Fenster öffnete und der frische Wind durch ihre Haare fuhr. Die kleine Pension in der Erfurter Altstadt lag zentral, die Zimmer waren schlicht, aber hübsch, und zwischen den Baumkronen konnte man den Dom erahnen. Sie drehte sich zu Frank um und betrachtete ihn, wie er auf dem Bett lag: Sein nackter Körper war nur dürftig zugedeckt. Sie genoss den Anblick seiner perfekten Muskeln und fragte sich, wann er wohl ausgeschlafen hätte und ob sie ihn wecken sollte. Irgendwie stand ihr der Sinn so gar nicht nach Warten oder nach einem Frühstück. Sie seufzte leise, dann ein wenig lauter, aber Frank schlief wie ein Murmeltier.

Nun gut, dann würde sie unter die Dusche gehen.

Das Wasser rann ihr über den Rücken. Heiß und wohltuend. Die Gedanken flossen ihr aus dem Kopf, aus allen Gliedern, waren nicht mehr Bestandteil ihrer selbst. Als sie verträumt nach der Seife griff, war es Franks Hand, die sie zu fassen bekam.

„Darf ich?“, fragte er, als er zu ihr in die Duschkabine trat, und es hörte sich nicht so an, als ob er wirklich eine Antwort erwarten würde.

Er stand hinter ihr, und seine seifigen Hände glitten über ihre Brust, ihren Bauch und andere Regionen, die für ihn von magischer Anziehungskraft zu sein schienen. Mit einem „Mein Gott, bist du schön“ schmiegte er sich an ihren Rücken und seufzte genießerisch.

„Deine Hände sind ziemlich vorwitzig“, murmelte sie, während sie die Augen schloss.

„Böse Hände“, flüsterte er heiser, und sie spürte sein Lächeln an ihrem Ohr. „Ich habe keine Macht über sie. Sie tun, was sie wollen.“

Sie kicherte. „Mir scheint, an dir gibt es noch weitere Körperteile, über die du keine Macht hast.“

Er grinste in sich hinein und seine Lippen spielten mit ihrem Ohrläppchen. Triumphierend registrierte er, wie sie unter seinen Fingern aufstöhnte. Er küsste sie. Dass Küsse so gut schmecken konnten, war etwas Neues für ihn. Er hatte Manuela immer gerne geküsst, aber wenn er Simone küsste, vergaß er einfach alles um sich herum. Sobald sich ihre Lippen berührten, wollte er nur eines: dass sie sich nie wieder voneinander lösten. Dieser Zustand des Schwebens war einzigartig. Eine solche körperliche Befriedigung, allein durch das Aufeinanderpressen zweier Münder, hatte er noch nie mit einer Frau erlebt. Sobald seine Zunge ihre weichen Lippen ertastete, sprang ein Funke über, der lodernd Kreise zog, bis alle Bereiche seines Körpers entflammt waren. Diese Frau war Meisterin in der Kunst des Verführens, auch wenn sie es abstritt, und hatte ihn seit dem ersten Kuss in ihren Fängen. Warum machte sie ihm nur das Leben so schwer? Ihre Wechselbad-Methode machte ihn schier kopflos. Er wollte genau das, was sie ihm am meisten verweigerte: ihren Mund, ihren Körper, dass sie in seinen Armen lag und er sie küssen und lieben konnte bis zum erlösenden Feuerwerk. Er war süchtig nach ihr. Sie schmeckte so gut und roch fantastisch. Wenn sie in seiner Nähe war, spürte er diesen unbändigen Hunger, den er kaum unter Kontrolle bekam.

Als sie es aus der Dusche ins Bett geschafft hatten, zeigte er ihr sein ganzes Repertoire als Liebhaber, bis Simone ihn anflehte, ihr endlich eine Atempause zu gönnen.

„Jetzt schon?“, seufzte er. „Ich habe doch noch gar nicht richtig angefangen.“

Kraftlos warf sie ihm ein Kissen an den Kopf. „Du siehst aus wie ein Kater, der sich an der Sahne gütlich tut.“

„Und dabei verdirbt sich das Katerchen noch nicht mal den

Magen“, grinste er und machte trotz ihrer Proteste weiter.

„Du Wüstling!“, keuchte sie auf, und er nutzte die Gelegenheit, ihr zu beweisen, *wie* wüst er war.

Es war bereits Mittag, als sie das Revier erreichten. Krämer stand vor der Schautafel, auf der sich die Fakten übersichtlich präsentierten. Sicher waren einige Feinheiten noch nicht abgestimmt, würden aber am Ergebnis nichts ändern. Das war Krämers Meinung.

Rothe hätte üblicherweise noch dieses oder jenes einzuwenden gehabt, aber heute war er mit anderen Dingen beschäftigt, und so folgte er Krämers Bericht einfach nur interessiert.

„Lasst mich die neuesten Ergebnisse für unsere hinzugekommenen Kollegen noch einmal zusammenfassen.“

Krämer grinste Frank und Simone anzüglich an. Rita Reimann schaute finster drein, während die anderen sich nicht anmerken ließen, was sie dachten. Sven Krämer war bester Laune, weil der Fall gelöst war. Seine Kollegen hielten sich zurück, wollten diese euphorische Stimmung nicht stören, indem sie ihm in die Parade fuhren. Ihr Chef war in seinem Element.

„In Alekzander Boloniuts Wohnung wurden Drogen und Waffen gefunden. Keine Geld, aber mehrere Blutkapseln. Besonders interessant ist die Tokarev mit Platzpatronen. Boloniut hat beide Pistolen, die vom Tatort und die aus der Wohnung, anhand der Seriennummern als die seines Sohns identifiziert. Die aus dem Studio ist seine eigene, die er ihm zum Sechzehnten geschenkt hatte.“

Ritas Augenrollen ignorierte Krämer. Er wusste, was sie

dachte. Ihm ging es ähnlich. Eine Waffe in der Hand eines Halbwüchsigen mit Wut im Bauch …

„Und dann auch noch behaupten, die bräuchte man nur zur Selbstverteidigung. Hat er nicht auch gesagt, vor zwanzig Jahren hätte er damit jemanden umgebracht?"

„Hat er nicht, Rita. Er hat gesagt, dass er sie benutzt hat."

„Ein Ganove und sein Ganovenehrenwort", murmelte Rita, während Krämer fortfuhr: „Weiterhin befanden sich in Zaschas Wohnung des Toten zwei Pistolen aus chinesischer Produktion, ein Revolver und zweihundertfünfundfünfzig Schuss Munition, außerdem eine Packung Platzpatronen. Wir sind heute Vormittag der Frage nachgegangen, ob Alina die Tokarev mit Platzpatronen laden kann. Sie hat uns demonstriert, dass sie es kann, streitet aber ab, die Pistole geladen zu haben. Sie sagt, sie habe keinen Zugang zu Zaschas Wohnung gehabt. Sie habe noch nicht einmal gewusst, wo er wohne. Getroffen hätten sie sich immer an der Schule und danach in einem Waldstück geübt. Nehmen wir an, dass alles stimmt, was sie uns erzählt hat, dann ist sie immer von Platzpatronen ausgegangen. Deutliche Fingerabdrücke von ihm und ihr fanden sich auf der Tatwaffe , keine auf der mit den Platzpatronen."

„Wenn ich es richtig verstanden habe, gibt es die Tokarev zweimal: eine mit scharfer Munition, die im Studio zum Einsatz kam, und eine andere mit Platzpatronen in seiner Wohnung. Und auf der Waffe mit den Platzpatronen sind keine Fingerabdrücke."

„Richtig", beantwortete Krämer Ritas Frage. Er machte eine kurze Pause, um ihr Gelegenheit zu geben, etwas darauf zu erwidern, und als sie nichts sagte, setzte er fort: „Wir haben das Mädchen schließlich auf dem Schießstand schießen lassen."

„Mit Platzpatronen", konstatierte einer scherzhaft.

Krämer blieb ernst. „Ja, mit Platzpatronen. Wir wollten ihre Aussage überprüfen."

Er wandte sich mit seiner Erklärung besonders an die Jüngeren in der Gruppe, unter anderem an Mara, die interessiert lauschte. Sie hatte sich von seinem bärbeißigen Gehabe nicht abhalten lassen, dabei zu sein.

„Die Handhabung einer Tokarev mit Platzpatronen ist anders als mit scharfer Munition. Es galt zu überprüfen, ob sie die Wahrheit gesagt hat, denn dann würde sie die Waffe entsprechend bedienen. Wie ihr wisst, ist die Gasentwicklung von Platzpatronen viel zu gering, als dass sich der Schlitten von selbst zurückbewegt, um die Patronenhülse auszuwerfen. Es gibt zwei Möglichkeiten, eine Waffe mit Platzpatronen zu benutzen. Die erste ist die, den Pistolenlauf zu verengen, indem man ihn durch einen Einsatz präpariert, sodass der Gasdruck im Lauf so hoch ist, dass die Patronenhülse automatisch ausgeworfen und die nächste nachgeladen wird. Dadurch kann man mehrere Schüsse hintereinander abfeuern. Wenn die Öffnung nicht verengt wurde, fehlt der Druck für den Auswurf der Platzpatrone, und man muss den Schlitten von Hand nach hinten ziehen, damit die Patrone ausgeworfen wird, erst dann läd sich der nächste Schuss nach, sodass erneut gefeuert werden kann. Ist das bei euch angekommen?"

Dabei schaute er zu Mara, die ernsthaft nickte. „Das ist gut. Keine von Zaschas Pistolen ist präpariert gewesen, weder die Tatwaffe noch die, die wir auf dem Küchentisch gefunden haben und Platzpatronen enthielt, auch keine von den anderen Waffen. Das bedeutet, der Pistolenschlitten muss per Hand bedient werden, also zurückgezogen werden, wie ich gerade beschrieben habe. Wir haben Alina die Pistole in die Hand gedrückt, ohne ihr die Handhabung zu erklären, und sie gebeten, auf die Scheibe zu schießen. Sie hat die Tokarev ohne Zögern richtig bedient. Sie hat den Schlitten nach jedem Schuss manuell nach hinten gezogen, bis das Magazin leer war."

„Und das ist für dich der Beweis, dass sie keine Mörderin ist?", stellte der Kollege von vorher in Frage.

„Das ist für mich ein stichhaltiger Hinweis, dass sie mit einer Waffe, die mit Platzpatronen geladen ist, umgehen kann. Und ein starkes Indiz dafür, dass sie bei der Tat von einer Pistole mit Platzpatronen ausging, so wie sie behauptet", entgegnete Krämer.

Krämer wandte sich den Ergebnissen der Verhöre zu. „Vergleicht man alle Aussagen miteinander, gibt es keine Ungereimtheiten. Alina spricht von einer Improvisation, Boloniut von einer Inszenierung. Man darf dabei nicht vergessen, dass Alina in Zascha verliebt war und Boloniut um seinen Sohn trauert. Warum sollte einer von ihnen Zascha tot sehen wollen?"

Krämer schaute jedem Einzelnen ins Gesicht, bis er bei Rita hängenblieb. „Rita?"

„Keine Fragen."

„Sonst jemand? – Okay. Wir nehmen an, dass Zascha die Pistolen vertauscht hat. Von beiden Mädchen, Alina und Jessica, haben wir die Aussage, dass nur Zascha und Alina die Waffe in der Hand hatten. Alina gibt zu, geschossen zu haben, und beteuert, dass sie von Platzpatronen ausgegangen ist."

„Was ist mit diesem Befehl zu schießen?", fragte Jens.

„Alina bestreitet, dass es so einen Befehl gegeben hat."

„Aber hat Jessica nicht gesagt, dass sie gehört hat, wie jemand ...", hakte Rita ein.

„Sie hat die Tage nach dem Vorfall gefiebert", unterbrach Krämer sie und sah Rothe abwartend an.

Rothe nahm den Faden auf, indem er zustimmte. „Ja, das hat sie. Als ich mit ihr geredet habe, war das Fieber zwar abgeklungen, aber sie stand immer noch unter Schock, und ich habe sie nicht noch einmal darauf angesprochen. Ich möchte sie nicht mehr als nötig aufregen. Die Ärzte wissen nicht, ob ihr Freund überleben wird, und das Einzige, woran Jessi jetzt denkt, ist er. Alles andere ist für sie unwichtig."

„Ich verstehe. Das tut mir leid, Frank", sagte Rita, und Rothe nickte.

„Was ist mit dieser Lydia?", fragte ein älterer Kollege.

„Lydia ist seit Dienstag, dem Tattag, nicht mehr in der Schule gewesen. Sie hat nicht in den Tathergang eingegriffen. Ganz im Gegenteil, sie hat sich die ganze Zeit über versteckt gehalten. Das bestätigen drei Personen: Pawel, Alina und Jessica. Von daher schließen wir sie aus dem Kreis der Verdächtigen aus."

„Habt ihr überhaupt irgendetwas über Lydia?", mischte sich Rothe wieder ein.

„Jens?", richtete sich Krämer an seinen jüngeren Kollegen.

„Wir sind zur Adresse, die wir von der Schule erhalten haben, und haben die Mieterin der Wohnung angetroffen. Eine Studentin mit Namen Petra Kern. Sie hatte die Wohnung während ihres Auslandsaufenthalts als Austauschstudentin ihrem Bruder überlassen, der sich selbst seit zwei Monaten auf Weltreise befindet. An der Wohnung ist ihr nichts Besonderes aufgefallen. Der Name Lydia sagte ihr nichts." Jens klappte sein Notizbuch zu.

„Könnte dieser Carel von der Gegenseite sein? Eingeschleust von den Konkurrenten, um Zascha zu beseitigen?", fragte Rothe.

„Möglich, aber er hat Zascha nicht erschossen. Es war Alina. Da beißt die Maus keinen Faden ab. Und er kam noch nicht einmal in die Nähe der Waffe."

„Als Zaschas Gefolgsmann hatte er vielleicht die Gelegenheit gehabt, die Munition auszutauschen", warf Rothe ein.

„Glaubst du das wirklich?", entgegnete Krämer. „Ich gehe da mit Ritas Theorie: Carel hatte die Aufgabe, die anderen davon abzuhalten, Zaschas Tod zu überprüfen. Die Konkurrenz treibt doch keinen solchen Aufwand, einen Mann einzuschleusen, nur um sich einer Person zu entledigen, die sie auch auf offener Straße abknallen kann. Jeder, den wir über Zascha befragt haben, spricht von Theaterleidenschaft, Improvisation, von Inszenierungen, von jemandem, der sich damit auskennt und zum Film will. Im vorliegenden Fall war alles bis ins kleinste Detail geplant und hätte vielleicht auch funktioniert, wenn Zascha in seinem Drogenrausch nicht die Waffen vertauscht hätte."

„Das ist eure Erkenntnis?", fragte Rothe.

„Nicht nur das, sie ist das Ergebnis unserer Ermittlungen, Frank", sagte Krämer.

„Und was meinst du, wo dieser Carel ist?"

„Untergetaucht. Glaubst du etwa, der lässt sich in Erfurt noch einmal blicken? Den sehen wir für die nächsten Jahre nicht mehr wieder. Wie diese Bedienung, die ist auch für immer verschwunden", antwortete Krämer und fing an, die angepinnten Fotos abzunehmen und zu den Protokollen zu legen.

Als die Kollegen schon langsam auseinanderströmten, gesellte sich Mara zu den beiden Männern und fragte schüchtern: „Was wird eigentlich aus Alina?"

Krämer zuckte mit den Achseln. „Das muss die Staatsanwaltschaft entscheiden. Wenn sie Glück hat, war es ein Unfall, wenn nicht, ist es Körperverletzung mit Todesfolge."

Weimar - die Woche darauf - Dienstag

Rothe traf sie am gleichen Ort an, wie schon beim ersten Mal: in der Halle. Sie empfing ihn mit einem Lächeln. Das Ergebnis der Ermittlungen hatte in der Zeitung gestanden, und sie war offensichtlich erleichtert, dass der Fall abgeschlossen war. Eine durchaus logische Reaktion, wenn man darin verwickelt war und keinen Schaden genommen hatte. So interpretierte er zumindest Doros Verhalten. Warum sonst sollte sie so erleichtert wirken? Sie hatte ihm nicht alles erzählt, und jetzt wusste er die richtige Frage zu stellen. Doch erst plänkelte er ein wenig mit ihr herum, um kein Misstrauen zu wecken.

„Wie war das Casting?", fragte Rothe zu Beginn des Gesprächs.

Unverhohlen flirtete sie mit ihm. „Wir hätten Sie nehmen sollen. Die Männer, die vorgesprochen haben, waren nicht nur äußerlich ein Desaster."

Er lachte, und sie scherzten miteinander, bis Rothe die Frage stellte, deren Wortlaut er sich auf dem Weg nach Weimar überlegt hatte. „Was haben Sie mit Zaschas Inszenierung im Fitnessstudio zu schaffen?"

Er hätte genauso gut eine Keule schwingen oder wilde Schreie ausstoßen können, das Ergebnis wäre wohl das gleiche gewesen. Doros Gesicht bekam etwas Katzenhaftes.

„Heißt das, der Fall ist noch nicht abgeschlossen? Was wollen Sie von mir? Ich denke, Sie haben Ihre Täterin."

Er hätte lügen können, doch er blieb bei der Wahrheit. „Nun, davon abgesehen, dass es nicht *meine* Täterin ist, gehen wir davon aus, dass Zascha die Pistolen verwechselt hat."

„Also liegt die Lösung doch klar auf der Hand: Das Opfer ist selbst schuld. Und trotzdem sind Sie hier und stellen Fragen", sagte sie nicht ohne Sarkasmus. „Oder sind Sie aus anderen Gründen wiedergekommen?"

Ihre rechte Hand legte sich provozierend auf die Hüfte, und sie versuchte sich an einem verführerischen Lächeln.

Doch dieses Mal stellte sich Rothe wirklich borniert an. „Ich verstehe Sie nicht."

„Vergessen Sie es. Sie sind tatsächlich nur wegen Zascha und seiner blöden Mädchen-Anmach-Geschichte gekommen."

„Ah … ja", zögerte Rothe, seine wahren Beweggründe zuzugeben.

Sie schenkte ihm ein frostiges Lächeln.

„Hören Sie, Doro, auch wenn der Fall geklärt ist, gibt es noch ein paar Fragen. Wer war diese Bedienung? Sie sind Schauspielerin und Sie kannten den Toten. Sie entsprechen zwar nicht der Beschreibung der Beteiligten, und trotzdem muss ich Sie fragen, ob Sie etwas damit zu tun haben." Mit einem ausgesprochen hinreißenden Lächeln versuchte er, seiner Andeutung die Spitze zu nehmen. „Haben Sie eine Perücke getragen?"

„Wann?"

„Am Tattag im Fitnessstudio."

Doro wurde augenblicklich wütend und attackierte ihn: „Ich hoffe nicht, dass ich einen Rechtsanwalt brauche, weil Sie mir unverschämte Dinge unterstellen. Sie sind so sensibel wie ein Neandertaler. Was wollen Sie eigentlich von mir? Was habe ich denn mit diesem beschissenen Zascha zu tun?"

Ihre harsche Reaktion veranlasste Rothe ein paar Schläge zurückzurudern. Nicht nur seine Intuition hatte in den letzten Tagen gelitten, anscheinend auch seine Menschenkenntnis. Seine Worte nahm er nicht zurück, denn er hatte es genau so gemeint, nur hatte er es wohl ungeschickt angefangen. Stirnrunzelnd hielt er ihrer Verärgerung stand.

„Sie denken wirklich, ich hätte da in diesem Studio mitgemacht?" Doro wandte sich erbost ab und ging mit weit ausholenden Schritten zu einem Tisch, auf dem eine große Umhängetasche lag. Ungeduldig zerrte sie an ihr, suchte den Reißverschluss und fand ihn endlich. Sie riss ihn auf, wühlte im Inneren der Tasche und zog ein Foto hervor, das sie ihm unter die Nase hielt.

Rothe atmete scharf ein, als er das Foto betrachtete.

„Da! Schauen Sie genau hin. Das sind wir. Lauter Frauen, die zusammen tanzen, lachen und sich amüsieren. Wir haben wirklich Besseres zu tun, als den wirren Ideen eines abgewrackten Junkies zu folgen, nämlich kleinen Mädchen den Kopf zu verdrehen, indem man ihnen Hollywood vorgaukelt."

„Wer ist das neben ihnen?"

„Wen meinen Sie? Die Brünette? Das ist Ana."

„Ana wer?"

„Einfach nur Ana."

„Könnten Sie mir das Foto leihen?"

Sie gab ihm das Bild und sagte: „Sie können es behalten."

Rothe fragte: „War Zascha auch dabei?"

„Nicht an dem Abend."

„Fällt Ihnen noch etwas zu Zascha ein?"

„Ich denke, der Fall ist geklärt", entgegnete Doro.

Als sie merkte, dass Rothe weiterbohren würde, bis sie alles gesagt hatte, was sie wusste, gab sie seufzend nach. „Was für ein unerquickliches Thema. Den hatte ich gefressen, nachdem er mir einen Job als Stripperin angeboten hatte. Und als ich abgelehnt habe, hat er keine Ruhe gegeben und mir allen Ernstes vorgeschlagen, dass ich bei einer Art Zimmertheater auftreten könnte. *Kunst von jedermann für jedermann*, nur dass ich dabei nackt wäre und mich auch mal vom Publikum anfassen lassen müsste. Der hat ein Bumslokal gemeint, dieser elende Wichser. Und am Anfang hatte ich noch gedacht: was für ein genialer Schauspieler. Er ist der erste Typ, bei dem ich mit meiner Meinung komplett daneben lag. Und ich dachte immer, meine Menschenkenntnis wäre unbestechlich. Ha! Ich mache doch kein Theater, um ein sexualisiertes Publikum zu befriedigen oder um kleine Mädchen zu verführen. Das habe ich ihm dann auch gesagt. Nicht alle sind daran interessiert, aus der Welt ein Bordell zu machen."

Rothe kratzte sich nachdenklich am Kinn und fragte: „Und wie haben Sie Ana kennengelernt?"

„Sie kam eines Tages hierher und erkundigte sich nach Schauspielunterricht, den wir nicht geben. Wenn man bei uns auftreten will, sollte man schon schauspielern können – zumindest etwas", fügte Doro lachend hinzu. „Sie blieb und lernte die anderen kennen. Wir hatten einen wirklich netten Abend miteinander."

„Haben Sie noch Kontakt zu ihr?"

Doro schüttelte den Kopf. „Nein, sie ist doch nur einmal da gewesen. Warum sollten wir denn da Kontakt halten?"

Rothe gab Doro zum Abschied die Hand und bedankte sich für das Foto.

„Keine Ursache, und falls Sie diese Ana treffen, grüßen Sie sie von mir. Sie kann gerne wieder vorbeikommen."

Während er das Foto einsteckte, fragte er sich, ob die verblüffende Ähnlichkeit der Personen Zufall war. Noch bevor er den Motor seines Wagens gestartete hatte, war der Plan, was er als nächstes tun würde, bereits in seinem Kopf.

Heiligenstadt - Donnerstagvormittag

Da sich Jessica geweigert hatte, nach Hause zu kommen, solange Matthias im Krankenhaus lag, hatte Rothe mit Matthias' Mutter vereinbart, dass sie sich um sie kümmerte, und für Jessica ein Zimmer in der gleichen Pension gemietet. Aber irgendwann musste seine Tochter wieder in die Schule. Ihr ging es körperlich gut, nur war er sich nicht sicher, ob sie mental in der Lage wäre, schon wieder am normalen Schulbetrieb teilzunehmen. Er hatte bereits mit dem Schulleiter der Bergschule gesprochen und dieser zeigte Verständnis für die Umstände. In Jessicas Zimmer stapelten sich bereits die Genesungswünsche und Pralinenschachteln. Jessi hatte augenrollend gemeint, dass sie bestimmt schon allein vom Anblick der Schokolade fett würde. Matthias' Gesundheitszustand war unverändert, was ein gutes, aber auch ein schlechtes Zeichen war. Er lebte, aber niemand wusste, wie sein Zustand sein würde, wenn er aufwachte.

Rothe und Neureiter saßen im Büro und gingen ihren jeweiligen Tätigkeiten nach. Rothe saß vor dem Bildschirm, Neureiter schaute aus dem Fenster. Bäcker hatte dienstfrei, und Nolte schneite gut gelaunt herein, um den Männern mitzuteilen, dass sie nun shoppen gehe. Dabei zwinkerte sie Rothe verschwörerisch zu und murmelte ihm ins Ohr, sie wolle am Abend für ihn kochen.

„Wahrscheinlich kauft sie Schuhe“, sagte Neureiter, als Nolte wieder außer Hörweite war. „Alle Frauen fahren auf Schuhe ab. Meine Freundin besonders, die hat mich letzten Samstag über vier Stunden lang durch alle Schuhgeschäfte Mühlhausens geschleppt. Danach war ich krank.“

„Kenne ich“, antwortete Rothe.

Neureiter blinzelte ihn an, sodass Rothe ergänzte: „Vergessen Sie nicht, dass ich eine Tochter habe.“

„Aber die kann doch nicht …“

„Gehen, meinen Sie?“, erwiderte Rothe und lächelte nachsichtig. „Das zwar nicht, aber gucken. Und Schuhe kauft man ja wohl, weil sie schön aussehen und nicht weil sie bequem sind, oder?“

„Ich weiß nicht, ich kaufe Schuhe, weil sie bequem sind. Aber ich bin ja auch ein Mann. Wir Männer sind in solchen Dingen rationaler."

„Finden Sie, werter Kollege?" Rothe betrachtete eingehend die rote Haarsträhne, die Neureiter neuerdings trug.

Als Neureiter Rothes Blick folgte, ging seine Hand automatisch zum Pony, und er sagte: „Meine Freundin hat eine neue Haartönung ausprobiert. Und sie war sich wegen der Farbe nicht sicher."

„Sie müssen Ihre Freundin wirklich sehr lieben." Das war eine Feststellung, keine Frage, und Rothe wandte sich wieder dem Bildschirm zu.

„Wir sind wirklich gut, dass wir den Fall *Schneewittchen Beuren* so schnell gelöst haben. *Sie* sind wirklich gut, Chef", setzte Neureiter das Gespräch fort. Er griff zur Zeitung und studierte Rabes spannenden Artikel auf der zweiten Seite über die Loverboys. Die erste Seite widmete sich nach wie vor dem Papstbesuch.

„Sie halten den Falls für gelöst?", entgegnete Rothe.

„Ist er das etwa nicht?", fragte Neureiter verblüfft. „Mir schien, der Fall ist aufgeklärt. Ebenso wie die anderen beiden Fälle. Habe ich da etwas verpasst?"

„Nein, keine Sorge, Sie haben nichts verpasst. Sie sind so weit geklärt, dass wir sagen können, wer der Mörder der Mädchen ist: Zascha. Der wiederum von einer Schülerin getötet wurde."

„Ich bin froh, dass sich schließlich noch herausgestellt hat, dass dieser Kanter aus Leinefelde unschuldig ist. Entlastet durch eine Nudel." Neureiter grinste. „Und es war dieses Mal nicht seine Nudel."

Rothe sah ihn an und rollte mit den Augen, als Neureiter seine Betrachtungen fortsetzte, wahrscheinlich aus dem alleinigen Grund, weil er sich langweilte. Sein Versuch, sich auf die Internetseiten auf dem Bildschirm zu konzentrieren, war angesichts des Themenangebots, das Neureiter ihm so freizügig offerierte, zum Scheitern verurteilt.

„Wenn Sie sich langweilen, kann ich Sie gerne mit neuen Aufgaben betrauen, Kollege. Wann, haben die gesagt, kommen die neuen Computer?"

„Welche neuen Computer?", fragte Neureiter.

„Ich habe welche angefordert. Denn wie sollen wir hier vernünftig arbeiten, wenn die Dienststelle lediglich über zwei Computer verfügt, die ins Netz können?"

„Indem wir den Kollegen verbieten, während ihres Dienstes *World of Warcraft* zu spielen", stellte Neureiter trocken fest.

Rothe gab es auf. Er lachte lauthals los. „Kollege Neureiter, sind Sie sich wirklich sicher, dass die Polizeiarbeit Ihre wahre Berufung ist?"

„Durchaus. Ich liebe meine Arbeit. Man darf nur nicht immer alles so ernst nehmen." Martin Neureiter lächelte und wandte sich schließlich vom Fenster ab. „Was suchen Sie eigentlich?"

„Eine Spur."

„Haben Sie nicht gerade eben gesagt, die Fälle wären abgeschlossen. Oder spielen Sie wieder Wühlmaus und ermitteln, ohne im Fall involviert zu sein?"

Rothe musterte seinen jungen Kollegen interessiert. „Wer sagt das?"

„Ich", antwortete Neureiter unerschrocken. „Das machen Sie immer. Irgendjemand sagt, der Fall ist geklärt, was für

Sie gleichbedeutend ist mit dem Startschuss zu weiteren Ermittlungen. Sie haben es gemacht, als Sie bei uns angefangen haben, und machen es jetzt schon wieder. Sie ermitteln auf eigene Faust."

Er sah Rothe über die Schulter. „Sie informieren sich über *Rumänien*?" Verblüffter hätte er auch nicht klingen können, wenn Rothe über die neuesten Damenmodelle in Sachen Schuhwerk recherchiert hätte.

„Genauer gesagt über die Rumänische Revolution von 1989", erwiderte Rothe.

„Was ist daran so interessant?"

„Das weiß ich noch nicht."

Neureiters Augen verengten sich. „Wenn Sie diesen seltsamen Ausdruck in Ihrer Stimme bekommen, dann ist klar, dass Sie Witterung aufgenommen haben."

Rothe schloss die Seiten. „Sie haben recht, Neureiter. Ein Kommissar ist nichts ohne seine Spürnase."

„Weihen Sie mich ein?", fragte Neureiter hoffnungsvoll. Er ahnte, dass es spannend werden könnte, wenn Rothe wieder auszog, die Verbrecher das Fürchten zu lehren.

„Kollege, Sie kennen den Fall. Es ist der Fall *Zascha*."

Martin Neureiter wies auf die Zettelwirtschaft vor Rothes Spürnase. „Weit scheinen Sie damit aber nicht gekommen zu sein."

Auf Rothes Schreibtisch lagen kleine Papierquadrate, auf denen Namen notiert waren. Seit einer Stunde formierte Rothe sie, löste die Zusammenstellung wieder auf, formierte neu, legte Namen an Namen, immer wieder in der Hoffnung, dass ihm eine andere Lösung zum Fall *Zascha* einfiele als die, die es offiziell gab.

„Angenommen, Kollege Neureiter, Sie hätten bei einem Fall das Gefühl, dass die Lösung auch noch anders aussehen könnte als die offizielle Version, was würden Sie an meiner Stelle tun?“

Neureiter spitzte den Mund und überlegte: „Kommt ganz darauf an. Meinen Sie, dass die Täterin es nicht gewesen ist? Oder dass sie den Mord geplant hat? Dann wäre sie aber wirklich eine gute Schauspielerin.“

„Weder noch, an sich habe ich eher ein Problem mit dem Motiv.“

„Der Junkie hat die Pistolen verwechselt. Ist doch eine klare Sache.“

„Es könnte aber mehr dahinterstecken.“

„Was?“

Rothe wiegte den Kopf. „Genau das ist ja das Problem. Ich *weiß* es nicht. Die gesamte Zeit während der Ermittlungen dachte ich an ein armes Kind, zum Beischlaf genötigt, das Rache will. Nachdem Alina aber ausgesagt hat, dass es zwischen ihr und Zascha nie zu Geschlechtsverkehr gekommen ist, entfällt dieser Grund als Motiv.“

„Aber warum sind Sie denn überhaupt dabei, nach einem Motiv zu suchen?“

„Zu viele Zeugen, die nichts bezeugen – weil sie alle verschwunden sind.“

Neureiter lächelte verschmitzt. „Bei einem Mord auf offener Straße sind auch nicht alle Zeugen greifbar. Die meisten hauen ab. Aber erklären Sie mir doch mal das System Ihrer Suche.“

Rothe tippte auf die einzelnen Namen und gab jeweils eine kurze Erläuterung ab. „Zascha, Rumäne. Zaschas Vater, ebenso Rumäne, genauer gesagt aus Timisoara, ehemaliger Armeeangehöriger. Zaschas Freundin. Die Freundin von Zaschas Freundin. Zaschas Bedienung. Zaschas Handlanger. Eine Polizistin, Beata Matei, die ermittelt, Rumänin. Das ist besonders interessant an dem Fall: so viele Rumänen. Die Mateis sind in Rumänien seit Generationen Polizisten. Großvater Matei, Vater Matei, Bruder Matei." Hierbei nahm Rothe einen Zettel in die Hand und sagte: „Der Bruder von Beata Matei, Oleg Matei, wurde 1989 bei den Unruhen in Timisoara erschossen."

Es entstand eine Pause, bis sich Neureiters Augen weiteten. „Was wollen Sie damit andeuten, dass etwa Zaschas Vater diesen Bruder erschossen hat?"

„Warum nicht?", warf Rothe ein. „Es ist bekannt, dass die rumänische Regierung ihre Armee auf Demonstranten hat schießen lassen. Und was in Timisoara geschehen ist, ist bis heute nicht vollständig geklärt."

„Wie bei vielen Revolutionen", sagte Neureiter.

„Sie glauben, ich spinne."

„Das wollte ich damit nicht sagen", verteidigte sich Neureiter eilig. „Nur hätte ich an das Naheliegendste gedacht."

Rothe lehnte sich zurück. „Jetzt bin ich gespannt."

Neureiter zeigte auf einen Namen. „Zascha. Loverboy."

„Und?" Rothe hob die Augenbrauen und wartete, ob Neureiters Geistesblitz zu mehr führte, als nur zu zwei Worten.

„Ich schätze, Sie waren auf einem interessanten Weg: Rache. Nehmen Sie doch einfach mal einen anderen Blickwinkel ein: den aus der Sicht eines Elternteils."

Rothe setzte sich abrupt auf. Seine ganze Haltung signalisierte höchstes Interesse.

„Sehen Sie, als Vater würden Sie doch alles für Ihre Tochter tun. Ist doch so, oder?“

Neureiter hob entschuldigend die Hände und grinste. „Nicht, dass ich Ihnen etwas unterstellen möchte, aber heißt es nicht auch, eine *Mutter* kämpfe wie eine Löwin um ihr Kind?“

Rothe sprang wie elektrisiert auf. „Neureiter, Sie sind ja ein echter Teufelskerl! Ich mache Ihnen schon mal meinen Stuhl frei.“

„Wie bitte?“, kiekste der junge Kollege überrascht.

„Auf dem können Sie so lange sitzen, bis ich wiederkomme.“

„Aber – wo wollen Sie denn hin?“

„Sie haben mich in meinem Vorhaben bestärkt: Die Löwin besuchen.“

Marpod - Sonntagnachmittag

Die Kosten für den Flug nach Sibiu hatte Rothe aus privater Tasche gezahlt, genauso wie die für den Mietwagen, mit dem er jetzt in Siebenbürgen unterwegs war. Das war verrückt. Natürlich war das verrückt. (Nicht so verrückt jedoch, wie der Vorschlag der rumänischen Regierung, dass ihre Polizisten für den Sprit in ihren Streifenwagen selber aufkommen sollten, da die Haushaltsmittel dafür fehlten.)

Rothe konnte seinem Besuch keinen offiziellen Anstrich geben, weil der Fall als abgeschlossen galt. Er hatte Sven über seine Absichten informiert, und wie erwartet, war der überhaupt nicht begeistert gewesen, als er ihn auf die losen Enden angesprochen hatte, an denen durchaus ein anderes

Ergebnis als ein Unfall durch Verwechslung der Waffen hängen könnte. Sven hatte herumgeätzt und war in etwa so gut gelaunt gewesen wie ein Buschnashorn, das Feuer wittert. Er hatte Rothe angeblafft, ob er finde, dass sie Langeweile hätten. Der Fall *Zascha* liege bei den aufgeklärten Fällen und damit basta, klarer könne ein Ergebnis ja wohl nicht sein. Was sehe Rothe da noch für einen hirnrissigen Ermittlungsbedarf?

Rothe nahm an, dass Sven ihm die Kopfwäsche in Sachen Holzfällermentalität nicht verziehen hatte. Er war nicht nur ein Sturkopf, manchmal war er auch überaus nachtragend. Aber Rothe konnte es ihm nicht verdenken. Sein Freund steckte schon wieder in einem neuen Fall, und irgendwie war Rothe froh, dass er nicht mehr in Erfurt ermittelte. Die großstädtische Polizeiarbeit war ein dauerhafter Stress, den Frank Rothe erst wahrnahm, seit er im Eichsfeld lebte. Er fing an, sich dort einzurichten. Vielleicht würde er länger bleiben. Dieser Gedanke gefiel ihm in gewisser Weise.

Aber seine Ermittlermentalität würde er nicht ablegen. Neureiter lag richtig, er war wie eine Wühlmaus, die versuchte, sich noch einmal tief in den Fall zu graben.

Rothe hielt vor dem Haus in Marpod, dreißig Kilometer von Sibiu entfernt. Sein Magen zog sich zusammen. Er wünschte, er hätte keinen Grund, sie zu besuchen. Aber nachdem er durch Nachforschungen bei den rumänischen Kollegen auch noch erfahren hatte, dass sie an sich keine Ermittlerin war, musste er einfach wissen, ob an dem, was er sich zusammenreimte, etwas dran sein könnte. Er hatte keine Beweise, nur Vermutungen. Und das machte ihn schier verrückt.

Das Haus, das er gesucht hatte, stand an der Straße. Es war ein ehemaliges Gehöft mit einem großen Hoftor und zwei kleinen Nebengebäuden, die sich hinter dem ehemals schmucken Herrenhaus befanden. Um zum Eingang zu gelangen, der sich an der Rückseite des Hauses befand, musste man das Tor passieren. Insgesamt war das Anwesen recht bescheiden. Mit den weißen Stuckverzierungen an der hellgelben Fassade hatte man sich auf jeden Fall Mühe gegeben zu zeigen, dass man jemand war, doch die aufsteigende Feuchtigkeit am Sockel minderte den Gesamteindruck.

Rothe parkte den Wagen an der Straße und durchschritt das offene Tor. In der Einfahrt stand ein neuer stahlblauer Dacia. Hinter dem Haus gab es einen winzigen Hof, in dem ein paar Hühner frei herumliefen. Er trat in Hühnermist und fluchte leise.

Als man ihm die ersten Fotos von ihr gemailt hatte, hatte er sie für eine Zivilfahnderin gehalten. Sie unterlagen weder der Uniformpflicht, noch der in Rumänien üblichen Kennzeichnungspflicht mit Namensschild und Identifikationsnummer. Wie überrascht war er gewesen, als er einen Hinweis erhalten hatte, dass sie Dozentin in Sibiu war, in einer der größten Einrichtungen des Landes für die Ausbildung von Hundeführern und Polizeihunden, und an den Universitäten von Cluj-Napoca und Timisoara lehrte. Ein Gruppenfoto aus Sibiu, auf dem sie im Pulk der Teilnehmer stand, hatte die Information bestätigt.

Matei hatte sich in einen Fall eingemischt, der nicht in ihrem Aufgabenbereich lag. Was war so wichtig, dass eine Dozentin nach Deutschland kam, um zu ermitteln? Sie hatte eine Affäre mit seinem Freund angefangen. Gehörte das auch zu ihrem Plan? Vertrauen zu schaffen, um in den Fall eingebunden zu werden? Nur warum hatte sie das getan?

Sie hatte mitgemischt, und plötzlich war sie wieder weg gewesen. Dafür musste es einen Grund geben, und deshalb war er hier. Um aus ihrem Mund zu erfahren, was Sie mit dem Tod von Zascha zu tun hatte. Comisar Beata Matei war wie ein Chamäleon, den Vergleich hatte sie ein paar Wochen zuvor selber angeführt. Hatte sie dabei unbewusst von sich gesprochen?

Es war Comisar Beata Matei persönlich, die ihm die Tür öffnete und ihn verblüfft begrüßte. Sofort war er wieder von der Fülle ihres Haars fasziniert. Wie weiblich sie wirkte, wenn sie die Haare nicht streng nach hinten trug.

„Kommissar Rothe?"

Rothe setzte ein entschuldigendes Lächeln auf. „Guten Tag, Comisar Matei. Ich hoffe, ich störe Sie nicht."

Sie zögerte, ehe sie erwiderte: „Es tut mir leid, eigentlich ist es jetzt eher unpassend. Was kann ich denn für Sie tun?"

Er musterte sie. Hatte sein junger Kollege Neureiter recht? War sie eine Löwin, die ihr Junges verteidigte? Dafür musste Rothe erst einmal wissen, ob es überhaupt ein „Junges" gab. Das hatte er bisher nicht herausfinden können. Er hatte lediglich Simones Widergabe eines Gesprächs, das sie mit Matei geführt hatte. Aber Simone hatte zugeben müssen, dass Beata zu keinem Zeitpunkt von eigenen Kindern gesprochen hatte.

„Comisar Matei, es wäre reine Freundlichkeit von Ihnen, mich ins Haus zu bitten. Ich habe ein paar Fragen, die ich gerne mit Ihnen erörtern würde. Wir hatten leider keine Möglichkeit mehr, uns über den Fall Zascha auszutauschen."

Sie schien zu überlegen, was sie tun sollte. Rothe erlebte sie, wie er sie bisher immer erlebt hatte: als kontrollierte, distanzierte, fast schon abweisende Person. Er beobachtete sie gespannt und versuchte, sein Lächeln nicht so aussehen zu lassen, als ob es ihm in den Mundwinkeln einfrieren würde.

„Sie sind also nicht zufällig hier?"

„Nein, ich wollte zu Ihnen."

Erneut zögerte sie. Der Wind war scharf und schnitt wie mit kleinen Messern in die Haut. Rothe war froh, als sie ihn endlich hereinbat. Er streifte sich die Schuhe an der Fußmatte ab und folgte ihr. Als er auf eine einladende Geste hin das Wohnzimmer betrat, sah er die Familie um einen Tisch sitzen. Er hatte gehofft, dass es so kommen würde, denn nicht von ungefähr hatte er für seinen Besuch den Sonntag gewählt.

Ein reich verzierter Buffetschrank dominierte das Wohnzimmer. Der Kaffeetisch war gedeckt, und es war offensichtlich, dass sie mit keinem weiteren Besuch gerechnet hatten. Beata Matei legte ein Gedeck mehr auf, auch als Rothe abwinkte.

„Vielen Dank, aber ich möchte mich wirklich kurz halten", wehrte Rothe freundlich ab. Seine Nervosität stieg und er fühlte sich wie ein Schauspieler vor der Premiere.

„Darf ich Ihnen meine Familie vorstellen, Kommissar Rothe?"

Matei stellte sich hinter eine alte Frau, die in einem Lehnstuhl saß, und legte ihr sanft die Hände auf die Schultern. „Meine Mutter, Alba Matei."

Dann ging sie auf den nächsten Stuhl zu, auf dem eine junge Frau saß, eine über zwanzig Jahre jüngere Ausgabe ihrer selbst. „Meine Nichte, Subinspector de Polizie Ana Matei."

Den jungen Mann neben Ana stellte sie als Carolus Matei vor. Er war ihr Neffe, der auf die Polizeiakademie in Cluj-Napoca ging.

Bei ihrer dreizehnjährigen Tochter, ein dunkelblonder Engel mit einem blassen, herzförmigen Gesicht, flüsterte sie liebevoll: „Meine Tochter Kara."

Rothe atmete hörbar ein und konnte den Blick nicht von dem Mädchen losreißen.

Mit wenigen rumänischen Sätzen machte sie ihn der Familie bekannt und bat ihn, sich auf den freien Stuhl an der Stirnseite des Tisches zu setzen. „Bitte erzählen Sie uns, was Sie zu uns führt, Kommissar." Sie ließ sich nicht anmerken, wie beunruhigend sie den Besuch des Kollegen aus Deutschland fand.

Rothe legte seine gefalteten Hände auf den Tisch und betrachtete jeden Einzelnen der Anwesenden – beachtete die reservierte Höflichkeit, ihre verschlossenen Mienen, die Angst in den Augen Karas, die ihn scheu musterte. Er zog Doros Foto aus der Brusttasche und schob es Ana zu. Ana betrachtete es kurz und sagte etwas auf Rumänisch, das er nicht verstand.

Da sie ihn nicht auf das Foto ansprach, sagte er: „Die junge Dame, der das Foto gehört, hat mich gebeten, Ihnen Grüße ausrichten zu lassen, Ana."

Ana zeigte keine Reaktion, und Rothe fuhr an Beata Matei gewandt fort: „Ich danke Ihnen, dass Sie mich empfangen. Wir haben den Fall *Zascha* abgeschlossen. Das wird Sie sicherlich freuen."

Beatas Gesichtsausdruck blieb reglos, aber sie neigte den Kopf und bedeutete ihm damit, dass sie seine Worte und ihren Inhalt zwar registriert hatte, aber dennoch nichts mit seinem Besuch anzufangen wusste.

Rothe war sich nicht mehr so sicher, ob seine Idee, hierher zu kommen, wirklich so gut gewesen war. Mit der ganzen Familie zu sprechen, auch wenn die Männer überwiegend fehlten, und das in ihrem Haus, auf *ihrem* Terrain, war etwas anderes, als nur mit ihr unter vier Augen in Erfurt. Er überdachte seine Position, seine Argumente, die Gründe, deretwegen er gekommen war, und verwarf die Rede, die er im Flugzeug vorbereitet hatte.

„Lassen Sie mich bitte eine Geschichte erzählen, vielleicht verstehen Sie dann, warum ich hier bin."

Beatas Stirnrunzeln entging ihm nicht, auch nicht, dass Carolus unruhig wurde. Rothe verließ sich auf sein Gefühl. Das Mosaik, bestehend aus vielen kleinen wichtigen und unwichtigen Teilen, würde sich erst hier vollständig zusammensetzen lassen. Er musste mit Fingerspitzengefühl vorgehen, denn er hatte nur einen Verdacht, keine Beweise.

„Es ist die Geschichte von einem Mädchen, das den Versprechungen eines jungen, charismatischen Mannes erliegt und mit ihm in eine fremde Stadt geht, um dort das Glück zu suchen. Nur währt dieser Traum nicht lange und endet in einer verriegelten Wohnung. Ihre Familie weiß nicht, wo sie ist, hat Vermutungen, aber keine brauchbaren Anhaltspunkte. Bis der entscheidende Hinweis kommt. Die Familienmitglieder setzen sich zusammen und beraten, welche Möglichkeiten ihnen bleiben, um das Mädchen – Enkelin, Tochter und Cousine in einer Person – schnell und unversehrt zu finden. Die Entscheidung treffen sie gemeinsam, die Verantwortung trägt nur ein Familienmitglied: die Mutter des vermissten Mädchens. Seit dem plötzlichen Tod ihres Bruders 1989 in Timisoara lastet alles auf ihren Schultern. Vater und Großvater des Kindes gibt es nicht."

Rothe räusperte sich. „Sie nutzt ihre vielfältigen Kontakte, um sich für kurze Zeit in die Stadt versetzen zu lassen, in der sie das Kind vermutet. Gleichzeitig veranlasst sie, dass Nichte und Neffe, eine ausgebildete Polizistin bzw. ein angehender, sich noch in der Ausbildung befindender Polizist, beurlaubt werden. Sie kommen in die gleiche Stadt. Jeder von ihnen übernimmt eine Aufgabe. Die Mutter fängt ein Verhältnis mit einem deutschen Kollegen an. Der Neffe wird zum Laufburschen eines Drogendealers und Zuhälters. Die Nichte ermittelt im Hintergrund und verschafft sich Zugang zum Privatleben desselben Kriminellen, unter anderem zu einem Improvisationstheater. Dort freundet sie sich mit einer jungen Frau an. Das Netz wird gesponnen, in dem sich der Dealer und Loverboy verfangen soll."

Er versuchte, in den Mienen seiner Zuhörer zu lesen. Niemand sagte etwas, und so fuhr er fort: „Die Nichte erfährt durch das Mädchen vom Theater, ich nenne sie mal Doro, dass der Loverboy seinen Tod inszenieren will, um eine junge Frau zu beeindrucken. Wie sich später herausstellt, ist die Inszenierung jedoch dafür gut, den Verkauf eines Hauses zu erzwingen. Sein Vater, ein Bordellbesitzer, will das Haus, und unser Loverboy hat die Idee, wie man das erreichen könnte, nachdem er für eine Rolle als *Platonow* vorgesprochen hat. Ein positive Nebeneffekt dabei ist, dass man ihn so auch noch vor der Rache der Konkurrenz schützen könnte. Denn der junge Mann hat den Fehler begangen, einer Prostituierten aus dem anderen Lager eine Überdosis Ecstasy zu geben und sie sterben zu lassen. Für den Loverboy scheint der Plan, seinen Tod vorzutäuschen, kein Problem darzustellen. Er hält sich für einen begnadeten Schauspieler und die junge Frau, die bei der Inszenierung mitspielen soll, für einen dummen Teenager. Zurück zu der Familie des Mädchens: Seine Mutter schmiedet ebenfalls einen Plan. Nichte und Neffe sollen den Loverboy überwachen, bis ihre Tochter gefunden wird. Der Neffe, ich nenne ihn Carel, begleitet den Zuhälter auf Schritt und Tritt und erhält dadurch Zugang zu den Wohnungen der Prostituierten. Obwohl er gewissenhaft seine Aufgabe erledigt, kann er seine Cousine nicht finden. Irgendwo muss noch eine Wohnung sein, von der er nichts weiß. Eines Nachts beobachtet er den Zuhälter, wie der ein ihm bis dahin unbekanntes Haus verlässt, mit einem bewusstlosen Mädchen auf dem Arm. Er informiert seine Schwester. Sie verschafft sich Zutritt zu den Räumen, während Carel dem Drogendealer und seinem Opfer folgt. Warum auch immer er es tat, das erklärt sich mir nicht. Will er das Mädchen doch noch retten? Warum hat er das dann nicht getan? Oder soll er einfach nur dafür sorgen, dass der Loverboy nicht frühzeitig zurückkehrt, damit die Nichte bei der Durchsuchung der Wohnung ungestört ist?"

Rothe schaute dem jungen Mann am Tisch an. „Haben Sie gewusst, dass das Mädchen noch gelebt haben könnte, als Zascha es aus dem Haus trug, Carolus?"

Carolus starrte seine Tante entsetzt an. Er wollte etwas sagen, aber Beatas Hand, die sich abrupt auf seine Schulter legte, ließ ihn stumm bleiben.

Rothe registrierte es. „Ich habe vergessen zu erwähnen, dass der Loverboy als Junkie zeitweise unzurechnungsfähig war und dass der Polizei ein Film vom Mietshaus, aus dem das sterbende Mädchen getragen wurde, zugespielt wurde."

Mit einem liebevollen Blick auf Kara unterbrach Rothe seine Ausführungen und fragte: „Kara, haben sie dich gefunden?"

Kara senkte den Blick. Ihr Nicken war kaum wahrnehmbar.

Rothe fühlte sich bestätigt. Er befeuchtete die Lippen. Die lange Rede hatte seinen Mund trocken werden lassen. Man hatte vergessen, ihm Kaffee oder etwas anderes zu trinken anzubieten. Noch stand alles unberührt auf dem Tisch und er unterdrückte die Frage nach einem Glas Wasser. Die Atmosphäre im Raum knisterte, das Geständnis war zum Greifen nah. Ein Geständnis, von dem er sich erhoffte, dass sie zugaben, Zascha gerichtet zu haben. Weil er das Mädchen entführt hatte.

Was hinderte ihn daran auszusprechen, was er vermutete? Nichts. Und er steuerte auf den Punkt zu, der ihm schon die ganze Zeit auf den Nägeln brannte: Zaschas fehlender Wohnungsschlüssel.

„Sie würden alles für Ihre Tochter tun, Comisar Matei. Und wie Sie eine gute Mutter sind, so sind Sie auch eine gute Schauspielerin. Niemand von uns ist auf den Gedanken gekommen, dass Sie Zascha bereits gekannt haben, als Sie nach Erfurt gekommen sind. Sie wirkten in jeder Situation authentisch, wenn Sie von ihm als Unbekannten sprachen. Es war Ihr Neffe, der in der Krämpfervorstadt im Golf saß, nicht wahr? Was wollte er dort? Ihnen sagen, dass alle Spuren verwischt sind? Dass Sie jetzt ihre Zelte in Erfurt abbrechen können und nach Rumänien zurückkehren? Ihre

Schauspielerei ein Ende hat? Es ist der Wohnungsschlüssel, der mich irritiert. Wieso wurde er Zascha abgenommen?"

Rothe fixierte Beata. Dann erneut Carolus. Dieser wich seinem Blick aus und schwieg. Die Gesichter der übrigen verrieten nichts. „Carel kannte Zaschas Wohnung und somit auch dessen Waffenarsenal. Zascha hatte Kara entführt, und dafür musste er gerichtet werden. Ein Kinderspiel, wenn man wusste, wie Zascha die Inszenierung geplant hatte. Die Nichte wurde durch Doro informiert und erzählte alles ihrem Bruder. Der drängte sich Zascha auf, damit er ihn ins Studio mitnahm. Die Tokarev, mit der Alina auf Zascha zielen sollte, war mit Platzpatronen geladen. Die einzige Aufgabe bestand darin, diese Waffe gegen eine tödliche auszutauschen. Dass Zascha mehrere Waffen gleicher Bauart besaß, vereinfachte die Sache. Carel nutzte eine günstige Gelegenheit, um die Waffen zu tauschen. Die Todeswaffe blieb nach der Tat im Studio, und die Pistole mit den Platzpatronen wurde zurück auf Zaschas Küchentisch gelegt. Geradezu perfekt. Zumal wenn es einer ausführte, der zu Zaschas Leuten gehörte und dessen Erscheinen kein Aufsehen erregte. Vor allem dann nicht, wenn die Wohnungstür nicht gewaltsam, sondern mit einem Schlüssel geöffnet werden konnte. Keine Spuren, keine Fragen."

Abrupt wechselte Rothe das Thema: „Aus dem Internet habe ich etwas über Oleg Matei erfahren. Er war eines der Opfer von Timisoara."

Er wandte sich Alba Matei zu: „Oleg war Ihr Sohn, nicht wahr?"

Das Gesicht der alten Frau gab nichts preis, und seine Unverschämtheit, Zusammenhänge herzustellen, die so nicht gewesen sein mussten, war ihm auf einmal peinlich.

„Wurde Ihr Sohn in den Wirren der Revolution zum Opfer eines gezielten Angriffs? Er starb kurz vor den Feiertagen im Dezember 1989 in Timisoara. Als ich erfuhr, dass Boloniut aus Timisoara stammt, dachte ich, dass die Verbindung zwischen Ihren Familien möglicherweise enger ist, als Sie glauben machen wollen. Kann es sein, dass Zachary Boloniut der Schütze war? War es so, Frau Matei? Hat Zachary Boloniut auf Ihren Sohn geschossen?“

Die dünnen Lippen der Frau öffneten sich das erste Mal, seit Rothe den Raum betreten hatte, doch Beata kam ihr zuvor. Mit einem Anflug von Bedauern in ihrer Stimme sagte sie: „Zachary und mein Bruder Oleg haben sich auf der Universität kennengelernt. Wir trafen uns zum ersten Mal, als ich Oleg besuchte. Für Zachary war es Liebe auf den ersten Blick. Aber ich war jung und wollte mehr vom Leben, als nur Ehefrau sein. Ich wusste nicht, wie ich es ihm erklären sollte, ohne ihn zu kränken, denn Zachary war immer schon ein stolzer Mann. Aber das ist typisch für ihn. Sein Streben nach Besitz. Nichts anderes hätte er auch in mir gesehen, wenn ich seine Frau geworden wäre. Besitz. Statussymbol. Wie ein Auto. Wie ein Haus. Mein Bruder übernahm die undankbare Aufgabe, Zachary meine Ablehnung zu überbringen. Er erklärte zwar, dass die Familie bestimmt hat, dass ich noch zu jung für eine Ehe bin. Aber Zachary sieht nur das, was er sehen will.“

„Und deshalb hat er Ihren Bruder erschossen.“

„Wie kommen Sie nur auf so etwas?“, stieß Beata hervor. „Zachary ist ein Mensch mit fragwürdiger Moral, aber er hat Oleg nicht erschossen. Er hat sich ihm gegenüber nicht anmerken lassen, wie sehr ihn meine Antwort getroffen hat. Sie blieben bis zu Olegs Tod Freunde."

Rothes nächster Griff galt der Brusttasche seiner Jacke. Er befingerte die Packung Zigaretten, die er seit den Schmerzen kaum noch angerührt hatte, zögerte, wusste nicht, was er sagen sollte, zog schließlich die Packung hervor und wartete ab. Neureiter hatte es gewusst, Rothes Vermutung war zu weit hergeholt gewesen.

Beata lächelte nachsichtig und reichte ihm einen Aschenbecher. Doch Rothe steckte die Zigarette nicht an, sondern hielt sie lediglich grübelnd zwischen den Fingern.

Da er den Eindruck vermittelte, nicht weiterzuwissen, kam Beata ihm entgegen und erklärte mit einem melancholischen Lächeln auf den Lippen: „Oleg ist kurz vor den Feiertagen erschossen worden. Er war nicht allein. Es sind an dem Tag noch mehr Menschen getötet worden. Von wem, wissen wir nicht. Ob es uns in unserer Trauer trösten würde, wenn wir es wüssten, kann ich Ihnen nicht sagen, aber ich bezweifele es. Zachary hat mir niemals verziehen, dass ich ihn nicht heiraten wollte. Aber das kümmerte mich damals nicht. Und irgendwann hat er die Seiten gewechselt. Er steht auf der Gegenseite des Rechts. Er verführt die Mädchen zu –"

Sie machte mit den Händen eine ausladende Geste, als ob sie ihm damit demonstrieren wollte, wie groß ihre persönliche Betroffenheit war. „Er verführt die Mädchen dazu, ihren Körper zu verkaufen. Sie verkaufen aber nicht nur ihren Körper, sie geben dem Teufel ihre Seele. Wenn ich an die Familien denke, die ihre Kinder an diese Verbrecher verloren haben, überwältigt mich ein solcher Zorn."

Bei Rothe keimte Hoffnung auf. Ihre Erklärung klang wie die Überleitung zu einem Schuldeingeständnis.

„Und Kara ist diesen Verführungen erlegen“, warf er ein.

„Rumänien ist ein armes Land. Es ist das Schlusslicht von Europa. Da glaubt man nur zu gerne diesen verheißungsvollen Versprechungen eines charmanten und gut aussehenden Mannes, besonders wenn man ein Mädchen mit rosa Träumen ist.“

Beata Mateis angespannte Haltung lockerte sich. Leichthin sagte sie: „Das ist eine spannende Geschichte, die Sie uns erzählt haben, Kommissar Rothe. Wir haben genug Leid in unserem Land erfahren und in unserer Familie erlebt. Mehr Leid brauchen wir nicht, um zu verstehen, wie kostbar das Leben ist. Wir Polizisten sind keine Richter. Wir tun nur unsere Arbeit. Und manchmal bleibt uns nichts anderes übrig, als Gott richten zu lassen, wenn wir versagen. Aber wir sind Menschen, keine Automaten. Wer wären wir, wenn wir uns von anderen vorschreiben ließen, was wir fühlen dürfen? Man kann als Polizist nicht immer nur Distanz wahren, vor allem dann nicht, wenn man persönlich betroffen ist. Hass ist ein starkes Gefühl, führt aber nicht zwangsläufig zum Mord. Zachary hat Schmerz über viele Familien gebracht, und nun erleidet er den gleichen Schmerz. Den Verlust eines Kindes. Seinen Schmerz verstehen wir, wir sind Menschen, aber wir bedauern ihn deswegen nicht, und für das, was passiert ist, sind wir nicht verantwortlich. Als Polizistin sehe ich die nüchternen Fakten: Es gibt keine Beweise, dass ein Waffentausch stattgefunden hat, noch nicht einmal Indizien, nur Ihre Vermutung. Mit Vermutungen lassen sich keine Fälle lösen. Zascha war ein drogenabhängiger Junkie, dem bei seiner Inszenierung ein tödlicher Fehler unterlaufen ist. Er hat sich selbst gerichtet. Niemandem außer ihm und seinem Vater, der ihn zu dieser Inszenierung angestiftet hat, kann man einen Vorwurf daraus machen."

„Comisar Matei, so viel ich über Sie erfahren habe, sind Sie in Sibiu als Dozentin beschäftigt und arbeiten nicht als Ermittlerin. Wie kommt es, dass Sie im Fall *Schneewittchen Siebenbürgen* ermittelt haben?"

„Wenn Sie das über mich herausgefunden haben, wissen Sie auch, dass wir Mateis eine große Familie mit vielen Verbindungen sind. Ich habe mich in den Fall hineingedrängt, weil ich Boloniut als Drahtzieher für die Mädchenverschleppungen ins Ausland verantwortlich glaubte. Es war ein Anfangsverdacht, der sich in Erfurt erhärtet hat. Aufgrund meiner Deutschkenntnisse wurde mir der Fall übertragen, und ich erhielt die Erlaubnis, mit den deutschen Kollegen in Erfurt zusammenzuarbeiten."

„Warum haben Sie uns nicht gesagt, dass Sie ihn kennen?"

„Wen? Boloniut? Haben Sie denn nicht gehört, was ich gerade eben ..."

„Zascha. Alekzander Boloniut. Warum haben Sie uns nicht gesagt, dass Sie ihn kennen?"

„Ich kannte ihn nicht", log Beata glaubhaft.

„Sie wussten nicht, dass er Boloniuts Sohn war? Dass er als Loverboy Mädchen verführte und sie gefügig machte?"

„Nein", wiederholte Beata ihre Lüge, und sie tat es scharf. „Zascha Boloniut mag Zacharys Sohn gewesen sein, aber letztendlich war er nur ein Handlanger, wie die anderen, die für Boloniut arbeiten oder gearbeitet haben. Einer von vielen. Warum hätte ich gerade ihn kennen sollen?"

Rothe wusste nichts darauf zu sagen. Er war frustriert. Antworten hatte er auf seine Fragen kaum bekommen. Noch so ein Plan, der nicht funktioniert hat, dachte er selbstironisch.

Bevor er sich von Beata Matei zur Tür bringen ließ, verabschiedete er sich von den anderen mit einem höflichen Nicken. Er bezweifelte, dass er am Ergebnis etwas hätte ändern können, wenn er früher von Ana gewusst hätte. Es schien, dass er seinen Irrtum akzeptieren musste.

Unvermittelt wandte er sich an Carolus. Es wäre sein letzter Versuch. „Warum waren Sie in Erfurt?"

Statt einer Antwort von ihm, bekam er eine von Ana. „*Ich* war in Erfurt. Und in Gotha. Und Weimar. Weil es schöne Städte sind, Kommissar. Schöne deutsche Städte, die ich sehen wollte."

„Und die Theatergruppe?"

„Es spricht nichts dagegen, deutsches Theater kennenzulernen. Weimar ist berühmt für seinen Goethe."

Rothe zwirbelte an der Zigarette, die er immer noch in der Hand hielt. Eine Mauer des Schweigens umgab ihn.

„Warum waren Sie im Fitnessstudio, Ana?"

Ana sah ihn unverwandt an. „Ich war nicht dort." Sie sagte es mit einer Ernsthaftigkeit, die es einem schwer machte, sie der Lüge zu bezichtigen.

Schweigend dachte er nach. Mit keinem weiteren Wort würde er diese Mauer durchbrechen können. Weil es keine Beweise gab, nur Vermutungen. Und Jessica eine Gegenüberstellung zuzumuten, würde ... ihn was erreichen lassen? Dass Ana zusammenbrach? Oder wohl eher Jessica? Und was würde Ana ihm erzählen? Es war Alina, die geschossen hatte, niemand sonst. Es gab noch nicht einmal deutliche Fingerabdrücke. Es gab nichts. Beata Matei hatte recht, reine Vermutungen lösten keine Fälle.

„Ich danke Ihnen, dass Sie gekommen sind", unterbrach Beata seinen Gedankengang, und brachte ihn zur Haustür. „Ich vergaß, nach Ihrer Tochter zu fragen. Wie geht es ihr?"

Ihre großen braunen Augen wirkten mitfühlend, und Rothe schluckte hart. „Sie ist stark. Sie wird es schaffen."

„In der Stärke der Mädchen liegt unsere Hoffnung", sagte sie, und ihre Worte wirkten auf ihn, als ob sie sich selbst Mut zuspräche und nicht ihm.

„Hoffnung ist genau das, was wir brauchen." Er verabschiedete sich.

Beata sah ihm gedankenverloren nach und Rothe missverstand sie, als er sich noch einmal nach ihr umdrehte. Ehe er sich seine Worte überlegt hatte, waren sie schon heraus. „Sie wissen, dass es jemanden in Erfurt gibt, der sich wünscht, Sie wiederzusehen?"

Beata musterte ihn fragend, bis sie schließlich zu begreifen schien. „Meinen Sie etwa Sven?"

Auf sein Nicken entgegnete sie: „Ich glaube, Sie sehen das falsch, Kommissar Rothe. Zwischen Sven und mir hat es nie etwas gegeben, was von Dauer hätte sein sollen."

Er ersparte sich eine Erwiderung und stieg in seinen Wagen. Mit dem Schließen der Autotür schloss sich für ihn auch der Fall *Zascha* alias *Alekzander Filmproduction,* und seine Gedanken gingen zu Simone und Jessica.

Er war noch zehn Kilometer von Sibiu entfernt, als Jessi anrief. Mit der einen Hand langte er zum Handy, mit der anderen fuhr er über die holperige Straße, den Blick konzentriert nach vorne gerichtet. Er presste sich das Handy ans Ohr. Noch bevor er etwas sagen konnte, hörte er Jessica schon atemlos kreischen, außer sich vor Freude.

„Papa, Matthias ist aufgewacht und hat mich sofort erkannt. Hast du gehört? Ist das nicht wunderbar!"

In Rothe stieg eine tröstende Wärme auf. Er fasste sich an die Brust. Die Schmerzen waren lange nicht mehr so schlimm wie zu Beginn der Ermittlungen. *Broken-Heart-Syndrom* hatte Dr. Sanders es genannt, als er ihr am Telefon die Symptome beschrieben hatte. Herzschmerzen verursacht durch Trauer.

„Mein Engel, das ist wunderbar! Ich bin auf dem Weg nach Hause. Ich liebe dich!"

„Ich dich auch, Papa!"

Epilog

Sie wusste, wie sehr dem Kommissar aus Deutschland die Tatsache missfiel, dass er auf seine Fragen keine Antworten erhalten hatte.

Aber für ihn würde es keine Antworten geben.

Er würde nicht zu wissen bekommen, wie sehr sie um Kara gezittert hatte. Wie sie gelitten hatte, als ihr bewusst geworden war, dass Zascha, für den Kara schwärmte, Alekzander Boloniut war. Zacharys Sohn. Zachary, der ihr niemals verziehen hatte, dass sie seinen Antrag abgelehnt hatte, und aus Rache ihre minderjährige Tochter von Zascha verführen ließ.

Der Kommissar würde auch nicht zu erfahren bekommen, dass Carolus einen Weg gefunden hatte, Zascha als Mörder, der er tatsächlich war, dastehen zu lassen, indem er der Polizei wichtiges Beweismaterial zuspielte, die Videodatei, und indem er Zaschas Subaru mit Indizien versah: Spaghetti in Soße, vermischt mit Asche. Carolus hatte für Nachschub gesorgt. Dass Doro sich über Zaschas Pläne lustig gemacht hatte, war ein glücklicher Umstand gewesen. Ana hatte ihn genutzt und Zascha vor der nächsten Probe abgefangen, Ort und Zeit wusste sie von Carolus, und sich ihm mit der Idee aufgedrängt, die Bedienung zu spielen. Sie war es auch, die nach dem Schuss im Fitnessstudio dem Toten Ausweis und Wohnungsschlüssel abgenommen hatte, damit ihnen der Vorsprung vor der Polizei die Möglichkeit gab, seine Wohnung zu durchsuchen. Und Carolus war es gewesen, der den Notruf verständigt hatte, damit Matthias versorgt werden konnte. Dann hatte er das andere Mädchen aus dem Raum gezerrt und war mit ihr über die Leiter nach draußen geflohen. Ana hatte in der Zeit in aller Eile Spuren verwischt. Sie war es schließlich auch gewesen, die die rettende Eingebung hatte, wo Kara versteckt sein konnte. In der Halle, in der sich die Theatergruppe traf, in dem kleinen Nebenraum mit dem Sicherungskasten.

Und so war es dann auch gewesen: Kara hatte dort unter Decken gelegen, dehydriert, sediert und nach Zaschas Tod ihrem eigenen Tod geweiht.

Am wenigsten aber würde der Kommissar von ihren Gefühlen erfahren. Dass sie sich schuldig fühlte, weil sie die Tatsache verleugnet hatte, Zascha zu kennen. Sie hatte alles unternommen, um ihre Tochter zu retten, und dabei mit dem Leben anderer gespielt. Hätte Rothe die Gelegenheit gehabt, nach dem „Warum" zu fragen, und sie den Mut, ehrlich darauf zu antworten, hätte sie gesagt: Liebe ist so, nicht wahr? Wir tun alles, um unser Glück zu bewahren, das Kostbarste, das wir auf der Welt besitzen, und sind dabei blind für die Not der anderen.

Bei all den Fragen, die nicht von ihm gestellt worden waren, und all den Antworten, die sie nicht gegeben hatte, auf eine Frage würde es nie eine Antwort geben: Wäre Kara noch am Leben, wenn sie als Mutter nicht so gehandelt hätte?

Was noch geschah …

Morgennebel stand über dem Genfer See. In wenigen Minuten würden sie die Anlegestelle *Vevey Marché* sehen können. Katrin Stolze würde sie abholen, und zusammen führen sie für ein paar Tage in das wenige Kilometer entfernte Montreux, um sich die neuesten Auslagen der Boutiquen anzusehen. Dann ginge es nach Genf.

Katrin hatte sich als ausgesprochen geschickt (wenn nicht sogar ruchlos) erwiesen, als sie Boloniuts Schwarzgeld genommen hatte, um ihrem Mann in dessen Auftrag eine Leimspur zum Parkdeck zu legen. Es war das Geld, das ihr Mann Kevin erhalten hätte, hätte er an Boloniut verkauft. Freiwillig. Aber er hatte ja nicht gewollt. Nun hatte sie das Geld und würde eine Dessous-Boutique eröffnen.

Dass sie überhaupt diesen kleinen, lukrativen Auftrag erhalten hatte, war Elena zu verdanken. Sie hatte den Kontakt zu Boloniut hergestellt. Eine halbe Million wechselte den Besitzer nur allein für die unerwähnenswerte Mühe, Kevin ins Parkhaus zu locken. Das war schnell verdientes Geld. Zumal diese Inszenierung niemandem schadete. Das Haus war eine Immobilie, die sowieso zum Verkauf stand, und Alina würde niemals einer realen Gefahr ausgesetzt werden. Sie musste nur dazu gebracht werden, das Ganze zu glauben. Es hatte sogar noch einen weiteren Vorteil, sich an Boloniuts Plan zu beteiligen: Alinas widerlicher Freund Zascha würde aus ihrem Leben verschwinden. Er war Katrin vom ersten Moment an ein Dorn im Auge gewesen. Wenn Alina Zascha tot wähnte, würde sie ihm auch nicht mehr nachlaufen.

Dass sich diese Inszenierung als grausame Realität entpuppte, war in Katrins Augen auch nicht viel schlimmer. Der Typ war tot. So konnte er keinen Schaden mehr anrichten, weder in Deutschland noch in Amerika.

Es stellte sie vor neue Herausforderungen, das war richtig. Ihre Tochter hatte nun tatsächlich einen Menschen getötet und nicht nur so getan. Es würde eines guten Rechtsanwalts bedürfen (und einer Portion Glück), auch das Gericht davon zu überzeugen, dass es sich um einen Unfall handelte.

Katrin war sehr optimistisch. Alina würde es schaffen. Sie fehlte ihr, wenn auch nicht genug, um nach Erfurt zurückzukehren und sie zu besuchen. Und dass Alina nach ihrer Haftentlassung bei ihr leben würde, war für Katrin keine Frage. Natürlich würde sie das tun. Während sie in die Schweiz vorausgefahren war, hatte sich ihre Freundin Elena um Alina gekümmert.

Von Kevin hatte Katrin nichts mehr gehört. Er ließ sie in Ruhe, weil er vermeiden wollte, dass sie die Sexaufnahmen von ihm online stellte. Elena hatte ihr den Tipp gegeben, sich mit einem Film abzusichern. Ein Pfand, das ihr wertvolle Dienste leistete. Kevin tat wirklich alles, um sie rauszuhalten. Wie schön, wenn Dinge mal klappten.

Valeria, die den Namen Elena und damit auch das Leben als Prostituierte in Erfurt zurückgelassen hatte, und ihre Tochter Lydia lehnten an der Reling der *Ville der Geneve* und ließen sich die Haare vom Wind zerzausen. Sie freuten sich auf den Einkaufsbummel. Zum ersten Mal in ihrem Leben hatten sie Geld zum sinnlosen Ausgeben.

Valeria hatte Zaschas „Haushaltskasse" geplündert. Das Kabüffchen im Flur, in das eine ordentliche Hausfrau Wischmop und Staubsauger stellte, war Zaschas Versteck für Drogen, Waffen und Geld gewesen. Viel Geld. Zugegebenermaßen kein besonders fantasievolles Versteck. Es hatte auch nur solange funktioniert, bis Valeria aufgetaucht war und es gefunden hatte. Sie wandte den Blick von der aufgewühlten Wasserfläche des Sees ab und sah zu ihrer Tochter hinüber.

„Du weißt, dass du Alina niemals die Wahrheit sagen darfst", trichterte sie Lydia zum wiederholten Male ein. „Niemals. Verstehst du das?"

„Ich weiß."

Valeria strich Lydia über die Wange und sah ihr zärtlich in die Augen. Vorbei war die Zeit, in der sie Angst um ihre Tochter hatte. Der Plan, die Waffen auszutauschen, war wie eine süße Frucht gereift, nachdem sie von Boloniuts „Geschäftsidee" erfahren hatte. Katrin sollte Teil einer Inszenierung werden und sie, Valeria alias Elena, sollte den ersten Schritt tun und den Kontakt zwischen Boloniut und ihr herstellen, nachdem er sich an Kevin Stolze die Zähne ausgebissen hatte. Auch die Betriebsfeier, zu der sie geschickt worden war, um Stolze zu verführen, damit er erpressbar würde, hatte nicht funktioniert. Stolze musste den Braten gerochen haben. Er hatte sie abblitzen lassen.

Katrin kennenzulernen, war einfach gewesen. Sie war Ärztin und ausgesprochen unzufrieden. Und Lydia in Alinas Klasse anzumelden, damit sie sich mit ihr anfreunden konnte, war auch nicht schwer gewesen. Alles in allem war es zwar ein komplizierter Plan, aber nicht so kompliziert, als dass man ihn nicht hätte durchführen können.

Denn warum sollte nur Katrin vom Geld der Boloniuts profitieren? War es nicht sie, die Prostiuierte, die diese Männer reich gemacht hatte?

Valeria hatte die Gelegenheit erkannt, sich Zaschas und ihrer miesen Lebensumstände zu entledigen. Es war keine große Kunst gewesen, ihn zu verführen, sich seines Wohnungsschlüssels zu bemächtigen und davon ein Duplikat anfertigen zu lassen. In einem kriminellen Umfeld wie dem ihrigen war die Herstellung nachgemachter Schlüssel keine wirkliche Herausforderung. Und Alina nahezulegen, wie sie sich bei der Polizei zu verhalten hatte, war auch keine große Kunst gewesen. Es gab immer Mittel und Wege, und eines davon war: zu lügen.

An dem Tag, an dem Zascha gestorben war, hatte Valeria ihn und seinen Kumpel beobachtet, wie sie das Haus verlassen hatten, und war mithilfe des Zweitschlüssels in seine Wohnung eingedrungen. Die Tokarev hatte sie vom Küchentisch genommen und Lydia in die Hand gedrückt. Nach der Inszenierung im Studio hatten sie sich wieder getroffen. Sie war zu Zaschas Wohnung geeilt und hatte die Tokarev mit den Platzpatronen an die gleiche Stelle auf den Küchentisch gelegt, ein Tausch, der alles so aussehen lassen würde wie der Fehler eines Junkies. Beim Verlassen der Wohnung wäre sie fast in die Hände zweier rumänischer Polizisten gefallen. Polizisten hatte sie von je her schon meilenweit entfernt riechen können. Das hatte sie auch schon im *Pacat* getan. Den Polizisten in Carel „gerochen". Und mit ihrer Einschätzung hatte sie auch richtig gelegen: er war ein Guter. Auf Strümpfen war sie die Treppe nach oben geschlichen und hatte abgewartet, bis die beiden in Zaschas Wohnung verschwunden waren.

Die größte Unsicherheit an dem ganzen Plan war Lydia gewesen. Bis zuletzt war sich Valeria nicht sicher gewesen, ob ihre Tochter es schaffen würde, sich Zaschas Gegenwart auszusetzen, oder ob sie Angst vor ihm haben und nervös werden würde oder überhaupt eine Gelegenheit bekäme, die Pistolen auszutauschen. Es hatte so viele Unwägbarkeiten gegeben. Aber auch für den Fall, dass es mit dem Waffentausch nicht geklappt hätte, hatte sie vorgesorgt. Das Angebot dieses rotblonden Polizisten, sie in ein Zeugenschutzprogramm aufzunehmen, war ihr Plan B gewesen, aber nicht mehr nötig, nachdem Plan A erfolgreich verlaufen war.

Valeria griff in die Jackentasche, zog ihren Schlüsselbund hervor und nahm den kopierten Schlüssel vom Ring. Sie reichte ihn Lydia und bedeutete ihr, ihn in den See zu werfen. Ein symbolischer Akt der Loslösung und sichtbares Zeichen eines Neubeginns. Lydia hielt in der einen Hand den Schlüssel, in der anderen ein pinkfarbenes Smartphone, das Zascha gehört hatte. Zaschas Kumpel Carel hatte, nachdem er damit den Notruf informiert hatte, SIM-Karte und Akku herausgenommen, die SIM-Karte zerbrochen, und ihr alles in die Hand gedrückt. Seinen Blick dabei würde sie nicht so schnell vergessen. Er hatte es gewusst.

Ihre Mutter tätschelte Lydias Hand und flüsterte: „Es ist vorbei, mein Liebling. Er kann dir nichts mehr tun."

Lydia hatte den Film auf dem Smartphone bereits gelöscht. Nun hielt sie das Gerät und den Schlüssel über die Reling und ließ die Gegenstände nacheinander ins Wasser fallen. Dabei versuchte sie, das Tattoo auf dem Unterarm, ein auf der Seite liegendes A, vor ihrer Mutter zu verbergen. Sie würde es sich in Genf wegmachen lassen. Das weiße Kleid hatte sie in Erfurt in den Müll geworfen, auch das wusste ihre Mutter nicht.

In Sekunden waren die Gegenstände von den Tiefen des Bergsees verschluckt worden.

Ihren Blick immer noch auf die vom Schiff aufgewirbelten Schaumkrönchen gerichtet, fragte sie: „Findest du das Leben nicht auch seltsam?"

„Es ist seltsam, voller Überraschungen und manchmal auch mit einem guten Ende.“ Valeria legte den Arm um ihre Tochter. „Denkst du an etwas Bestimmtes?“

Auf dem Gesicht des hübschen Mädchens zeigte sich ein schwaches Lächeln. „Ich wollte Alina erzählen, dass Zascha ein schlechter Mensch ist. Ein Vergewaltiger. Aber dann habe ich begriffen, dass sie mir nicht glauben würde. Sie hat wirklich gedacht, er ginge mit ihr nach Hollywood. *Hollywood!* Er war ein Junkie! Wahrscheinlich denkt sie immer noch, sie wäre jetzt in Los Angeles, wenn Zascha nicht gestorben wäre. Das finde ich zum Beispiel merkwürdig.“

„Das ist es auch.“

„Wenn Zascha sich an die Absprache gehalten hätte, wäre der andere Junge noch am Leben“, sagte Lydia schuldbewusst.

„Wir wissen nicht, ob er tot ist.“

Lydia quälte sich mit der Vorstellung, dass dieser Junge vielleicht schon gestorben war, und machte ihrem Herzen Luft. „Ich hoffe, dass er noch lebt. Es war so mutig, wie er versucht hat, seine Freundin zu beschützen.“

Bevor sie weiterredete, ließ sie die Bilder des Kampfes zwischen Zascha und dem anderen Jungen vor ihrem inneren Auge vorbeiziehen. Mit einem tiefen Atemzug wischte sie die Erinnerung beiseite. „Ich bin froh, dass es vorbei ist. Und dass alles geklappt hat. Alina hatte solche Angst, sie könnte es verderben, weil es keine Markierungen auf dem Boden gab. Ich konnte es sehen, wie sie ihn damit genervt hat. Und als mir klar wurde, dass ich nie an die Pistole komme, wenn er sie mitten im Raum fallen lässt, hatte ich die Idee: Die Pflanze mit den vielen Blättern war die ideale Markierung. Dorthin sollte Zascha die Pistole schleudern oder legen, wenn es denn eine perfekte Inszenierung werden soll. Und er wollte doch eine perfekte Inszenierung, nicht wahr? Er hat es genau so gemacht, wie ich es ihm vorgeschlagen habe, und als ich sah, wie Alina die Waffe suchte, habe ich ihr die andere ganz schnell rübergeschubst."

„Das war ziemlich mutig von dir."

„Das war es. Aber wenn man jemanden so sehr hasst, ist man mutiger, als man es normalerweise wäre. Es war meine einzige Chance, es ihm heimzuzahlen. Und dann küsst er das Mädchen im Rollstuhl, und Alina flippt aus. Sie hat mir mal erzählt, dass es an ihrer Schule ein Mädchen im Rollstuhl gegeben hat, das Jessica hieß. Alina hasste sie. Weißt du, was ich meine?"

Und ohne die Antwort ihrer Mutter abzuwarten, erklärte sie: „Er hat sie geküsst, und sie hat ihn bespuckt. Vielleicht hätte ich nie den Mut gehabt, die Pistolen auszutauschen, wenn sie sich nicht gewehrt hätte. Und dann hat Alina die Pistole genommen und geschossen."

„Das war auch unser Plan", sagte Valeria und wusste nicht, worauf ihre Tochter hinauswollte.

„Ja, schon, aber ich glaube nicht, dass sie *ihn* erschießen wollte. Ich glaube, sie hat die Waffe auf Jessica gerichtet."

Valeria dachte nach, bis sie schließlich in einem beruhigenden Ton sagte: „Kleines, Alina ging von Platzpatronen aus. Sie kann nicht vorgehabt haben, das Mädchen zu erschießen."

Und Lydia entgegnete: „Sie hat auch nicht vorgehabt, Zascha zu erschießen."

„Das stimmt." Valeria drückte ihre Tochter fest an sich und stellte mit tiefer Genugtuung fest: „Und doch hat sie es getan."

Weitere Informationen auf den folgenden Seiten

Laut der OSZE ist Menschenhandel neben dem Drogen- und Waffenhandel die lukrativste Einnahmequelle des organisierten Verbrechens. Die Profite werden auf 32 Milliarden US-Dollar geschätzt. Laut eines ARD-Berichts sind etwa 21 Millionen Menschen Opfer von Zwangsarbeit. Ca. 2,4 Millionen Kinder, Frauen und Männer gelangen in die Hände von Menschenhändlern, davon wird die Hälfte in die Zwangsprostiution gezwungen.
Jede fünfte Prostiuierte in Europa stammt aus Rumänien. Vier Fünftel von ihnen gelten als Zwangsprostituierte. Deutschland zählt neben Spanien zu den größten Abnehmern. In Rumänien ist die Prostitution illegal.

Stand: 2012

Weitere Informationen finden Sie u.a. unter

www.ecpat.de
www.emma.de
www.karo-ev.de
www.kok-buero.de
www.medicamondiale.org
www.profrau.at
www.shematters.org
www.weisser-ring.de
www.wunschzettel-der-frauenhaeuser.de

Unser Buchtipp auf nachfolgender Seite

Gauner, Geigen, Griegeniffte

Kurzkrimis aus der Grenzregion

Ein kriminelles Vierländereck

Romantische Schlösser, finstere Bergwerke, tiefe Talsperren, Segnungen der Moderne und Altlasten der Vergangenheit, Wild West und Bayerisch Sibirien – all das vereint die Region Vogtland auf engstem Raum. Wen wundert es da, dass sich hier auch kleine und größere Ganoven herumtreiben.

U.a. mit Kurzgeschichten von
Astrid Seehaus: *Tiefer Fall* – Weida, Mylau
Florentine Hein: *Wunschlos glücklich* – Wünschendorf, Kloster Mildenfurth

Gauner, Geiger, Griegeniffte
Petra Steps (Hg.)

KBV Verlag
ISBN 978-3-942446-79-2
320 Seiten
Broschur
9,90 Euro
www.kbv-verlag.de
Tel: +49 (0)6593-998960